Máté Fanni

KEDVES

Harry!

1. RÉSZ

novum pro

Ez a könyv
e-könyvként
is elérhető

w w w . n o v u m p u b l i s h i n g . h u

© 2023 novum publishing

ISBN 978-3-99146-039-8
Lektor: Varga Mónika
Borítóképek: Andrey Kotko, Kanlayarawit
Boonma, Lenapix | Dreamstime.com
Borító, tördelés & nyomda:
novum publishing

www.novumpublishing.hu

Climate neutral
Print product
ClimatePartner.com/16547-2201-1002

Prológus

Gyorsan kapkodtam a lábaimat a macskakövekkel kirakott utcán, amely kihalt volt, egy lélek se lézengett ilyen ramaty időben idekint. Az angliai éghajlat hozta a formáját, és elkezdődtek a már megszokott, nyár végi zivatarok, amiket néha jópofának és szórakoztatónak tartok, főleg, ha egy buli közepén szakad le az ég, akkor még a hangulatot is feldobja. Most viszont, amikor egy fontos találkozóra sietek, ami további 12 percre van a jelenlegi tartózkodási helyemtől, nem épp poénos, hogy a semmiből kezdett szemerkélni az eső, ami pillanatok alatt csapott át egy gyenge viharba. Mérgesen mordultam fel, ugyanis egy háromnegyedes gatyát viseltem, felül pedig csak egy pólót, és szerencsére – megérezhettem, hogy szükség lesz rá – késve indulva felmarkoltam egy szürke kapucnis pulcsit, aminek egyedül köszönhetem, hogy most nem ázok el teljesen. Az eső nem csak megeredt, és hamar véget ért, már ritmikus tempóban zuhogott, kicsit sem tervezve, hogy esetleg eláll. A pulóverem már szinte átázott, a fehér sportcipőmmel is már habozás nélkül szeltem át a pocsolyákat, ugyanis már mindegy volt. Bőrig áztam, és így eszméletlenül kellemetlen lesz a megbeszélés, amire nem csak nedvesen, hanem késve fogok beesni, mikor ez fontos lenne. Hozom a formámat, de legalább nem kell felvennem egy klisés álarcot, miszerint időben megérkezek mindenhova, mindenféle elcseszett külső tényező nélkül. Én nem a pontosság embere vagyok, aki rendezetten, állig begombolt inggel érkezik meg kicsit formálisabb helyekre. Én az a fajta vagyok, aki hiába egy úgynevezett állásinterjúra igyekszik, mégis melegítőnadrág van rajta, és késésben van. Ez a lehetőség úgyis sokkal inkább azt kívánja meg, hogy magamat adjam, ne egy karót nyelt stréber szerepet, aki én sose voltam. Itt nem kell megjátszanom magamat, a weboldalon is írták, hogy őszinte és talpraesett embereket keresnek, ugyanis a munkakör, amit végzünk, ezt elvárja. Az is igaz, hogy mindezek mellett ott szerepelt az empatikus és a karizmatikus jelző, amelyekkel nem dicsekedhetek, de ennyi talán belefér. Karizmát lehet tanulni is, az empátia pedig magától ered, nem? Ez az én elméletem, de ha valaki unszimpatikus, ott automatikusan elveszik az udvariasság és a kezdeti kedvesség érzete, azonban, ha az illető, akivel szembe találom magamat pozitív kisugárzású, hízelgő első benyomást tesz, akkor ösztönösen mi is az emberségesebb oldalunkat mutatjuk. Ez alátámassza azt a tényt is, hogy egy párbeszédhez nem elég egy ember, ahogy egy kapcsolatban, kommunikációban is két ember vesz részt, egyedül soha senki nem lesz elég hozzá.

Nem véletlenül vacilláltam a filozófia és a nyelvtanulás között, ezt elismerem.

Már csak egy sarok volt hátra, amikor a fitzwilliami múzeum előtt sétáltam, a következő utcában volt a kisvállalkozó cég, akikhez időpontom volt ma. És még csak három perc késésnél tartottam.

Amint az épület előtt álltam, amire egy borzalmas szlogen mellett a vállalkozás címe is kikerült. *Bowl ikrek családkereső központja.* Mikor a neten először láttam meg a weboldalukat, már akkor is megállapítottam magamban, hogyan lehet ilyen kicsit sem kreatív, sokkal inkább ócska és légből kapott nevet adni egy olyan saját vállalkozásnak, ami családcentrikussággal foglalkozik. Mielőtt beléptem volna, a kirakatot bámulva vagy tíz különféle variációt futtattam le a fejemben, hogy milyen más kifogástalanabb nevet adhattak volna a Bowl ikrek a cégüknek, de végül megráztam a fejem, hogy eltereljem erről a gondolataimat. Nem ragadhatok le minden részletnél, hiszen én most azért vagyok itt, hogy ez a két férfi, akik családokkal foglalkoznak munkát adjanak nekem, nem könyvelhetem el magamban egyből túlértékeltnek a helyet, mikor még csak nem is jártam odabent. Túlságosan előítéletes vagyok, amiről igyekszek leszokni, de ez magától jön. Mindenről egyből van véleményem, amit egyből elraktározok az agyamban, hogy később ezt is figyelembe vegyem a végső kritikámban, hiszen engem rendkívül nehéz meggyőzni – bármilyen témában – hogy a dolog nem negatív végkimenetelű. Egy ilyen apró részletnél is képes vagyok percekig leragadni, és elmerengeni, hogy egy testvérpár (akiknek mellesleg a neve jelentése tál) miért választotta azt, hogy családokon akar segíteni, amihez rengeteg bátorság és alázat szükséges, ha még egy átkozott fantáziadús névvel sem képesek előállni.

Végül gyorsan kiűztem a gondolataimból minden peszszimizmust, ami az elmúlt percekben fogalmazódott meg a céggel kapcsolatban, és lenyomtam a kilincset.

– Jó napot kívánok! – köszöntem határozottan a nőnek, aki a recepciós pult mögött ült, mire ő – valami fontos irodai munkában dolgozhatott – felkapta a fejét, aminek következtében a lófarka nagyot libbent a feje körül, és szimpátiával a mosolyában köszönt vissza.

– Szép napot! – köszönt hízelegve, majd ahogy a recepciósoktól elvárt, egyből mereven húzta ki magát, félretéve, amin eddig ügyködött. Türelmesen megvárta, ameddig a kirakott „welcome" feliratú lábtörlőben lehúzom a cipőmet, ami teljesen átázott, majd mikor a hajamból is

szokatlanul udvariatlanul ráztam ki a vizet, megszólalt. –
Miben segíthetek?

– David és Daniel Bowllal esedékes egy találkozóm – sé-
táltam közelebb a pulthoz, ahonnan a fiatalabb recepciós
érdeklődve mért végig, szerinte észrevétlenül, de nagyon
is szembetűnően. – Öt órára – pillantottam a karórámra,
ami már 05:07-et mutatott. A hölgyre néztem, ezzel szem-
kontaktust létesítve, amiben gyakorlatiasan egy elnyomó
nézéssel közöltem, hogy ne is álmodjon róla. Jelen eset-
ben arról, hogy a kizárólag üzleti társalgás majd átfordul
egy „elkérhetem a számodat?" konzultációba, ugyanis nem
azért vagyok itt, hogy randijelöltekkel bókolva cseverésszek.
A lány okosnak bizonyult, és a pillantásomból ezt egyből
leszűrte, mire az eddig nyájas viselkedéséből átváltott egy
személytelen hangvételbe.

– Samuel William Thompson? – kérdezte, miután re-
kordgyorsasággal pötyögött valamit a klaviatúrán, mire
én csak hosszasan bólintottam. – A Bowl uraknak az ideje
embertelenül beosztott, és a cégünknél nem tűrjük a ta-
pintatlan késést. Többször ne forduljon elő.

– Elnézést – biccentettem elhúzva a számat. Mintha
jönnék még ide több alkalommal is. Terveim és reményeim
szerint nem kell majd sűrűn járnom hozzájuk.

– A folyosón balra a harmadik ajtó – közölte kimérten,
már rám se sandítva, amit egy kínos szájelhúzással vet-
tem tudomásul, és elmotyogva egy 'köszönöm'-öt a folyo-
sóra indultam.

Gyors léptekkel jutottam el a harmadik ajtóig, ahol ket-
tő illedelmes kopogás után álltam meg, majd kifújtam a
benn tartott levegőmet, és másodpercek alatt szedtem
össze magamat egy állásinterjúra. Miután meghallottam
az ajtó túloldaláról, hogy „tessék", a kilincsre csúsztatva a
kezemet beléptem.

– Jó napot! – szóltam előbb én, ugyanis az etikett szerint mindig az köszön előbb, aki belép a terembe. Egy mahagóni tárgyalóasztal állt a szoba közepén, aminek a velem szemben lévő oldalán két irodai, kényelmesnek tűnő széken magasodott kettő viszonylag széles vállú férfi, akik biztosan a Bowl testvérek voltak, ugyanis megszólalásig hasonlítottak egymásra. Az asztal másik oldalán egy kellemes kinézetű, megegyező színű szék állt üresen, az érkező ügyfelekre várva.

– Mr. Thompson! – szólított meg szinte baráti stílusban a jobb felén ülő, mire én sietve a székhez sétáltam, és mikor egy bólintással megkaptam az engedélyt, leültem rá. – Hálánk mérhetetlen, hogy befáradt – ironizált, mire én kellemetlenül lesütöttem a szememet. Nem gondoltam volna, hogy ekkora zűrt kavar pár perc késés, mikor egyértelműen látszott idebentről is, hogy csapnivaló az időjárás, és emberek vagyunk, nem tudhatjuk, mivel érkezett a másik, ami miatt megcsúszott. Nyilván így is szégyelltem magamat, de nem kell ezt a szememre hányni, ugyanis emberi hiba volt a késés részemről is, nem előre megfontolt cél.

– Elnézést kérek a késésért – mentegetőztem egyből, mire mindketten fürkésző tekintettel néztek vissza rám. – És a megjelenésért is. Közbeszólt a cambridge-i időjárás.

– Ez így van, itt mindig kiszámíthatatlan az itteni idő – felelte a másikuk, miközben a testvére hátrafordulva kinézett az ablakon. Úgy néz ki, ő csak most realizálta, hogy tényleg szakad az eső, nem öntöttek le egy vödör vízzel, mielőtt beléptem a helyiségbe. – Természetesen semmi gond, remélem nem fázott meg ilyen cudar körülmények között.

– Azt én is – helyeseltem, ugyanis kezdett felszabadultabb lenni a dialógus közöttünk.

– E-mailben már felvettük a kapcsolatot – vette át a szót ismét a jobb oldalon ülő férfi, mire ráemeltem a tekintetemet. – Így bizonyára tisztában van vele, hogy nem csak au-pair munkássággal foglalkozunk, hanem házvezető szerepeket betöltő munkakörrel is. Ha jól értettem az Ön feltételeit, egy bentlakásos állásra gondolt, de lehetőleg nem au-pair feladatokkal, pontosabban gyerekek nélkül. Ez így van?

– Igen – válaszoltam, majd összefűzve a kezeimet diplomatikusnak tűnve folytattam. – Nem erősségem a gyerekekkel való foglalkozás, és miután beleástam magam a témába, már mertem írni afféle elvárásokat, hogy nem szeretnék gyerekeket. Legjobb tudásom szerint, akadnak Cambridge-ben olyan családok, ahol szükség lenne házvezetőre, nem pedig bébicsőszre. Esetleg idősebb gyerek van náluk, ahol nem kell érteni a neveléshez, csak hétköznapi teendőket végezni, mint mosás vagy főzés.

– És ha jól sejtem, Ön ezekben jeleskedik – vonta fel a szemöldökét a bal oldali, elérve, hogy ezzel csapdában érezzem magam, esetleg megfutamodjak. De én csak egy nyertes mosolyra húztam a számat, ugyanis felkészülten érkeztem ide.

– Így van – bólintottam, majd egy másodpercnyi hatásszünet után folytattam. – Ahogy az önéletrajzomban is írtam erről.

– Önéletrajz! – jutott eszébe egyből a jobbon ülőnek, aki előtt egy óriási monitor volt, és egyből felé fordult. – Lássuk csak. Érettségivel rendelkező, harmadéves egyetemista, francia nyelv szakon a Cambridge egyetemen – sorolta, mire én büszkén kihúzva magamat hallgattam, míg a testvére is a homlokát ráncolva raktározta el az információkat. – Erények: főzés, takarítás, kert rendben tartása. Emellett sütési képességek, és ha arról lenne szó, akkor tanítás is. Ezt hogy értsük?

– Természetesen bérmentve vállalnék magánórákat, ha a háztartásban valakinek szüksége lenne rá – reagáltam le egyből a cseles kérdést. – Szinte minden tantárgyból, gimnáziumi tudás alapján. Franciát emelt szinten beszélek, tolmácsnak tanulok, így azt bármikor szívesen használom.

– Ez jó pont – felelte az a férfi, aki nem a gép előtt ült, a másik viszont megrázta a fejét.

– Ez igen kevés előny, miközben vannak mellette feltételek is – közölte kíméletlenül. – Nézze, Samuel... szólíthatom Samuelnek? Atya ég, de udvariatlan vagyok! – kapott a fejéhez, miközben én már követni sem tudtam. – David Bowl. Ő pedig itt a testvérem, Daniel Bowl – nyújtotta felém a kezét, miután az ikrét is bemutatta, én pedig határozottan elfogadtam.

– Samuel Thompson – ráztam meg David kezét, aki a kevésbé szimpatikus volt kettejük közül. Szigorúbb volt. – És persze, tegeződjünk. De maradjunk a Samnél.

– Rendben, szóval, Sam – folytatta David, én pedig visszahelyezkedtem a székre, amiről aprót felemelkedtem, hogy méltón tudjak kezet rázni a feltételezhető jövőbeli munkaadómmal. – Igen csekély esélyek elé nézel, ha ilyen elvárásokkal töltünk fel a rendszerbe, semmi kiemelkedő képességgel. A franciát leszámítva, természetesen.

– Tisztában vagyok vele – feleltem, egy percig se megrettentve a kíméletlenül kritikus szavaktól. Korrekt és őszinte. – De sajnos nagyon kötött az időm, bármikor közbejöhet egy számomra nagyon fontos vizsga, és nem várhatom el egy családtól sem, hogy mást találjanak egy kisgyerek mellé, amikor esetleg önkéntesen el kell vonulnom cölibátusba, akár napokra. És a gyerekek sem szoktak kedvelni általában.

– Értem – hallgattak végig figyelmesen, majd David – aki valószínűleg a domináns szerepet tölti be az interjúkon – összecsapta a tenyerét. – Nos akkor azt hiszem végeztünk. Feltöltjük az adatlapodat az oldalunkra, és jelentkezünk, amint érdeklődnek utánad. Azt, hogy onnan hogyan tovább, majd akkor beszéljük meg, ha van jelentkező, ugyanis ez hónapokig is eltarthat. Nem tudom, mennyire létszükséges ez a munka neked, Sam, de mivel nagyon kötött kéréseid is vannak, nem tudni, mire keresünk fel téged.

– Rendben – értettem meg egyből, hogy ezzel arra utal, nem lát sok esélyt arra, hogy valaki majd engem akar, mikor az ő oldalukra inkább olyanok látogatnak el, akik kisebb gyerekek mellé keresnek au-pairt.

– E-mailen vegyük fel a kapcsolatot majd ismét – jelentette ki David, miközben kitolta maga alól a széket, ahogy Daniel is. Én is felálltam erre, ők pedig hozzám sétáltak, és miközben mindketten sok sikert kívántak a továbbiakban, kezet fogtak velem, és gyorsan le is zavarva az egészet, elköszöntek.

Egy gyors „viszontlátásra" után az egész épületből is sietősen távoztam, annak ellenére, hogy még mindig zuhogott odakinn, én pedig egy pillanatig megálltam az ajtó előtt, ahol még fedett volt a felvezető lépcső, és az ereszcsatornán végigömlő eső láttán egy nagy levegőt vettem, mielőtt kiléptem egy jó kis instant tüdőgyulladásba.

Egyáltalán nem süllyedtem le arra a szintre, aki fut az eső elől, helyette vállalva az esetleges következményeket, zsebre dugott kézzel sétáltam, miközben a földet pásztáztam, amin ezer meg ezer esőcsepp landolt másodpercenként. Augusztus vége lévén további teendők nélkül sétáltam haza, mivel az egyetemmel kapcsolatban nem volt semmi elintéznivalóm, csupán az, hogy szeptember 15-étől fogva saját érdekemből bevonszoljam a seggemet órákra. Még volt több mint két hetem az első szemeszter kezdetéig, és örültem volna neki, ha esetleg addig jelentkezik valaki, aki engem akarna a családjába, de erre kb. nulla százaléknyi esélyt látok. Ami nekem azért nem jön túl jól, mert hivatalosan nincs hol laknom. Ez azért most költői túlzás volt, mivel van kettő nagyon rendes, de kicsit sem imádnivaló barátom, akiknek a vendégszobájukban élek már június óta, mivel ők tudják a rövid és tragikus családi mizériámat, magától értetődő volt, hogy befogadnak. Nyaranta már két tanév óta náluk lakok, mikor az egyetem kollégiuma nem üzemel, most viszont ez kicsit máshogy lesz, hiszen a koleszba csak az első- és a másodévesek lakhatnak, úgy, hogy nem kell anyagiakat is hozzácsapni, én meg most kezdek neki ugye a harmadik évemnek a Cambridge-en. Úgy terveztem, mire elkezdődik a félév, addigra találok egy családot, pontosabban ők találnak meg engem, hogy ne kelljen a barátaimnál laknom teljesen ingyen. Ami nekik nem gáz, mindkettőjük szülei dúsgazdagok, így arany életük van, egy király apartmanban, ahol kényelmesen elférünk hárman is, annak ellenére, hogy én csak ideiglenes lakos vagyok. Viszont hiába a legjobb barátaim, számomra nagyon kellemetlen, hogy még csak a rezsibe se szállok bele (na nem mintha azt amúgy ők fizetnék, szimplán a szüleik), pedig mindig elmondják, hogy meg se engednék, hogy beletegyem a részemet pénzügyileg.

Valljuk be: nem állok jól anyagilag, ezen nincs mit szépíteni. 22 éves vagyok, ami azt jelenti, már lassan négy éve lesz, hogy elköltöztem otthonról, és a saját lábamon próbáltam megállni. 18 éves korom körül a legszebb szóval is elküldtek otthonról, én pedig először nyári munkák alatt megkeresett pénzből éltem, egy gimnáziumi haveromhoz költözve. Az egyetlen szerencsém az volt, hogy hatalmas és használható ésszel lettem megáldva, magyarul elképesztően okos vagyok. És ezt mindenféle nagyzolás vagy nagyképűség nélkül jelentem ki, ugyanis nem mindenki kerül be Anglia egyik legnevesebb egyetemére ösztöndíjjal. Nekem sikerült. És mellette gyorsan találtam magamnak egy állást is, egy kávézóban, ami ahhoz képest, hogy csak egy egyetemi munka, rendesen megtömte a zsebemet.

Nos, a kávézó egy hónapja bezárt. A kollégium nem fogad be, hacsak nem fizetek kimondhatatlanul sok pénzt havonta, így eléggé rosszul áll a szénám. Még a hónap elején, amikor megtudtam, hogy elbocsájtanak mindenkit a kis sarki presszóból, kétségbeesetten néztem munka után, amire van képesítésem. De tekintve, hogy még nagyban tanulok, nem igazán volt sok lehetőségem. Közben gondolnom kellett arra is, hogy valahol laknom kellene, hisz nem élősködhetek a barátaim nyakán, egészen addig, ameddig nem lesz elég félretett pénzem egy saját lakásra, ami nagyon nem mostanában lenne, ha beadtam volna a jelentkezésemet egy kisebb kávéházba. A barista fizetés eddig teljesen kielégítő volt, félre tudtam tenni, mellette mégis egy viszonylag dús életet élni, de a tető a fejem felett ingyen volt biztosítva. Ha ismét elmennék egy ilyen helyre, sose lenne annyi spórolt pénzem, hogy talpra álljak, szülői támogatás nélkül. Ezért is könnyebbültem meg, mikor egyik éjjel, amikor már akkora táskák voltak a szemem alatt, hogy épp kezdtem feladni az álláshirdetések kutatását, szembejött velem ez a lehetőség, mint házvezető, „csúnyább" nevén au-pair. Ez a kifejezés nekem túl amerikai, és nem szeretem az amerikai dolgokat, mert rossz emlékek kötnek az Államokhoz. Meg is lepődtem, hogy Európában is létezik ilyen lehetőség, mert egy ilyen előkelő helyen, ahol még alkotmányos monarchia uralkodik, szebb szavakkal ezt komornyiknak hívják. De persze, angolosítva van itt briteknél is minden, amit csak egy szemforgatással vettem tudomásul, de nyilván rákattintottam a hirdetésre. Elveszítve a józan és illedelmes ítélőképességemet még éjjel egy órakor írtam nekik egy e-mailt, és csatoltam az életrajzomat, amire majdnem egy hónapig nem érkezett visszajelzés. Viszont mikor megkaptam az e-mailt, amiről már régen lemondtam, hogy valaha is megérkezik, egyből nagyon konkrétan közölték, hogy ekkor és itt találkozó. Ez volt ma, és kicsit sem szebb reményekkel indulhattam haza, de erre számítani lehetett, csak hamis hitben éltem.

Egy húsz perces séta után értem el a barátaim – egyikőjük egy arrogáns olasz, Luca Rossi, a másik pedig egy skót, aki sosem fogja be, Quentin Mitchell – lakásához. Az ideiglenes otthonom a hatodik, azaz a legfelső emeleten volt található, így miután beléptem a lépcsőházba, és kicsit leráztam magamat, a lifthez léptem. Kicsit dideregni kezdtem, mialatt vártam, hogy leérkezzen az ötödikről, és sietve nyomtam meg kétszer is, ahova menni szeretnék, hátha úgy gyorsabb lesz. De a lift, ami hiába volt extra modern, nem engedelmeskedett gyorsabban, a maga csiga tempójában zárult be az ajtaja, és vitt fel a hatodik emeletig. Ameddig lassan felhúzta magát, én a tükörbe néztem, ahonnan egy csuromvizes és fáradt srác nézett vissza rám, aki a napokban borotválkozni is elfelejtett. Elhúzva a számat gyorsan elhatároztam, hogy amint végre felérek a tetejére, elmegyek és veszek egy forró fürdőt, utána pedig megborotválkozok, ugyanis a barátaim szerint nem áll jól a zord, negyvenes apuka kinézet. Ez igazán kedves tőlük, de legalább őszinték, ugyanis tényleg nem áll jól. Csupán nem volt időm mostanában pengét ragadni, ami nagy hiba volt, és egyre jobban elszörnyedtem magamtól, ahogyan a tükörben nézegettem a túlnőtt borostámat.

Gyorsan kikászálódtam a liftből, amint egy idegesítő, csippenő hang jelezte, hogy felért, és a zsebemből előveve a kulcsomat a zárba helyezve forgattam meg. Amint kattant egyet, kihúztam, és betoltam az ajtót, a lakásban pedig még pezsgett az élet. Luca a kanapén tespedt, ami egyből a bejárati

15

ajtóval szemben volt, és valami műsort nézett. Igaz, csak a fekete feje búbját láttam a kanapé karfáján, a másik oldalon pedig a mezítelen talpát, biztos voltam benne, hogy hanyag módon csak egy alsóban fekszik a kanapén, talán félig alszik is.

– Sziasztok! – köszöntem hangosan, miközben az ajtó mellett álló ruhainasra dobtam az átázott pulóveremet, és lerugdaltam magamról a használhatatlan cipőimet is. Hosszú folyamat várt rájuk a megszáradásig.

– Hali – rikkantotta Luca a köszönésemre, majd felugrott fekvő pozíciójából, amin önkéntelenül is elmosolyodtam. Annyira belemerült valami rossz talkshow-ba, hogy csak akkor tűnt fel neki, hogy megérkeztem, mikor köszöntem. Tipikus. – Na, mi volt?

Lemondva vállat vontam – Szerintem semmi – közöltem egyszerűen. – Azt mondták, ne fűzzek sok reményt a munkához, ha nem akarok kisgyerekes családban dolgozni.

– Sajnálom – húzta el a száját a barátom, mire én csak legyintettem, jelezvén, hogy nem számít. – Én mondtam, hogy vállald be a gyerekeket. Nem lenne olyan nehéz.

– És ezt te honnan is tudod? – mosolyogtam gúnyosan a barátomra, mire ő csak felhorkantott.

– Van kettő unokahúgom, oké? – kérdezett vissza felháborodva, mire csak egy „persze, persze"-t motyogtam vissza, Luca viszont elengedve a füle mellett folytatta. – De még mindig fennáll lehetőségként, hogy egyszerűen itt maradsz.

– Kizárt – vágtam rá habozás nélkül, mire Luca csak megrázta a fejét. Nem érti a szituációmat, nem is várom el, hogy megértse. De én egy erkölcsös, és annál is fontosabb, hogy alázatos ember vagyok, aki nem az a fajta, hogy ingyen lakik a barátainál, és nem tesz semmit, hogy ez megváltozzon. – Úgyis tudod, hogy ezt nem akarom.

– De kit zavarsz te itt, Sam? – nyögött fel, miközben teljes testével felém fordult, a kanapéra támasztva az állát.

– Engem zavar, hogy nem tudok függetlenedni – motyogtam az orrom alatt, miközben kibújtam a pólómból is, és a pulcsira dobtam.

– Ez nem a függetlenedésről szól – cáfolta meg egyből. – Te is csak egy ember vagy, aki szorult helyzetbe került, mi pedig kisegítjük. Számtalanszor húztál ki minket a bajból te is.

– Az, hogy beültem helyettetek vizsgára, egyáltalán nem ugyanaz, mint hogy három hónapja ti szállásoltok el ingyen – vágtam rá gondolkodás nélkül, mire Luca elgondolkodva vállat vont.

– Számomra az volt a legnagyobb dolog, amit valaha megtett bárki is értem. Még soha senki nem írta meg helyettem a francia forradalomról szóló félévi vizsgát 98 százalékosra! Én azt se tudom, mikor volt a forradalom, vagy mi a rák – tárta szét a karját, mire végre megint elmosolyodtam. – Bezzeg ez a fasz Quentin, hugyos korom óta ismerem, és egy rántottát nem csinál nekem, ha szépen kérem.

– Hol van most? – kérdeztem, mivel Quinn még mindig nem tűnt fel, pedig már percek óta hazaértem. Ilyenkorra már ott szokott tartani, hogy elmeséli, mit evett reggelire, meg azt is, hogy mit evett előtte nap reggelire, hiába hallottuk azt már egyszer.

– Hajat szárít – forgatta meg a szemét Luca. – Egy óráig áztatta magát, mint egy kislány, most meg beállítja azt a festett fészket a fején. Szerintem ez már tutira egy nőt jelent, egy nagyon jó nőt.

– Végezhetne, mert nekem muszáj lenne lefürdenem – néztem a fürdő irányába a folyosó végén. – Ugyanis tutira tüdőgyulladást kapok, ha most nem fekszek bele a kádba.

– Haver – nyílt tágra Luca szeme. – Miért nem hívtál, hogy menjek érted?

– Azért, mert attól függetlenül, hogy te néha elfelejted, én emlékszek rá, hogy bevonták a jogosítványodat? – mosolyodtam el a hevességén, mire Luca csak fejbe vágta magát.

– Picsába – jelentette ki. – Igaz, tényleg elfelejtem. De jó, hogy szólsz, mert egy hete jogsi nélkül vezetek akkor, úgy néz ki.

– Állat – röhögtem fel ezen, majd a fürdő fele indultam, és nemes egyszerűséggel elkezdtem dörömbölni rajta. Pár másodperc múlva hallottam a hajszárítót leállni, és ki is nyílt a fürdőszoba ajtaja.

– Sam! Szia – köszöntött a szőke barátom fellelkesedve az érkezésemre. – Na mi volt a tálakkal?

– Kérlek ne hívd őket tálaknak, mert ez még abszurdabbá és kényelmetlenebbé teszi a helyzetet – sétáltam be mellette a fürdőbe, és a saját törülközőmért nyúlva, beletöröltem a már alapból nedves hajamat.

– Jó, jó, de én még nem tettem túl magamat a nevükön – közölte Quinn felém fordulva, miközben kihúzta a hajszárítót a konnektorból.

– Egyébként nem sok. Azt mondták, nem látnak sok esélyt arra, hogy bárki is kiválaszt – ismételtem el, amit az előbb Lucának is.

– Ohh – húzta el a száját Quinn. – Sajnálom haver.

– Nem kell – vágtam rá rögtön. – Inkább mesélj, hova készülsz.

– Én? – mutatott magára, játszva az eszét, mintha nem lett volna egyértelmű a kérdésem. – Ááá, sehova. Csak épp vacsorázni egy szociológiással, aki csak úgy néz ki, mint fiatal Cheryl Tweedy! – kiáltotta hangosan, mire Luca felmordult a nappaliból, hogy hallgasson már el. Én ezen csak felnevettem.

– Sok sikert haver, bár fogalmam sincs, hogy néz ki a fiatal Cheryl Tweedy – közöltem visszatartott mosollyal, miközben kibújtam a nadrágomból is, ami szintén ázott volt.

– Persze, hogy nincs, mert te sose Cheryl Tweedy-t nézted, hanem Ashley Cole-t mellette – tette csípőre a kezét, mire én tátott szájjal meredtem rá.

– 1-0 Quinn-nek – kiáltotta Luca a nappaliból röhögve, mire csak elmormogtam magamban egy „baszódjatok meg"-et.

– Ugyan, tudod, hogy nincs bajunk a szexualitásoddal – nézett rám Quinn mosolyogva. – Én csupán nem értem, hogyan lehet Ashley-t választani, ha ott áll mellette Cheryl Tweedy!

– Úgy, hogy nem nézem őket? – kérdeztem vissza furcsán elmosolyodva. – Mivel Ashley nem is jó pasi.

– Köszönöm! – nézett rám jelentőségteljesen gesztikulálva a kezével. – Hallottad ezt Luca?

– Hagyjál már, én heteró szemmel néztem azt a párt, és valljuk be, ha buzi lennék, én a feketékhez vonzódnék – jelentette ki Luca, mire Quentin csak fennakasztotta a szemét.

– Ez egyszerre volt lekezelő, homofób és rasszista! – szóltam neki vissza ösztönösen, de benne volt a gúny és a játékosság a hangomban, mivel természetesen tudtam, hogy a „buzi" szót csak poénból használjuk egymás között.

– Szörnyű ember vagyok! – kurjantotta, mire én csak elnevettem magamat, és sietős búcsúzkodásba kezdtem Quinn-nel, miszerint mindjárt megfagyok, mert az esőben sétáltam. Sok sikert kívántam Cherylhez, vagy kihez, majd bezártam a fürdő ajtaját kulcsra. Ezután már komótosan vettem le az utolsó ruhadarabot is magamról, és ameddig vártam, hogy a kád megteljen forró vízzel, a tükörhöz hajolva megborotválkoztam. Utána máris sokkal emberibbnek éreztem magamat, majd beleereszkedtem a kádba, és végül is... én is órákig áztattam magamat, mint egy kislány.

1.

Az a szörnyű elfogultság

Csupán kettő nap telt el idegtépő várakozással, bár igyekeztem lekötni magam, és elfogadni, hogy hiába virítok egy fülig érő mosollyal a Bowl ikrek családkereső központjának weboldalán, nem valószínű, hogy rám fognak kattintani a patthelyzetbe szorult családanyák vagy apák. Amellett, hogy naponta többször kerestem fel a netes oldalt, és olvastam végig a magamról szóló leírást, hátha feltűnik valami, bármi, ami majd szimpatikussá tesz, próbáltam tényleg elfelejteni a dolgot. Arra jutottam, hogy inkább egy másfajta témában kezdek kutatni állás után, és ha esetleg – amire nem látok sok reményt – valaki egyszer felkeresne engem, egyszerűen nemet mondok. Mert terveim szerint találok egy jól fizető diákmunkát, és elköltözök... szép tervek. De egyértelmű, hogy egy ilyen nyugodt külvárosban, mint Cambridge, nem fognak milliókat szórni nekem egy munkahelyen sem, akármennyire is szorult helyzetben vagyok. De szép álomba ringattam magamat, és nagyon erősen próbáltam nem gondolni arra, hogy képtelen vagyok önállósodni, és mennyire szégyennek és kudarcnak érzem ezt, tekintve, hogy mikor kirúgtak otthonról, azzal az elhatározással kezdtem el élni az életem, hogy én bizonyítani fogok, és majd meglátják a szüleim is, hogy nem egy szemetet dobtak el maguktól, hanem az értékes és egyetlen fiukat, aki képes dolgokra, egyedül is. Egyelőre ez az álom nem teljesült be, és nem úgy tűnt, hogy mostanában fog, és csak az nyugtatott ilyenkor, hogy a családom semmit sem tud rólam, hiszen ők az USA-ban élnek. Ez mindig megbékít, hisz még van időm. Már azt is teljesítménynek véltem felfedezni, hogy a cambridge-i egyetemre járok, így végül is nem teljes csőd a szülőktől független életem.

Amikor már éppen beletörődtem, és még el is könyveltem magamban, hogy mekkora ostoba ötlet volt ez a családi munkaötlet, épp az étkezőasztalnál ültem, miközben én csak magam elé bámulva müzlit ettem, a barátaim pedig valami sorozatról vitatkoztak a két oldalamon. Felvillant a mellettem pihenő telefonom képernyője, mire én szinte ösztönösen néztem rá egyből. A szalaghirdetés azt jelezte, hogy e-mailem érkezett, mire gyorsan lenyeltem a számban rágcsált ételt, és feloldva a telefont egyből a mail-ek közé léptem.

– Mi az? – kérdezte Quinn megszakítva a beszélgetését Lucával, mikor meglátta, hogy a homlokráncolva meredek a telefonra. De én még a sorok között jártam, amit ezután hangosan is felolvastam a barátaimnak.

Tisztelt Samuel Thompson,
Örömmel értesítjük, hogy egy család Önt választotta a programunkból, és minél előbb szeretnék megismerni Önt, és egyeztetni az esetleges részletekről, ha elvállalja a munkát. Válaszát várjuk!
Bowl fivérek

A szöveg rövid és lényegre törő volt, sokkal inkább olyannak hatott, mintha egy üzleti munkát kaptam volna meg, nem egy családokkal kapcsolatos állást. De amint eszembe jutott, hogy mennyire formális és komoly volt minden a két nappal ezelőtti találkozón is, egyből értelmet nyert, hogy ilyen komor és mély hangvételű e-mailt küldtek. Quinn és Luca nagyon megörültek a hírnek, én viszont továbbra is aggódó tekintettel futottam végig újra és újra a rövid visszajelzésen. Össze voltam zavarodva. Pár nappal ezelőtt még azt mondták, hogy szinte semmi esélyem munkát szerezni náluk, és csak illemből kívántak nekem sok sikert a várakozásban, ez tisztán látszott rajtuk. Most pedig alig telt el 48 óra, és egy olyan e-mailt kapok tőlük, amiben gyorsan és tömören közlik, hogy egy család szeretne engem jobban megismerni. Ennek nem volt semmi értelme. És még megemészteni sem tudtam a dolgot, hiszen minél előbb várták a válaszom a dologra, amit pár órával később írtam meg, miszerint természetesen szeretnék találkozni a családdal.

Három nap múlva kellett bemennem az irodájukba, hogy egy kicsivel pontosabb leírást kapjak a családról, mielőtt személyesen is találkozok velük. Egy város széli családról volt szó, akik megfelelő ellátásban részesítenének, külön szobával. A leírásban a lakosztály szót használták, ami egyből felkeltette az érdeklődésemet, ugyanis úgy néz ki, egy tehetősebb családról volt szó, ami valljuk be, nekem nagyon jól jönne. A leírást Adeliade Baker küldte, így feltételeztem, ő az anyuka, ugyanis azt írta, hogy a férjével ők ketten nagyon elfoglalt emberek, és nincs idejük a háztartásra, sem a gyermekükre. Itt már felvontam a fél szemöldökömet, de csak sietősen tovább olvastam. Azt írta, hogy nem kell aggódnom, ugyanis nem egy kisgyerekről van szó, hanem egy kamasz fiúról, aki nem zavar sok vizet. Egyből fellélegeztem, ugyanis ez jó hír volt, az pedig még jobb, hogy a fizetésről csupán annyi volt írva, hogy alkudható. Bár kicsit furcsán néztem rá, hiszen még csak kezdőtőke sem volt megadva, így el is bizonytalanodtam, de egyből eszembe jutott, hogy azért választottam ezt a munkát, mert ez általában jó fizetést von maga után. Ennyit tudtam meg a családról, valamint a nevüket. Adeliade, az édesanya, a férje Edward, és a fiuk, Harry. Vezetékneveket nem írtak, ami először fel sem tűnt, csak akkor, amikor este az ágyamban ülve a sötétben olvastam el újra és újra a kapott leírást. Nagyon titokzatosnak tűnt, és többször is feltűnt a levélben, hogy mielőtt aláírnánk bármit is, mindenképp szükség lesz egy személyes találkozóra. Ez nem volt túl hívogató, mivel még csak egy fényképet sem láttam róluk, de nem tépelődtem rajta túl sokat. Nyilván, ha baltás gyilkosok lennének, nem egy családi weboldalon keresnének áldozatokat. Ahhoz még egy sorozatgyilkosnak is elborultan betegnek kellene lennie. Valamint nem egyedül fognak odaküldeni, hanem egy asszisztenssel a cégből, aki felméri a helyszínt, ameddig én a családdal beszélgetek.

A találkozást végül szeptember elsejére beszéltük meg, amit először nem is értettem, hisz aznap kezdődött a tanítás a gimnáziumokban, de Adeliade biztosított arról, hogy a fia is otthon lesz.

Aznap feldúltan ébredtem. Már álmomban is erről a találkozásról álmodtam, így szuper idegesen keltem, ráadásul még rengeteg elintéznivalóm volt az indulás előtt. Quinn hazautazott a családjához, így ő nem volt a lakásban, Luca pedig bevásárolni ment, így egyedül voltam otthon, és a nyolc órai ébredésem után egyből kapkodni kezdtem. Egy gyors hideg zuhanyt vettem, ugyanis még előző este olvastam valahol, hogy egészséges és felfrissít, így el is határoztam, hogy ezzel fogom kezdeni a holnapi napot. Ez egy nagyon rossz ötlet volt, ugyanis miután kikeltem a meleg ágyamból, és még csak nem is éreztem magam túl pazarul, beálltam a hideg vízfolyás alá, és csak még feszültebb lettem a fizikai negatív hatások által is. Miután dideregve szálltam ki a zuhany alól, gyorsan felöltöztem egy egyszerű fekete pólóba egy farmerrel, amivel magamat adtam, nem voltam se túl-, se alulöltözve egy ilyen megbeszélésre.

A fürdő tükre előtt állva fújtam a hajamra a gusztustalan szagú hajlakkot, amitől már szinte levegőt sem kaptam, de legalább sikerült nagyon pöpecül beállítanom a hajamat, annak ellenére, hogy nem felfele kunkorítva szoktam hordani. De ez egy kivételes nap volt, és még kedvem is volt kicsit kilépni a komfortzónámból. Ezért elégedetten néztem a tükörbe, miután végigsimítottam a tiszta és puha arcomon is, amit közvetlenül tegnap este borotváltam le.

Ezek után nyugodtan ültem le reggelizni, valami joghurtot, amit a hűtőben találtam, miközben a telefonomon görgettem végig az unalmas közösségi médiákat, majd a híreket is. Nem is tudom, melyik untatott jobban. Még fél órám volt, ameddig meg nem érkezett értem egy sofőr, aki velem tartott a látogatásra, így szokásomtól eltérően bevetettem az ágyamat, és miután kicipeltem a szobámból mindenféle oda nem illő dolgot (tányérok, üres palackok...) kiszellőztettem az egész lakásban. Végül is hozzá kell szoknom a rendrakáshoz, hiába nem a kedvenc dolgom, mostantól eléggé valószínű, hogy ez lesz a főállású munkám. Majd már tehetetlenül ültem le a kanapéra várakozni, és pontosan öt perccel a megbeszélt időpont előtt, lesétáltam a lépcsőház elé, hogy ne teljen az idő azzal, hogy a sofőrnek rám kell várnia. Na meg tanultam a múltkori késős hibámból is.

És a fekete Mercédesz pontosan kilenc órakor parkolt le a háztömb előtt, amibe sietősen bepattantam, ugyanis az oldalán ott mosolyogtak a pöffeszkedő Bowl ikrek, így még csak fenn sem állt lehetőségnek, hogy az autó nem értem érkezett. Egy középkorú férfi ült a volánnál, aki egy köszönésen kívül egész úton meg se szólalt. Ez már indulás után két perccel is egyértelművé vált, így betettem a fülembe a fülhallgatómat, és mivel nem tudtam, hogy milyen meszsze megyünk (ugyanis a családom ezt az információt sem osztotta meg velem), az ablakon kifele nézve indítottam el egy lejátszási listát. A fekete pólómra még felkaptam egy bőrkabátot is, ugyanis mióta az állásinterjúm napján leszakadt az ég, nem tért vissza a jó idő. Ez várható volt, hiszen Angliában mindig rövid ideig tart a nyár, de azért még nem gondoltam, hogy annyira zord lesz az idő rögtön az ősz első napján, hogy egy kabátban is vacogni kezdek. Szerencsére az autóban kellemes hőmérséklet volt, de azért a dzsekit magamon hagytam egész út alatt.

Miután egészen lassú tempóban végigfurikáztunk a városon, lefordultunk egy főútra, ami a dús növényzetű erdőn haladt keresztül. Nagyokat pislogva nézelődtem a lombok között, és akaratlanul is elképzeltem, mennyire gyönyörű lesz ez a rész majd ősz közepén, amikor már a levelek besárgulva feladják életüket, és lehullva egy hatalmas narancsos-barnás tengert alkotnak. Nem véletlenül az ősz a kedvenc évszakom. Az ősz az elmúlás, amelyben nekem sokszor részem volt életem különböző szakaszain. De mellette mégis azt jelképezi, hogy lehet, hogy valami véget ér, utána valami jó fog következni. Persze csak miután túl vagyunk a zord télen is, de én azt is nagyon szeretem. Jó emlékeim vannak a télről. Mikor még gyerek voltam és Portlandben éltem, sokszor havazott és rengeteget játszottam a testvéreimmel odakint. Mialatt pedig nőttem, egyre jobban megszerettem, ha csak az ablakban ülve nézegethettem kifele a hidegbe, miközben odabent kellemesen meleg volt. A karácsonyt is szerettem, ugyanis sokáig a szeretet és az elfogadás ünnepét jelképezte nekem. De lassan átcsaptak a karácsonyok is egyedül töltött napokba, hiszen mikor az ünnepek alatt mindenki hazautazott a családjához, én pár sorstársammal ott maradtam a kihűlt kollégium falai között, ami olyan rideg és borzasztó élménnyé varázsolta a karácsonyt, hogy soha többé nem tudom majd úgy ünnepelni, hogy a szépet lássam benne. Amint viszont vége a télnek, elkezdődik az újrakezdés időszaka, a tavasz, ami gyönyörű a maga módján, de sosem rajongtam érte. A nyarat pedig egyenesen nem szeretem, hiszen számomra túl felszabadult és kiszámíthatatlan. Maradok a kíméletlen és sivár évszakoknál, azaz az ősznél és a télnél.

Már húsz perce ültem az autó hátsó ülésén, mikor kétségek kezdtek alakulni bennem, miszerint valóban elrabolnak, ugyanis erről nem volt szó, hogy az út idáig ilyen hosszúra nyúlik. Már a zenét is lekapcsoltam, felkészülve, hogy bármikor megérkezhetünk, de nem így lett. Csak további tíz perc elteltével lassítottunk le, amire felriadva összeráncoltam a homlokomat, hiszen még mindig burjánzó növényekkel voltunk körülvéve mindkettő oldalon. Egyből az ugrott az élénk fantáziámba, hogy biztos valami erdőszéli eldugott kastélyba szállítanak, és mennyire mesebeli és titokzatos lenne, amikor a középső ülésre csúsztam, és megláttam, hogy egy erdőszéli, eldugott kastély előtt vagyunk. Egy hosszú úton gördültünk végig, ami mellett növekedett a zöldellő fű, csak a kocsi két kereke mentén volt kiválva földút. Ahogy elnéztem a sofőr elszörnyedt arcát, ő sem számított erre, főleg, hogy neki a feladata az lesz, hogy szemügyre vegye a szállás körülményeit. Nem lennék a helyében. Bár még kezdeti sokkban voltam, mikor végül a kocsi megállt egy hatalmas fekete fémkapu előtt, amely zárva volt. A bejárati hatalmas rácsra borostyán szövődött, és bimbózó rügyek ölelték körbe minden oldalról, mellette pedig egy óriási, krémszínű tégla válaszfal állt, kerítés gyanánt. Azon is végig fonódott egy jellegzetes zöld növény, aminek a varázsába teljesen belevesztem, ahogyan illeszkedik az egészre. A természet mindig megbotránkoztat.

A sofőr tehetetlenül ült a vezető ülésen, és a telefonján kezdett valamit pötyögni. Valószínűnek tartom, hogy ő sem tudta, mit kellene csinálnia, biztosan csak olyan utasítással lett elküldve, hogy tegye csak a szokásosat. Morgott valamit az orra alatt, hogy biztos rossz címet kapott, amiben én is láttam lehetőséget, de nem igazán gondolkodtam ilyeneken, csak átnéztem a kapu felett, hogy rálássak az épületre. Sose láttam még ekkora palotát, csak képeken, de élőben még soha. Nem tudtam érzéseket megfogalmazni vele kapcsolatban, hirtelen még az a rossz tulajdonságom is elszállt, hogy ítélkezzek, vagy hogy egyből véleményt alkossak csupán a külsejéről. Csak öntudatlan állapotban bámultam a magasló palotát, tényleg nem túlzok a palota kifejezéssel, mert biztos voltam benne, hogy az volt. Nem láttam belőle túl sokat a hátsó ülésről nyújtózkodva, így gyorsan engedélyt kértem a sofőrtől, hogy kiszállhatok-e, mire ő csak vállat vont. Ezt egy igennek vettem, így felmarkoltam a telefonom, amit magam mellé ejtettem, és kilöktem a kocsi ajtaját. Mint egy gyerek, aki először látja meg a karácsonyfát, és alatta az ajándékokat, úgy forgattam a fejemet, először felmérve a környezetet. Tényleg az erdő szélén voltunk, de el tudtam képzelni, hogy a közepén, mivel nem láttam, a hatalmas terület mögött is fák nyújtóznak-e. Halkan ropogott a lábam alatt a még nyári dús fű, ahogyan lépésről lépésre közelebb értem a kapuhoz. Akaratlanul is a fémre csúszott a kezem, ami hideg és nedves volt, de én csak tátott szájjal néztem át rajta. Egy minimum nyolc hektárnyi tér tárult elém, alig 100 méterre a fémkaputól pedig egy kastély. Konkrétan egy kastély, de még sose láttam ehhez hasonlót.

Nem szerettem a történelmet a gimiben, sose érdekeltek különösebben a stílusirányzatok jellegzetességei, egy vár vagy palota felépítése, de még csak a nagyobb háborúknál se keltette fel az érdeklődésemet, ha arról volt szó, hogy leomlott egy kastély, vagy várrom. De most, itt állt előttem egy olyan építmény, amit, ha egy filmben látok, biztosan középkorinak és gótikus irányzatúnak tippelek (azért, mert egyedül a gótikus szó maradt meg az emlékezetemben, pedig biztosan több 100 stílus létezik még, de nekem közöm sincsen hozzájuk). Hiába űztem ki egyből a fejemből a gótika szót, ugyanis abban is halál biztos voltam, hogy ez minden, csak nem gótikus, még mindig nem tudtam feldolgozni, hogy ilyen még létezik a mai világban, és egyből elindultak az összeesküvés elméleteim, hogy mégis ki élhet itt. Az is előfordulhat, hogy senki, és tényleg valamit nagyon elrontottak a címekkel, ugyanis az kizárt, hogy itt egy mostani kultúrát követő ember éljen. „Inkább emberek" – gondoltam magamban, miközben a fejemet emelve tudatosult bennem, hogy az épületnek kettő további emelete is van a földszinten kívül.

Szimmetrikus volt, ezt egyből levontam következtetésként. A pompa volt a legszebb és legelőkelőbb szó, amit a falaira használhattam, és fogalmam sincs milyen groteszk felindulásból, de elővettem a telefonomat, és rákerestem az építészeti stílusirányzatokra. Pár perc művelődés kellett csak és egyből felismertem, hogy ez egy reneszánsz építmény (mellesleg köze sincs a gótikus kinézethez, de azért szép próbálkozás volt), ami egyébként nagyon aprólékosan is volt tervezve. Gyönyörű parányi minták voltak alkotva az összes oszlopra, amik annyira nem is lehettek kicsik, ha innen is láttam a tipikus reneszánsz alapmintákat. Középen kétoldalról futott fel egy gránitlépcső, ami tisztára volt csiszolva, és egyezett a ház meleg színeivel, amiben dominált a bézs, világos arany és fehér.

A kert csakúgy arányosan volt elrendezve, akár a ház így külső szemmel, a tuják formára voltak vágva, és katonás sorrendben, szabályosan voltak virágok ültetve, mindenfele amerre csak néztem. Itt bizonyosodtam meg arról, hogy ez a hely jelenleg is lakott, ugyanis a kert nagyon ápolt volt, mintha minden nap meg lennének szabva a levelek, le lenne nyírva a pázsit. És valaki nagyon pontos munkát végezhet itt, de biztos, hogy az a valaki nem egyedül van, hiszen ez egy végeláthatatlan terület.

– Mr. Thompson! – szólított meg a hátam mögül az úr, akivel érkeztem, mire megperdültem a tengelyem körül. A férfi is becsapta maga mögött az ajtót, és megigazítva a felsője gallérját lezárta a kocsit. – Jó címet kaptunk.

– Micsoda? – nevettem fel hitetlenül. – De ez lehetetlen, ez egy kastély – rebegtem szinte magamnak, miközben elszakítottam a tekintetem a férfiról és visszavezettem a termetes épületre.

– Maga David Bowl ellenőrizte nekem pár perccel ezelőtt, és azt mondta, biztosan ez az a hely – ismételte el kimért hangnemben, mire továbbra is csak a fejemet ráztam.

– Akkor valaki csak szórakozik velünk – súgtam magam elé, miközben nagyokat pislogtam.

– A rendszerünk 100 százalékosan hiteles és biztonságos – kezdte a már ismert rizsát a pasas, nekem pedig hatalmas önuralom kellett, hogy ne dörrenjek rá, miszerint minden gépezetben van hiba. – Így az a javaslatom, hogy menjünk be.

– És azt hogyan gondolta? – kérdeztem már szemtelen stílusban ránézve, mivel tényleg egyre nagyobb képtelenségek elé állított. Mégis mit gondol ez a tudatlan fasz, majd megmászom ezeket a nyársakra emlékeztető rudakat?

– Én az oldalt található kolompra gondoltam – szólt vissza reflexből, mire jobb oldalra kaptam a fejemet, ahol tényleg egy hatalmas kapucsengő volt található. Hoppá. Eddig ezt észre sem vettem. Én továbbra is csak a kapura voltam felkenődve, miközben a kísérőm a csengőt tanulmányozta, majd egy határozott mozdulattal nyomta le. Ezután vártunk. Már két perc is eltelhetett, mire egy hatalmasat sóhajtottam, és már nagyon ott tartottam, hogy ez egy hülye átbaszás, és mi meg konkrétan bedőltünk az egésznek, úgyhogy induljunk haza. De a kapu nyikorogni kezdett, és pár pillanat elteltével lassú tempóban nyílódott, mire feltápászkodtam a földről, és elámulva figyeltem, ugyanúgy, ahogy a sofőröm is. Nem tudta véka alá rejteni, hogy ő is most lát ilyet először és számára is léteznek meglepetések.

Mikor a kapu megállt, immár teljesen tárva előttünk, ösztönszerűen néztünk össze, mintha csak tekintettel akarnánk megbeszélni, ha most meggyilkolnak itt minket, öröm volt ez a fél órás közös kocsiút. Drasztikusan nyeltem egy hatalmasat, mielőtt kezdeményeztem, és én indultam el előbb befele, majd a fickó szorosan a nyomomban maradva követett. Zavartan kapkodtam a fejemet minden irányba, hátha menetelés közben felmérhetem az egész környéket, de pár bizarr növényen kívül nem láttam semmit. Talán mert a torkomban dobogott a szívem, vagy talán mert túlságosan magas volt a pulzusom, de semmit sem fogtam fel a külvilágból és továbbra is abba a hitbe ringattam magam, hogy ez egy vicc, ez nem a valóság, csak egy nagyon rossz illúzióromboló tréfa. Ezt egészen addig így gondoltam, ameddig szembe nem találtam magamat egy hús-vér emberrel, egy nővel, aki nem egy ókori feleségáldozatnak, vagy egy megkoloncolt rabszolgának volt öltözve, hanem teljesen hétköznapi ruhákat viselve sietett le a kétoldalt szimmetrikus lépcső egyikén. A társammal erre automatikusan mindketten lefagytunk, és ottani álltunkban, alig tíz méterre a lépcső peremétől földbe gyökerezett a lábunk, és udvariatlan módon vártuk, ameddig a hölgy siet ide hozzánk.

– Isten hozta Önöket! – köszöntött minket, amikor leért az embertelenül hosszú kanyargó lépcsőn, majd mialatt kifújta magát, lassan közeledett felénk. – Már vártam a találkozást!

– Kezét csókolom! – viszonozta az üdvözlést mögöttem a sofőr, tiszteletteljesen, mivel minél közelebbről láttam a nőszemélyt, annál szembetűnőbb volt, hogy már egészen idős ahhoz képest, mennyire fitt. Itt lett volna az ideje annak, hogy én is mutassak valami illemet, és esetleg csak egy „hello"-t is kinyögjek, de ez nem történt meg. Csak álltam, mintha lenyeltem volna a nyelvemet.

– Adeliade Baker. Adel Baker – nyújtotta felém a kezét az asszony, amint már csak egy lépésnyi távolságra volt tőlem. Nem tudtam volna megtippelni, mennyi idős lehet, ugyanis a mozgása nagyon fiatalos volt, az arcán a ráncok viszont arról árulkodtak, hogy már a nyugdíjas éveit járhatja. Ezt egyből kizártam, hiszen eszembe jutott, hogy elfoglaltnak vallotta magát. Azt is írta, hogy kamasz fia van, amit elképzelhetetlennek tartottam, hiszen ahhoz túl idősnek nézett ki, hogy egy gimis fiúval számoljak. A ráncok mellett gyönyörű kék szeme volt, ami őszinte szimpátiával mosolygott rám, a kerek arcát pedig a gondosan beállított fekete haja ölelte körbe, miközben továbbra is felém nyújtott kézzel állt, reakcióra várva. – Tudom, kicsit sokkoló lehet ez a szituáció, hiszen semmi részletet nem írtam a levelemben, de erre rengeteg okom van, amit szeretnék megosztani Önnel, Samuel.

– Elnézést – nyögtem ki végül, felocsúdva a döbbenetből, majd miután képzeletben pofán vertem magam, hogy mennyire modortalan vagyok megszorítottam Mrs. Baker kezét. – Samuel Thompson. Ezt bizonyára tudja, de maradjunk a Samnél. És még egyszer is elnézést kérek a viselkedésemért, Mrs. Baker, csak nem ilyesmire számítottam – magyarázkodtam egyből, mire ő csak lehunyt szemmel megrázta a fejét, miközben elengedte a tenyeremet.

– Sam, kérlek, tegeződjünk – nézett rám barátságosan, mire én csak bólintottam.

– Adel – biztosítottam arról, hogy megértettem, mire ő csak fülig érő szájjal biccentett erre, majd a mögöttem álló férfival is gyorsan kezet ráztak. Pár mondatot beszélt vele, amiben annyi hangzott el, hogy majd egy bizonyos Fritzgerald nevezetű úr segít neki eligazodni a házban, és segíteni a feladatot, ameddig ő velem lesz. Erre összezavarodva rántottam össze a homlokom, de egy pillanatnyi időm se maradt, hogy feldolgozzak bármit az elmúlt percekből, mert Adel mellém pattant, és egyből bőszen kezdett magyarázni.

– Annyi dolgot kell neked elmondanom, Sam, elkezdeni sem tudom. Mindenekelőtt, muszáj lesz aláírnunk néhány papírt – hadarta, mire én még mielőtt a lépcső fokára léphettem volna meghátráltam.

– Papír? – kérdeztem hisztérikusan, majd egyből a sofőrömre akartam nézni, de ő felszívódott. Egyedül maradtam és fogalmam sem volt, mit szabad és mit nem.

– Csak hogy megőrizzünk mindent jogilag is – bólintott Adel határozottan, mire látta, hogy kicsit kétségbe estem. – Nézd, Sam, ami azt illeti, nem teljesen voltam veled őszinte a levelemben.

– Tessék? – kérdeztem vissza kicsit erősebben, mint terveztem, ugyanis egyre elrettentőbb dolgokat mondott. – Mi az, hogy nem volt őszinte?

– Nem mondhatok semmit, ameddig nem írtál alá, egy titoktartó nyilatkozatot – húzta el a száját, mire én csak égig futó szemöldökkel meredtem rá. Mi az isten?

– Titoktartó nyilatkozat? – kérdeztem vissza sokadszorra is, de nem hibáztattam magam, hiszen semmit sem értettem. Ilyesmiről nem volt szó. Én nem írok alá papírokat csak úgy, én azt először átnézetem egy ahhoz értő emberrel. Itt valami hatalmas tévedés történt, és el nem tudtam képzelni, hogy én hogyan kerültem bele.

– A fiamról van szó, Harryről – kezdte Adel gondterhelten, mire én félretettem az erkölcseimet és minden tiszteletet egy idősebb hölgy felé, és közbevágtam, mielőtt befejezhette volna a mondatát.

– Nem vagyok beteggondozó! – kiáltottam kicsit bunkóbban, mint azt szabadott volna, és egyből megnyugodtam, hogy visszatért az előítéletes énem, ugyanis még csak nem is tudtam, mi a gond a fiával, én máris arra gondoltam, hogy egy ágybeteg, aki alatt pelenkát kell cserélgetnem. Amint kimondtam, egyből szörnyen éreztem magam, hiszen ez rettenetesen tapló megnyilvánulás volt tőlem, így el is mormogtam egy „elnézést"-t. Adel csak legyintett, bár láttam, hogy elakadt benne a szó egy pillanatra.

– Harry nem beteg – erősítette meg. – Csupán ez az egész egy nagyon komplikált eset, de semmit nem tudok mondani, ameddig nem írod alá a papírokat.

– Nem írok alá semmit, amiről nem tudom, hogy micsoda – jelentettem ki kíméletlenül magabiztosan, mire az asszony egyből a mellkasához kapott.

– Sam, én egy tisztalelkű embernek vallom magamat, és esküszöm neked, elmondanám, ha lenne rá lehetőségem. De ahogy neked is, nekem is vannak feltételeim, és az pedig az, hogy ameddig nem írsz alá egy titoktartási nyilatkozatot nem mondhatok semmit – közölte ellentmondást nem tűrő hangon, mire nyugodtan konstatáltam, hogy méltó vitapárba leltem benne.

– Ez… – kezdtem, miközben kicsit elcsuklott a hangom. – Sajnálom. Akkor nem én vagyok az emberük. Elnézést – dadogtam, majd hátrálni kezdtem, mintha csak menekülni készülnék. Ez valóban így volt. Nem érdekelt, hogy tapintatlan, nem érdekelt, hogy ilyet nem illik csinálni, hiába kezdett hozzám beszélni az imént megismert Adel, én egyszerűen hátat fordítottam, és egészen az autóig meg sem álltam. Pár perccel később megérkezett a férfi, akivel érkeztem, és egy szó vagy kérdés nélkül nyitotta ki az autót, amibe rekord gyorsasággal ugrottam be, ő pedig ezt látva tényleg békén hagyott egész úton. Hazafele is próbáltam elmélkedni a levelek elmúlásán, az ősz megérkezésén, akármin, ami nem ezt a horrorisztikus idillt tárja elém, nem tudtam másra gondolni, csakis arra, hogy nem hagy nyugodni a kíváncsiság, miket hallottam volna, ha esetleg aláírom azt a nyamvadt papírt.

2.

William

Szeptember első napjának az estéjén nyugtalanul aludtam el.

Még csak a délelőtt fele telt el, mikor hazaértem, és egy rekordgyorsaságú elköszönés után ki is menekültem az autóból, hogy meg se álljak Luca és Quinn lakásáig. Még a történtek hatása alatt voltam, ami elmondva nem tűnik egy nagy dolognak (ezért nem is értette Quinn és Luca, amikor hisztérikus állapotban meséltem el nekik, hogy mi történt), de ott eléggé riasztó volt. Nem volt semmi különös, amit kiemeltem volna, hogy ijesztő volt, nem lógtak hullák a kastély árkádjairól, csupán mindenre fel voltam készülve, csak erre nem. Erre egészen biztosan nem.

Estefele – miután a barátaim már kellőképpen megvigasztaltak – kezdett bűntudat költözni az eszembe, amiért még csak végig sem hallgattam, amit Adel mondani akart. Egy parasztnak éreztem magamat, aki ráadásul nem csak elfogadhatatlanul viselkedett az elejétől fogva, még csak nem is hagyta, hogy valamiféle magyarázatot kapjon. De végül sikerült lenyugtatnom magam, mikor a kádban üldögéltem, és elkalandoztak a gondolataim, azzal, hogy Adel is akaratos volt, nem akart mondani addig semmit, ameddig én nem írok alá számomra ismeretlen jogi papírokat. Pedig én aztán bárminek elmondható vagyok, de nem vagyok együgyű. És pontosan tudom, hogy mennyire rossz végkifejlete is lehet, ha úgy írok alá hivatalos papírokat, hogy nem rágtam át pontról pontra, esetleg nem olvastattam át egy erre szakosodott emberrel. Így sikerült kihoznom a történetből azt, mielőtt elaludtam, hogy meglehet, hogy én bunkón viselkedtem, de Adel pedig zsarolásba akart belevinni és én rettenetesen irtózom attól az emberi tulajdonságtól, ha meg akarnak vezetni.

Ennek ellenére mégsem tudtam elaludni sokáig. Órákig forgolódtam a halvány fényben, ami a redőny alatt szökött be a szobámba, és hiába hallottam, hogy a nappaliban szól a tv, azaz vagy Quinn vagy Luca is ébren volt, nem akartam kimenni egyikőjükhöz se a kételyeimmel, hiszen egész nap a siránkozásomat hallgatták. De nem tudtam túltenni magamat az elméleteken, hogy mégis mi lehet annyira nagy titok, hogy egy titoktartási nyilatkozat nélkül nem tudhat róla senki. Pedig a titoktartási nyilatkozat komoly dolog, és nem egyszerű következményekkel jár, ha megszegem, így természetes volt, hogy nem mentem bele. De tépelődök, rengeteg. Mi lehet azzal a kamasz fiúval, mit csinálhat egy kiskorú gyerek, hogy ekkora titok lebegi körül? Megölt volna valakit? (Na jó, kezd üldözési mániám lenni egy erdei gyilkossággal kapcsolatban.) Valószínűleg nem, mert ha így lett volna, akkor az anyja sem írathatna velem alá nyilatkozatot, hiszen azzal ő is bűncselekményt követne el. Bűnrészessé tenne. Bár ezek csak halvány, nem pontos információkként lebegtek a fejemben, hiszen nem jogásznak készülök, közel sem vagyok tisztában, mi számít teljes körű bűncselekménynek a mai világban, és mi az, ami felett szemet hunynak a bíróságon. Te jó ég, egy tinédzser fiúról van szó, Sam koncentrálj!

Nem sikerült egyetlen jó érvvel sem előállnom, hogy mégis miért kell valamit ennyire elfedni a külvilágtól, de mivel nem hagyott nyugodni a gondolat, annyit sikerült leszűrnöm, hogy biztosan nem véletlenül élnek egy ilyen eldugott helyen. Másnap, mikor kialvatlanul ébredtem, bele is ástam magamat a dologba. Beírtam Adel teljes nevét az internetre, ugyanis egyedül róla tudtam egy lépcsőfoknyival többet, mint a férjéről és a fiáról. De nem tudtam meg sokkal többet. Kidobott hírességeket, akiknek a neve Adeliade, de Baker nem volt köztük. Pedig elszántan álltam neki a kutatásnak, a címre is rákerestem, ahol tegnap jártam, de arról sem találtam semmit. Nem is volt nyilvántartásban, amit viszont lehetetlennek tartottam, hogy egy ekkora kastélyról ne legyen semmi információ a neten, még akkor sem, ha hétköznapi, gazdag emberek lakják. Így a kutatásom azzal a végszóval zárult, hogy valami nem okés ezzel a családdal, de az, hogy mi lehet velük, arra ötletem sem volt.

Két nap telt el nyugodtan, miközben beszéltem a Bowl ikrekkel, hogy vegyenek le engem a honlapról. Udvariasan megfogalmazva elmondtam nekik, hogy én ebből nem kérek, nem is tudom, hogy gondoltam, hogy képes lennék idegenekkel lakni együtt. Ezt természetesen tiszteletben tartották, és egyből levettek az oldalról, én pedig megkönnyebbültem, hogy ennek a hülyeségnek is vége, ami vélhetően az idei évem eddigi legnagyobb baklövése volt.

Nem erőltettem meg magamat túlságosan, inkább csak tespedtem a kanapén, ahogyan Luca és Quinn napi szinten teszik, most pedig engem is lerántottak ennek a mérgezően függő szokásnak a szintjére.

Szeptember harmadikán is a tv előtt punnyadtunk mind a hárman, odakint már sötétedett, mi pedig felszabadultan nevettünk valami műsoron, aminek semmi értelme nem volt. Ekkor érkezett meg az e-mail.

Kedves Sam,
Azt hiszem elnézést kell kérnem tőled, amiért nagyon elhamarkodott és megfontolatlan voltam. Már lefolytattam magammal egy vitát, miszerint szörnyen viselkedtem

és elüldöztelek téged, mikor tisztában vagyok a ténnyel,
hogy mennyire szükségünk van most egy olyanra, mint te.
Szeretnék kérni egy második esélyt. Most cégi formali-
tás és jogi papírok nélkül. Hatalmas szívességet tennél
nekem, nekünk azzal, ha a napokban beülnél velem egy
csendes kávézóba, ahol elmagyarázhatnám a dolgokat,
amiket a múltkor nem voltam hajlandó. Egy dolgot kér-
nék tőled. Bizalmat. Ezt a levelet úgy írom neked, hogy
bízok benned és remélem nem fogod ezt semmibe venni.
Köszönettel, Adeliade Blossom Baker

Többször futottam végig a levelet, ugyanis először is észre-
vettem, hogy Adel ezt a saját postafiókjáról küldte, utána
pedig egyből azt, hogy a teljes nevét írta le. Adeliade Blos-
som Baker. Gondolkodás nélkül írtam be a keresőbe, ahol
azt hiszem rábukkantam valamire.

– Mindjárt jövök – dadogtam a barátaimnak, miközben
el sem szakítva a szememet a telefonom képernyőjéről tol-
tam fel magamat.

– Mi történt? – nézett rám Luca, majd utána Quinn is,
amint észrevették, hogy valami érdekfeszítőt találtam, ami
hirtelen elvette a jókedvemet, és a helyére komorság került.

– E-mail – legyintettem, miközben vadul pörgettem vé-
gig az internetet.

– Csak nem a titokzatos palotában élő család írt neked,
miszerint rituálisan fel akarnak áldozni az őseiknek? – hu-
morizált Quinn, mire kedvem lett volna rádörrenni, hogy
ne ironizáljon már az egész történettel, de helyette csak
nyugodtan vállat vontam, mielőtt behúztam volna ma-
gam után a szobám ajtaját. Valamiért úgy éreztem, hall-
gatnom kell Adelre. Talán csak azért, mert a kíváncsiságom
győzött és már tudni akartam, hogy mi ez a dolog a csa-
ládja körül, főleg, hogy már egy morzsát is elejtett nekem

a szénakazalban. De én egy megbízható személy vagyok, mégiscsak tartoztam annyi tisztelettel, hogy teljesítem a kérését, még akkor is, ha nem írok neki vissza. Mégpedig azt, hogy nem beszélek a levélről senkinek.

– Csak a cégtől – hazudtam szemrebbenés nélkül, majd folytattam, hogy hihetőbbnek hasson. – Lehet találnak nekem más családot.

– De hát nem azt mondtad, hogy... – kezdte Luca, de a mondat másik végét már nem hallottam, ugyanis becsuktam a szobám ajtaját, és az ágyamra huppantam.

Másnap találkoztam Adellel, a barátaim tudta nélkül, egy kávézóban, ami az utca a végén volt. Adelt még mindig a fiatalság és az idős lét egyszerre jelen lévő szimbólumának tartom, ugyanis a gesztikulálása, a mozdulatai, mintha csak egy velem egykorú hölggyel ültem volna be egy italra, a vonásai mégis elárulják, hogy már bőven a hatvanas éveiben jár (mint kiderült, 63 éves).

– Mit hozhatok? – mosolygott ránk egy fiatal pincérnő, aki egy kis kötényt viselt maga előtt, amibe néha-néha beletörölte a kezét. Adellel két perccel ezelőtt találkoztam másodszorra, de most a kisugárzása is másabb volt, olyan... felszabadultabb. Lelkesen köszöntött, és a kezemet markolgatva köszönte meg, hogy eljöttem, miközben egy lágy szellő szinte lerepítette a sálat a nyaka körül, amit végül elkaptam, így azért is hálálkodni kezdett. Így hát két csonka perce ismerem, a barista kérdésénél azonban mégis összenéztünk.

– Én egy vaníliás lattét – mondta végül előbb ő, mire a lány bólintva felírta a rendelését, majd rám nézett.

– Egy presszó kávét – vontam vállat, mivel nem szoktam annyi kávét inni, így nem nagyon tudtam, mennyi választási lehetőségem lenne és nem akartam húzni az időt. Tökéletesen elvagyok én a feketével is. A pincérnő szélesen mosolyogva közölte, hogy azonnal hozza, azzal magunkra hagyott a két ülőhelyes bokszban, aminek az egyik oldala az utcára nézett. Adel zavartan levette a sálat, majd a dzsekit is, amit sejtem, csak sietve kapott fel, ugyanis nem tűnt túl hőszigetelőnek. Megvártam, ameddig levetkőzik, ugyanis én csak egy pulóverben érkeztem, amit nem szándékoztam levenni. Mire Adel végigsimított a ruháján, már meg is érkezett a rendelésünk, a hely pedig egyből elbűvölt a gyorsaságával. Én sosem voltam ennyire rugalmas és gyakorlatias pincér.

– Nos – kezdte Adel, miután kortyolt egyet a kávéjából. – Sok mindent kell mondanom.

– Azt mindjárt gondoltam – vágtam rá elhúzva a számat.

– De először egy bocsánatkéréssel tartozok – folytatta, mire nagyokat pislogva meredtem rá. – Amiért először olyan közvetlenül viselkedtem, mikor számodra egyértelműen nem volt természetes a szituáció.

– Ez így van – bólintottam. – Nincs semmi gond. Én is elnézést akartam már kérni, amiért tiszteletlenül viselkedtem.

– Nem szükséges – legyintett Adel. – Teljesen érthető volt, mint mondtam, én kezeltem túl normálisan a helyzetet.

– Akkor ezt megbeszéltük – mosolyodtam el, mire ő is bólintott. – Khm – köszörültem meg a torkomat zavartan. – A fiáról akart beszélni.

– Hát persze – kapott a fejéhez, mintha elfelejtette volna, hogy miért is vagyunk most itt. – Nagyrészt Harryvel kapcsolatban nem voltam veled őszinte – sütötte le a szemét, én pedig ízlelgetni kezdtem a nevét, ugyanis eddig fel sem tűnt, hogy milyen egzotikusan gyönyörű név az, hogy Harry.

– Igen? – vontam fel a fél szemöldökömet.

– De kezdem az elejéről – legyintett újra, mintha csak magában próbálná tisztázni, hogy mégis mit kellene mondania. – De meg kell ígérned nekem, csak hogy a bizalom kettőnk között kölcsönös maradjon, hogy soha nem beszélsz erről senkinek, még akkor sem, ha esetleg útjaink itt elválnak. A férjem nagyon mérges lenne, ha megtudná – nézett a szemembe, mire valamiért bólintottam. Még mindig fennállt az esélye, hogy egy gyilkosságba ránt bele (nem, Sam, nem egy krimi közepén vagy!), de valamiért, így ismeretlenül is rábólintottam. Mérhetetlen tiszteletet éreztem felé, amiért ilyen könnyen bízik meg bennem, és mondd el nekem valamit, ami úgy néz ki, óriási dolog. Már az is bebizonyosodott számomra, hogy a férje akar elrejtőzni, nem ő választotta ezt az utat. Ennek fényében újabb és újabb ötletek ugrottak be, amiktől majd felrobbant az agyam. Családon belüli bántalmazás? Fogvatartás? Elhessegettem a gondolatokat a fejemből, és próbáltam visszatérni a jelenbe.

– Ígérem – bólintottam, mivel valóban tartoztam ennyivel, hogy nem szegem meg a szavam. Ezek után meg már tényleg mindenre fel voltam készülve, ez a nő azonban újra rácáfolt az összes lehetséges elméletemre.

– Tudod Sam – kezdte, miközben zavarában kavargatni kezdte a lattét, aminek következtében a gyönyörű levélminta eltűnt a hab között, pedig pontosan tisztában vagyok vele, mennyire is bonyolult azt megcsinálni. – Sok oka volt, hogy téged választottunk. A férjemmel kifejezetten egy korodbeli fiút kerestünk, és már első ránézésre is szimpatikusnak találtunk. Hatalmas öröm volt téged megtalálni, amikor már hetek óta nézegettük az oldalt, majd egy nap megjelent a te adatlapod, és egyből feltűnt, hogy most lettél feltöltve az oldalra – mosolyodott el, mire nekem is akaratlanul felfele görbült a szám. – De az még nagyobb öröm volt, amikor megláttuk, hogy Amerikában éltél – folytatta, mire lefagyott a mosoly az arcomról, és érdeklődve vártam, mit akar ebből kihozni. – Ugyanis így nagyobb esélyt láttunk rá, hogy nem vagy tisztában a brit királyi család tagjaival – mondta ki, mire az összes ötlet a fejemben darabokra tört szét, és összerakódott egyetlen elmélet, ami kezdett értelmet nyerni, a tegnap esti kutatásomat is beleszámítva.

– Ez igaz – nyeltem egy hatalmasat. – Sosem kedveltem a történelmet – hebegtem furán, pedig egyáltalán nem erről volt szó.

– Ezt sikernek könyvelem el – somolygott Adel, majd a füle mögé tűrte egy fekete hajtincsét. – Ha kicsit is nézelődtél a neten, azt hiszem összeáll a kép magától is.

Csak bólintottam egyet, de a teljes történetet még nem ismertem, így továbbra is figyelmesen bámultam.

– A teljes nevem, Adeliade Blossom Windsor – mondta ki halkan, mire levert a víz. – A Baker a leánykori nevem. A férjem neve Edward Windsor, aki...

– A jelenlegi brit király testvére – fejeztem be helyette a mondatot megsemmisülten. Amikor szóba hozta a királyi családot, már elkezdtem rettegni, hogy végül ez lesz a beszélgetés végkimenetele. Az, hogy Anglia uralkodójának a sógornőjével beszélgetek jelenleg. De minden összeállt. A jómódú kastély, a titkolózások, és a tegnapi keresési előzmények. Ahol rátaláltam egy Adeliade Blossom Windsor nevű hölgyre, akiről igaz, csak fiatalkori képet találtam, kísértetiesen hasonlított a velem szembe ülő asszony évekkel ezelőtti énjére. Legalábbis, ahogyan én elképzelném Adelt harminc éves korában. Kedvem lett volna előcsapni a telefonomat, és elolvasni azt a rengeteg botrányos cikket, amit Adeliade Blossom Windsor neve alatt találtam, ugyanis tegnap este ezekre nem kattintottam rá. De még csak a szalagcímre sem emlékszem! És most nem tehettem ezt meg, mert itt ült velem szemben a brit örökösödéi ág egyik legfontosabb tagja. Ez megizzasztott.

– Tudom, most lesokkoltalak – suttogta Adel. – Még jobban – tette hozzá, miközben az arcomat fürkészte, hátha kiolvas belőle valamit, de én igyekeztem rezzenéstelen tekintetet felvenni.

– És... – kezdtem megbicsakló hangon. – Mi a helyzet a fiával, akivel kezdődött a beszélgetés?

– Harry – mosolyodott el Adel, én pedig egyből láttam rajta, mennyire is szereti kimondani a gyermeke nevét, és ezt gyönyörűnek tartottam. – Harry kicsit speciális.

– Mégpedig? – kérdeztem vissza, elhallgattatva magamban az apró hangot, ami ismét találgatni akart a fiú esetével kapcsolatban.

– Nos, igazából amiben még nem mondtam neked igazat, az vele kapcsolatos, és azzal, hogy pontosan miért választottunk ki téged – folytatta, mire beharaptam a számat, hiszen úgy néz ki, még kicsit sem volt vége a történetnek. – Nem házvezetőt kerestünk, aki azt a hatalmas épületet rendben tartja. Emellett nem is au-pairt, hiszen Harry már nem kisfiú. Csak egyedül van. Harry létezéséről az egész világon senki sem tud, kivéve a sógorom családját – mondta ki, mire kicsit megfordult velem a világ, annyira elvesztem a történetben. Mégis hogyan lehetséges az, hogy a fia léte titokban van tartva, amikor az ő nagybátyja maga a király? Teljesen összezavarodtam és ezt már nem sikerült titkolnom néhány gyakorlott mimikával, Adel észrevette, hogy régen elvesztettem a fonalat. – Tudom, zavaros.

– Eléggé – nevettem fel kellemetlenül, miközben a fejembe próbáltam összerakni a történetet. Adel Windsor és Edward Windsor, akik rokonságban állnak a brit uralkodóval. A fiuk, Harry, aki titokban van nevelve. Így értelmet nyer az eldugott kastély, és hogy a neten se látni róla semmit. Már csak azt nem értettem, ha ő itt valóban a király sógornője, hogyan sétálgathat az utcán úgy, mint egy hétköznapi nyugdíjas? És miért kell a srácot eltitkolni?

– Mindent elmagyarázok – nyugtatott meg Adel, majd valamiért, mintha egy fizikai érintéssel akart volna biztosítani arról, hogy ő nem azért jött, hogy csapdát állítson nekem, átnyúlt az asztalon, és megfogta a kezemet. – De először Harry – fejezte be, mire megértően bólintottam. – Harry egyedül nőtt fel, azaz nem teljesen. A volt nevelője, aki egyben a barátja is volt, Margot, egy hónappal ezelőtt hirtelen szívrohamot kapott – suttogta, mire elkerekedtek a szemeim, és elmotyogtam egy „részvétem"-et, akkor is, ha fogalmam sem volt arról, ki az a Margot. – Harry egyedül maradt és hiába gondoltuk először azt, hogy mostantól menni fog neki egyedül is, a gyász felemészti. Pedig Harry mindig olyan kis mosolygós – Adel ekkor az arcához kapott, és a hangja is elcsuklott, mintha a sírást próbálná visszatartani. – Téged azért kerestünk meg, mert kell Harrynek egy barát.

– Egy barát? – szaladt ki a számon hirtelen, ugyanis annyira felfoghatatlanul hangzott, hogy hirtelen azt hittem, csak viccel.

– Igen – felelte Adel komolyan, ami biztosított arról, hogy nem viccel. – Egy barát. Harry sosem az a magának való fiú volt, neki társaságra van szüksége.

– Van egy – köszörültem meg a torkomat, ugyanis nem tudtam hogyan fogalmazzak. – Személyes kérdésem.

– Csak tessék – vágta rá Adel, mire megvakartam a tarkómat, időhúzás gyanánt.

– Harryről miért nem tud senki? – tettem fel végül, mire ekkor Adelt verte le a víz. Egyből mentegetőzni kezdtem, hogy nem akartam sértőt vagy túl privát dolgot kérdezni,

de Adel csak lassan összeszedte magát, majd ismét bele-
kortyolt a kávéba, amit már lefogadok, hogy kihűlt.

– Semmi gond – ismételte el sokadszorra. – Csak nem
beszélek ilyesmiről. A családi hátterünk… sötét. Hanya-
goljuk is – kezdett terelni, amit igyekeztem tiszteletben
tartani, hiába furdalt a kíváncsiság. – Arról akartam még
veled beszélni, hogy biztosan nem akarod-e ezt az állást.

– Az állást, ahol a feladatom az, hogy egy barát legyek? –
kérdeztem vissza, ugyanis kimondva is bután hangzott,
nem csak a gondolataimban.

– Igen – válaszolta végül. – Ha esetleg a válaszod igen,
akkor mondanám, mire gondoltam – kisebb habozás után
bólintottam, jelezve, hogy mondja csak, azonban a válasz
még közel sem lett volna igen. Csak érdekelt. – Rendben.
Ha belemennél, szerintem jobb lenne ezt cég nélkül le-
folytatni. Nem akartam belevonni egy ilyen központot,
ahova hazugságot hazugságra halmozó leírást kellett
küldenem magunkról, de nem láttam magam előtt más
lehetőséget.

– Értem.

– A pénz pedig… – folytatta, majd a zsebéből elővett egy
kisebb dolgot, amit elfordított és egy tollá alakult, amivel
egy szalvétára körmölni kezdett, majd felém tolta. – Eny-
nyire gondoltunk a férjemmel. De természetesen lenne be-
leszólásod, ha kevésnek találod.

A szám szó szerint leesett. Leplezni sem tudtam volna,
mennyire sokkos állapotba kerültem, hisz a megjelenésem
árulkodott róla. Az állam a földön volt, míg kicsit talán iz-
zadni is elkezdtem, így zavartan igazgatni kezdtem a pul-
csim ujját. Életemben nem láttam még ennyi nullát egymás
után, és hihetetlenül önző módon, egyből arra gondoltam,
ez megoldaná az összes anyagi problémámat. Már csak
egy hónap is. Ezután elvakulttá váltam. Mint mondtam,

az elmúlt években egy dolog hajtott. A bizonyítási vágy. Igent mondtam Adelnek.

Egy hét telt el a találkozó óta. Adellel azóta beszéltünk telefonon is, hogy egyeztessünk mindent. Hivatalos volt, hogy hozzájuk költözök. Ezt egy hét alatt abban a tudatban dolgoztam fel, hogy mégis kinek hiányoznék? Családom nincsen. Lucát és Quinnt felettébb gyakran fogom látni, tekintve, hogy közösek az óráink. Nem maradt más. Emellett megtömhetem a zsebemet pénzzel, és így nagyszerű életet tudok majd élni egy nap. És a tervem is sikerülne. Hogy arcon köpöm a szüleimet. Nem szó szerint, csak maga a gondolat, hogy egy nap majd leesik nekik, hogy nélkülük is sikeres ember lettem. Ez elég bátorságot adott, hogy szeptember 10-én összepakolt bőröndökkel álljak a ház előtt, és a barátaimat ölelgessem, elbúcsúzva tőlük a következő öt napra, ugyanis utána már kezdődik az egyetem.

Adel kérését teljesítve, egy szót se szóltam senkinek. Quinn-nek és Lucának azt mondtam, hogy a cég talált nekem egy másik családot, amit tartózkodva, de elvállaltam, hiszen tengernyi pénzt fizetnek érte. Ebben nem hazudtam, így csak kicsit volt bűntudatom.

Ironikusnak éreztem, hogy kettő bőröndbe pakoltam össze az életemet, és kényelmesen el is fértem bennük. Ebben is megmutatkozott, mennyire szánalmasan személytelen ember vagyok, akinek még csak egy biztos pontja sincs az életben. Sosem volt. Amióta nem élek a családommal, talán Quentint és Lucát mondanám egy pontnak, akikre támaszkodhatok, akikben bízhatok. De ők már sulis koruk óta legjobb barátok, engem pedig csak az egyetemen ismertek meg és csupán egy véletlen következtében karoltak fel. Azóta teljes körű tagja vagyok a csapatuknak, ami duóból trióvá fejlődött, ugyanis ők ketten nem barátkoztak másokkal a gimiben, majd miután engem befogadtak, tovább utáltak mindenkit, csak immár velem együtt. Őket egy pontnak mondanám az életemben. Ők is engem, de ez mégis más. Nekik ott van a családjuk, akik lelkileg és anyagilag is támogatják őket, és ami a legfontosabb: elfogadják őket. Nekem ilyenem nincs. Még csak egy épkézláb kapcsolatom se volt soha, egyéjszakás kalandokon kívül. Oké, egy kapcsolatnak nevezhető valamivel rendelkezek a múltamban, de az aztán nem volt túl épkézláb. Talán a gimiben volt egy lány... igen, a kapcsolatunk hamar zátonyra futott, hiszen minél többet akart a lány, annál gyorsabban jöttem rá, hogy én ezt nem akarom. Miután szakítottunk, kezdett egyértelművé válni a számomra, hogy nagyon meleg vagyok. Ez a mai napig nem változott, és nem azért nem volt még tartós kapcsolatom, mert Angliában mindenki heteró. Nem állt még hozzám senki sem úgy, hogy bízzak benne. És számomra egy kapcsolatban nem az a klisés romantika a fontos, hogy a hibáimmal együtt szeret... hanem a bizalom. Szerintem az mindenen túlszárnyal és engem az emberek nehezen vesznek rá, hogy a bizalmamba fogadjam őket. Egyetlen ember sincs, akire száz százalékban rábíznám az életemet. De ezt az évek alatt elfogadtam és feldolgoztam. Nem mindenki születik arra, hogy szeretve legyen.

Quinn-nek megígértem, hogy majd többször is hívom helyzetjelentést adva, mivel őt nagyon mélyen érintette a távozásom. Luca is megígértette velem, hogy vigyázok magamra, és ha valami gáz van, azonnal hívom őket, majd miután mindent megfogadtam, segítettek bepakolni a kocsimba, amibe én addig beütöttem a címet. Miközben elhajtottam még integettek, én pedig kifordultam az utcámból, és belesüppedve a kék Volkswagenem ülésébe próbáltam kitisztítani a fejemet.

A memóriám egészen jó, magamtól is emlékeztem az útvonalra, hiszen egyáltalán nem volt bonyolult, miután elértem a főútig igazából csak egyenesen kellett mennem. A navigációt azonban bekapcsolva hagytam, hisz sose árt a társaság, a gépezetből beszélő nő pedig mindig tudtomra adta, hogy jó irányba haladok, ezen pedig mindig elmosolyodtam. Szeretem ezt a kocsit. Nem mondom, hogy a Volkswagen az álommárkám, de annyira hozzám nőtt ez a szerkezet az évek alatt, hogy ha lenne lehetőségem se szeretném lecserélni. Már elkényelmesedtem benne, megszerettem az illatát és teljes egészében a magaménak érzem, biztonságérzetet ad. Ez bután hangzik, hiszen egy autóról van szó, én mégis érzelmekkel kötődök hozzá.

Az út eltelt, időközben zenét is kapcsoltam, amit jókedvűen dúdoltam, miközben még az ablakot is lehúztam, ugyanis az elmúlt két napban lágyan, de kisütött a nap, ami pedig pszichológiailag bizonyított tény, hogy hozza a jókedvet, míg a zord időjárás a szezonális depressziót egyeseknél. Így ma egy fokkal még vidámabban is ébredtem (igaz, tele félelemmel, kétségekkel és izgatottsággal) felkészülve a mai nap megpróbáltatásaira. Azaz, hogy nemesi családhoz költözzek, úgy, hogy senki sem tud róla. Hétköznapi.

A kocsimmal a kapu előtt parkoltam le és már tapasztalattal sétáltam oda a csengőhöz, és nyomtam be, majd visszaültem a kocsiba és vártam. Az kapu pár perc múlva nyílódott, én pedig addig igyekeztem felmérni, vajon kívülről hogyan lehet nyitni, és reméltem, hogy kapok hozzá majd valami instrukciót. Óvatosan behajtottam a kocsimmal, ugyanis Adel tegnap este még megüzente, hogy ha saját autóval érkezek járjak be nyugodtan. Még mindig elképesztett a hely gyönyörűsége, amit most már képes voltam józan szemekkel látni és valóban, ha jobban és figyelmesebben nézelődtem, egy nagyon igényes kert tárult elém. Azt egyből megállapítottam, hogy valaki a családból, feltehetőleg Adel nagyon szereti a virágokat. Lezártam az autómat, bent hagyva a cuccomat, mivel a világ összes ideje az enyém volt zsebre dugott kézzel sétálgattam, a kertet végigmérve. Csakolyan szimmetrikusan volt elrendezve, mint a palota felépítése. Ami az egyik oldalon megvolt, az a másikon is. A bokrok formára voltak vágva, és néhol feltűnt egy pad is, amik rengeteg ideje állhattak már itt, ugyanis benőtte őket a moha. Ez mégis csak varázslatosabbá tette az egész helyet.

Türelmesen vártam, hogy Adel kiérkezzen értem, addig is volt időm alaposan szemügyre venni a kertet. Egy pillanatra megfagyott bennem a vér is, amikor nem vártan a hátam mögül szólítottak meg, a hang pedig kicsit sem hasonlított Adelhez.

– Csak nem te vagy Samuel? – kérdezte egy férfihang, bár elsőre nem voltam benne biztos, ugyanis nagyon magasan szólt. Miután ugrottam egyet ijedtemben megfordultam és szembe találtam magam egy csakolyan alacsony fickóval, mint jómagam. A szája elé kapta a kezét, mikor realizálta, hogy megijesztett, majd nevetve elnézést kért. – Toby vagyok. Én vagyok a Windsorék kertésze.

– Én pedig csak simán Sam – bólintottam kijavítva a nevemet, erre pedig csak határozottan biccentett. – Akkor a te műved ez a csodálatos első kert?

– Bármilyen hihetetlen, de a hátsó kert is az én művem – súgta, mire elmosolyodtam a játékosságán. Nagyon felszabadult férfinak tűnt.

– Csodálatos – néztem körbe. – Az egész kert gyönyörű.

– Köszönöm – húzta ki magát büszkén, mint aki teljesen tisztában van azzal, mennyire tökéletes munkát végez. – Üdv a Windsoréknál! – felelte végül emelkedő hanggal, majd akár egy pantomimművész megemelte a nem létező sapkáját, és a másik irányba indult fütyörészve.

– Látom Tobyt már ismered – szólítottak meg ismét a hátam mögül, mire ismét aprót dobbant a szívem, és megfordultam a tengelyem körül. Úgy néz ki, hozzá kell szoknom ahhoz, hogy itt bárhol felbukkanhatnak emberek. Adel mosolygott rám, aki fogalmam sincs, hogyan osont el eddig hangtalanul, de amint én is ránéztem egy másodpercnyi időt sem adva belém karolt, és hadarásba kezdett, miközben magával vonszolva a lépcső felé indult.

– Majd Fritzgerald felhozza a csomagjaidat, ne aggódj, neki ez a dolga. Csupán a kulcsra lesz hozzá szüksége, de egyébként, ha az autó kapun belül van nem muszáj lezárnod – magyarázta Adel sietősen, én pedig már épp kérdeztem volna, hogy ki ez a német nevű úr vagy hölgy, akinek a nevét már másodszorra hallom, de Adel pont vessző nélkül dalolt. – Sok mindent kell még veled ismertetnem. Úgy terveztem, először Edwardnak mutatlak be, de ő estig egészen biztos, hogy nem ér haza. Tobyn kívül még két ember él velünk egy házban. Fritzgerald, akit Albertnak hívnak születési nevén, de hamar zsémbes lesz, ha úgy hívod. Ő kicsit magának való, nem a szavak embere, de biztosan vele is megtalálod a közös hangot. Vagy éppen csendet. Elizabeth, aki vért izzadva igyekszik rendet tartani utánunk, na őt biztosan imádni fogod, egy enni való leány! – lelkendezett Adel, miközben már a lépcsőn sétáltunk felfele, én pedig kezdtem nem hallani a szavait, ugyanis ahogy magasabbra értünk, egye többet láttam, és akkor még be sem értünk a házba. Az előkert jobb oldalán megpillantottam egy eddig számomra eldugott tavat, amit kíváncsian kémleltem, hisz mindig is érdekesnek tartottam, ha valaki saját halastavat tart. Feltéve, ha halak voltak benne, bár ebben majdnem biztosra mentem.

Egy örökkévalóságnak tűnt, ameddig a piszkosfehér színű lépcső tetejére értünk, ahol egy boltozat alatt egy kétszárnyú ajtó állt.

– Nos, Sam – köhintett egyet Adel, majd miután elengedett, az ajtó előtt megállva játékosan pukedlizett egyet. – Üdvözöllek nálunk – ezután kitárta az ajtót és előttem belépve izgatottan figyelte, ahogy nagyra nőtt szemekkel, hevesen pislogva követem. A bejárat egy keskeny szobából állt, ahol millió akasztó várta az esetleges vendégek kabátjait, egy boltív azonban máris átvezetett egy nagyobb terembe, ami szavakkal nem volt leírható. Naivan azt gondoltam, ez a szoba csak azért ennyire csicsás, mert ez az első, amit az érkező ember meglát, de elképesztő volt az összes többi is. A mennyezet egészen a következő emeletig nyúlt, felnézve pedig gyönyörű festett minták voltak a plafonon. Kétoldalt húzódott le a halványarany tapétába csomagolt fal, középen pedig egy kis korlát jelezte, hogy az eggyel feljebbi emeleten véget ér a folyosó. A teremben egyébként kanapék álltak, és rengeteg haszontalan antik szekrény, aminek az egyetlen haszna az lehet, hogy gyönyörködök bennük. Csak porfogó. A díványok előtt egy üveg dohányzóasztal állt, amire egy megpakolt gyümölcsöstál volt kihelyezve. A talpam alatt a szőnyeg is mintákkal megrakott volt, és csak ekkor vettem észre, hogy a cipőmet le nem véve, öntudatlanul sétáltam beljebb, mire sűrű bocsánatkérések közepette ugrottam vissza pár lépést, és elkezdtem kikötni a cipőmet, mire Adel csak felnevetett.

– Ne fáradj – szólt, mire felnéztem rá. – Mi cipőben járunk idebent.

– Igen? – kérdeztem vissza, ugyanis ez új volt számomra. De ezek után csak felemelkedtem, magamon hagyva a Vans márkájú lábbelimet, és visszasétáltam az eredeti helyemre. Elkalandozva csupán egyetlen szoba varázsán bámultam a falra felfüggesztett képeket, a szobából háromfele nyíló ajtókat, ami egyből érdekelni kezdett, hova vezethet, hirtelen meghazudtolva önmagamat és az elveimet kedvem volt felfedezni az egész épületet. Adel ezt biztosan látta rajtam, és már nyitotta is a száját, amikor egy még váratlanabb helyről ütötte meg hang a fülemet. Ma már ketten szólítottak meg a hátam mögül, de fogalmam sem volt, hogy lehetséges, hogy egyenesen a fejem felett hallok hangokat.

– Anya, megvizsgáltam a 14-es szobához tartozó mellékhelyiség víznyomás tartalmát is és az eddigi eredményeim szerint, átlagosan alacsonynak tartom – jelentette ki a hang, teljesen természetes hanglejtéssel, mintha éppen azt írta volna le nekünk, hogy szép az idő odakint. De nem, a hang a fejem felett éppen a víznyomásról beszélt, és ez már magában spontán volt. Adellel mindketten a hang irányába kaptuk a fejünket, azaz felfelé, ahol a korlátra támaszkodva állt a gazdája, a körmét kapargatva.

– Harry – sóhajtott fel Adel megterhelve, kicsit összeesett vállakkal, mintha már kezdene belefáradni. Nem csodálom, ugyanis én se hallok ilyesmi kijelentést minden nap. – Gyere le onnan.

– Még hátra van három szoba, amiket, ha nem vizsgálok meg, nem kapok teljes értéket és a homogén, makulátlan munkám eredménye elveszik! – kiáltotta vérig sértve, mire Adel nagyokat pislogva maga elé emelte a kezét. – Szia idegen – váltott hirtelen hangnemet, egy nyugodtabb és lágyabb tempóba, mire ismét a magasba emeltem a tekintetem, a fiú, aki a korláton lógott, pedig engem nézett. Vagy azért, mert túl magasan volt, vagy azért, mert valóban nem volt az arcára írva, de nem tudtam érzelmeket leolvasni róla. Meglepetten rántottam fel az egyik szemöldökömet, miközben Adel másodszorra kicsit erősebben kérte meg, hogy jöjjön le, mire megforgatta a szemét, és ellökte magát a korláttól. Ezután Adel összefonta maga előtt a karját és az orrnyergét kezdte masszírozni, miközben lopva a bejárattal szembeni boltívre pillantott, így abból az irányból számítottam a srác érkezésére. Kihajolva, hogy én is láthassam tanulmányozni kezdtem, amit a nyitott ajtó látni engedett, azaz egy tágas teret, ami feltehetőleg a lépcsőház volt. Pár fokot lehetett innen látni, mellette pedig fekete fémkorlát húzódott. A lépcső márványfehér volt, és a háttere csicsásan volt berendezve, a tapéta arany volt, nem a visszafogott formában. Addig bámultam a lépcsőfordulót, ameddig meg nem jelent az előbb még fent csimpaszkodó langaléta fiú, aki így közelebbről látva már teljesen más öszszképet festett le. Sokkal magasabb volt, mint amilyennek innen lentről láttam, 180 centi biztosan. A haja csakolyan mogyoróbarna volt, mint az enyém, de az övé majdnem a válláig ért, aranyosan göndörödve az arca mellett. Időnként beletúrt, és átdobta a másik oldalra, de ezt már akkor is észrevettem, amikor a korlátnak támaszkodott. Mindamellett, hogy egy széles vállú, jó fizikumú fiúnak tudnám leírni, mégis egy középkori masnisan loknisodó fehér inget viselt, a legfelső gombig begombolva. Rajta egy fekete zakó, alul pedig megegyező öltönynadrág volt, a cipője pedig egy fekete, nagyon nem tiszta Converse volt. Nagyra nyílt a szemem, amikor megállt a boltívnek támaszkodva, Adel szava pedig csakúgy elakadt.

– Harry – kezdte kicsit hisztérikus hangnemben, mégis kicsit unottan, mintha mindennapi jelenségnek lennénk szemtanúi. – Mi van rajtad?

– Egy zakó – emelte fel a fekete anyagot, majd mikor édesanyja megbotránkozott tekintetét vélte felfedezni, fennakasztva a szemét folytatta. – I. Napóleon bécsi kongresszuson viselt öltözete inspirálta ezt a kinézetet, én pedig addig kutattam a gardróbotokban, ameddig meg nem találtam a megfelelő hullámvonalakkal tarkított inget. Majd felvettem hozzá a saját zakómat, ugyanis megmagyarázhatatlan késztetést éreztem, hogy Napóleonnak öltözzek az elkövetkezendő öt percre.

– Nem is tudod, hogy nézett ki Napóleon a bécsi kongresszuson – nevetett fel Adel hitetlenkedve.

– A 23. kép a lépcső mentén lefestette, és pontosan így jelent meg Bonaparte Napóleon a 19. század jelentős eseményének egyikén – mutatott végig magán sértetten, én pedig már teljesen elveszetten bámultam a szituációt.

– Az a kép fikcionális! – cáfolta tovább Adel, mire Harry csak egy gúnyos mosollyal a szája szélén bólintott.

– Senki sem mondta, hogy én nem egy fikcionális képről motiválódtam – dünnyögte az orra alatt, Adel pedig megrázva a fejét hátranézett rám.

– Harry, hadd mutassam be neked Samet – mutatott rám, mire a srác, aki egészen biztosan nem olyan, mint amire számítottam, lassan rám vezette a tekintetét. Aprólékosan és egyetlen érzelmet sem elrejtve mért végig, miközben Adel folytatta. – Ő lesz, aki betölti Margot helyét.

– Szóval felbéreltél egy cirkuszi bohócot, aki majd a halott barátom ágyában fog aludni? – kérdezte Harry gondolkodás nélkül, miközben az anyjára pillantott, mire én talpig vörösödtem, és összefűztem magam előtt a karomat, ugyanis valószínűleg a pulcsim mintája miatt aggatta rám a bohóc jelzést. Adel csak szájtátva meredt rá, mire Harry egy fogalmam sincs mit kifejező mosolyra húzta a száját, és lehajolva hátra dobta a haját. – Elnézést kérek, ez tiszteletlen volt tőlem. Már türelmetlenül vártam a találkozásunkat William Thompson – nézett újra rám, a szemei – amik smaragdzöldek voltak – pedig sok érzelmet tükröztek egyszerre, nem tudtam volna csupán egyet megállapítani.

A kijelentése után meg is hajolt előttem, én pedig lefagyva álltam, ugyanis fogalmam sem volt, hogy ezt most meg kellene-e ismételnem. Amint Harry felfedezte a pánikot az arcomon csak gúnyosan mosolyogva legyintett egyet, mire én csak köhintve megszólaltam.

– Samnek hívnak – mondtam halkan, mire Harry szeme nagyra nőtt.

– A hivatalos papírjaidon William áll – vágta rá egyből. Ijesztő volt a hatalmas tudás, amivel rendelkezett. Még csak gondolkodnia sem kellett azon, hogy mit fog mondani, a szavak csak ömlöttek a szájából és az összes annyira rettenetesen intelligens volt, hogy még én sem tudtam követni.

– De Samnek szólít mindenki – erősködtem tovább, lassan elveszítve a türelmemet, mire ő csak felvonta a szemöldökét.

– De az igazi neved mégsem ez – reflektált ijesztően gyorsan, nekem pedig tikkelni kezdett a bal szemem. Nem szeretem, ha valaki ennyire szemtelenül szól vissza.

– Így igaz – fújtam ki lassan a levegőt. – De én a Samet szeretem.

– De nem ez a neved! – túrt idegesen a hajába, és egyszerűen nem tudtam elképzelni, hogy miért vitázok egy kamasz fiúval a világ leggyönyörűbb házában azon, hogy mi az én saját nevem. Megáll az ész.

– Harry, ne legyél ilyen gyerekes – szólt rá egyből Adel, mikor észrevette, hogy a levegő forrni kezdett a teremben. Köztem és Harry között jóformán.

– Nem fogok senkit egy random néven szólítani! – mutatott rám hevesen artikulálva Harry, mire én csak lehunyva a szememet próbáltam megnyugodni. Végül csak legyintettem.

– Rendben – bólintottam kimérten, mire mindketten rám kapták a fejüket. – William.

– Pompás – dünnyögte Harry az orra alatt, majd egész egyszerűen hátat fordított nekünk, és miután morgott valamit, hogy megy felmérni a további három szoba nyomását is, futólépésben tűnt el a lépcsőn. Én még a történtek hatása alatt voltam, miközben Adel a nyakát vakargatva szólt hozzám.

– Bocsáss meg érte – bökött a fejével a fia irányába, miközben én alig láthatóan csak megráztam a fejemet. – Egyáltalán nem ilyen a viselkedése. A terapeuta szerint csak gyászol, és most rossz időszakon megy keresztül – magyarázta Adel, mire megértően bólintottam, és elraktároztam magamban az információt, miszerint Harry pszichológushoz is jár. Ezután mintha mi sem történt volna, Adel hangnemet váltva kezdett tovább beszélni a tudnivalókról, és én is átkapcsolva próbáltam a mondandójára figyelni.

Hamar beesteledett, ugyanis Adel szinte minden helyiségben vagy negyedórán át beszélt nekem rettenetesen légből kapott dolgokról.

Maga a ház elképesztő. Komolyan, sokszor nem jutottam szóhoz, úgyhogy megpróbálom összefoglalni emberi keretek között. A teremből, ahol megismertem a leendő új barátomat, három ajtó nyílt, az egyik ugye a boltív, ami a gyönyörű lépcsőhöz vezetett, amint később megcsodálhattam, a lépcső mentén valóban történelmi festmények vannak felaggatva, ami sokkal méltóbban tette a házat egyenesen palotává. A bal oldali kétszárnyú ajtó (arany és fehér legszebb színeiben) Harry szárnyába vezetett, ahova még nem volt szerencsém eljutni, a másik oldalon pedig szimmetrikusan Adel és Edward lakosztálya helyezkedett el. Az egész épületnek négy szárnya volt, a harmadik (délnyugat) volt az én szárnyam, amin eléggé megdöbbentem, ugyanis nekem ekkora lakásom sem volt soha, mint amekkora szoba tárult elém. A szobát alapból egy folyosón át közelítettük meg, amin végig hatalmas üvegablakok voltak, mindent a kíváncsiskodók szeme elé tárva. Na nem mintha annyian lennénk itt, maximum Toby láthat elhaladni ott, ha éppen vagy az ötödik kertet rendezkedi, amivel ez a telek rendelkezik. A szoba négyzet alakú volt, és amint beléptem, bal oldalt középen egy hatalmas ajtó állt, amit Adel azonnal elmagyarázott, hogy egy folyosóra vezet, ami szabadtéri, és Harry szobájával van összekötve (később oda is kinéztem, és valami fantasztikus, már maga a kilátás is, de szemügyre vettem a hatalmas krém oszlopokat is, ahogy egy csicsás kunkorodó téglafalat fognak körbe. A boltozat is bézsszínű felette, bár mintát itt nem fedeztem fel). A szoba centrumában egy hatalmas franciaágy állt fehér dunyhával, előtte pedig az a kicsi fotel, aminek sose értettem a lényegét és milétét, de a nemesi szobákban mindig ott terpeszkedik az ágy elé tolva. A sarokban egy függőágy húzódott, míg jobb oldalon egy 'u' alakú sarokkanapé. Azzal szemben volt legalább egy két méteresre nyúló asztal, amit Adel azzal magyarázott, hogy biztosan sokat kell majd tanulnom. Nem akartam megsérteni azzal, hogy én általában fekvő pozícióban tanulok, így csak vidáman bólintottam rá. Az asztal mellől egy boltív nyitotta a gardróbot és egy abból nyíló újabb boltív a fürdőszobát. Kicsit ledöbbentem rajta, hogy a mosdóhoz még csak ajtó sem tartozik, de Adel bemutatta, hogy van egy függöny előtte, amit elhúzhatok, ha kényelmetlenül érzem magam, de a szobámnak mindkettő ajtaja zárható.

A háznak egyik legnagyobb jellegzetességeként állapítottam meg a karakterisztikusan óriási és íves ablakokat, valamint a hozzájuk tartozó piszkosfehér, félig átlátszó függönyöket, amiken gyönyörűen hatoltak át a Nap sugarai. Ez az apró tényező nagyon megtetszett miután felfedeztem.

Az utolsó szárnyban Toby, Elizabeth és Fritzgerald laktak, amit meglepve konstatáltam, hogy ők hárman osztoznak egy szárnyon, míg én teljesen egyedül vagyok. Adel ezt azzal indokolta, hogy én töltöm be itt a legfontosabb szerepet, bár kicsit kényelmetlenül éreztem magamat ezek után. Az én szobám és Tobyék szobái közötti tér lett a kedvenc termem az egész házban. Semmi különleges nem volt benne, csupán a szokásos hasznavehetetlen dolgok, de egy üvegkupola volt a tetején, amit egyből elképzeltem, hogy éjszaka mennyire gyönyörű lehet. Egyből el is raktároztam magamban az információt, hogy ha besötétedik, ne felejtsek el ide kijönni, főleg, hogy ma nagyon tiszta az ég. A kupolás teremből ismét a lépcsőház nyílt, feljebb azonban nem is mentünk, ugyanis Adel csak legyintve jelezte, hogy arra csak vendégszobák találhatóak, azonban, ha Harry eltűnik, és nincs a kertben, biztosan az egyikben bujkál a 17 közül. Erre csak nagyot nyeltem, ugyanis még elképzelni is nehezemre esett ennyi szobát. A földszint azonban érdekesnek ígérkezett. A márványlépcsők mellől ismételten négy boltív nyílt, négy különböző irányba vezetve. A déli irányba nem mentünk el, pedig oda lépcső vezetett fel, ugyanis a háznak egy emeltebb szintjéről beszéltünk. Adel csak elhadarta, hogy arra is van pár vendégszoba, jobb oldalon pedig a bálterem, amit, ha van kedvem később megnézhetek, de sosincs használatba, így nem túl fontos. Erre csak felfutott a szemöldököm, hogy egy báltermet úgy kezelt, hogy „nem túl fontos", de én csak tiszteletben tartva hevesen bólogattam, miközben tovább haladtunk. Bal oldalon egy kisebb kórusszerű emelvényen találtuk magunkat, és pár lépcsőfokkal lejjebb pedig edzésre alkalmas gépek voltak szétszórva. Edzőterem. A másik oldalon ugyanez a berendezkedés volt, csak itt éppen rengeteg hangszer volt, amiket le mernék fogadni, hogy senki sem használ, ugyanis a hatalmas nagybőgőn a bal sarokban állt a por. A szoba közepén azonban, a jellegzetes ablak mellett egy fehér zongora állt, ami gyönyörű tisztára volt csiszolva. Az utolsó ajtó pedig egy újabb nappaliba vezetett, ahonnan ismételten kettő boltív nyílt. Jobb oldalon könyvtár, a balon pedig konyha és étkező volt található. Az étkező fényűző volt, talán a legpompásabb terem volt az egész házban a maga hatalmas arany csillárjával és a párnázott székeivel. A konyha is termetes volt, egy külön szigettel a közepén, amibe bele volt építve a tűzhely. Egyből beleszerettem, és tudtam, hogy sokszor fogok itt ügyködni. Adel még gyorsan a pincét is megmutatta, ahol boroshordókon kívül semmi érdekfeszítőt nem láttam, ezek után pedig magamra hagyott. Visszakísért a szobámba, majd csacsogott valamit arról, hogy nyugodtan pakoljak ki, neki addig is rengeteg elintéznivalója van. Egyből törni kezdtem a fejemet, hogy mégis mi lehet a feladata egy 63 éves asszonynak, mikor saját alkalmazottai vannak, de inkább nem kezdtem elméleteket gyártani, csak elköszöntem Adeltől. A bőröndjeim már a szoba közepén vártak, én pedig már feléjük lépdeltem, amikor Adel visszadugta a fejét a szobába, és futva közölte, hogy ne ijedjek meg, ha összefutok egy dalmatával a házban. Erre a bizarr és hirtelen kijelentésre elnevettem magamat, és megnyugtattam, hogy nem fogok megijedni, majd ezután tényleg a dolgára sietett.

Este tíz múlt, amikor visszalopóztam a szobámba, ugyanis az elmúlt fél órában az üvegtető alatt üldögéltem és a csillagokat nézegettem, amiből több száz volt látható ma éjjel, ugyanis nem volt egyetlen felhő sem az égen. Szeretek csillagokat nézni, és közben semmi különösebbet sem csinálni, csak merengeni és elveszni az éjszakai sötétségben. Sokszor találtam már meg a Göncölszekeret, vagy különböző csillagjegyek formáját, ezáltal kedvelt hobbimmá vált az ég bámulása.

Miután halkan behúztam magam után az ajtót, a paplannal megtömött ágyam felé indultam, gondoltam megpróbálkozok az alvással, ami nem gondolnám, hogy össze fog jönni ma, ugyanis nehezen alszok el az első éjszakákon, amikor új helyen vagyok. Tisztában voltam vele, hogy az éjszaka forgolódásból fog állni, még gyorsan átöltöztem, és elhúztam a függönyeimet, mielőtt bebújtam a takaróm alá.

Valóban nem tudtam elaludni, a gondolataim sem hagytak békén. Miután írtam a barátaimnak, hogy sikeresen túléltem az első napot, messzebb raktam magamtól a telefonomat, és próbáltam megtalálni a megfelelő pozíciót az alváshoz. De nem a pózzal volt baj, csupán a szokásos honvágy, amit nem értek miért jön létre nálam mindig, mikor nincs is kifejezett otthonom, ami hiányozhatna. Talán maga az érzés készít ki, hogy nincs is hova hazamennem, mindig ideiglenesen vagyok valahol, nincs mit hazának nevezni, hova visszavágyni. Most jelenleg ez az idézőjeles otthonom, de lehet egy hónap múlva megint más lesz, és ez így megy tovább, megeshet, hogy életem végéig. Amolyan megszoksz vagy megszöksz elven fogadtam el, hogy nekem ez jutott és hiába teljesen tökéletes ez nekem, fáj belegondolni, hogy mindenkinek van egy otthona, ahol várják. Nekem nincs.

Már a szemem is lecsukódott, amikor kaparó zajt kezdtem hallani a nyitott folyosó felől. Először nem igazán törődtem vele, mivel azt gondoltam, hogy biztosan a kutya az, akiről Adel beszélt. De a szöszmötölés nem maradt abba az ajtó másik oldalán, mire összerántva a szemöldököm felpattantam, hogy megnézzem, mégis mi történik a másik oldalon. Már éppen a kulcsért nyúltam, hogy elfordítsam a zárban és kitárjam az ajtót, amikor hirtelen egy papír csúszott át a parányi résen az ajtó alatt. Meglepetten felrántottam a szemöldökömet, mivel így már tudatosult bennem, hogy innen áramlik be a levegő, és nem ment az eszemre ez az új hely, hogy nem létező dolgokat képzelek be, valamint zavartan felvettem a levelet a földről. Gondos, dőlt betűkkel volt ráfirkantva kettő sor.

Sajnálom, hogy udvariatlanul fogadtalak. Kaphatok egy újabb esélyt?
Harry

A szám lassan mosolyra kunkorodott, miközben kétszer is átfutottam a sorokat, majd hitetlenkedve megráztam a fejemet és a markomban összegyűrve a fecnit, elfordítottam a kulcsot a zárban. Lenyomtam a kilincset és a huzatnak köszönhetően lassan nyitottam ki az ajtót, ami előtt Harry állt esetlenül mosolyogva. Már egy egyszerű pólót viselt, aminek a jobb sarkára egy piros szív volt hímezve, és sokkal másabb összképet láthattam így róla, mint abban az idétlen szerelésben.

– Szóval? – kérdezte felvonva a fél szemöldökét, amibe kicsit mintha bele is pirult volna. A fejemet rázva nevettem el magamat.

– Kapsz – bólintottam, mire mintha ez lett volna a kulcsszó, Harry fellélegezve lépett be mellettem a szobámba, igaz hívatlanul.

– Ez mekkora megkönnyebbülés! – sóhajtott fel jókedvűen. – Nem akartam már első nap elrontani a lehetőségeimet, csak kifejezetten csapnivaló kedvem volt ma reggel óta. Először is azért, mert biztosan tisztában vagy azzal, hogy meghalt a legjobb barátom, és hiába tartod elítélendőnek, hogy ő sokkal idősebb volt nálam, tényleg a barátom volt, és mérhetetlenül megvisel a hiánya...

– Nem tartom... – vágtam közbe, mire elakadt a szava, és érdeklődve nézett rám, immár a szobám közepén állva. – Elítélendőnek. – Harry erre csak fülig érő szájjal bólintott, és miközben én becsuktam az ajtót, ő tovább csacsogott, mintha már minimum egy éve ismernénk egymást.

– Toby is rendesen felhúzott ma, mivel pontosan tudja, hogy nem szeretem a muskátlit, mert egy képmutató és pöffeszkedő virágnak tartom, és ezt többször is ecseteltem neki, ő pedig mégis azokat ültetett ma a hátsó kertbe, ahol azt hitte, nem veszem majd észre! Ez egyszerűen kiverte nálam a biztosítékot! Toby egyértelműen arról is tud, hogy mennyire letargikusan telnek a napjaim a barátom halála óta, és mégis elülteti azokat az átkozott muskátlikat, mikor elmondtam neki, hogy oktondi és képmutató teremtmények... – hadarta Harry, még csak egy levegővételre sem megállva, én pedig nagyra tágult szemekkel próbáltam követni.

– Úgy vélekedsz egy virágfajtáról, hogy... képmutató? – kérdeztem, mikor kapkodni kezdte a levegőt, ő pedig hezitálás nélkül biccentett.

– Úgy. De mindegy is, megint csak hablatyolok, mikor sokszor elmondták már nekem, hogy a felesleges dolgaimat ne osszam meg olyanokkal, akiket nem érdekel – hebegte el egy szuszra, nekem pedig még reakcióidőt sem hagyott. – Hoztam neked valamit, amin már hosszú napok óta dolgozom és kíváncsian várom mit szólsz hozzá.

– Igen? – kérdeztem meglepetten, mire Harry hevesen hintáztatni kezdte a fejét és miközben otthonosan lehuppant az ágyamra felém nyújtott az eddig tenyere között tartott lapot. Ellépve az ajtótól leültem mellé az ágyra és elfogadtam a papírt, amire amint ránéztem értetlenül emeltem fel a fejemet. – Mit kéne ezzel csinálnom?

– Kitölteni – mosolygott Harry, majd felugrott, és az íróasztalról pillanatok alatt visszatért egy tollal. Fogalmam sincs honnan tudta, hogy ott van, de már nem lepődtem meg rajta.

– Ez egy... – találgattam forgatva a papírt. – Önismereti teszt?

– Nem teljesen – rázta meg a fejét, miután visszahelyezkedett a takaróra velem szembe. – Azt olvastam a neten, hogy ha a barátja akarsz lenni valakinek, fontos, hogy ismerd. Ezért összeállítottam a tesztet, amit, ha kitöltesz, úgy gondolom ismerni foglak utána – ezt mind olyan természetességgel mondta, hogy majd megszakadt tőle a szívem. Rákeresett a neten, hogyan kell barátkozni? Ebben a pillanatban, ahogyan megtörten bámultam ezt a mosolygós fiút, szinte teljesen biztos voltam benne, hogy nagyon meg fogom kedvelni. Aztán megláttam a kérdéseit. Az elsőknél nem is volt semmi különösebb probléma, azonban elérkeztem az első, de közel sem utolsó kérdéshez, amin felfutott a szemöldököm.

– Hogy értsem azt a kérdést, hogy miért ez a kedvenc színem? – kérdeztem arrogánsan felnézve a lapból, ugyanis ez tényleg valami viccnek tűnt először.

– Hát, mi a kedvenc színed? – kérdezett vissza Harry.

– A fekete – vontam vállat, mire ő összehúzta a szemét, ami egy pillanatig baromi félelmetes volt.

– Ezt értsem úgy, hogy te egy sötét árnyalatot kedvelő lélek vagy, akinek a legjellegzetesebb tulajdonságai a bánatos, fegyelmezett és független? Vagy te egy vezéregyéniség vagy, aki a példát mutatja másoknak, és ezáltal lehetetlen befolyásolni? – hadarta el Harry egy pillanat alatt, mire elkerekedett a szemem.

– Mivan'? – nevettem fel, ugyanis egy szót nem értettem az előző monológjából.

– Az én kedvenc színem az arany, mert a jelentése a böl-
csesség – kezdte. – A lelki és testi gazdagság az alapelve,
magyarul mondva a jelentése tudás és igazság.

– Te most szórakozol – meredtem rá pislogás nélkül. –
Komolyan meg kell indokolnom, hogy miért a fekete a ked-
venc színem?

– Igen – közölte Harry határozottan, mire a hajamba
túrva káromkodva felnevettem. Ez valami nagyon rossz
vicc lehet. Ez képtelenség. Tovább haladtam a teszten, és
egyre többször horkantam fel, amikor valami lehetetlen
kérdés jött velem szembe, Harry pedig figyelmesen bá-
multa a sercegő tollat a kezemben, hogy biztosan mindre
adok-e választ. A kvíz írása közben biztosan elkönyveltem
magamban, hogy nem kedvelem Harryt, hiába találtam elő-
ször édesnek a túlbuzgóságát, ez még egy kamasztól is sok.

Mikor letettem a tollat, Harry kivette a kezemből a pa-
pírt, és a homlokát ráncolva olvasni kezdte.

– Az írásod hanyag – jelentette ki egyszerűen, mire csak
széttárva a karomat akartam visszaszólni, de belém fojtot-
ta a szót. – Lennének kérdéseim.

– Figyelj Öcsi, őszinte leszek veled, nem érdekelnek a
kérdéseid – néztem a szemébe kíméletlenül, mire még csak
egy érzelem sem suhant át az arcán, szimplán újra közölte,
hogy de ezek fontos kérdések.

– Mit jelent az, hogy ennyi helyen éltél már életed so-
rán? – tette fel az elsőt, mire én fájdalmas arckifejezést
vágtam. Ez így nagyon sokáig fog tartani.

– Azt, hogy elbaszott életem volt – vágtam rá egyből egy
olyan választ, amibe nem tud jobban belekérdezni, egysze-
rűen lezárom vele a kérdését. Harry elfogadva ezt válasz-
nak bólintott, majd folytatta, még számtalan hasonlóan
ostoba kérdéssel. Éjfél is elmúlt, mire sikerült aludni kül-
denem, a biztonság kedvéért pedig visszazártam az ajtót,

nehogy arra ébredjek, hogy felém magasodva bámul. Azt hiszem egy olyan traumát nem élnék túl.

Miután hallottam Harry ajtaját is becsukódni nagyot sóhajtva az asztalomra dobtam az ócska lapot, amin idiótábbnál idiótább kérdések alatt csak még érthetetlenebb válaszok szerepeltek, és ezek után szerencsére gyorsan elaludtam. Hiszen ma azt is megtanultam, hogy Harry iszonyú jó abban, hogy lefárasszon, ezt ma éjjel elsőkézből tapasztalhattam.

3.

Ízlések és pofonok

Eltelt kettő nap, ami alatt Harry nem fogta be. De tényleg nem.

Második nap megismertem a család egyetlen tagját, akivel eddig nem volt szerencsém találkozni, Edwardot. Edward kísértetiesen emlékeztetett Harryre, mind kinézetre (loknis, bár neki rövid haj, zöld szemek), mind viselkedésre. Maradjunk annyiban, hogy csakúgy ingadozónak tartottam a hangulatát, mint Harryét. Bár Adel bevallása szerint Edward valóban temperamentumos, míg Harry stabilan mindig vidám volt, egészen ameddig Margot meg nem halt. Azóta durván le tud süllyedni a kedve a nullára pillanatok alatt a semmiből, majd utána akár rá két percre is felszabadultan el tud csevegni a madarak párzási rituáléjáról. Volt szerencsém már végighallgatni egy efféle fejtágítót tőle, pedig nem kértem ilyen szolgáltatást.

Emellett Fritzgeralddal is volt szerencsém találkozni, valamint Elizabeth-tel is. Fritzgerald teljesen olyan karót nyelt, mint ahogyan Adel leírta, kicsit sem túlzott ezzel, így ő nem nyert nagy jelentőséget az itteni létbe. Maximum annyit, ha hirtelen valaki lemészárol mindannyiunkat, az tuti ő lesz. Csendes gyilkos. És igen, még nem engedtem el ezt a gyilkossági vonalat az erdő közepén...

Elizabeth rettenetesen aranyos, fogalmam sincs, Harry miért nem jön ki vele annyira jól, amikor teljesen ugyanolyan, mint ő, csak éppen a másik nemből. Egyfolytában csacsog és lelkessé válik az élet legapróbb tényezői láttán vagy hallatán is. Szerintem Harryvel titokban ők rokon lelkek, csak ez annyira sérti a fiú büszkeségét, hogy inkább úgy döntött, nem fogja kedvelni, ugyanis amióta itt vagyok, Harry feltűnően sokszor nézett morcosan a szobalányra.

A harmadik reggelemen (éjszaka már sikerül egyre és egyre otthonosabban aludnom) csendre ébredtem. Pedig ez az elmúlt két napban még nem fordult elő, hiszen az első reggelen dörömbölni kezdtek a folyosó felőli ajtón (gondolhatjátok, hogy ki volt az), miszerint látott egy őzgidát, és ezt el sem hiszi, ezért muszáj volt felébresztenie. Nem mondom, hogy nem voltam mogorva azon a reggelen. A második napon már hajnalban ébredtem Adel kopogására, aki utána egyből berontott a szobámba, tisztára beleélve magát egy anya szerepébe. Nekem ez szokatlannak minősült, ezért félálomban rántottam magamra az éjszaka lerugdalt takarómat, ugyanis nem sok ruhadarabbal magamon szokásom aludni. De komolyan, Adelt ez nagyon nem érdekelte. Ezen is csak mosolyogva ráztam meg a fejem, hiszen kicsit kezdtem ide tartozónak érezni magam, és jó valahova kötődve érezni magamat. Pedig alig pár napja vagyok itt. Az egyetlen gondom itt Harry volt, mikor ő lett volna az egyetlen feladatom. Az egyetlen feladatom, hogy jóba legyek vele. És ez nem akart nagyon teljesülni, ugyanis én minden vagyok, de türelmes biztosan nem. Ezért is, Harry hatalmas empátiája és közvetlensége úgy tört rám, hogy még csak nem is számítottam rá. Pedig az első találkozásunk után teljesen abban a hitben voltam, hogy majd ő nem akar hozzám szólni. Nos, tévedtem, Harrynek, ha egyetlen célja lehetne csak az életben, az biztosan az lenne, hogy beszélhessen az idők végezetéig. És ezt az én hamar fejét vesztő személyem nehezen tolerálta, napról napra nehezebben. Harrynek megtanítottam egy nagy bölcsességet, amit szinte naponta több százszor kell elismételnem neki: a csend néha kincs. Nem igazán sikerült megértenie, ugyanis ezek utána legtöbbször átcsapott egy másik témába, vagy arról kezdett beszélni, hogy kiskorában mennyi eldugott kincset talált az udvaron.

Ezért is pislogtam nagyokat ébredés után, ugyanis néma csend volt, a bukóra nyitott ablakomon át is csak a reggeli szellő és az erdő különféle zajai szűrődtek be. Pedig eddigre már régen felvert valaki, a csupán három tagú család kettő aktív tagja közül. Akaratom ellenére lerúgtam magamról a takarót, mire megcsapott a felszín felett uralkodó hűvös hőmérséklet, de ahelyett, hogy visszabújtam volna a paplan alá, vacogva felkaptam a pulcsimat, amit tegnap a földre dobva hagytam. Gyorsan áthúztam a fejemen, és párszor végigsimítottam a kezemen, hátha felmelegszek tőle. Ezután, tekintettel arra, hogy nyugodt reggelem volt, komótosan ébredtem fel teljesen, majd az asztalomhoz sétálva megragadtam a cigarettás dobozomat. Ahogy már megszoktam, sunyiba kitártam az asztal feletti ablakot, ami éjszaka bukóra volt nyitva, majd miután a kinti reggeli hideg betöltötte a szobámat, csattogtatni kezdtem az öngyújtóm, ameddig sikerrel nem jártam. Fejben feljegyeztem magamnak, hogy újat kell vennem belőle, hiszen kifogyóban volt, majd hosszasan üldögéltem még az asztalom tetején, miközben egynél sokkal több szálat is elszívtam. Csak kihasználtam, hogy ma reggel van lehetőségem dohánnyal ébredni. Az pedig köztudottan egy megnyugtató dolognak számít, így reggel hét óra környékén, az ablak mellett ragadtam, hiába volt velőtrázó hideg.

Miután felöltöztem és a hajammal is kezdtem valamit (ma megint felfele állítottam, ugyanis szeretem így hordani, csak mindig elfelejtem megcsinálni, vagy nincs rá időm), gondoltam megnézem mit csinál Harry. Azt csalódottan könyveltem el magamban, hogy ítéletes ember vagyok, ezáltal pedig nem kedveltem meg Harryt. Nyilvánvalóan vele töltök hosszú órákat az értékes napjaimból, de nem sikerül egy hullámhosszra jutnunk. Harry egy kamasz fiú (pontosan még egyszer sem mondta, mennyi idős), én pedig egy huszonéves egyetemista vagyok, nem is találom furcsának, hogy más világ vagyunk. De azért azt gondoltam a tudatalattim nem fogja idegesítőnek és levakarhatatlannak tartani Harryt, mégis ez történt.

Először a földszinten néztem szét, ugyanis lemertem volna fogadni, hogy ha ébren van már, akkor ott található, és Harry biztos, hogy ébren volt reggel nyolckor. Gyenge három perc alatt jártam át a lehetséges szobákat, majd felhúzva a kapucnimat a fejemre az udvarra indultam, ugyanis Adel már első nap elmondta, ott nagy eséllyel megtalálom. A tuják közti útvesztőben forgattam a fejemet, mivel azzal már nem voltam tisztában, hogy ezen a rengeteg hektáron mégis hol kellene keresnem. Mosolyogva vettem tudomásul, hogy a ház egyik kedvenc épülete még mindig itt áll, és végig csillant rajta a korai napsütés: az üvegház. Adel ugyan nem mesélt a virágok iránti őrületéről, mégis hatalmas mennyiségű gazzal találom szembe magamat a telek minden pontján. Fogalmam sincs, Toby hogyan bír ennyiről gondoskodni, de mindenesetre tisztelem őt ezért. Az üvegházban is számtalan növény található, amik érzékenyebbek az időjárásváltozásra.

A kertben nem találtam Harryt. Összefutottam Tobyval, aki már most, mikor alig jött fel a Nap, az egyik meggyfát rügyezte le, miközben váltig azt állította, hogy ma még nem látta Harryt, pedig kellett volna, hiszen ilyenkorra már ki szokott jönni, hogy valami „kihagyhatatlant" meséljen el, vagy éppen gügyörészni kezdjen a virágokkal. Ezen csak mosolyogva megráztam a fejem, mivel egyre több értelmet nyert a tény, hogy itt nem Adel van oda a virágokért, hanem Harry. Amit valahol aranyosnak találtam.

Ezek után – tekintve, hogy Adel és Edward nem voltak a házban, így nem tudtam kitől megkérdezni, merre van Harry – csak egy hely maradt, ahol még nem néztem. Igazából kettő. Az egyik a legfelső emelet, de kizártnak tartottam, hogy oda egyedül fogok felmenni először, így azt ki is húztam. Ha Harry ott van, inkább megvárom, ameddig magától lejön. A másik Harry szobája volt. Ami csakúgy félelmetesnek tűnt számomra egy bizonyos szinten, ugyanis amióta itt vagyok, még egyszer sem adódott lehetőség, hogy bemenjek oda. Nagyot nyeltem, mikor az ajtaja előtt találtam magamat, ugyanis nem voltam benne biztos, hogy ide szabad bejárásom van. Sose jutott eszembe megkérdezni Harrytől – na nem mintha Harry hagyna nekem is némi beszédteret –, hogy megnézhetem-e az ő szobáját, valahogyan magától jött, hogy ő sétált be az enyémbe, vagyis legtöbbször inkább szabad tereken voltunk. Ahol volt miről mesélnie. Végül lehunytam a szememet, miközben lenyomtam a kilincset, ahol egy ugyanolyan folyosót találtam, mint ami az én szobámig is elvezetett. Semmi különlegeset nem vettem észre, ameddig végig settenkedtem rajta, csupán azt, ha kinézek a hatalmas üvegablakokon, tisztán látom a saját folyosómat innen. Harry ajtaja csakolyan mahagóni volt, mint az enyém, nem volt rajta semmi különös. Határozottan kopogtam kettőt, majd egy lépést hátralépve vártam. A határozottságom menten elszállt, amint az ajtó másik oldaláról meghallottam egy szenvedő „gyere"-t, majd sóhajtva egy hatalmasat betoltam az ajtót. A szobába belépve rögtön egy könyvespolc fogadott magammal szemben, amin egyből tágra nyílt a szemem, ugyanis rengeteg kötet volt rajta, annak ellenére, hogy a kastély könyvtára rengeteg példánnyal rendelkezett. Gyorsan végigpislantottam rajta, és csak még jobban meglepődtem, ugyanis jelentősen intellektuális művek sorakoztak a polcon. Már értem, Harrynek honnan ered a végtelen szókincse, és megmosolyogtam a tényt is, hogy alulról a hatodik polc rögtön elárulta, mennyire Shakespeare rajongó a srác. Balra nézve egyik oldalt egy óriási fehér kopott szekrény kapott helyet, míg a másikon egy beépített fal mögött, eldugva volt az ágya. Egy pillanatra még le is esett a szám, ugyanis talán ez a leggyönyörűbb ágy, amit valaha láttam. Nem baldachinos, mivel nem emelkedtek fel hosszú farudak az ágy négy sarkáról, mégis a ház összes függönyével megegyező átlátszó szatén lengte körbe az egész ágyat, a plafonra függesztve. Bizonytalanul indultam el az ágy felé, amikor akaratomon kívül is a fürdőszoba felé néztem, ahol csakúgy egy szalagfüggöny díszesedett ajtóként, azonban most nem volt elhúzva. Egy pillanat lefolyása alatt rántottam össze a szemöldököm, amikor megláttam *azt*. És soha nem fogom elfelejteni ennek a hatalmas sokknak és felismerésnek a másodpercét, ugyanis az arcomra fagyott a mosoly attól, amit láttam. A boltívvel szemben, a fürdőszoba közepén állt egy *kandalló*. Nem viccelek, egy kandalló. Letaglózott a látványa. Nem azért, mert annyira egzotikus lett volna, nem állt előtte senki meztelenül, nem volt ott semmi, csupán egy *kandalló a fürdőszoba közepén*. Gyors léptekkel értem el a függönyös ágyig.

– Nem mondhatod komolyan, hogy egy kandalló van, egy Kandalló (!!!) a mosdód közepén! – rivalltam rá az izgalomtól fűtött hangon, ugyanis Harry az ágyán ült. Nekem háttal volt, törökülésben, miközben a könyökével támasztotta a fejét, ennek következtében a dús hajkoronája előre esett. Másodpercenként tűrte el a szeméből a tincseit, miközben nagyon belemerült valamibe, ugyanis hosszú másodpercekig még csak meg sem rezzent.

– De igen – felelte végül kimérten, nekem pedig az extázis közepén fel sem tűnt, hogy szeptember 13-a reggelén Harrynek egyáltalán nem volt jó kedve.

– Ez nem lehet igaz! – kaptam a fejemhez felnevetve. Nem tudtam feldolgozni a tényt, hogy egy konkrét kandallóval rendelkezik, nem a szobájában, a fürdőszobájában. – Ilyet még sosem láttam!

– Nagyszerű William, most pedig hagyj békén kérlek – vágta rá érzelemmentes hanglejtéssel, belegondolva semmilyen hanglejtéssel. Csak egymás után pakolta a szavakat, a megszokott pajkosságnak és artikulációnak semmi helye sem volt. Zavartan összeráncoltam a homlokomat.

– Harry, nem úgy értettem – mentegetőztem egyből. – Én gyönyörűnek tartom.

– Ahogyan én is – válaszolta, de szemernyi jelét sem mutatta, hogy esetleg megfordul, hogy rám nézzen. Továbbra is a hátával néztem farkasszemet, amin egy szürke, Harryhez túl egyszerű póló volt. Hezitálni kezdtem, ugyanis fogalmam sem volt, mit tegyek.

– Akkor – nyögtem fel végül kelletlenül. – Én most megyek.

– Rendben – felelte Harry, mire csak rágni kezdtem a szám szélét, és bármi további hang nélkül lassan kisétáltam a szobájából.

A következő hét csendesen telt. Harry vasárnap óta nem nyerte vissza a felszabadult vidámságát, én pedig nem zavartam. Nem mintha annyira a nyakába lett volna kedvem lihegni, időm se volt rá. Hétfőn nekem elkezdődött az egyetem, és a saját aranyszabályomnak tartom, hogy mindig a legelején tanulok a legtöbbet, hogy utána, mikor vizsga előtt mindenki megszakad az utolsó pillanatbéli tanulásba, én csak nyugodtan kieresszem a gőzt. Így is telt el a hét. A heti öt napból három nap kellett beutaznom Cambridge városközpontjába, a legnagyobb területű egyetemre, amit valaha láttam, a maradék kettőben pedig tanultam.

Harry egyedül volt. Egyik éjszaka rákerestem a gyász fázisaira, legalábbis ahogyan a legtöbb esetben lezajlik az emberekben egy barátjuk elvesztése. Nekem még nem halt meg közeli ismerősöm, így nem tudtam átérezni, tehát jobb híján utána olvastam. Öt szakaszról írtak róla egy cikkben. Az első a tagadás volt. Ami alatt a gyászoló ember képtelen beismerni, hogy a szerette már nincs velünk, és gyakran képtelen emberi kapcsolatok kezelésére is. Ezt olvasva elhúztam a számat. Ugyanis Adel szerint, Harry mindig mindenkivel jószívű és empatikus, ez viszont velem nem így volt. És nem gondolom, hogy kivétel vagyok, sokkal inkább arra jutottam, hogy Harry még az első szakaszban lehet. A második szakasz a harag, amely magától értetődő. Dührohamok és bűnbakkeresés. A gyászoló önmagát is hibáztathatja a történtekért, aminek szörnyű mentális lefolyásai is adódhatnak. Ezek után jön az alkudozás ideje, jobban mondva az elméletek gyártása a rengeteg „mi lett volna, ha..." kérdéssel. Az utolsó előtti fázis a depresszió fázisa, ahol a tengernyi szomorúság mellett próbálja megtalálni a szép emlékeket a múltban, valamint megpróbálja maga mellé képzelni az elveszített embert. Az ötödik, az utolsó szakasz az elfogadás, ahol a gyászoló megérti, hogy az elvesztett barátjára egy gyönyörű emlékként kell emlékeznie és már csak mosolyogni fog, hogy mennyi szép dolgot éltek át együtt. Az mindenkinél változó, hogy ez az öt fázisú kör meddig tart, és mikor zárul be végleg. Aznap este megbotránkozva zártam le a laptopom tetejét. Egy gyászoló emberen nem lehet segíteni, csak tűrni és együtt érezni vele. De ötletem sincs, hogyan csinálhatnék ilyet, amikor nem is ismerem.

Többször találkoztam vele naponta, néha még egy fáradt mosollyal a szája szélén el is kezdett mesélni valami lehetetlen történetet, amit csak megmosolyogtam. De egyértelműen nem volt benne az a megmagyarázhatatlan csillogás, amit az első napokban láttam a szemében. Hiába voltam tisztába vele, hogy mi a baja, mindig rákérdeztem. Ő mindig azt felelte, hogy minden rendben van. Jobbnak láttam magára hagyni. De miközben szünetet tartottam tanulás közben, vagy hazaértem az óráimról mindig ránéztem.

Egyszer kint ült a hátsó kert egyik zöldellő padján, amire pont rálátásom volt az ablakomból. A függöny mögött bujkálva figyeltem, ahogyan igazából csak magában üldögél. Gondoltam rá, hogy leülök mellé, hiszen még a csend is szebb, ha többen vagyunk, de végül egyből meggondoltam magam. Ahogy ott ült, csupán ránézésből tudtam, hogy most egyedüllétre van szüksége, és nem idétlen csacsogásra, hanem önmagával komoly beszélgetésre. A haja kicsit szétszórt volt, egyfolytában a füle mögé tűrögette, egy halványarany inget viselt, amin talán csak kettő gomb, ha be volt gombolva. Ez mindig akaratomon kívül is megmosolyogtatott, ugyanis elképzelésem sem volt arról, hogy miért vesz fel egyáltalán bármit is, ha az ing az egész felsőtestét látni engedi. De ő Harry, a maga rengeteg aprólékos és megmagyarázhatatlan szokásával. Bár ő mindig talál rá magyarázatot. Azt is megfigyeltem, hogy rengeteg kisebb nagyobb tetoválás van a teste különböző pontjain. Már első nap feltűntek a bal karján található szimbolikus apró minták, de az ingekben, amiket szétgombolva hordott, megláttam sokkal nagyobbakat is. Kettő madár volt a mellkasa felett, egymásra szimmetrikusan két oldalon, a szárnyukat kitárva. Mindig próbáltam közelebbről szemügyre venni, hátha kiolvasok belőle valamit, de Harry túl izgága a legtöbb esetben.

A tetoválás azonban elgondolkoztatott. Mégis nagykorú lenne? Mert az lehetetlen, hiszen Adel is azt írta, hogy Harry még kamasz, és ha jobban belegondolok, már kamaszok is csináltathatnak tetoválást szülői engedéllyel. Megráztam a fejemet a hitetlen elméletektől, miszerint Harry már felnőtt. Nem az, akkor biztosan itt hagyta volna már a szüleit. Senki sem akarna bezárva élni itt, több ideig, mint ameddig szükséges. Elismerem, a leggyönyörűbb hely, ahol valaha jártam, de az ember bizonyára hamar beleőrül, ha csak a négy falat látja egész életében. Harry gyerek, és én nem azért vagyok itt, hogy ebben kételkedjek, hanem hogy figyeljek rá.

A szürke padon ülve lehajtott fejjel játszott az ölébe esett kezén az ujjaival, vagy a gyűrűkkel, amiket megállás nélkül csavargatott, szinte mindig, amikor lenéztem a kezére. Amikor éppen a szarvashordák közeledő távozási eseményéről beszélt, vagy amikor a nappali egyik díványán fekve olvasott, biztosan a gyűrűit húzogatta, minden esetben. Most is ezt tette, csak most nem kényszercselekvésként, hanem arra figyelve, tudatosan játszadozott velük. Egészen belemerültem, ahogyan néztem egy fiút az őszi napsütésben ülni a világ legtöbb virágjával rendelkező kertjének közepén. Harry felemelte a fejét, majd az ég fele döntve lehunyta a szemét, miközben a pad támlájára pedig egy fehér pillangó szállt. Mikor Harry észrevette, elmosolyodott. Mintha az ő mosolyával az enyém is jött volna, egyből megmelengetett szívű mosollyal néztem, ahogyan a pillangó felé nyúl. Mintha a kisugárzása kihatna a külvilágra. A lepke nem szállt el ijedten, mint ahogy bármikor tenné. Harry egyszerűen emelte fel, és vidáman mosolyogva vette szemügyre minden oldaláról. Támaszkodó fejjel bámultam őket: Harryt

és a pillangót. Egészen ameddig vissza nem estem a má-
morból a francia legmélyebb nyelvtan feladványai közé.

– Biztosan ellesz egyedül? – kérdeztem halkan Adeltől,
miközben a bejárat előtt állva a dzsekimbe bújtam bele.
Ma ébredtünk az első szombati napra, amióta nekem el-
kezdődött az egyetem, Adeltől pedig hosszas habozás után
engedélyt kértem, hogy a hétvégét házon kívül töltsem.
Először úgy éreztem magam, akár egy tini, aki buliba sze-
retne menni, és épp az anyjánál próbál szerencsét, hátha
elengedi. De Adel csak jól kinevetett, miszerint nem kell
megkérdeznem semmit, egyszerűen szóljak, ha lelépek,
csak hogy tudjanak róla. Ezt megkönnyebbülve vettem tu-
domásul, elvégre mégsem egy börtönben vagyok.
– El – bólintott Adel, miközben a boltív felé pillantott,
hogy ellenőrizze, nincs-e a közelben az illető, akiről beszé-
lünk. – Viszont Sam, keddre már visszatérsz? Csak mert
akkor lehet lenne egy kis elintéznivaló.
– Vasárnap terveztem visszajönni – feleltem, majd kér-
dőn néztem Adelre, hogy mi az elintéznivaló.
– Az tökéletes! – emelte maga elé a kezeit. – Kedden el
kellene vinni Harryt a városba.
Nagyra nyílt a szemem – A városba?
– Igen. Kéthetente bérelünk fel egy hatalmas takarí-
tóbrigádot Edwarddal, akik az egész házat tisztára csiszol-
ják – kezdett magyarázkodni Adel. – Ők ismernek minket,
hogy kik vagyunk, de nem akartuk, hogy a kelleténél több
ember tudjon Harryről. Ezért mikor takarító nap van, Har-
rynek egész napos kimenője van.
– Azta – ámultam, mivel leragadtam még mindig ott, ami-
re hetek óta nem kapok választ, mégpedig, hogy Harrynek

miért kell egy titoknak maradnia, mikor a vonásaiból egyértelműen 17 esetleg már 18 évesnek szűröm le.

– És gondoltam… – tűrte a füle mögé a haját Adel, miközben elcsuklott a mondat közepén. – Szóval biztonságosabbnak érezném, ha te is vele mennél, és nem egyedül kószálna.

– Rendben – válaszoltam, bár rá tudtam volna cáfolni a nevelési módszereikre. De természetesen a tisztelet megvolt bennem, meg az is, hogy 22 évesen nem kezdhetek el egy 63 éves asszonynak papolni arról, hogy kicsit rossz irány felé dédelgeti Harryt. Nem igazán tartottam normálisnak, hogy ennyire keretek közé zárják, ő pedig ezt már annyira elfogadta, ne adj Isten normálisnak tartja, hogy beletörődött. Nem tarthatják itt örökre, kéthetente kiengedve, akkor is csak azért, mert muszáj. Egy ép indok nem jutott eszembe, amivel lenne erre magyarázat, hogy négy fal közé zárják Harryt. De csak csendben lenyeltem a békát, és nem kezdtem el a szülőségről előadást tartani, mikor valószínűnek tartom, hogy én soha nem is leszek az. Így pedig nincs jogom kioktatni senkit.

– Harry elköszönt? – kérdezte Adel témát váltva, mire én is felkaptam a fejemet elhessegetve a negatív gondolataimat.

– Bementem hozzá, igen. De azt hiszem, nincs túl jó kedve – húztam el a számat, amikor eszembe jutott, hogy tíz perccel ezelőtt Harry épp a fehér szekrénye előtt ült és teljes liturgiát tartott nekem arról, hogy ő most átfest mindent barnára, mert a fehér totálisan visszataszítja, és kezd ebbe belebolondulni. Erre csak annyit válaszoltam neki, hogy az biztos, hogy kezd megbolondulni, de befejezni már nem tudtam, mert rám kiabált, hogy 'tűnjek el innen, ha nem támogatom a tölgyfa bútorainak megújításának az ötletét'. Így hát halkan köszönve eltűntem.

– Mostanában rossz a helyzet – emelte égnek Adel a tekintetét. – Hétvégén kikupálom. Harry nem ilyen.

– Ne! – szóltam rá kétségbeesetten, mire Adel szeme elkerekedett. Megtörtént az, amit pontosan egy perccel előtt fogadtam meg, hogy nem fogok megtenni. Életvezetési tanácsot készültem adni egy nálam több, mint kétszer idős nőnek. – Úgy értem, szerintem ne szidd le. Harry gyászol. Nem segítünk neki, ha felhánytorgatjuk neki a szokatlan viselkedését.

– Igazad lehet – túrt bele a hajába, mire a belső hangom megkönnyebbülten sóhajtott fel. – Csak nagyon zavar, hogy te nem is ismered így, hogy milyen. Csak ezt a dacos és sérült oldalát láttad eddig.

Erre visszatartottam a mosolyomat. Harry az első pár napomban nem volt felhőtlenül boldog, az igaz, de abban is biztos vagyok, hogy se nem dacot, se nem sérült létet nem mutatott azokban a napokban. És ezt nagyon tiszteltem benne. Kitartott, kettő teljes napig elnyomta magában a fájdalmat, a gyászt, a hiányérzetet, csak hogy tudatosan udvariasan viselkedjen azzal az emberrel, aki most a halott legjobb barátja szobájában lakik. Ez azért hatalmas teljesítmény egy gyerektől. Így nem hibáztattam, hogy az érzelmei elnyomása után felszínre törtek, és magába zárkózott.

– Harry nagyon rendes gyerek – jelentettem ki, mire Adel akaratlanul is elmosolyodott. – Ezt jegyezd meg – ez volt a végszó, ezután már tényleg felkaptam a táskámat a vállamra és megölelve Adelt kiléptem az ajtón.

Szombat reggel lévén kevés autó volt az utakon, így a vártabbnál gyorsabban értem Luca és Quinn lakásához, akiket már a tegnap esti óránkon kérdeztem meg, hogy esetleg náluk tölthetem-e a hétvégét. Erre persze mindketten lelkesek lettek, hiszen a héten nem adódott alkalom, hogy meséljek nekik a családról és a környezetről, így most végre lesz idejük kérdezősködni. Erre persze csak lefagyott tekintettel bólogattam, hogy persze, arra is szánunk időt, bár belül örültem, hogy ezt előre megkérdeztem, így volt egy egész éjjelem kitalálni egy kamu családot, kamu sztorikkal.

Mivel csak egy hátitáskával érkeztem, könnyedén jutottam fel a hatodik emeletre, ahol a jól ismert ajtó előtt megállva sóhajtottam egy hatalmasat, majd kicsit bátortalanul kopogtattam rajta. Quinn nyitotta ki, aki már várhatta az érkezésemet, ugyanis alig kellett várnom az ajtó nyitódására. Egyből a nyakamba ugrott, kérve, hogy meséljek el mindent, annyira kíváncsi az új munkakörnyezetemre. Csak mosolyogva megveregettem a vállát és megígértem, hogy mesélek, amint hagyja, hogy lepakoljak. Luca is komótosan feltápászkodva a díványról köszöntött, én pedig, miután kifújtam magamat, a régi szobámba vittem a táskámat.

– Szóval így telnek a napjaid – húzta vigyorra a száját Quentin a konyhaasztalnál ülve, miután elmeséltem, amit csak tudtam, egy kiadós vacsora alatt. A történetet annyiban változtattam, hogy teljesen más környezetet írtam le, de Harry személyét meghagytam, hiszen azt nem tudtam volna kifelejteni a sztoriból. – Elizabeth, a csacsogó anyuka, Toby a sose megjelenő férje és az idegesítő Harry.

Nagyot nyeltem, amikor Quinn a hús vágása közben kiejtette a száján Harry nevét. A neveket is megváltoztattam a mesém közbe, bár nem voltam túl kreatív. Harry neve helyett Albertet akartam mondani (Fritzgerald második nevét), de valahogy természetesen csúszott ki a számon, hogy *Harry*. El is szégyelltem magam, de folytattam, mintha mi sem történt volna.

– Azért ironikusnak tartom, hogy ugyanaz a gyerek neve, mint a horror családodnál lett volna – törölte meg a száját Luca, mire Quinn is felhorkant, én azonban csak kínosan, kicsit sem feltűnően sütöttem le a szemem. *Ironikus.*

– És milyen *Harry*? – mondta ki Quentin ismét a nevét, mire én természetesen megköszörültem a torkomat és mesélni kezdtem. Ugyanis ezen a részen nem volt mit ferdítenem.

– Harry – kezdtem, mire mindketten rám figyeltek a töltött csirkéjük helyett. – Furcsa. A szó szoros értelmében furcsa. Nem is olyan kis tinédzser, sokkal inkább mondanám korombelinek megjelenésre. Tizenhét lehet talán. De teljesen leragadt a viselkedése egy tíz éves szintjén. Édes kissrác, de egyfolytában haszontalanul cseveg, és tudjátok, azt nem bírom.

– Édes kissrác, egyfolytában haszontalanul cseveg – ismételte el Luca eltűnődve, mire kérdőn néztem rá. – Akkor Quinnt hogyan viseled még el?

– Hé! – csattant fel a skót, mire mosolyra húztam a számat. – Azt mondod édes vagyok?

– Álmodban – forgatta meg a szemét Luca, én pedig a szám elé emeltem a kezem, hogy leplezzem a vigyoromat.

– Mindig sikerül rácáfolnotok a heteró létetekre – jegyeztem meg, miközben bevettem egy darab ételt a számban, ők pedig sértetten néztek rám.

– Szóval ennyit tudunk meg Harryről? – terelte vissza a szót Luca az eredeti témához, mire csak vállat vontam. – És hogy néz ki?

– Alig tíz másodperccel ezelőtt mondtam, hogy határozottan nem tűnsz heterónak – meredtem rá nagyra nyílt szemekkel, mire Quinn is vigyorogva nézte, ő pedig felhorkantott.

– Csak megkérdeztem, úristen, azt mondtad egy gyerekről van szó! – tárta szét a karját, mi pedig Quinn-nel jól nevelt barátok módján nevettük ki.

– Magasabb nálam – kezdtem, de egyből megbántam, hogy ezt kimondtam, és meg is próbálkoztam volna a visszaszívás képességével, de a barátaim gyorsabban kapcsoltak. Most rajtam volt a sor, hogy kinevessenek. – Oké, örülök, hogy jól szórakoztok – néztem őket lesajnálóan.

– Azt mondod öt év van kb. köztetek? – számolt Quinn az ujján, majd Luca is hátbaveregetett.

– Nőni már nem fogsz – közölte kíméletlenül rám nézve, mire én elfogadva ezt csak megvontam a vállam.

– Oké, tehát magas – folytattam. – Fura ruhákat hord és hosszú a haja.

– Naa! – kiáltotta Luca, mikor elhadartam tömören Harry személyleírását.

– Részleteket – osztotta Quentin is Luca felháborodását.

– Ajj – ráztam meg a fejemet, és gondolkodni kezdtem, hogyan írjam le Harryt úgy, hogy valósághűen el tudják képzelni az arcuk előtt. – A haja olyasmi, mint az enyém – mutattam a fejemre, majd a vállamig lecsúsztattam a kezem, amit figyelmesen követtek. – És eddig ér körülbelül. Irtó göndör.

– Cuki – szólt közbe Quinn a könyökére támaszkodva, mire Lucával felé fordultunk. Ő csak egy amolyan „mi van már?" arckifejezéssel válaszolt, majd megrázva a fejemet folytattam, mielőtt megint leragadunk egy ilyen kis elszólásnál.

– Zöld a szeme. És eléggé… nagy – nyögtem ki, ugyanis végül nem találtam megfelelő szót. A barátaim összeráncolták a homlokaikat.

– Mi nagy? – kérdezte Quinn furán bámulva.

– A farka? – nézett maga elé Luca, egyből Quinn kérdése után, mire én megbotránkozva eltoltam magam elől a tányéromat.

– Úristen – nyögtem ki felszaladt szemöldökkel. – Ez egy gyerek, te disznó! Úgy értettem, nagy a termete.

– Ohh – húzta el Luca a száját, mire Quinn is érthetően bólintott.

– És mi az, hogy fura ruhákat hord? – tért vissza Quinn, miközben ő is befejezte a vacsorát.

– Hát ilyen vicces ingeket, és... – feleltem, majd egyből mesélni akartam a találkozásunk történetét, amikor is egy fodros Napóleon ruhában állt egy emelettel felettem és a víznyomásról beszélt, de elharaptam a mondat végét, hiszen... nem tudom, hogy magyaráztam volna meg. Azt, hogy kongresszusi öltönyben volt, vagy azt, hogy felettem állt. Azt meg pláne nem, hogy miért beszélt a víznyomásról, de ez már mellékes. – És vannak tetoválásai.

– Azt mondtad gyerek – vágta rá Luca egyből értetlenkedve.

– Az is – bólintottam határozottan, bár ebben néha úgy esett, hogy én is elbizonytalanodtam. – Gondolom szülői beleegyezéssel.

– Szerintem olyat itt nem lehet – rázta a fejét Quinn, mire szinte ösztönösen néztünk rá Lucával lesajnálóan összeszűkítve a szemeinket. – Most mi van? Attól még, hogy én nem vagyok televarrva, mint ti ketten, még a józan eszemet használva tudhatom, hogy gyerekeket nem firkálnak össze!

– Először is, ez nem firka – mutatott Luca a kezére, amin egy termetes és visszaemlékezve fájdalmas minta helyezkedett el. – Másodszor pedig, Quentin, neked nincs olyanod, hogy józan ész.

Erre akaratlanul is fel akartam röhögni, Luca hangsúlyától és lenézésétől, valamint Quinn reakciófeje láttán, de épp vizet ittam egy pohárból, így az egész az orromon keresztül folyt ki, mire mindketten felnyerítettek rajtam, nekem pedig szörnyű érzés szántott végig az orrüregeimen.

Lucával és Quinn-nel még megittunk fejenként egy doboz sört, ugyanis mégis csak szombat este a konyhaasztalnál ültünk, de túlzásba sem akartunk esni. Azaz Luca igen, de leszavaztuk, mivel én most tényleg nem akartam elázni, Quinn-nek pedig holnap már korán reggel elintéznivalói voltak. Valamikor éjfél körül vonultunk el a szobáinkba, azaz Quinn, az álmosságra hivatkozva, Luca a nappaliig jutott csak, ahol szokás szerint a tv elé ült le, én pedig elköszönve tőlük, szintén a szobámba mentem. Mielőtt a takaró alá bújtam volna, elővettem a laptopomat, amit nehezen gyömöszöltem be a hátitáskámba, és idegesen vettem észre, hogy töltőt már nem pakoltam mellé, így meg voltak számolva a perceim.

A hetek szörnyen gyors rohanásában észre sem vettem, hogy az Adellel való kávézás óta, még egyszer sem ütöttem be a nevét a keresőbe, mikor a fekete kávémat nézegetve határozottan eszembe jutott, hogy sok botrányos cikk volt a neve alatt feltüntetve. Ezért most győzött a kíváncsiságom az erkölcseim helyett, és lassan pötyögve írtam le Adel teljes nevét, pár pillanat elteltével pedig megjelent a Wikipédia oldal kezdőlapja, de azt átpörgetve lejjebb görgettem. Figyelmesen olvastam el a szalagcímeket, amik mind olyanokból álltak, hogy nem hallani róluk. Hogy Adel és Edward Windsor, a brit uralkodó, Geoff Windsor közeli rokonai bármiféle magyarázat vagy kinyilvánítás nélkül szívódtak fel, mostanra már... 20 éve. Elkerekedett a szemem, majd kiválasztottam a legszimpatikusabb oldalt, és rákattintottam, hogy végigolvassam az egyik cikket.

Harry miatt tűntek volna el? De mégis mi okból? Semmi értelme.

Kétszer is végigfutottam a cikket, hiszen először azt hittem, valami másra kattintottam rá, mert nem nyert értelmet a leírt szöveg. Ahogy másodszor is befejeztem, harmadszorra is nekiálltam, ugyanis ez kicsit sem stimmelt, kivétel a nevek. Határozottan Adelről és Edwardról írtak benne. És a gyerekükről, akit több mint húsz éve brutálisan meggyilkoltak.

4.

A fiú, aki idegesít(ett)

A következő nap nyúzottan ébredtem. Az éjszaka mondhatni semmit sem aludtam, ami pihentetőnek számítana, de ha aludtam volna is, sejtem, hogy ugyanúgy használhatatlan lettem volna. Luca és Quinn, miután sok próbálkozás után rájöttek, hogy ma nagyon nem érdemes az idegeimre menni, vagy egyáltalán hozzám szólni, békésen hagytak pihenni, és nem firtatták, mi bajom van. Na nem mintha elmondhattam volna.

Pihenni viszont nem sokat sikerült. A tegnapi cikkek után mondhatni holdkóros állapotba kerültem és huszonkét éves férfi létemre bevallottam magamnak, hogy félek visszamenni Windsorékhoz. Úgy néz ki, Adel egy sokkal nagyobb dolgot hallgatott el előlem, mint amekkorát szabad lett volna. És kezdett összeállni a rémkép a fejembe... az erdő, a gyilkosság... De az igazi történet darabjai is szépen rakódtak össze, akár egy bonyolult kirakós játék darabjai. Egy nagyon komplikált játék, aminek néhány meglepően fontos darabját a szőnyeg alá rejtette valaki. De hozzáteszem, kirakósban verhetetlen vagyok, ezt egy erényemnek mondanám.

Vasárnap azonban – mivel megígértem – szótlanul öszszecsomagoltam, és letörten köszöntem el a barátaimtól, akik megkérdezték párszor, biztosan minden oké-e. Én természetesen magamra erőltettem egy kamu mosolyt, de ők csak összenéztek, mielőtt megöleltek, és ismét a lelkemre kötötték, hogy *tényleg* telefonálok, ha bármi gáz van. Valószínűleg a hatalmas táskák a szemem alatt árulkodóak voltak.

Mikor kiértem az erdős útra percről percre nagyobbakat lélegeztem, a pulzusszámom is emelkedhetett, ahogy közeledtem Harryék házához. Tudtam, egy nagyon nehéz és ijesztő beszélgetés várt rám Adellel. Vagy Edwarddal. Fritzgeralddal, Tobyval, nem érdekelt kivel, de ha valaki nem mondja el nekem a teljes történetet még ma, akkor én összepakolok és otthagyok mindent. Zenét sem raktam be, csak az ujjaim piszkálták az arcomat egész úton, miközben elvesztem a gondolataim és kétségeim között és próbáltam nem pánikrohamot kapni, amikor visszaszálltam az autóba a csengő lenyomása után, hogy pár perc alatt összeszedjem magam, miközben a borostyánnal tarkított börtönkaput bámultam.

– Ez meg mi? – csaptam le a gépem az asztalra, miután Adel beengedett és máris felszabadultan kezdett cseverészni. Úgy néz ki, neki nem tűnt fel egyből, hogy a jókedvhez még csak közel sem állok és ma nincs kedvem *cseverészni*. Az étkezőben álltunk, mivel Adel ott foglalatoskodott, mielőtt megérkeztem, és amikor meglátta a hosszú keskeny asztal másik oldalán a laptopomat (amin a tegnapi cikkek egyike volt megnyitva), mellette pedig engem, állva lefagyott az arcáról az eddigi mosoly. Zavartan nézett rám pár másodpercig, ameddig okosan tanulmányozta az arcomról, hogy van egy kisebbfajta problémám. Sejtettem, hogy ő is pontosan sejti, mi a probléma, ugyanis időhúzás gyanánt lassan sétált el az asztal azon végéhez, ahol én álltam.

– Ez? – mutatott a gépre, miközben én türelmetlenül bólintottam. – Szabad? – kérdezte újból a számítógép felé biccentve, én pedig sietősen bólintottam. Adel torkát hatalmas gombóc szoríthatta, miközben leült az étkező egyik párnázott székére, és maga felé fordította a képernyőt, ugyanis pár másodperccel később a legszebb szóval is leverte a víz. – Hogyan találtad meg? – sziszegte rám pillantva a szeme sarkából, mire én hitetlenkedve nevettem fel.

– Hogyan? – kérdeztem vissza. – Tele van ezzel az internet a neved mellett!

– És miért vetted a bátorságot, hogy rákeress? – vont kérdőre Adel felcsattanva, mire egy pillanatra meg is lepett, milyen hirtelen hangnemváltással szólt rám.

– Jogom van tudni – suttogtam halkabban. – És nem is olvastam el mást ezen kívül, mert tőletek akarom tudni, hogy mibe rántottatok bele.

– Mi? – kapta rám a fejét, miközben lehajtotta a laptopom képernyőjét. – Nem rántottunk bele semmibe se.

– Adel – sziszegtem, miközben a halántékomhoz nyúltam, mert kezdtem érezni a tikkelést, ami egy előrejelzés volt, hogy hamarosan ordítani fogok, ha húzzák az időmet. És nem terveztem egy idős hölggyel ordibálni. – Az oldalon arról írnak, hogy megölték a lányotokat.

– Hallgass el! – kiáltott rám Adel, akár egy keselyű, akinek egy féltett szerzeményét akartam elvenni. Hátrahőköltem egy pillanatra. – Ne. Nem beszélhetsz róla Harry előtt. Az… az tönkretenne mindent – dadogta maga elé, hirtelen lehiggadva, kicsit elveszítve a józan eszét.

– Mi történt, Adel? – ültem le mellé, én is stílust váltva. Ideje volt együttérzést és nyugalmat tanúsítani, talán túllőttem a határon.

– Reméltem, hogy elkerülhetjük ezt – pislogott párat felfelé Adel, majd nem szégyellve a könnycsatornában öszszegyűlt könnyeit rám nézett. – Elmondom.

Én erre csak megértően bólintottam, belül pedig átkoztam magam, amiért letámadtam. De majd ráér a bocsánatkérés, miután valóban elmesélte az egészet.

– Nálad csak pár évvel voltam idősebb, mikor Edward-dal rengeteg próbálozás után született egy lányunk – kezd-te, miközben az ujjaival kezdett babrálni az asztal alatt. – Nagyon örültünk neki, mert valóban régóta vágytunk rá. Edward testvérénél még szó sem volt gyerekről, így Blos-som, a lányunk volt az első gyerek a családban. Hatalmas visszhangnak örvendett ezáltal. Rólam lett elnevezve, a második nevemről – tette hozzá Adel, én pedig siettetve bólogattam, mivel eddig még nem hangzott el semmi hasz-nálható, ami a helyére rakná az utolsó darabot a képem-ben. – Edwarddal nem is akartunk több gyereket. Elvoltunk Blossommal, aki több volt, mint tökéletes, csodálatos nőt neveltünk belőle. Tizenhat éves volt.

– Amikor? – kérdeztem, ugyanis Adel itt megállt a tör-ténetben, és összezavarodva maga elé nézett szótlanul.

– Akkor engedtük el a legelső „bulijára" – rajzolt idé-zőjeleket a levegőbe. – A barátnőivel ment, úgy volt, hogy egyikőjüknél alszik aznap. Hetekig könyörgött ezért az eseményért. Én el sem akartam engedni, Edward beszélt végül rá, vegyem figyelembe, hogy már tizenhat éves. Pe-dig én tisztán gondolkodtam, hogy ő nem egy hétköznapi lány, ő a királyi családba született, nem járkálhat akárho-va. Meggyőzött. Megígérte, hogy a barátaival marad, egy percet se lesz egyedül – Adel megint szünetet tartott, de most nem szóltam közbe. Hagytam, hogy összeszedjen magában mindent, amit hallanom kellett. – Nem írt este üzenetet, de gondoltam biztosan egyből elaludtak a barát-nőjével, így nyugodtan feküdtem le aludni. Másnap reggel kaptuk a híreket, hogy holtan találták meg.

– Sajnálom – motyogtam ösztönösen, ugyanis fogal-mam sem volt, mit kellene mondanom egy anyának, aki-nek meggyilkolták a lányát. Csendben maradtam. Nagyon hosszú percekig csak ültem, nem szólaltam meg, nem értem hozzá, hagytam, hogy halkan sírjon. Fogalmam sem volt, mit élhetett át, így meg sem próbáltam együtt érezni. Mert itt nem lehetett.

– Meg... megerőszakolták – suttogta önkívületi állapotban. – Többen is megerőszakolták, majd megölték. Sajnálom... – hadarta, mivel közben felpattant a székről, és a konyhába szaladt. Nem mentem utána, próbáltam feldolgozni az előbb hallottakat. Erről nem írtak az interneten.

Adel pár perccel később tért vissza, úgy nézett ki, mintha eddig az arcát mosta volna. Mintha mi se történt volna leült mellém, és összekulcsolta az ujjait.

– Edwarddal összeomlottunk – folytatta, mire felkaptam a fejem a bambulásból, és ismét rá figyeltem. – Elzárkóztunk a külvilágtól, nem lendültünk túl a gyászon. Hónapokig egy szót sem szóltunk, mikor pedig végre tudtunk kommunikálni, el akartunk válni – mesélte, most már rezzenéstelen arccal. – Aztán megszületett Harry.

– Hogyan? – futott ki a számon, de egyből megbántam, ugyanis ez egy nagyon tiszteletlen kérdés volt. El is pirultam, de Adel ezt meglátva csak legyintett.

– Harry véletlen volt, nem terveztük – válaszolta meg a kérdésemet. – Én pedig nem akartam elvetetni. Jobban mondva, ő tehet arról, hogy nem váltunk el.

– Értem – bólintottam, de Adel egy nagy levegőt vett, mire összeesett a vállam. Ez azt jelentette, hogy még nincs vége a mesének.

– Egyöntetű döntést hoztunk – mondta végül. – Mégpedig azt, hogy Harryről senki sem fog tudni. Nem tudta a világon senki, hogy terhes vagyok, kivéve Edward és az én családomat. Ez így is maradt. Eldöntöttük, hogy nem fogjuk Harryt a nyilvánosság előtt nevelni. Nem engedjük, hogy az történjen vele, mint a nővérével – erre csak zavartan bámultam ki a fejemből, ugyanis tényleg a helyére került az utolsó, befejező darab. Minden értelmet nyert. Nem azért tartják itt Harryt, mert zsarnok és szigorú, karótnyelt szülők. Nem azért, mert egyszerűen nem tudnak gyereket nevelni. Féltik Harryt, aki túl korán érkezett a gyászuk kellős közepén. Legjobb gondolataim alapján is arra jutottam, hogy egy szülőnek lehetetlen túllendülnie a gyermeke elvesztésén. A szülőnél ez más… Ha az egyik szülőd hal meg, arra valamilyen szinten, tudat alatt mindig számítasz. Az életed kezdete óta tudod, hogy ő előbb fog elköszönni ettől a világtól, mint te, és mire eljön az idő, el tudod fogadni, és tovább tudsz rajta lépni, hisz: ennek így kellett történnie. Ez az élet rendje.

De az, ha egy szülő a gyermekét veszíti el… egy rémálom lehet. Ugyanis a szülő nem abban a tudatban neveli a gyermekét, hogy előbb el fogja veszíteni, és abban a szörnyű gondolatketrecben kell megöregednie, hogy hagyta, hogy elszakítsák tőle a gyerekét. Akiért mindent megtett ezen a világon, aki nem érdemelte azt, hogy előbb távozzon. Felborul az élet algoritmusa, és ebbe a szülők belebolondulnak. Lehetetlen ezt ép ésszel feldolgozni.

És Adel és Edward pontosan ezt érezték. Én pedig nem tudtam ezt felfogni.

– Harry ezt nem tudja? – kérdeztem végül. Feleslegesnek tartottam volna az értelmetlen részvétnyilvánítást, a sajnálkozást. Az nem segítene rajtuk.

– Nem – rázta meg a fejét Adel egyből. – Nem tudtuk elmondani. Azt sem tudtuk, mikor lehetne. Így inkább nem mondtuk.

– És akkor milyen indokkal magyaráztátok el neki, hogy nem élhet „teljes" életet? – kérdeztem újból, miközben kihangsúlyoztam a 'teljes' szót, mivel nem sértőnek szántam.

– Egyszerűen ez volt – vonta meg a vállát. – Mikor kérdezősködni kezdett, hogy az unokatestvérei miért élnek más életet, akkor azt válaszoltuk, hogy azért, mert ők mások. Idővel pedig megértettük vele, hogy a világ veszélyes, ha ismert személy vagy – magyarázta Adel, én pedig követve bólogattam.

– Értem – feleltem újra, és beállt a kínos csend. Egyikünk sem szólalt meg ezután. Adel azért nem, mert ő elmondott mindent, én pedig képtelen voltam erre reagálni. Azt hiszem, ez valahol érthető.

– Sziasztok – szólalt meg egy ismerős hang a hátunk mögül, mire mindketten az ajtó felé kaptuk a fejünket. Harry állt a boltív alatt szerencsétlenül, minket figyelve. Egy egyszerű fehér póló és fekete nadrág volt rajta, miközben a hajában turkált.

– Szia – köszöntem halkan és erőtlenül, Adel viszont meg se szólalt. Motyogott valamit, hogy most már tényleg dolga van, és magunkra hagyott az étkezőben. Nekem pedig fogalmam sem volt, miért voltam Harryvel az étkező közepén.

– Megyek én is – nyögte ki Harry előbb, majd utoljára fésült bele a hajába, mire megfordult. Én még vagy a sokkos állapot miatt, vagy a helyzet spontánságától percekig a bársonyszéken ülve maradtam.

Miután a délutánt tanulással töltöttem (meg haszontalan gondolkodással) estefele meglepő módon nem voltam álmos. Pedig Adel a hosszú szaténköntösében már bejött jó éjszakát kívánni, amit nem szokott, azaz nem a szobámban. Esetleg vacsora alatt. De most még hozzáfűzött pár mondatot, hogy sajnálja, amiért ezt nem mondta el előbb. Viszont nem maradt sokáig, eléggé megviseltnek tűnt, gondoltam perceken belül el is aludt. Én viszont képtelen voltam. Pedig már alsóra vetkőzve forgolódtam a hófehér ágyneműmben, miközben értelmetlen volt. A bukóra nyitott ablakon a Hold fénye világított be, így sejtettem, hogy telihold volt.

Gondoltam arra, hogy kimegyek a kupola alá. Esetleg csak az ablakba ülök cigizni, de még az is eszembe jutott, hogy egyszerűen az udvarra megyek, talán, ha kiszellőzik a fejem, majd nyugodtabban fekszek vissza. De a tudatalattim valahogyan az összes ötletet ignorálta, és a lábam meggondolatlanul vitt a nyitott folyosó ajtaja felé. Előtte gyorsan felkaptam a székemre szórt pulcsimat, és a kapucnit a fejembe húzva belebújtam. Kétszer kopogtam Harry ajtaján, miközben vacogva álltam az éjszakai szélfúvásokat, de nem kaptam választ. Erre egészen bosszantónak tituláltam Harryt, amiért a saját bánata miatt hagyja, hogy fagyoskodjak. Sértetten vissza is siettem a szobámba, miközben tépelődni kezdtem, hogy egyáltalán eszembe jutott, mint ötlet, hogy Harryhez megyek. Mérges lettem. Magamra, Harryre. Harry nem is a barátom, csak egy idegesítő kamasz srác, akinek a gyásztól szörnyű hangulatingadozása van, amiért nem hibáztatom, mégis kikészít. Ő csak a munkám része, a munkaidőm pedig biztos vagyok benne, hogy már régen lejárt, akkor meg miért akarnék plusz időt tölteni vele. Tisztára megzakkantam.

Végül kisétáltam a szobámból, a folyosón végigsettenkedve, majd kiérve a kupola alá. A kutyus, akiről Adel beszélt egyből csóválni kezdte a farkát a látványomra (már találkoztam vele a második napomon, a nevét azonban még nem tudtam meg). Elmosolyodva a félhomályban fekvő dalmatához sétáltam, leguggolva pedig megvakartam a füle tövét, aki erre halkan nyüszíteni kezdett. Édes kutya, megkedveltem. Azonban arra a döntésre jutottam, hogy ma nincs kedvem a kupola alatt ülni. Ugyanis csillagnézés közben nem csinálok semmit, a szimpla gondolataimba merülésen kívül. Ma pedig azt nagyon durván tilos lett volna. Hisz az ágyból is azért másztam ki, hogy végre megszabaduljak az őrlődéstől. A lépcsőn kötöttem ki, a konyhába indultam. Talán, ha ennék valamit, akkor elálmosodnék. Csak magamba beszéltem, tisztában voltam azzal is, hogy nem azzal van a gond, hogy ne lennék álmos, sokkal inkább azzal, hogy a gondolataim fent tartottak. De hamis reményekbe merülve elszánt voltam. Azonban mielőtt átléptem volna a boltívet, ami pár szobával arrébb a konyhába vitt volna, elég paralitikus élmény következtében zene ütötte meg a fülemet a bal oldalamról. Elszörnyedve fordultam arra, ugyanis határozottan biztos voltam, hogy zongoraszót hallottam a hátam mögül. Vagy becsavarodtam, megőrültem, vége. Előtte azonban inkább leellenőrzöm, mert lehet csak valami elmebetegnek hajnali egykor támadt kedve zenét komponálni. Vagy megbomlott az elmém, és hangokat képzelek be. Mindkettő eshetőség annyira groteszk és bizarr volt, hogy nem tudtam, melyiknek higgyek előbb.

Halkan nyomtam le a terem ajtajának kilincsét, amiben emlékezeteim szerint a zongora állt. Bár az első napom óta nem jártam ott, így lehet nem is volt zongora, csak rosszul emlékeztem.

– Te normális vagy? – ennyi csúszott ki a számon. Lehet, hogy udvariatlan, lehet, hogy goromba, de egyszerűen egyetlen épeszű szó sem jutott eszembe, amikor megláttam Harryt a zongora előtt ülve.

– Annak vallom magam – vont vállat, miközben elemelte a kezeit a billentyűkről. Ezután zavartan a hajához nyúlt, aminek a fele fel volt tűzve, gondolom, hogy ne zavarja zongorázás közben. Mikor bele akart túrni, feltűnt neki, hogy fel van gumizva, erre pedig ösztönszerűen szedte ki a hajából a hajgumit, kicsit el is pirulva, mintha szégyellné. Ezen csak alig mosolyogva ráztam meg a fejem. Hihetetlen ez a fiú.

– Akkor miért zongorázol hétfő hajnalban? – kérdeztem, miközben a korlátra támaszkodtam, ami arra szolgált, hogy elválassza az emelkedett szobarészt az eggyel alacsonyabbtól, ahol Harry ült a rengeteg hangszerrel maga körül. Katartikus élmény volt látni.

– Nem tudok aludni – felelte szűkszavúan, mire eltűnt a mosolyom. Erre nem válaszoltam, csak csendben maradtam, miközben Harry ezt elfogadva a zongora billentyűit kezdte bámulni.

– Nem játszol? – biccentettem hirtelen a hófehér, mellesleg hatalmas hangszer felé, mire Harry felkapta a fejét a bambulásból és úgy nézett rám, mintha a világ legnagyobb baromságát kérdeztem volna meg.

– Szeretnéd? – vonta fel a fél szemöldökét, mire én csak érzelmek és vonások nélkül bólintottam. Harry erre nem lett ideges, nem sóhajtott fel, csupán elszakítva rólam a tekintetét a füle mögé túrte a haját és visszahelyezte az ujjait az eredeti helyükre.

Nem gondoltam volna, hogy így is lehet zongorán játszani. Nem vagyok művész, életemben egyszer láttam valakit élőben játszani egy ekkora hangszeren, mint a zongora, és az is csak egy iskolai program keretében volt, vagy tíz évvel ezelőtt. Így hát nem tudtam, hogy a zongorázásnak mi a titka, mi a célja, értelme. De abban biztos voltam, hogy Harry gyönyörűen játszott. Nem kellett viszonyítási alap, hogy ezt megállapítsam. Elvarázslónak találtam, hogy beleélte magát, hogy tisztán látszott rajta, ahogyan kizárja a külvilágot. És mindezek mellett, tényleg nem vettem észre, hogy egyszer is hibás hangot nyomott volna le. Sose értettem, hogyan lehet, hogy ennyire gyorsan járnak valaki ujjai, különböző irányokba, különböző feladatokkal. De ezt már magában is tiszteletre méltó cselekedetnek találtam, na de ha még a végeredmény is elképesztőnek sikerülne, attól egyenesen tátva maradna a szám.

Most pedig így volt. Leesett a szám, le is voltam fagyva, mikor Harry befejezte, ő pedig ahogyan visszacsöppent a való világba, zavartan tűrte újra a füle mögé a tincseit, miközben rám nézett.

– Szeretnéd kipróbálni? – kérdezte Harry halkan, ugyanis én nem szólaltam meg. Továbbra sem.

– Igen – ennyit mondtam csak végül, majd meg sem várva Harry válaszát a pár lépcsőfoknyi lépcsőhöz sétáltam, és a zongora előtt álltam csak meg. Harry megpaskolta maga mellett a kis ülést, amire elhúztam a számat, ugyanis egy embernek lett tervezve, hiába csúszott Harry a szélére. Végül kényelmetlenül leültem mellé, és magamban szórakozottan tituláltam, hogy amióta itt vagyok, most vagyok a legközelebb Harryhez. Ami azt illeti, most értem hozzá először. Igaz, csak a combunk érintkezett, miközben összepréselődve ültünk az apró széken, ami rettenetesen pici volt, kisebb, mint látszott, mégis furcsa izgalom futott végig a testemen. Gyorsan kiűztem a gondolataimból ezt, és Harryre néztem, aki csak erre várt, hogy megszólalhasson.

– Szabad? – kérdezte, amit nem tudom mire értett, de bólintottam. Harry az ölembe nézett, és óvatosan elvette az oda ejtett tenyereimet, és a billentyűkre tette. A keze nem erős és érces volt, mint amilyennek a képzeletemben élt, hanem viszonylag puha és meleg. Egyből az ugrott a gondolataimba, hogy milyen kézkrémet használhat, mire megint felpofoztam volna magamat legszívesebben, amiért elkalandozok. Harry közben elrendezte az ujjaimat, gondosan figyelve arra, hogy az összes más billentyűn feküdjön, majd miután ezzel kész volt féloldalasan rám mosolygott. Először nem értettem, miért, aztán azon kaptam magam, hogy egész eddig az arcát bámultam, mire kissé elszégyelltem magam, és ösztönszerűen kaptam el a tekintetem róla.

Szigorúan a kezeimet néztem, Harry pedig, mintha tilos lenne, olyan gyengédséggel tette rá az ő valamivel nagyobb tenyereit az én kézfejeimre.

Fogalmam sincs, meddig lehettünk ott. Órákig talán. Harry kitartóan próbált tanítani, állítása szerint egy Bach darabot, de sikertelenek voltak a próbálkozásai. Én mondtam neki, hogy földöntúli képességnek tartom, ha valaki tud zenét játszani magától, de Harry elszánt volt, rengeteg ideig nem adta fel. És feltűnően sokat nevettünk. A bénázásomon, Harry elszólásain, amikben véletlenül kiscsúszott a száján, hogy mennyire érthetetlen vagyok. Ezért mindig egyből bocsánatot kért és magát átkozta, hogy lehet ennyire modortalan. De én csak nevettem rajta. Egy idő után már ő is csak nevetett és nem hazudok, ha egészen addig a tágas teremben maradtunk, ameddig az üvegablakok mögül be nem kezdett szűrődni halványan a Nap első sugara. Ekkor szavak nélkül döntöttünk úgy mindketten, hogy ideje visszamenni a szobáinkba. És bosszantott, amiért fogalmam sem volt arról, hogy miért mosolyogva aludtam el.

A reggel eltérően a szokásostól frissen ébredtem. Ötletem sem volt, hogyan, tekintve, hogy hat óra után hajtottam csak le a fejemet a párnára, rá három órára azonban már mosolyogva keltett fel az erősen tűző nap. Az este elfelejthettem lehúzni a redőnyöket, ezért is már teljes világosság fogadott a szobámban ébredésem után. Végül erre fogtam azt, hogy milyen kipihentnek éreztem magam, mert pszichológiailag biztosan kellemesebb és nyugtatóbb érzés természetes fényre ébredni, mint sötét szobában az ébresztő csörömpölésére. Ezért is döntöttem el azon a reggelen, hogy kipróbálom a felhúzott redőnyökkel való alvást.

Miután kibújtam a takaró alól csak a fejemet rázva vettem észre, hogy mikor hajnalban visszaértem magamon maradt a pulóverem. Pedig én nem szeretek ruhában aludni, most mégis úgy ébredtem, mintha legalább egy hónapig aludtam volna a legszebb körülmények között. Furcsa. Az asztalom tetejére mászva már rutinosan nyitottam ki az ablakot, miközben ki se néztem a kertbe, csak azon ügyködtem, hogy tökéletes szögben tudjak ülni az ablak mellett.

– Szia Sam! – kiáltotta valaki alólam, mire elkerekedtek a szemeim és félve attól, hogy kihez tartozik a hang, lenéztem. Egy emelettel lejjebb, pontosan az ablakom alatt locsolta a virágokat Toby, mire kissé kínosan zavarba jöttem, amiért random meglátott egy alsógatyában az ablakba mászva.

– Jó reggelt – köszöntem végül vissza, mintha hétköznapi lenne, hogy nyugodt természettel lógok ki az ablakon az első emeleten. Toby félredöntve a fejét érdeklődve bámult felfelé.

– Hát te? – kérdezte visszatartott mosollyal, mire én a tarkómhoz kaptam.

– Hát én – nyögtem ki elpirulva, mert ott tényleg elég kényelmetlen volt a szituáció. Lábjegyzet magamnak: mindig nézzek ki az ablakon, mielőtt kitárom.

– Mit csinálsz? – fogalmazta meg másképpen, most már utat engedve a szórakozott mosolyának. Ó, a francba.

– Hát én csak itt nézelődök – feleltem magabiztosan. – Azt hiszem.

– Nézelődsz? – kérdezett vissza, nagyon jól mulatva rajtam. – Akkor ledobsz nekem is egy szálat?

– Ne már – nevettem fel, miközben felvont szemöldökkel néztem a kertészre. – Honnan tudod, hogy cigizni készültem?

– Elég sokatmondó, hogy random az ablakba mászol – vont vállat. – Gondolom a füstjelzők miatt.

– Igen – bólintottam. – Akkor kérsz?

– Persze – felelte gondolkodás nélkül. Öt percen belül már az egyik kopott padon ültünk, ahol a tujáktól egészen rejtve voltunk. Nem tudtam, hogy Toby is rágyújt, de úgy néz ki mégis, és ő is titkolja Adel elől. Megbeszéltük, hogy ebben igazából semmi szégyellnivaló nincsen, valamint nem kell elbújni cigizni, hiszen felnőtt emberek vagyunk, Adel pedig a főnökünk. Hogy ezután felvállaljuk-e előtte? Persze, hogy nem.

Miután elköszöntem Tobytól visszaosontam a házba, pontosabban a konyhába. Gondoltam készítek valami reggelit először magamnak, majd utána megkérdezem Harryt is, vagy Adeléket, ha itthon vannak.

A kedvem mégis elment attól, hogy süssek valamit, vagy bármi olyat egyek, amibe értékes időt kellene belefektetnem, így csak fogtam egy tálat és miután töltöttem bele tejet, kerestem müzlit is. A háztartás sok választékkal rendelkezett, így kiválasztottam a legszimpatikusabbat. Miközben egyedül reggeliztem Harry jelent meg a konyhában, ugyanis eszemben sem volt a díszes étkezőben reggelizni.

– Jó reggelt – köszönt fülig érő mosollyal, mire majdnem félrenyeltem a tejet. Mosolyog? Akkor most túllendülünk az elmúlt hosszú napok csendjén és újra csacsogni fog egész álló nap?

– Jó reggelt – bólintottam, mire ő továbbra is vigyorogva döntötte oldalra a fejét.

– Az micsoda? – bökött az előttem lévő tálra, mire én először furán lenéztem a reggelimre. Komolyan megkérdezte, mikor több, mint egyértelmű, hogy müzli? Nyugi, Sam, válaszolj.

– Müzli? – kérdeztem vissza több szarkazmussal a hangomban, mint terveztem, de eléggé úgy nézett ki, hogy ez Harrynek fel sem tűnt.

– Jó ötlet – felelte végül, majd komótosan ugyanazt csinálta magának, mint ami az én tálamban volt. Lehunyva a szemem megráztam a fejem, és visszavezettem a tekintetem a telefonomra, ahol unottan görgettem végig a közösségi oldalak felületeit, pedig igazából tökre nem érdekelt. De szigorú voltam magammal szemben, nem bámulhattam Harryt, miközben természetesen fütyörészve készít magának reggelit és atyám mennyire jól néz ki mindeközben. Majdnem kiköptem a tejet, mikor ez a gondolat megfogalmazódott a fejemben, még ő is összeráncolt homlokkal meredt rám, életben vagyok-e még. Én csak egy vonalba húzott szájjal bólintottam, mikor egyértelműen vörös volt az egész fejem, Harry pedig erre furán végigmérve vállat vont. Azta rohadt, ő egy gyerek, egy kiskorú, én pedig az előbb megállapítottam magamban, hogy jól néz ki. De őszintén, ez eléggé egyértelmű. Mármint, eddig a belső hangomnak sem volt annyi bátorsága, hogy ezt kijelentse, de eléggé nyilvánvaló volt enélkül is. Harry egy piszkosul jóképű srác, ezt pedig azért fogadtam el magamban, mert ez már első találkozásunk alkalmával is feltűnt, de nem tulajdonítottam neki lényeget. Most viszont furcsálltam, hogy hirtelen egyből ez ugrott a gondolataim közé, mikor valószínűleg épp csak kikelt az ágyból. Elhessegettem minden képet és gondolatot Harryről a fejemben és próbáltam a fél tál müzlimre figyelni. Mintha bármi érdekes lenne benne. Az étvágyam is elmúlt. De azzal nyugtattam magam, hogy ez normális, ha megjegyzem valakiről, ha helyes, végül is meleg vagyok. Az egyetlen probléma itt az, hogy Harry nem egy srác a bárból, vagy egy kávézóból, ő egy gyerek, akire nekem kellene vigyáznom, közel sem fantáziálnom róla. Akkora hülye vagyok.

Harry közben leült a mellettem lévő székre, megtartva a tisztes távolságot. Ma reggel egészen más volt. Csendesen reggelizett mellettem ülve, nem kezdeményezett beszélgetést. Nem pillantott felém se, pedig azt hittem majd a telefonom képernyőjét kezdi bámulni. Percekig enni is elfelejtettem, túlságosan mélyen elgondolkodtam azon, hogy miért ilyen… *normális?*

– Minden rendben? – kérdezte, mire felkaptam a fejem a bambulásból. Összehúzott szemöldökökkel nézett engem kérdőn, miközben a kanalat maga előtt tartotta, mintha a válaszomra várna.

– Velem? – mutattam magamra. Mint egy igazi idióta. Harry csak különös tekintettel bólintott. – Persze. Minden rendben. És veled?

– Igen – válaszolta, de a furcsa arcmimikája megmaradt, miközben el sem szakította rólam a tekintetét. Mintha valami választ akart volna kiolvasni az arcomból.

– Mit fogsz csinálni ma? – váltottam témát, kicsit talán szokatlannak érezve a helyzetet. Őszintén, nem szoktam beszélgetni Harryvel. Amikor jó kedve volt, akkor ő beszélt, én hallgattam. Esetleg gorombán rászóltam, mégis megtartva az emberi beszédkereteimet, hogy fogja be néha. Így ez most egy új érzésnek minősült, hogy Harry mellett nekem is van lehetőségem megszólalni.

– Hm – gondolkodott el, miközben letette a kanalat. – Nincs tervem. Szerintem elmegyek, veszek egy fürdőt. Az sosem árt.

Utána meg, mivel meglehetősen sivárnak és katartikusnak találom a mai szürke időjárást, lefekszek és megnézem a Rómeó és Júliát.

– Rómeó és Júlia? – kérdeztem vissza, mire ő felvont szemöldökkel nézett rám, amolyan „mi azzal a baj?" arckifejezéssel. – Nem tudtam, hogy nézel romantikus filmeket.

– Ki nem? – kérdezett vissza Harry automatikusan, a szája sarkában el is mosolyodva ezen. Végül is igaza van. – Te is?

– Én is nézek-e? – kérdeztem vissza, de nem azért, mert nem értettem a kérdést. Egyszerűen odaillett, hogy udvariasságból visszakérdezzek, de válaszidőt se hagyva válaszoljak. – Azt hiszem, én olvasok inkább.

– Örömmel hallom – mosolyodott el szélesen, miközben felcsillant a szeme a válaszomra. – Az olvasás csodálatos dolog. A legcsodálatosabb, amit valaha ember alkotott.

– A Rómeó és Júliát is olvastam – tettem hozzá. – De sose láttam a filmet.

– Mi? – kapta fel a fejét Harry, én pedig bólintottam. Ő megbotránkozva csóválta erre a fejét. – Az nem lehet, azt mindenki látta.

– Én olvastam – mondtam újra, de ő teljesen rosszul lett ettől, miszerint „nem lehetek ennyire szentimentalista, ugyanakkor prosztó Shakespeare-rel szemben”.

– És mi lenne, ha valami mást csinálnánk? – szakítottam félbe Harry kis monológját Shakespeare munkásságáról. Meglepett arcot vágott, hogy csak úgy, az engedélye nélkül szóltam közbe, de ez most legkevésbé sem érdekelt. – Nem mehetnénk ki az erdőbe?

– Erdőbe? – nevetett fel, mintha csak viccként mondtam volna. – Erdőbe?? – kérdezte másodszorra már komolyabban, és hisztérikusabban, mikor látta, hogy a szempillám sem rebbent. – Mit akarsz csinálni ott?

– Én csak… – idegességemben mindig a tarkómhoz kapok, szinte már berögzült cselekedetként. Most is így volt, mert elakadtam. Nem tudok indokot, csak ki akartam menni, mert az erdők ősszel a legszebbek. – Szeretném megnézni. Ősszel sok a falevél, ami szerintem gyönyörű, szeretem nézni, főleg sétálni benne. Valamint kedvelem, ha a fák csupaszok.

– Ez egy kicsit illetlen és szexista megjegyzés a fák részére – válaszolta Harry döbbent arccal, mire nem tehettem róla, hogy önakaratomon kívül nevettem fel. – De látom tényleg szentimentalista vagy. Ennek tudatában benne vagyok.

Alig húsz perccel később már a hatalmas messzeségig nyúló fák között a levéltengerrel a lábunk alatt sétáltunk, már bőven az erdő közepén. Reggeli után mindketten felöltöztünk a Harry leírása szerint valóban rideg időjáráshoz, Harry pedig lelkesen elújságolta, hogy elvisz valahova, ahova egyedül szokott eddig eljárni. Erre csak mosolyogtam, hiszen valóban izgalomba jött az apró ténytől, hogy megmutathat nekem egy egyszerű helyet.

– Biztosan szabad neked eljönnöd otthonról? – kérdeztem már másodszorra indulásunk után. Harry pár méterrel előttem haladt, tekintve, hogy ő mutatta az utat. Már bőven elvesztettem a helyérzékemet és minden oldalról fák öleltek körbe minket, így nagyon reméltem, hogy Harry tudja mit csinál. Őszintén, nem kételkedtem benne, bár azt már nem tudom miért. Inkább azon aggódtam, hogy mivel Adel nem volt a házban, nem volt kit megkérdeznem, hogy a kapun kívülre mehetünk-e. Harry a kérdésemre csak hátrafordult, és tovább sétálva nézett rám, miközben a lábait hátrafele szedte.

– Biztosan – nyugtatott meg már kisebb unottsággal a hangjában, amiért nem elsőre kérdeztem ezt meg tőle. – Nem vagyok már gyerek, és utolsó sorban nem vagyok haszontalanul ostoba sem – kopogtatta meg a homlokát, mire megmosolyogtam a kijelentését, amit határozottan és magabiztosan mondott, jelentőségteljesen a szemembe nézve, majd visszafordult, miközben a hatalmas sötétkék kabátja nagyot libbent körülötte. Érdekesnek találtam, hogy fiú létére egy szövetkabátot hord, de alig pár másodperc kellett, hogy megszokja a szemem és máris hízelgőnek találja. Miért hordana Harry olyan átlagos férfi kabátot, mint én, mikor ő Harry?

A narancsos árnyalatú levelekre szegeztem a tekintetem, amik valóban egy hatalmas örvényt alkottak, ameddig csak a szemem ellátott. Harry biztosított arról, hogy az erdőn túlra megyünk, de valamiért nem tudtam elképzelni, hogy a hatalmas farengetegnek egyszer vége lesz. Harry viszonylag nagy léptekkel sétált, szinte szaladnom kellett utána, mert cseppet sem törődött azzal, hogy én mondjuk nézelődnék, vagy ilyesmi.

– Azt mondtad, többször jártál már ott, ahova megyünk? – kérdeztem a semmiből, ugyanis ez azt jelentené, hogy Harry egyedül is mászkált idekint.

– Régebben naponta – felelte hátra sem fordulva. – Minden második nap biztos, a napi rendszeresség néha elmaradt. Miért?

– Érdeklődtem – válaszoltam. Ezután ismét csend telepedett ránk, ami valamilyen okból kifolyólag nem volt kínos. Csak az ősz elején lehullott falevelek ropogtak a talpunk alatt, miközben még rettenetesen sokáig haladtunk előre. Nem tudtam elképzelni, hogy régebben Harry naponta megtette ezt az utat. Oda és vissza.

– Itt vagyunk, mindjárt – rikkantotta, hiszen ő már tíz méterrel előttem haladt gördülékenyen, míg én már félholt voltam. Mind a tempótól, mind a távolságtól. Harrynek igaza volt, ahol ő állt, az utolsó fák zárták be az erdőt. Nem jöttem ettől izgalomba, ugyanolyan csiga sebességgel vonszoltam el addig a seggem, Harry mellett megállva pedig fáradtan kerekedett el a szemem.

– Ez... ez minden? – kérdeztem felháborodva, ugyanis Harry óriási mosolya mind egy *gabonamező* miatt volt. Ott helyben meg tudtam volna fojtani, hogy több kilométert sétáltunk egy nyamvadt szántóföldért.

– Nem, hülye – oltott le azonnal rám förmedve, mire csak magam elé emeltem a kezem, miszerint akkor mutassa. – Azt mondtam mindjárt ott vagyunk. Az azt jelenti, hogy itt még átkelünk.

– Tessék? – néztem rá úgy, mint aki nem hisz a fülének. Szórakozik velem.

– William, ne hisztizz, ez egy gabonamező és mi nem a hosszanti végén vagyunk – vágta rá Harry reflexből, mivel megérezhette, hogy vissza akarok hátrálni. – Amúgy is te akartál jönni.

– De én nem azt mondtam neked, hogy egy gabonamezőn akarok sétálni! – kiáltottam, mivel Harry már elindult, de erre megfordult és egyértelmű volt, hogy rejtett mosollyal bámult rám.

– William – sóhajtott fel, kioktatásra készülve. – A búza tavasszal érik – ennyit mondott, majd egyszerűen hátat fordított és a maga őrült tempójában indult el. Én pedig nem tehettem mást, követtem, ugyanis nélküle elvesztem volna ebben az átkozott erdőben.

Harry egyébként biztosan egy zakkant mazochista. Miután átértünk a mezőn egy virágokkal teli tisztáson kötöttünk ki, és ha még nem sétáltam volna eleget, Harry nekiindult egy dombnak, mondván amint felérünk, megérkeztünk. Már százszor is volt időm megbánni, hogy belementem a „séta Harryvel az erdőben" programba. Tulajdonképpen én találtam ki! Hogy lehettem ennyire ostoba, hogy azt hittem, ez majd normális módon fog lezajlani, nem valami szadista Mohamed futása szintű akcióként?

– Itt vagyunk – mosolygott hátra rám Harry, majd mikor meglátta az arcomat, amire minden kiülhetett, kivétel a hála, (rajtam) felnevetve a kezét nyújtotta. Én természetesen elfogadtam, ugyanis már haldokoltam. Hivatalosan is nem szeretek sétálni. Harry felrántott, hogy az utolsó lépéseimet már ne egy teknős módjára tegyem meg, majd maga köré fűzve a karját várta a reakciómat.

Oké, bevallom, meglepett. Nem számítottam erre. A térdemre támaszkodtam, miközben felemeltem a tekintetem a földről. Előttünk egy ismeretlen város terült el, pontosabban jóval alattunk. Előre léptem pár lépést, ami után tisztázódott bennem, hogy egy eléggé magas dombon vagyunk, ahhoz képest, hogy miközben megmásztuk, nem tűnt túlzottan hosszúnak. A domb másik oldala sziklás volt, és alig egy kilométerrel az alja mellett egy távolabbi város nyüzsgött. Harryre néztem, aki csak önelégült vigyorral a fején vont vállat, miszerint teljesen tisztában van vele, hogy megérte. Ez hozzáteszem igaz volt. Gyönyörű helyre hozott el, hiába akartam egész úton megcsapkodni.

Nem tudom, hogy fáradtságomban vagy inkább mámoromban, de kinyújtott lábbal leültem a földre, és szótlanul néztem csak az előttünk fekvő várost, akaratlanul is elképzelve, mennyire felemelő látvány lehet ez innen éjszaka, sötétedés után. Kár, hogy este biztosan nem fogok ide kijönni egyszer sem. Pár másodperccel később Harry mellém huppant. Nem szólalt meg, nem kezdett csacsogni arról, ami épp a gondolatait uralta, képes volt órákig üldögélni a szikla tetején, a név nélküli várost bámulva, velem. És kibaszottul felszabadító érzés volt.

5.

Inkognitóban a világban

Azt hiszem meggondoltam magam. Nem, nem hiszem, igazából az előző este fogadtam el magamban biztosan, hogy nagyon meggondoltam magamat. Mégis kedvelem Harryt. A délután volt időm ezen gondolkodni bőven.

Miután dél körül visszaértünk eléggé szétfagyva a sok órás üldögélés után (hazafele pedig már egész jól elszórakoztunk egymással) mindketten elmentünk először a saját szobáinkba, hogy lefürödjünk egy kád forró vízben. Utána pedig közösen csináltunk ebédet, pontosabban egy sajtmártásos csirkét, ugyanis Harry mindenképp meg akarta mutatni, mennyivel finomabb, ha utána még parmezánba tekerjük. Igaza volt, valamint főzés közben is el tudtunk szórakozni (bár az csak félig volt vicces, amikor leöntöttem magamat a sajtmártással). Fritzgerald – akivel továbbra is csak pár naponta futok össze, úgy közlekedik, akár egy árnyék, ami valljuk be egész bizarr – viszont nem nézte jó szemmel az önkéntes szakácsnak állásunkat, ugyanis az ebéd készítése az ő feladata szokott lenni. Nagyképű hangulatomban voltam, így mivel valószínű, hogy a fickó engem nem is bír, szemrebbenés nélkül szóltam neki vissza, miszerint én ugyanolyan alkalmazott vagyok itt, mint ő, ezért igazából az én kötelességem is, hogy Harry élelmezve legyen. Harry természetesen közben a háttérben fulladozott a nevetéstől, Fritzgerald távozása után pedig percekig elemezte, mennyire vicces volt, ahogyan fapofával mondtam neki, hogy „Harry élelmezése".

Ezek után ketten ebédeltünk meg, mivel Fritzgerald megsértődött, Toby épp pakolászott (szabadságot vett ki, hogy hazautazhasson a családjához), Adel és Edward nem voltak itthon, Elizabeth pedig felszívódott, bár Harry ezt nem igazán bánta. Csak mosolyogva csóváltam a fejem, mivel még mindig nem értettem, miért nem kedveli a fiatal lányt. Ebéd után Harry kitalálta, hogy meg kell néznem vele a Rómeó és Júliát, ami ellen nem lett volna ellenvetésem, de miközben mosogattunk migrénszerű fájdalom kezdődött a fejemben, ezért inkább visszautasítottam. Ezek után a nap folyamán többet már nem láttam Harryt, mert a migrénszerű dolog már egy valós migrénné alakult, így egész délután felváltva aludtam és gondolkoztam az ágyban.

El kellett ismernem magamban, Harry iszonyúan rendes srác. Ez a kínkeservesen hosszú erdei séta kellett ahhoz, hogy erre rájöjjek. Igaz, miközben túráztunk a pokol közepére kívántam mind őt, mind a hülye ötleteit, de amikor odaértünk, megváltozott a véleményem. De annyira hirtelen, annyira váratlanul, hogy időm se volt feldolgozni a tényt, miszerint imádnivaló fiúnak tartom Harryt.

Meglehet, hogy eddig is így volt, csak túl makacs voltam, hogy beismerjem. Mivel valóban idegesítettek ezek az apró dolgok, mint hogy rettenetesen sokat beszél, vagy hogy ragaszkodó típus, de belegondolva ez egészen aranyos. Főleg, hogy a szeles hétfői délelőtt megismertem Harry egy olyan oldalát, aki határozottan szimpatikus: a csendes oldalát. Ez mondjuk túlzás, mert nem a teljesen halk Harryt, mert ha nem beszél, akkor már leszűrtem, hogy rossz napja van, annak pedig miért örülnék. Amikor hagy beszédteret más embereknek is, amikor beszélgetés van közöttünk, nem csak ő dumál, én pedig hallgatom. Mert nagyon értelmes és nagyon szép gondolatai vannak. Érett a felfogása, szinte minden téren, ezzel pedig ismét rácáfolt egy régebbi gondolatomra miszerint gyerekes. És mindezt csupán pár óra alatt változtatta meg bennem. Meglehetősen csodálatra méltó. Aznap este hosszú idő óta először, csak kellemes gondolatokkal aludtam el.

– Mit csinálunk ma? – ez volt az első kérdésem Harryhez, amikor a konyhába érve az egyik emelt széken ülve találtam. Reggel nyolc óra múlt, mire én felöltözve leértem az emeletről, ő azonban már úgy tűnt hosszabb ideje üldögél ott, egy könyvet lapozgatva reggeli közben. Az érkezésemre azonban felkapta a fejét.

– Szia – köszöntött elmosolyodva, miközben egyik kezével becsukta a könyvet, a másikkal pedig a füle mögé tűrte a haját. A mai nap volt az a keddi nap, amiről Adel beszélt. Ma el kell vinnem Harryt valahova, és őszintén szólva, izgatott lettem ettől, bár azt nem tudom, miért. – Mit szeretnél?

– Dönts te – feleltem, miközben az elszigetelt pulthoz sétáltam, és rátámaszkodtam, pont szembe Harryvel. Ő is biztosan tisztában volt már a keddi rendszerrel, engem pedig Adel még emlékeztetett ma (egy cetlit ragasztott az ajtómra ezzel kapcsolatban, mivel ismét nem voltak a kastélyban).

– Tegnap igazából nem tudtam aludni – köhintett Harry, miközben az egyik mutatóujjával a zöld borítójú könyv gerincét simította végig. – És valamiért az éjszaka közepén eszembe jutott, hogy nagy kedvem lenne jelenleg elmenni egy… képtárba – fejezte be a mondatot elbicsakló hangon, mire meglepetten emeltem fel a szemöldököm.

111

– Képtár? – kérdeztem vissza.

– Nos, a tegnapi lelkesedésem nem lankadt – húzta óvatos és halvány mosolyra a szája szélét, miközben a szemével szigorúan a könyvet bámulta, mintha talán szégyellné, hogy szívesen menne egy művelődési közterületre.

– Én benne vagyok – feleltem, miközben hátat fordítottam, és elvettem a pultról egy mandarint reggeli gyanánt. Mire visszafordultam, Harry már ismét a nyitott könyvbe volt belemerülve, de egy mosollyal az arcán, és erős sejtésem volt, hogy nem a könyvet találta ilyen szórakoztatónak.

Hivatalosan is összeszorul a szívem Harrytől. Ráérősen indultunk el, bár ameddig én összeszedtem pár dolgot a szobámban, ő túlbuzgón állt az ajtó küszöbén, irtó gyorsan hadarva arról, hogy mennyire izgalmas napnak nézünk elébe. Én csak félig figyelve rá bólintgattam néha, ugyanis mellette arra is fókuszálnom kellett, hogy mit vigyek magammal. Be kellene ugranom az egyetemre, beadandókat leadni, így emiatt egy kisebb papírköteget kellett volna megtalálnom, de nem ment a legjobban a koncentrálás, mivel Harry komolyan megállás nélkül beszélt.

– Jó illat van itt – közölte Harry, amikor beült az anyósülésre és óvatosan húzva az övet kötötte be magát. Én csak elmosolyodtam, majd elfordítottam a kulcsot, mire az autó beindult Harry pedig teljesen odavolt. Azt mondta, ez az első alkalma, hogy egy ilyen tiszta és gyönyörű autóban utazik, ráadásul az anyós ülésen. Erre egészen leesett az állam, miszerint nem utazott még a vezető ülés mellett? Ezt azzal magyarázta, hogy mikor még Margot hordozta keddenként a városba, sosem volt megengedve neki, hogy előre üljön. Először azért, mert még nem volt elég magas hozzá, majd az idő múlásával Margot autója egy szemétdombbá vált, és tele volt szórva felesleges holmikkal, főleg az anyósülés. Így jobb híján Harry mindig hátul ült. Ezek

után már világossá vált számomra, miért nézett rám meg-
szeppenve, amikor a bal oldalra mutattam, hogy szálljon be
előre. Először azt hittem, csak nem hallotta, így elismétel-
tem, de továbbra is hatalmas szemekkel nézett rám. Majd
egészen hirtelen átlépdelt a köztünk lévő távolságon, és
mindenféle előjel nélkül a nyakamba ugrott. Szerencsét-
lenül lefagyva álltam ott, mivel Harry ezelőtt egyszer sem
ölelt még meg, de még érintkezni sem érintkeztünk, kivé-
tel azt az éjjelt, amikor mellette ültem a zongora tanítása
során. Így ez egy váratlan és szokatlan gesztus volt egy-
szerre, hirtelen nem is tudtam hogyan reagáljak. Esetlenül
megveregettem a hátát a szabad kezemmel, miközben ő a
nyakamat ölelte át a boldogsága mámorában. Akkor nem
értettem, miért kaptam, és nem is firtattam különöskép-
pen, de miután elmesélte, már érthetővé vált. Bár összeszo-
rult a szívem, hogy ő ezt egy hatalmas dolognak tartotta.

Az idő egy örökkévalóságnak tűnt, ameddig elértünk a
képtárig. De felüdítő volt. Én is mindig kapcsolok zenét,
amikor vezetek. A legtöbb esetben, maradjunk annyiban.
Szoktam dúdolni, talán halkan énekelgetni is, szóval jól
érzem magamat vezetés közben. De Harry más. Ő lehúzta
az ablakot, és miközben a haját szétfújta a süvítő szél, teli
torokból énekelte a *Middle of the night* című számot *Elley
Duhé*-től. Én pedig csak nevettem rajta. Nem tudtam feldol-
gozni magamban, hogy lehet egy ennyire élettel teli ember-
nek haszontalan élete. Az élete összes órája, perce, másod-
perce elvesztegetett. Annyi mindent tudna csinálni kint a
nagyvilágban, annyi embert tudna megmosolyogtatni. És
hihetetlenül igazságtalannak tartom, hogy ez neki még nem
adatott meg. Azzal nyugtatom magam, hogy egy nap majd
megismeri a világ Harryt. És határozottan várom azt a napot.

A cambridge-i képtár egy közepes méretű épület. Úgy
tudnám leírni a külsejét, mint a legklisésebb kinézetű

múzeumokat. Fehér falak, háromszög alakú tető és a jellegzetes oszlopok, amik a boltozatot tartják rögtön a fotocellás bejárat előtt. Kívülről egy középkori épületnek vehető le, de az önműködő ajtó már egy árulkodó jel, hogy a képtár pár éve átalakításon esett át. Bár azt már nem értem, miért fektettek ebbe pénzt, mikor egy lélek se jár ide. Mikor Harryvel beléptünk, rajtunk kívül csak egy idős néni sétálgatott a tágas térben, a botjának kopogása szinte visszhangzott a kihalt falak között. De Harry nem jegyezte meg, hogy mennyire kevesen vagyunk, egyszerűen átszellemült abba a fiúba, akit kicsivel tényleg jobban kedvelek, mint a beszédes Harryt. Csendben tanulmányozni kezdte a képeket, de az arcmimikája végig árulkodott arról, mennyire imádja. Ezzel nem tudtam azonosulni, nem tudtam, mi mosolyogtat meg bárkit is 60 alatt egy csupán képekkel kirakott terem láttán, de Harry mosolygott, nagyon mosolygott. És ennyi elég volt ahhoz, hogy én is érdeklődést tanúsítva sétáljak utána.

Harry végzett az első teremben. Minden képet szemügyre vett, néhányhoz halkan hozzá is fűzött egy tényt, ami elgondolkodtatott. Mármint nem a tény, amit a random semmiből közölt, hanem hogy ő mégis honnan tud ilyeneket így gyomorból mondani. Harry lépései udvariasak voltak, látszott rajta, mennyire figyel rá, hogy ne csapjon zajt. Így haladt át a következő képterembe, ahova ugyanolyan boltívek vezettek, mint az ő házukban. Én lemaradva tőle követtem, amikor szokatlan zaj csapta meg a fülemet. Zajnak nem nevezném, inkább egy kicsit hangosabb hangeffektusnak. Pedig ahogy észrevettem, tényleg csak hárman tartózkodtunk itt, a nénivel és Harryvel. És biztosan nem a néni beszélt cenzúrázatlanul, hangosan, valamint férfihangon arról, hogy ő a Nando's-ba akar menni.

Hát nem Quentin Mitchell sopánkodott a szemben lévő teremben?

Gyors léptekkel fordítottam hátat Harrynek, szinte automatikusan. – Ti meg mit csináltok itt? – sziszegtem, amikor a lábam a hang irányába vitt, és megláttam egy hatalmas Jézus kép (?) előtt állni a két oktondi barátomat. A csendes suttogásra valamiért egyből felkapták a fejüket, Luca és Quinn szinte egyszerre fordították a hátuk mögé a fejüket, ahol én álltam.

– Sam! – rikkantotta Quinn, miközben pillanatok alatt előttem termett, és a nyakamba ugorva kezdett szorongatni.

– Sss – kezdtem pisszegni, mire a szőke fiú elhúzódott tőlem, értetlenkedően bámulva rám. – Quinn! Ez egy képtár!

– Én is ezt mondtam – forgatta a szemét Luca. – Szia Sam.

– Sehol nem volt kiírva, hogy csendben kéne lennem – csökkentette a hangerejét Quinn megbotránkozva a leszidásán.

– Ez illem – ráztam a fejem fájdalmasan, majd inkább visszatértem a tárgyra. – Mi a frászt csináltok pont ti ketten egy ilyen helyen?

– Degradáló – dünnyögte a Luca, mire csak vállat vontam. Ők is tudják, hogy ez a hely túl művelt nekik. Ami azt illeti, mindhármunknak túl művelt, nem is értem miért vagyok itt. Oh, Harry miatt. Harry!

Quentin épp magyarázni kezdte, miért vannak itt, de egy szót sem hallottam belőle, ugyanis bunkó módon egész egyszerűen hátat fordítottam nekik és abba a szobába igyekeztem, ahová Harryt láttam belépni. Egy hatalmas sóhajtás keretében esett le az a bizonyos kő a szívemről, amikor megláttam a magas srácot hawaii ingben (ősszel), miközben hátrafésülve a haját állt ledermedve egy festmény előtt. El is feledkeztem az idióta barátaimról, helyette inkább Harry

115

mellé sétáltam, ugyanis szinte biztos voltam benne, hogy van mondanivalója.

– Tudtad, hogy Andy Warhol meleg volt? – jelentette ki Harry természetesen, mire ösztönösen tágra nyílt a szemem. Először is azért, mert egyáltalán nem egy tőle alkotott kép volt előttünk (abban se vagyok biztos, hogy ő egy festő volt), másrészt eléggé spontán kijelentés volt ez Harrytől. Őszintén, eddig nem voltam biztos abban, hogy egyáltalán tud a homoszexualitás létezéséről.

– Sam, randid van? – kurjantotta mögöttünk egy nagyon ismerős hang, akinek a gazdája közel állt ahhoz, hogy egyszerűen leüssem. Feszült arckifejezéssel fordultam meg a tengelyem körül, Harry pedig ezzel egyidőben csak a nyakát tekerve nézett hátra. Quentinhez tartozott a hang természetesen, aki vigyorogva sétált be a terembe, elmotyogva pár „hűű"-t, amikor egy nagyobb festmény mellett haladt el. Luca csak lesújtottan haladt utána, és nagyon úgy tűnt, hogy nincs túl jó napja.

– Faszfej vagy, ez Harry – közölte Luca semleges hangon, mikor megálltak tőlünk egy méterre. Legszívesebben elsüllyedtem volna szégyenemben. Quinn szeme felragyogott erre a kijelentésre, Harry szemöldöke azonban felszökött.

– Ők tudnak rólam? – kérdezte elcsukló hangon rám pillantva, mire komolyan el akartam süllyedni ott helyben. Vagy esetleg el is áshatott volna bárki, azon a ponton nem bántam volna.

– Te vagy Harry! – adott hangot Quinn az örömének, Harry azonban egy fél lépést hátrált a hatalmas kitörés hallatán. Pedig belegondolva, Harry tud teljesen úgy is viselkedni, mint Quinn. A különbség az, hogy Quinn még az utcán először látott emberekkel is annyira közvetlen, hogy simán elmesélné nekik az egész életét. – Pedig azt hittem, már Sam újabb áldozata vagy. Bár most így jobban belegondolva, Samnek nem az esete a nőies hajforma – magyarázta Quinn Harryre bazsalyogva, mire Lucával literálisan egyszerre csaptuk arcon magunkat.

– Várjunk – nézett rám újra Harry, újból elszakítva a tekintetét a skótról. – Most sok mindent nem értek. Te is homoszexuális vagy? Mint Andy?

– Milyen Andy? – kérdezte Quinn nagyokat pislogva.

– Biztos nem te Andy – sóhajtott fel Luca fájdalmasan Quinnre nézve.

– Andy Warhol, a homoszexuális képzőművész – tette hozzá Harry, mire itt, abban a percben elvesztettem a türelmemet. Megragadtam Harry karját és idegesen szóltam oda Quinn-nek és Lucának, hogy két percet kérnék, ugyanis ideje volt lefolytatnom egy privát gyorstalpalót Harryvel. Udvariatlanul rángattam ki a nálam fél fejjel magasabb srácot a teremből, majd a fal mellé húzódva magammal szembe állítottam.

– Na jó – kezdtem, miközben a szívem hevesen dobogott Harry elbukásának a veszélye miatt. Ugyanis az az én saram lenne. – Nem tudnak rólad. Egy kamu történetet meséltem nekik, ahol te egy átlagos srác vagy.

– William, te a fiúkhoz vonzódsz? – Harry teljességgel ignorálta az előző magyarázatomat, mire meg tudtam volna csapkodni. Azt, hogy ne fedje fel magát kicsivel fontosabbnak tartom, mint a szexualitásom kérdését. De hangosan felnyögve, kelletlenül válaszoltam.

– Igen. De Harry, most nem ez a lényeg – hangsúlyoztam ki, de a srác csak elmerengve, teljesen tudatlan tekintettel bámult rám. – Érted? A lényeg, hogy viselkedj hétköznapian. Ne említsd az otthonod – Harry nem szólalt meg erre, csupán bólintott, mire megkönnyebbültem, hogy megértette, és elengedtem a felkarját, amit eddig azért tartottam, hogy szigorúan rám nézzen. Ezek után normálisnak adva magunkat sétáltunk vissza a barátaim elé. Harry, aki véletlenül sem a király unokaöccse. Mesés pillanat.

– Sziasztok – intett Harry a továbbra is ugyanott álldogáló barátaimnak, mire legszívesebben a párnámba üvöltöttem volna. Ennél nem tudna kevésbe hétköznapibb lenni? Quinn és Luca visszaintettek neki, majd eljött a pillanat, amikor négyen zavartan állunk egymással szemben, életem eddigi legkellemetlenebb szituációja közepén.

– Szóval – köszörültem meg a torkomat. Luca biztosan észrevette a kínomat, ugyanis beharapta a száját, leplezve ezzel a mosolygását. – Harry, ők itt a barátaim. Quinn és Luca. Quinn és Luca, ő itt Harry – gyorsan túlestem a bemutatáson, ezek után pedig már nem rajtam állt, hogy bárki megszólal-e. Én kivettem a részemet.

Sokat hallottunk rólad Harry – mosolyodott el Quinn, miközben imádattal nézte Harryt, aki kicsivel nála is magasabb volt. Jól sejtettem, ők ketten valóban jól kijönnének.

Fél órával később tényleg a Nando's-ban ültünk, egy négy személyes bokszban. A hangulat pedig felettébb jó volt.

– Szóval tényleg ez a hobbid? – mosolyodott el Harry, miközben egy műanyag szívószálat rágcsált. A kérdés Quentinhez szólt, aki éppen a sokadik adag ebédjét, vagy mijét fogyasztotta el.

– Quentinnek sok haszontalan hobbija van – legyintett Luca, mire én is bólogatni kezdtem. – Emlékszel, Sam, amikor eldöntötte, hogy meg akar tanulni vitorlázni?

– Persze – nevettem fel a könyökömre támaszkodva. – Ki is mentünk vele másnap a folyópartra, aztán ott jutott eszébe, hogy nincs is vitorlása!

– Alázzatok csak – motyogta Quinn tele szájjal, ugyanis Lucával mi egész jól szórakoztunk rajta, míg Harry csak mellettem ülve mosolyogva hallgatott minket. – De visszatérve a kérdésedre Harry, igen, ez egy hobbi.

– A csillagászat? – vonta fel a fél szemöldökét Harry, mire Quinn bólintott, majd hirtelen, mind akinek eszébe jutott valami, lerakta az evőeszközeit.

– Te mikor születtél? – kérdezte hirtelen Harrytől, aki erre meglepetten válaszolt. – Szóval február elseje. Szép nap. Az biztos, hogy számomra szebb, ugyanis végre nem egy bak! Tudod, életem legrosszabb döntése volt, hogy két bakkal kezdtem barátkozni... – kezdett csacsogni Quinn, mire én csak unottan néztem rá. Igen, már hallottuk párszor Lucával, hogy szörnyű a csillagjegyünk. Ezáltal szörnyű emberek is vagyunk. Inkább csak belekortyoltam a jegesteámba.

– És hány éves leszel februárban? – döntötte oldalra a fejét Luca, mire szívószállal a számban én is érdeklődve fordultam a mellettem ülő felé. Harry lenyelte a szájában lévő folyadékot, majd vállat vonva válaszolt.

– Huszonegy – ekkor konkrétan megint az orromon folyt ki a jegestea, de most feldobta még az is, hogy ráfolyt a ruhámra. Most viszont épp nem volt időm törődni se a felsőmmel, se az égő orrommal, hanem teljesen hisztérikus módon néztem Harryre, elfelejtve, hogy Luca és Quinn is velünk vannak.

– Huszonegy?? – ismételtem el tényleg a hisztéria határán, ugyanis... ennek semmi értelme. Arról volt szó, hogy Harry kamasz. Nem lehet alig két évvel fiatalabb nálam.

– Igen – bólintott furán rám nézve, miközben újra a szájába vette azt a nyomorult szívószálat. – De még húsz vagyok.

– Ez nem igaz – vágtam rá hitetlenkedve felnevetve, mire nem csak Harry nézett rám felvont szemöldökkel, hanem Luca és Quinn is. A francba Thompson, mit is művelsz?

– Azt mondod? – kérdezett vissza Harry lesajnálóan rám nézve, miközben az én szívem még mindig hevesen dobogott. Ami azt illeti... nincs igazam. Csak mégis teljesen meg vagyok botránkozva magamon, hogyan lehettem ekkora ostoba? Hisz sose jutott eszembe, hogy egyáltalán megkérdezzem Harryt, hogy mennyi idős. Miért is nem jutott eszembe? Jó, talán azért, mert valamiért ez magától jött. Megfordult párszor a fejemben, például mikor megláttam a tetoválásait, hogy esetleg idősebb, mint eleinte gondoltam. De sok minden nem áll most össze. Ha már két éve nagykorú... miért él bezárva?

– Én kimegyek a mosdóba – köhintette Luca, amikor egyértelműen feszültség kezdett érződni a levegőben. – Mondom kimegyek – akármennyire is spekulált Quinn-nek, az az idióta csak zavartalanul evett. – Quinn jössz velem?

– Nem akarom fogni a pöcsödet pisilés közben, de köszi – vágta rá Quinn tele szájjal. Mire Luca megforgatta a szemét és kicsit sem barátságosan megragadta Quentint a kapucnijánál fogva és elrángatta. Harryvel ketten maradtunk, ami őszintén most nagyon elkellett.

– Harry – sziszegtem. – Miért élsz még a szüleiddel, ha húsz éves vagy?

– Mit hittél, mennyi vagyok? – nézett rám értetlenül, mire fészkelődni kezdtem.

– Tizen... hét. Nyolc. Hét – dadogtam, mire a göndör hajú szemöldöke felszökött és nem illően a szituációba harsányan felnevetett. – Most mi van??

– Tizenhétnek nézték? – mosolygott rám a csillogó zöld szemeivel, miközben megtámasztotta az arcát a könyökén. – Ez aranyos.

– Senki sem mondta, hogy nem annyi vagy – motyogtam elvörösödve az orrom alatt. Több okból eredően is pirultam el. Ha Harry nagykorú... akkor a szexuális tartalmú gondolataimnak róla utat engedhetek, ugyanis nem számít bűncselekménynek. Hisz nem egy kiskorúról fantáziálok... baszki, akkor is beteg. De nem tehetek róla, hogy annyira rohadtul nem volt igaza Quinn-nek, és bejön a hosszú haj. Valamint az imént azt mondta aranyos vagyok. Az lennék? Én?

– Nem kérdezted – húzta fel a szemöldökét félig, mire tényleg kezdtem kínosan érezni magam.

– Szóval miért élsz *ott*? – volt lehetőségem elterelni a témát, így meg is tettem. Hiszen még nem kaptam választ a kérdésemre.

– Szeretem – vont vállat egyszerűen, mire elképedtem.

– Harry – kezdtem, mialatt próbáltam rendezni a gondolataimat a fejemben, hogy ne mondjak bármi olyat, ami számára támadónak minősülhet. – Húsz éves vagy, és nem akarsz önálló életet élni? Nincsenek barátaid, nincs saját élettapasztalatod, nincs életed?

– Azt hittem, te a barátom vagy – felelte Harry, a hangszíne pedig megváltozott. *A picsába Thompson.*

– Mi – bámultam kitágult szemekkel. – Persze, hogy az vagyok. De csak kényszerből, ha anyukád nem bérel fel engem, akkor most nem lennénk barátok…

– Kényszerből? – ismételte el Harry, mire megfordult velem a világ. Lefehéredtem, ahogyan visszahallottam a saját elbaszott szavamat, aminek át sem gondoltam a jelentését, csupán kimondtam. Pedig egyértelműen nem úgy gondoltam, én csak... annyira más irányba akartam kilyukadni vele!

– Harry... – kezdtem volna kétségbe esve a haszontalan magyarázkodást. Ugyanis kimondtam, én hiába tudom, hogy komolyan nem gondolom úgy, hogy csupán kényszerből vagyok a barátja... szóval a barátja, ő ezt nem tudja. És nem fogja megtudni, ugyanis közbevágott, ami nagyon nem vall Harryre.

– Nem, én értem – felelte kiterten, miközben megigazította annak az ostoba mintás felsőjének a gallérját. – Csak

azért vagy most itt, mert anyám egy halom pénzt fizet ne-
ked. Nem csodálkoznék, ha ezek után az lenne a következő
mondatod, hogy igazából nem is kedvelsz. Az arcodra van
írva, hogy amióta itt vagy, untatlak. De sajnálom, őszintén,
ha egy teher vagyok számodra, de figyelj, senki ezen a kur-
va világon nem kényszerít arra, hogy most itt ülj – emelte
fel a kezét, mire én lesújtva bámultam őt. Most hallottam
először káromkodni. – De tudod, és most kegyetlenül őszin-
te leszek, így, ha nem tetszik inkább fogd be a füled, vagy
csinálj amit akarsz. Meglehet, hogy nincsenek barátaim.
Nekem ez jutott, vagyok olyan érettségi szinten, hogy ezt
elfogadtam, ez az én életem. De nem gondolom, hogy azok
után, amiket érted tettem az elmúlt napokban, szabadna
ilyet mondanod, hogy nincs életem. Vagy önállóságom.
Megtanítottalak zongorázni – Harry hangja elcsuklott az
utolsó mondatra, és miközben ráemeltem a tekintetem,
láttam, hogy a szeme is könnyektől csillogott. A jó kurva
életbe. – Sajnálom, de baszódj meg, Samuel – tette hozzá,
miután pislogott párat felfele. Én lefagytam. Ténylegesen
meg sem tudtam szólalni, bár, ha így lett volna, nem lett
volna rá lehetőségem, ugyanis Harry ezek után felpattant
mellőlem és elsétált. Isten tudja, hova. Én egy ponton bam-
bultam, percekig azon rágódva, hogy a nevemen szólított.
Az igazi nevemen.

6.

Csend, csillagászat és egy gesztus

Az első veszekedésem Harryvel kereken három hete történt. Azóta nem beszélünk.

Aznap nagyon megijedtem, ugyanis Harry tényleg elment. És fogalmam sem volt, hova. Mikor Quinn és Luca visszatértek a mosdóból, és Harry után kérdeztek, csak akkor tűnt fel, hogy baszki tényleg lelépett, nem csak képzelgés volt. De megtaláltam. Visszament a képtárba.

De három héten keresztül tényleg nem szólt hozzám. Az elején még többször próbálkoztam, elkezdeni egy gyatra bocsánatkérést, vagy kommunikációt létesíteni vele. De felvette azt a maszkját, amikor egyszerűen kizár az életéből és még csak nehezére sem esik. Egész nap olvas, talán filmet néz, nem tudni, hisz a szobájába van zárkózva. Ha kimerészkedik, akkor is elkerül. Elmegy a zeneterembe, én pedig az ajtóra tapadva hallgatom, ahogyan órákon át ugyanazt játssza el újra és újra. Esetleg kimegy üldögélni a kertbe, én pedig a függönyöm takarásából figyelem. Mosolygósan beszélget Tobyval, vagy virágokat öntöz. Sokszor előfordult, hogy csak üldögélt és csukott szemmel az ég felé fordította az arcát. Október lévén felelőtlen módon ingben volt odakint is. És nem fázott meg. Esetleg összefutottunk a konyhában, ahol köszönés után teljes mértékben elkülönült tőlem. Mintha ott sem lettem volna. Ha pedig beszélgetést akartam kezdeni, mindig ugyanazt mondta, minden egyes alkalommal „senki sem kényszerít". Szóval úgy tűnt, nagyon megbántottam Harryt. És nem ismertem még annyira, hogy tudjam mivel nyerhetném el a bocsánatát.

Adel pedig semmit sem sejtett az egészről. Ha kérdezte Harryt rólam, ő egyszerűen válaszolt, mintha minden rendben lenne. Adel valóban keveset volt a házban, így fel sem tűnt neki, hogy Harry nem is beszél velem. A fizetésemet pedig csak sanyarú képpel fogadtam el, amit Adel nem tudott hova tenni. Nem örültem neki, hogy azt hitte elégedetlen vagyok. Csak mégsem szólhattam el magam arról, hogy a fia megutált. Mert akkor el kellett volna mondanom miért, és biztosan az lett volna a vége, hogy Adelt vonom kérdőre, miért tartják bezárva a fiukat, ha már felnőtt. És legkevésbé sem akartam tiszteletlen lenni.

Hülye egy érzés volt, de hiányzott Harry. Az időm bőven megvolt a rágódásra, így természetesen ezt tettem, amikor a zongorajátékát hallgattam órákon keresztül az ajtónak támasztott háttal (még mindig gyönyörű és csodálatra méltó). Az elejétől kezdve próbáltam átgondolni. Minden apró mozzanatot. Először, amikor épp a szobák vízhőmérsékletét, vagy mijét vizsgálta meg, kifejezetten felkeltette az érdeklődésemet. Akkor, amikor a fejem felett beszélt, ez volt a legelső gondolatom róla. Valamiért egy kisfiúra számítottam, aki majd a nyolcadikos matematika tananyaggal fog nyúzni. Érthető, hogy jobban meglepett, amikor egy férfi megjelent előttem Napóleonnak öltözve. Kifejezetten jóképű férfi, ugyanis már használhatom ezeket a szavakat rá. Akármennyire is utált Harry, a távoli csodálásom alkalmaival határozottan megalkottam magamban azt a képet, hogy Harry *kibaszott vonzó*. És ezt nem lehet megcáfolni, egyszerűen ránézésre érthető, miről beszélek. A legjobb pedig ebben az volt, hogy már nyíltan ki merte mondani ezt a kis hang a fejembe, ugyanis Harry komolyan felnőtt volt. Ezzel kapcsolatban is sok minden kavargott bennem, de azokkal igyekeztem nem foglalkozni. Az sokkal többet vetült fel az agyamban, hogy nem kiskorú. Nem az, így igazából... hallgass el Sam. Nincs semmi igazából. *Önfegyelem.*

De valamiért Harry sokkal közelebb került a szívemhez ezekben a hetekben. Nem tudtam volna megfogalmazni, hogy miért. Nem volt oka. Talán az, hogy komolyan mást sem csináltam, csak gondolkodtam. Nem értettem, először miért nem kedveltem. Sokat beszélt. Na és?? Most meg nem beszél velem és ez ezerszer rosszabb, mint amikor megállás nélkül be nem állt a szája. Olyan kishitű vagyok, nem tudom értékelni a meglévő dolgokat. Azt akartam, hogy Harry hallgasson el. Mikor elhallgatott, mindennél jobban vissza akartam kapni, amikor még a csimpánzok egyedfejlődéséről beszélt, pedig egyáltalán nem kértem meg ilyenre. Abban azonban biztos voltam, hogy az összeveszésünk előtti hétfőn könyveltem el magamban, hogy igazából... Harry nem az a ragaszkodóan idegesítő kisfiú, akinek először tűnt. Harry lénye túl rejtelmes és felfedezésre váró, én pedig annyira meg akarom ismerni. De Harry abban is nagyon jó, hogy nemes egyszerűséggel kizárjon az életéből és úgy tegyen, mintha soha nem is léteztem volna. Fogalmam sincs, hogyan csinálja. Én pedig tehetetlen vagyok.

A napjaim így nagyon egyhangúan teltek. A tanulással már annyiszor próbáltam lekötni magamat, hogy mostanra már nem maradt mit tanulnom. Tétlenül sétálgattam így a házban, hátha találok elfoglaltságot. Épp a kutyát – akinek a nevét még mindig nem tudtam – simogattam, miközben ő a hasára fordulva lelkesen fogadta azt. Ebből láttam csak, hogy a dalmata nőstény, de nem lettem okosabb, hogy mi lehet a neve. Így csak olyasmi neveken szólítottam, hogy „kislány". Megtudtam róla azt is, hogy az ő kedvenc helye is a kupolatető alatti szinte üres tér a házban. A legtöbbször az itt kihelyezett hatalmas párnázott fekhelyén tartózkodott, majd amikor meglátott fel sem emelve a fejét csóválni kezdte a farkát. Nagyon lusta kutyus, de nem hibáztatom. Az őszi egyre szürkébb idő engem is elálmosít. Így mostanság az időm másik nagy részét alvással töltöm, ahova elmenekülhetek a gondolataim elől. Ez terápiás jellegű is belegondolva.

Október 17. Ez volt a nap, amikor Harry megbocsájtott. Nekem pedig nem fért a fejembe, hogyan nem jutott ilyen előbb az eszembe.

Nem volt semmi dolgom aznap. Egyetemen csak másnap volt órám, az egész napom szabad volt. Rögtön ébredés után, mikor az ablakban cigiztem, arra is gondoltam, hogy bemegyek a városba a barátaimhoz, ugyanis már komolyan szükségem lett volna valakire, akárkire, akivel beszélhetnék. Szinte már az is megfordult a fejemben, hogy elmondom nekik az igazat Harryről, nem érdekel. Nem szeretek hazudni nekik, most pedig erre voltam kötelezve, így az emberek száma, akiktől tanácsot tudtam volna kérni, lecsökkent a nullára. Mostanság pedig tanácsra lett volna szükségem, vészesen. Ugyanis reggelente mindig a fejembe kúszott a gondolat: mostantól ez lesz? Így éldegélünk egymás mellett? Mint két idegen?

Belegondolva, azok voltunk. Mi csak két idegen voltunk, akik egész egyszerűen nem jöttek ki egymással. És ez nem baj. Mindketten felnőtt emberek vagyunk, semmi gond nincs azzal, hogy nem tudunk egy hullámhosszra jutni. Csak azt nem értem, miért kell neki ennyire gyerekesen kezelni a helyzetet, mikor elvileg pár hónap múlva huszonegy éves lesz. Ezt továbbra sem dolgoztam még fel teljesen.

De elvetettem. Nem beszélhetek még Quinn-nek és Lucának sem Harryről, mert ígéretet tettem. És amit illik rólam tudni, mert ez egy fő erkölcs az életem alatt, az az, hogy én nem szegem meg a szavam. Akármilyen is a helyzet. Ezért is, csak csalódva magamban ráztam meg a fejemet azon a reggelen, mikor ez felvetült bennem. Ha Adel titokként akarja kezelni Harryt, én nem lehetek az, aki elrontja az idillt. Akármennyire is helytelennek tartom, én csak egy kibaszott alkalmazott vagyok, nem szólhatok bele a privát szférájukba.

Reggel már kialakult egy rutinom, amióta Harry elvan magával. Nem mintha lett volna olyan rutinom, amiben Harry szerepelt...

Miután felkelek, felöltözök és kifejezetten higiénikusan, minden egyes nap foglalkozok magammal az arany keretű tükör előtt. A hajamat minden nap felállítom, komolyan minden nap. Nagyon megtetszett. A borotválkozást sem hanyagolom el, már szinte idegesít, ha nagyobb borostám nő. És ami azt illeti, így nem nézek ki egy elhanyagolt gyári munkásnak, sokkal inkább festek úgy, mint aki egy nemesi családnál dolgozik. Hűű. Ezek után berögzült, hogy hallgatózok egy kicsit Harry szobája előtt. Több okból is, bár nehezen ismerem el őket. Először is, mert nem szeretnék összefutni vele a konyhában. Mert akármikor előfordult ez, annak kínos és kényelmetlen szituáció lett a vége. Így inkább meggyőződök arról, hogy ne zavarjam. Másrészt egyszerűen érdekel, hogy minden rendben van-e vele. Ezt nem tudom megmagyarázni.

Reggeli után csak szenvedek, ha nincs semmi dolgom. Ennyiben fulladt ki a nyomorúságos rutinom. Október 17-én sem csináltam másképpen semmit.

Miután elég ideje nyomtam az ajtóra a fülem, úgy ítéltem meg, hogy hiába nem hallok bentről mozgolódást, lemegyek reggelizni, mert nagyon éhes vagyok. És nem fogok várakozni, hogy Harry kifáradjon a konyhából, miután elolvasott minden létező napilapot vagy könyvet, ami a keze ügyébe akadt. Hogy miért a magasított székeken a legélvezetesebb neki olvasni, egy hatalmas titok számomra, mellesleg idegesítő is.

A reggeli éhségemhez képest viszonylag ráérősen sétáltam a konyháig. Megálltam a kutyusnál, hogy megsimogassam, majd komótosan szedtem a lépcsőfokokat lefele, ugyanis valljuk be: a világ összes ideje az enyém volt. Az ébredés utáni instant jókedvem azonban hamar elszállt, amikor megláttam Harryt a konyhában. Mintha egy rohadt filmben lennénk, úgy fagytam le a küszöbnél megakadva, pedig ő még csak rám se nézett. A lábam földbe gyökerezett, bár nem csak azért, mert nem számítottam ott rá. Oké, Harry marha jól nézett ki, mint minden nap. Bármit csinál, megakad a levegő úton a tüdőmbe egy pár pillanatra. Reggel kurva nyolc óra múlt és a nap máris fordulatot vett. Harry keresztbe tett lábbal ült a széken (jobbról a második, mindig ott ül), miközben nem túl nagy meglepetésemre egy sárgás borítójú kötetet olvasott. Meg sem rezzent az érkezésemre, meglehet, hogy észre sem vette. Lapozott egyet, teljesen elmerülve a betűk között. A haja a szokottabbnál zsírosabban állt, ezért nem is turkált benne megállás nélkül. Ha kiesett a füle mögül visszatűrte, de most nem jártak az ujjai egyfolytában a tincsei között, mikor ez egy megszokott dolga. Egy fehér pólót viselt, amire először azt hittem minta nélküli, de ahogyan megfigyeltem a bal felső sarokban egy kismacska figura bújt meg. Alul egyszerű fekete farmerban volt, és hiába voltunk a konyha közepén, az elmaradhatatlan sárszínű bokacsizmája is rajta volt. Erre meg akartam forgatni a szemem. Ki eszik reggelit bokacsizmában? Harry, persze. Ez hülye kérdés volt.

Húsz másodpercembe telt visszatérni a valóságba és elmotyogni egy „sziá"-t. Harry egy éles „jó reggelt"-tel válaszolt, bár sejtem, észre sem vette, hogy én vagyok az. Szó nélkül sétáltam a hűtőhöz és kivettem egy almát reggeli gyanánt. Helyet foglaltam azon a széken, ami pedig az én megszokott helyem. Makacs módon elhatároztam, nem fogok ezen változtatni, csak azért, mert az én székem Harryé mellett található.

Lassan reggeliztem meg, miközben Harry nyugodtan olvasott mellettem, nem zavartatva magát. Nem úgy tűnt, hogy fel tervez állni, pedig a legtöbbször kiment a szobából, ha én is ott voltam.

„Lehet csak befejezi a fejezetet" – gondoltam és igyekeztem elterelni erről a további gondolataim.

Talán tíz perc telt el, mióta egy helyiségben voltunk, Harry pedig néha hangosabban felsóhajtott, vagy árulkodó arcot vágott. A szemem sarkából figyeltem, de valószínűleg a könyv miatt volt ilyen a testbeszéde. Én nekiálltam mosogatni, ugyanis őszintén, valami késztetett, hogy egy levegőt szívjak vele. Talán vártam arra, hogy megszólal. De nem tette, én viszont maradtam. És ő is. Mikor már csak pár tányér volt hátra, becsörtetett a konyhába a kutya, aki előbb vette észre Harryt, így megörülve neki, gyorsan kapkodta a lábait, ameddig el nem ért Harryhez. Mikor hozzádörgölte a fejét a combjához Harry meglepetten letette a könyvet és oldalra fordult a kutyához. Halkan suttogott neki valamit, miközben a fejét simogatta, a kutya pedig nagyon úgy tűnt, mint aki odáig van Harryért. Nem tudom, mi ütött belém, de megszólaltam.

– Mi a neve?

– Lucy – Harry válasza gyors, rövid és lényegre törő volt. De olyan hamar reflektált, mintha előre tudta volna, hogy meg fogok szólalni. Meg azt is, hogy mit fogok kérdezni. Ijesztő. Ennek ellenére nem volt a hangjában a barátságosságnak még csak jele sem.

– Úgy hívják a húgomat is – szaladt ki a számon, de egyből vissza akartam szívni. Te jó ég, miért említettem a testvéremet Harrynek, mikor most határozottan nem olyan idők járnak, hogy beszélgessünk. Főleg nem a családomról.

– Fantasztikus – felelte Harry, egy kisebb habozás után. Valószínűleg nem tudta, kellene-e válaszolnia valamit.

– Szép kutyád van – miért, miért erőlteted a kommunikációt, te idióta. – Nagyon tetszik, ahogyan a szeménél a fekete pont szív alakot alkot.

– Nekem is – válaszolta Harry egyöntetűen, nem gondolkodott túl sokat. Tényleg nem akar kommunikálni.

– Többet nem szólsz hozzám? – kérdeztem félve.

– Tessék? – Harry a reggel folyamán most nézett rám először. De meglehet napok óta először. Vagy hetek. Elvesztettem az időérzékemet, a szeme pedig túl szép amúgy.

– Nem fogunk beszélgetni? – úgy cincogtam, akár egy bajba jutott kisegér. Szánalmas, Thompson.

– Várok – vont vállat Harry, majd visszafordult Lucyhez. Mi a fasz, mire vársz?? – A bocsánatkérésre – tette hozzá, ugyanis megérezhette, ahogyan kattogni kezdett az agyam. Ez nem lehet igaz.

– Harry, milliószor próbáltam már bocsánatot kérni! – fakadtam ki, mire ismét rám nézett a hirtelen stílusváltásom hallatán. – De te nem engedted soha.

– William, a bocsánatkérés nem feltétlenül szavakból áll, amiket nem gondolsz komolyan – mondta komolyan, majd ismét elszakította rólam a tekintetét. Itt már elég volt alig pár másodperc gondolkodási idő, hogy megértsem, mire gondol. Se szó, se beszéd a konyhában hagytam.

A szobámig kocogtam, majd akár egy tinilány keresni kezdtem azt a vacak fecnit, és csak imádkoztam, hogy nem dobtam ki. Már sikerült kellő rendetlenséget hagynom a szobámban, főleg a fiókjaimban, így őrült módjára kutattam át őket, míg végül megtaláltam. Tényleg megtaláltam, az örömtől pedig hatalmas megkönnyebbülés futott végig a testemen. Ezek után nem is gondolkodtam. Átmásoltam az egészet egy új papírra és a konyhába indultam vissza. Alig értem ki a szobából, a lépcsőn sem kellett lemennem. Harry a kupolás szobában ült, a vörös bársonykanapén, ahol én is mindig elfekve csillagokat bámulok. Elmosolyodtam. A kutya mellette feküdt, a fejét a belső combjára hajtva, miközben Harry felfele nézett, a világos kék égre.

Egy szó nélkül, kicsit elpirulva nyújtottam át neki a lapot, ami ápolatlanul és összecsapottnak nézett ki, de a lényege nagyon nem ez volt. Harry érdeklődve vette el tőlem, majd ahogy szétnyitotta a lapot, meglepődtem, ugyanis felnevetett.

– Idióta – nevetett, miközben beletúrt a hajába és elvette a felé tartott tollat is, majd az ölébe hajolva sercegni kezdett a papíron. Én csak a kanapé elé ültem a földre, mivel nem akartam elmenni. Lucy foltos bundáját simogattam, ameddig Harry fel nem hajolt, hátradobva a haját. Sokkal több ideig tartott neki, mint gondoltam.

– Köszönöm a lehetőséget – adta át nekem a fecnit, az arcára nézve pedig megbizonyosodtam arról, hogy megbocsájtott. Büszke voltam magamra, nagyon, ugyanis használtam azt a hatalmas eszemet és elnyertem Harry mosolygását. Azaz minden rendben volt.

– Én köszönöm – válaszoltam, miközben én is vigyorra húztam a számat. Ezután Harry eldőlt a kanapén és a kutya mancsai közé ejtette a fejét, mire a dalmata egyszerűen Harry hajára helyezte a fejét. Harry válla rázkódni kezdett, erre én pedig komolyan megállás nélkül vigyorogtam. És még szét sem nyitottam az átkozott lapot.

Windsor,
Töltsd ki a legjobb tudásod szerint. Meg akarlak ismerni.

Ennyi állt a lap tetején az ernyedt kézírásommal, majd
alatta alpontokkal meg az összes *Harry faszsággal* egy az
egybe ott voltak azok a kérdések, amiket Harry a legelső
napomon tett fel nekem. Mekkora butaságnak tartottam!
Most meg csak nevetve megrázom a fejemet, a dőlt kézí-
rását olvasva. Harry komolyan értékes. A válaszait viszont
megtartom magamnak, túlságosan is bensőséges ez a do-
log kettőnk között.

Másnap reggel be kellett mennem az egyetemre korán reg-
gel. És amióta itt vagyok, ez volt talán az első reggel, ami-
kor képtelen voltam felkelni időben. Talán mert alig egy
órát, ha aludtam. Egész éjjel a kupolás szobában voltam.
Harryvel.

– Értesz a csillagászathoz? – *kérdezi Harry érdeklődve, a*
hatalmas szemeivel kisfiúsan bámulva. Annyira mosolyognom
kell ettől.
– Nem egészen – *válaszolom. Éjjel tizenegy körül van, mi*
pedig a bársony kanapén ülünk. Tekintve, hogy talán az egész
házban ezt a termet mondanám a leghidegebbnek, Harry is és
én is egy szürke pokróccal tekertük körbe magunkat. Lucy fé-
lálomban kuporgott a lábamnál, Harry viszont a mellkasa elé
húzta, és átölelte a combjait. – Én csak megfigyelek.
– Megfigyelsz? – *kérdez vissza. Én bólintok, majd visszané-*
zek a sötét éjszakai égre, Harry pedig mellettem tükrözi a moz-
dulatot.

132

– Szeretem nézegetni az eget, mert mindig találok valami újat – kezdek bele, Harry pedig amint megszólalok visszanéz rám, én azonban csak felfele tartva a fejemet vészesen keresgélni kezdek. – Igen! Megvan. Ha kicsit jobbra döntöd a fejed, ott van a skorpió csillagképe – Harry furcsán oldalra dönti a fejét, úgy tűnt, nagyon elveszett a koncentrálásba, de végül csak nehezen felsóhajt.

– Oké, esküszöm nem látok skorpiót – nyögte ki, mire én őszintén felnevetek. – Most mi az? Igazán tisztelhetnél azért, mert megpróbálkoztam egy olyan dologgal, amiről eddig még csak nem is hallottam.

– Én tisztellek – kuncogok. – Csak nem egy skorpió formát kell keresned. De én várok azért, hátha megtalálod – vigyorgok, mire ő elrejtett mosollyal a vállamba bokszol.

– Szóval mit keressek? – kérdezi, miután felfedte a mosolyát. Én csak elkapom a kezét, amivel az előbb meglökött, és kinyújtom. A kézfejénél fogva irányítom, ameddig meg nem látom a fénylő csillagokból összerakott képet, megállítom az összekulcsolt kezeinket.

– Nézd – suttogom, majd lassan elengedem a karját, ő viszont a plafon felé emelve hagyja, pontosan a skorpió csillagképre mutatva. Csak ő még ezt nem tudta. – Az a hosszú vonal ott. A vége szétnyílik. Az a skorpió jegyű emberek képe.

– Azta – motyogja csillogó szemekkel, majd leengedi a kezét. – Nekem is van ilyen képem?

– Igen – óvatosan elmosolyodva ezen lehunyom a szemem. Harry annyira édesen tudatlan is tud lenni. Egyszerűen látszik rajta, ha nem ért valamit (nagyon ritkán) és mégis érdekli a dolog. A szemei ilyenkor nagyra nőnek és tisztán csillognak a kíváncsiságtól. Rendezett arccal figyeli, ha beszélek, végig rám nézve, mintha csak így értené meg a szavakat, amiket kiejtek. Majd próbálja gyakorlatban is megérteni a dolgot.

– És az hol van? – kérdezi izgatottan, mire csak a szemébe nézve, folyamatosan vigyorogva csóválom a fejem.

– Majd megmutatom. Csak februárban látszik.

– Nem értem – fűzi össze a karját. – És azt hittem ehhez te sem értesz. Quinn az asztrológus, nem?

– Quinn csak egy ostoba – válaszolom habozás nélkül, mire Harry akaratlanul is felnevet.

– Én bírom őt – feleli, majd váratlanul közelebb araszol. A vállamra dönti a fejét, ami először annyira meglepett, hogy hirtelen azt sem tudtam, Quinnről beszélgetünk-e, vagy egy tál sajtos makaróniról. Oké, ez azért túlzás, de akkor is összezavart, ha Harry fizikai kapcsolatot létesített velem. Mármint... egy huszonéves meleg férfi vagyok, ez pedig itt egy félisten baszki. Meg úgy amúgy is, csak váratlanul ért.

– Én is, a legjobb barátom – válaszolom végül kicsit talán idiótán hebegve, mintha nem egy kibaszott Harryhez való vonzódási inger futott volna végig a testemen. – Csak azért eléggé lemaradt az egyedfejlődésben – Harry ezen ismét halkan felnevet.

– De te nem mondtad, hogy értesz az asztrológiához – mondja újra, mire a szabad vállamat megvonom.

– Nem is értek. Quentin teljes személyiségleírást tudott volna rólad adni, ha adsz neki pár percet. Igen, úgy is, hogy nem ismer – mosolyodok el, ugyanis az elvetemült szőke barátom analizált már idegeneket szórakozásból. – Én csak a képeket nézem. Ahhoz sem értek, csak a sok bambulás után elkezdtek érdekelni az összekapcsolódó csillagok, amik mintákat hoztak ki az égen. Így utánanéztem.

– És az enyém csak a szülinapomon látható? – susogja Harry.

– Nem egészen. Nincs mindenkinek „sajátja". Ez a csillagjegyeddel kapcsolatos, így a te képed, mindenki más képe is, aki Vízöntő – magyarázom, Harry pedig aprókat bólintva a vállamon figyelmesen hallgat.

– És a tiéd? – kérdezi hirtelen. – Az milyen?

– *Majd megmutatom* – *ezek után tényleg hajnali hatig kint ültünk, ameddig el nem tűntek a csillagok, ameddig fel nem kelt a Nap. Harry elaludt valamikor négy körül, így én nem akartam felkelteni, egyszerűen csendben elvoltam magammal és az éggel.*

Ezért irtó rosszkedvű voltam a reggel. Hétkor szólt az ébresztőm, én pedig literálisan felmordultam és nyöszörögni kezdtem. Nem lehetett ilyen korán órám. Lehetetlenségnek tartottam, hogy ma pont az a nap legyen, amikor hajnalban kell kelnem és három órán át kell szenvednem egy dögunalmas előadáson. De, tényleg szerda volt, nekem pedig tényleg fel kellett kelnem, ha oda akartam érni.

Mivel késésben voltam nem köszöntem el senkitől, úgyis megszokták már, hogy szerda reggelente sietősen távozok. A reggeli banánomat is az autóban ülve fél kézzel ettem meg, mert már arra se maradt időm. Az óráimon szinte elaludtam. Luca és Quentin böködtek néha a két oldalamról, hogy magamhoz térjek, bár a professzort nem zavarta volna, ha nem vagyok jelen lélekben. Csak a két haszontalan barátomat zavarta, ugyanis mindig tőlem kérnek jegyzetet. Már megszokás volt, hogy én írom le az egész anyagot, majd mikor visszaértem Harryékhez, lefotózom nekik. Nekik is megvannak a saját szokásaik óra alatt. Luca azt állítja – minden alkalommal – hogy elhagyta a füzetét. Ez egy gyönyörű kifogás, de amellett, hogy én valóban figyelek is, látom, hogy egész idő alatt origami hajókat gyárt. Talán flottát készít, amivel egy nap lealázza a teremben lévőket, vagy ilyesmi. Quinn meg egyszerűen kertelés nélkül úgy állít be szerda reggelente, mint aki egy svédasztalos reggelire készül. Külön uzsonnásdoboza van erre az órára, aminek a tetején Micimackó van a többi oktondi kis barátjával. Ezért is töltöm azzal a szerdai előadásunkat, hogy gondolkozok, miért barátkozok ilyen gyökér emberekkel. De sajnos már nincs visszaút.

Mikor hazaértem, szinte egyből a szobámba siettem, és ahogy voltam eldőltem az ágyon. Magamra rángattam a takarót, a cipőmet azért előtte lerugdaltam, mire pedig már békésen lehajtottam a fejem, csupán pár pillanat választott el az álomba merüléstől... három kiegyensúlyozott kopogást hallottam a folyosó felőli ajtómon. Mint egy hisztis kislány csattantam fel az ágyamban, nagyon morcos fejet vágva, készen arra, hogy kikiáltsak az illetőnek, aki biztosan Harry, hogy aludnék. De a kopogás csak illemből történt, rögtön utána be is csörtetett.

– Neked is szia – morogtam, ugyanis Harry csak köszönés nélkül, fütyörészve sétált be hozzám, majd csípőre tett kézzel állt meg, mikor egy kicsivel dél után az ágyban fekve talált. – Tisztában vagy azzal, hogy a kopogást okból találták ki, ugye? Mi van, ha meztelen vagyok?

– Akkor látlak meztelenül – vont vállat Harry egyszerűen, mire nevetve lehajtottam a fejem. Hihetetlenül szemtelen. – Dél van, keljél fel.

– Hogy mit mondtál? – meresztettem rá a szemem. – Örülök, hogy te ennyit aludtál, de én most értem haza.

– Tudom, tisztában vagyok a napirendeddel – vágta rá egyszerűen, mintha csak azt közölte volna, hogy szép az idő odakint. Erre csak felsóhajtottam és hátradőltem a paplanom közé. – Fel kell kelned! Ki akarok menni szőlőt szedni!

– Neked kibaszottul viccelned kell velem – nyögtem fájdalmasan, szinte lehetetlennek tartottam, hogy Harry most ezt komolyan gondolja. Nem megyek vele szőlőt szedni, mikor egy órát aludtam! Talán annyit se.

– Idén még nem szedtem szőlőt – közölte, én pedig kinyújtva a nyakamat homlokráncolva meredtem rá.

– Ez valami tradíció, vagy mi? – kérdeztem felnevetve a kérdés abszurdságán. Inkább a szituáció abszurdságán. Harry szokása a szőlőszedés? Minden nap okosabb lesz itt az ember.

– Most, hogy mondod, az – hezitált egy pillanatig, én pedig visszaejtettem a fejem a párnára.

– Szia Harry – köszöntem, ugyanis a fejemet a kezemre hajtva lehunytam a szemem. – Alszok.

– Dehogy – röhögött Harry, majd váratlanul ráhuppant az ágyamra, amiért meg tudtam volna fojtani egy picikét. Harry tapintatlan is tud lenni. Harry egyszerűen minden tud lenni, de nem kezdem el listázni, mert jelenleg próbálom visszafogni a kényszert, hogy lelökjem az *én*, saját ágyamról. – De ha mégis, én itt maradok.

– Itt? – fordultam át a másik oldalamra, így Harry felé nézve. Harry kibogozta a cipője fűzőjét, és a szürke zoknit viselő talpait az *én* paplanom alá dugta. Szégyentelen.

– Itt – bólintott, majd egyből erre a kijelentésre fel is ugrott, és se szó se beszéd magamra hagyott. Furán megvontam a vállam, miszerint ezt gyorsan meggondolta, de alig fél percen belül visszatért, mire kicsit nagyobb mértékű levegőt fújtam ki, mint az normális. Még mindig csukva volt a szemem, amikor besüppedt mellettem a matrac, és a takaróm is elmozdult. Akár egy vércse rántottam vissza idegesen, ugyanis Harry nem fog kiközösíteni engem a saját takarómmal.

Emlékeztetnem kéne Harryt, hogy ne nagyon szóljon hozzám, ha fáradt és nyűgös vagyok.

– Oké, megtarthatod – mondta, én pedig csukott szemmel is tudtam, hogy mosolyog a viselkedésemen, hallani lehet a hangján. Átöleltem a takarómat, Harry pedig a másik párnámra feküdt. Arra szabad. Az amúgy is árválkodik. – Én olvasok. De pontosan két óra múlva felkeltelek, és megyünk betakarítani. Esetleg aratni. Ahogy tetszik.

– Oké főnök – feleltem gyorsan, majd kedvem lett volna elmosolyodni azon a nonszensz kijelentésen, amit nem gondoltam volna, hogy ma, esetleg akármikor hallani fogok, hogy 'megyünk szőlőt betakarítani'. Őszintén nem volt kedvem betakarítani a szőlőt, és bátor vitába kezdtem volna, hogy ez egészen biztosan Toby dolga, és nem a miénk, nem az enyém, de túl fáradt voltam, hogy szembenézzek Harry egyszerre racionális és irracionális gondolkodásával. Még mérgelődni sem kezdtem vele, hogy konkrétan befeküdt mellém, miközben aludni próbáltam, csak valamiért kényelmesnek éreztem, hogy nem vagyok egyedül, és milliószor jobban és üdítőbben aludtam, hogy feküdt mellettem valaki. Francokat valaki, Harry.

Hivatalosan is elvesztettem az irányítást. Akkora egy barom vagyok, de komolyan. Most őszintén, ha felvázolom a helyzetet, mondja valaki, hogy nem vagyok egy utolsó vesztes. Munkát kerestem (mivel egy nincstelen és pénztelen facér fiatal vagyok, akinek a családja egy csőd, ő maga is egy csőd és még lakhatása sincs). Munkát találtam (igaz, a király testvérénél és annak feleségénél dolgozok, akiket annyira mélyen érintette a lányuk halála utáni trauma, hogy ahelyett, hogy elváltak volna csak csináltak egy gyereket, aki tulajdonképpen mondhatjuk, hogy nem is létezik). Megismertem a megcsinált gyereket, Harryt (aki vészesen hevesebb érzelmeket vált ki belőlem, mint azt terveztem, ez pedig nagyon nincs rendjén, hisz én itt egy fizetett alkalmazott vagyok). Eltelt két hónap (és azt hiszem már csinosnak találom Harry fenekét). Szóval van probléma, az pedig egészen nagy. A probléma abból indult ki, hogy megnéztem Harry seggét. Ez amolyan lefektetett

Thompson szabály, ami eddig mindig megtörtént velem, minden alkalommal. Ha megnézem egy srác seggét, teljesen biztos már a tudatalattim abban, hogy meg akarom dugni. Oké, ez alpári és nem helyénvaló, de ez sajnos így van, nem akarva történik ez, egyszerűen az eszem ezt elhatározza, onnantól meg tuti nincs megállás. És én megnéztem Harry seggét. Oh, a picsába. És az egészről a hülye szőlők tehetnek.

Magamnak is hazudnék azzal, ha azt mondanám, hogy nem találtam helyesnek Harryt az első találkozásunktól fogva. Megnéztem magamnak, de nem tulajdonítottam neki nagy jelentőséget, hisz azt hittem gyerek. Én pedig épeszű, gondolkodó embernek vallom magam, aki nem fantáziál kiskorúakról. Ráadásul abban az időszakban Harry még egészen irritált is. Így az a testi, lelki egészségemnek egy nyugodt idő volt, bár biztosan hatalmas panaszkodni valóim lehettek. Így idegesít Harry, meg úgy... mekkora problémák! Azóta kiderült, hogy Harry kibaszottul az én korosztályomba tartozik. Így persze, hogy az agyam azonnal kapcsolt, hiszen... nem gyerek! És nem könnyít a helyzeten az sem, hogy Harry jól néz ki. Nem, azt hiszem nem értitek, Harry baromi jól néz ki. Ez egy kapuzárási pánikot indít el bennem automatikusan, ugyanis kettőnk közül már cseppet sem Harry az, aki ártatlanul pislogva nevetgél, hanem én. A különbség az, hogy én nem vagyok már ártatlan és én kínomban nevetgélek.

Egy ilyen monológ után könnyű kitalálni, hogy azt hiszem bejön Harry. Dehogy hiszem, tudom. Ez pedig igazi válságot jelent.

Aznap délután kezdődött az egész. Amikor elrángatott szőlőt szedni. Harry egész idő alatt csacsogott, csak ahogy szokott. De én valamiért nem tudtam figyelni rá akkor. Most foghatnám arra, hogy azért, mert még álmos voltam (ténylegesen felkeltett két óra múlva), vagy hogy nem érdekelt mit beszél (érdekelt). Csak megnéztem a seggét. És egyből realizáltam, hogy ez mit jelent, attól meg kétségbe estem hirtelen, hogy miért. Miért történt ez az egész, miért nem kaphattam egy családot, ahol van egy nem túl kicsi, de kifejezetten kiskorú gyerek, a legjobb pedig az lenne, ha lányról beszélnénk. Tökéletes felállás lenne. Most meg mi lett a vége? Egy random szőlőültetvény közepén állok, miközben komolyan érdekelni kezdett egy segg. Ami azért fájdalmasabb sokkal jobban, mert Harry melegítőben volt, így alig volt kivehető bármi is, ennek ellenére még mindig tartottam magamat ahhoz, hogy baszki azért neki nem mondanék nemet, ha máshol találkoznánk. Frászt, itt se mondanék neki nemet. Még a következő életemben sem. Talán az azutániban sem.

De én Sam Thompson vagyok, az erkölcsös Sam Thompson. És egészen biztosan mindenki tudja, milyen érzés, amikor egyszerűen megszűnnek létezni az erkölcsök és utat engedünk a vonzalomnak és a vágynak. De én komolyan gondoltam azt, hogy illedelmes maradok, akkor is, ha ez egy belső vívódást eredményez a szexuális frusztráció miatt. Nem leszek az az ember, aki letámadja Harryt, mikor ennek sok katasztrófális következménye lehet. Először is, majdnem biztos, hogy Harry hetero. Mármint, semmi okot nem adott arra, hogy ne az lenne. Bár azt is kétlem, hogy volt valaha komoly kapcsolata... komoly biztosan nem. Ez egy szinten elszomorító, hiszen húszéves. Durva belegondolni, húsz éven keresztül, minden nap ugyanazt csinálni... felébredsz, és tudod, hogy ugyanaz vár rád, mint előző nap. A legrosszabb meg, hogy nem tehetsz ellene semmit. Azaz tehetne, hisz nagykorú. De beletörődött, mert már sérült. Biztosan az, hiszen tizennyolc évig ide volt kötelezve. Elképzelhetetlennek tartom, hogy ezt megúszná maradandó trauma nélkül.

A szőlős eset óta eltelt egy kis idő. November eleje van, pontosabban november 9-e. A mai nap pedig egészen különleges volt, több okból kifolyólag is.

Előző este hajnalig dorbézoltam, ha őszinte akarok lenni. Még mindig úgy kérezkedek el Adeltől, mintha a tini fia lennék, ő pedig ezt már valahogyan megszokta és nagyon megmosolyogtatja, amikor odaállok elé. Mint tegnap este, amikor kértem egy kis „kimenőt", ugyanis Luca és Quinn hosszú ideje könyörögnek nekem, hogy ne legyek már ennyire magamba fordult lúzer és menjek el velük bulizni. Végül szombat este lévén beadtam a derekamat, hiszen sokáig tartott rávennem magamat, hogy egy estére egyedül hagyjam Harryt. Már kialakult egy rendszer köztünk. Mindketten hihetetlen éberré válunk az éjjel (a különbség az köztünk, hogy Harry nappal is talpon van, én pedig végig tudnám aludni a napokat), így hol egyikünk kezdeményezi, hol a másik, de mindig egymásnál kötünk ki.

Én pedig elmondhatatlanul büszke vagyok magamra, amiért a szörnyen erős vonzalmat el tudom rejteni Harry elől. Őszintén nincs szüksége még egy traumára, miszerint letámadta egy meleg férfi, úgy, hogy ő elég valószínű, hogy nem a fiúkat szereti.

Az egymásnál igazából nem igaz. Volt rá példa, hogy Harry szégyenletesen bekopogott hozzám hajnali négykor, mert rosszat álmodott. Arra is volt példa, hogy én toporogtam a jéghidegben az ajtaja előtt hajnal kettőkor, mert csak forgolódtam. Szóval néha a szobában maradtunk, megnéztünk egy filmet, beszélgettünk, vagy csak támogattuk a másikat a sima társaságadással (megnéztük a Rómeó és Júliát egy nagyon viharos, nagyon hangos éjjelen. Semmit sem aludtunk, Harry azért nem, mert félt a viharban, én pedig azért nem, mert ő sem. De megnéztük, szóval maradandó éjszaka volt.). De ezeknek a példáknak az ellenére legtöbbször kimozdultunk, hisz itt ez a hatalmas ház, a rengeteg felfedezésre váró dologgal. Sokszor lejártunk a zeneterembe, sokszor megtörtént, hogy Fritzgerald égnek álló hajjal nyitott be hajnalba, kérdőre vonva minket, hogy miért hall az éjszaka közepén Mozart szólamokat. Ezen kívül, ha nem süvített a szél odakint, Harry kikönyörögte, hogy menjünk az üvegházba. Én meg persze, hogy belementem, mert varázslatosnak tartom, ez a fiú mennyire, de mennyire szerelmes a virágokba. Egyszer bemutatta nekem őket. Igen, a virágokat. Én pedig elfojtott mosollyal, magamban viszont szétolvadva hallgattam, hogy minden virágnak egy női nevet adott.

Utána pedig elmagyarázta, hogy azért tette ezt, mert nagyon tiszteli a nőket. Hihetetlen.

A törzshelyünkké azonban a már sok üléstől kopásnak induló vörös kanapé vált, ahol megannyi éjszakát töltöttünk, legtöbbször csendben nézve az eget. Bár ez hangulatfüggő volt. Ha Harrynek jókedve volt, vagy egyszerűen jó lábbal kelt aznap, akkor végig hadoválta az éjszakát, én pedig elcsodálkozva hallgattam. Ha átlagos napja volt, ami ugyanúgy jó, csak nem volt túl beszédes a kedve, akkor csendben üldögéltünk, a vége pedig az lett, hogy elaludt a vállamon. Vagy ezeken a napokon szokott előfordulni az, hogy ő hallgatja el szívesebben azt, ha én mesélek neki. Én pedig annyi mindent szeretnék neki mesélni a világról. Így is tettem. Meséltem az egyetemről, a gyerekkoromról, Amerikáról, a barátaimról, mindenről, ő pedig ezt azokkal a tipikus érdeklődéstől csillogó szemeivel hallgatta figyelmesen. Voltak szomorú napjai is. Akkor legtöbbször magára hagytam, mert arra volt szüksége. Harry egyszerűen ilyen, ha rossz napja van, nem mindig támogatást vagy együttérzést vár, csak egyedül akar lenni. Ezt pedig elfogadtam és megtanultam.

Miután kellőképpen eltértem a tárgytól – mikor csak annyit akartam kifejezni, hogy előző este fáradtan estem haza – ideje a november 9-ről beszélnem. Reggel felriadtam valami állatias dörömbölésre, ami olyan váratlanul ért, hogy automatikusan felkaptam a fejem. Abba egyből iszonyatos fájdalom nyilallt, mire rátapasztottam a kezem, miközben tudatosult bennem, hogy nagyon másnapos vagyok. Már elkezdtem volna gondolkodni, hogy az istenbe jutottam haza tegnap, mikor és egyáltalán mi történt, de a zörgetés nem szűnt, ezért hangosan felmordulva rugdaltam le magamról az összegubancolódott takarómat. Természetesen a zaj a folyosó felőli ajtótól eredt, mire hiába voltam hisztis, álmos és másnapos, egy aprót mosolyogtam, mikor Harry hangját is meghallottam a kopogtatás mellé társulni.

– Nyisd ki! William, nyisd ki, ezt nem fogod elhinni! – kiáltozta Harry az ajtó másik oldaláról, én pedig őszintén kíváncsi lettem, hogy most éppen egy madárrajt látott, vagy a levelek hullását tanulmányozta, ami ennyire fellelkesítette hajnali nyolckor. Az arcomat dörzsölve fél kézzel fordítottam el a kulcsot a zárban, majd időm se maradt, hogy én tárjam ki az ajtót, ugyanis Harry feltépte, amint végeztem a nyitással. Izgatottan állt az ajtó előtt, majd alig egy másodperc sem telt el, megragadta az alkaromat, és ahogy voltam, alsónadrágban, kirántott az ősz végi szélsüvítő hidegbe. Elszakítottam a tekintetem róla, kinézve a hídszerű folyosón túl, és valóban majdnem tátva maradt a szám. November kilencedikén az egész erdőt mellettünk, és azon túl is biztosan mindent fehér hótakaró borított. Angliában. Ezen én elképedve felnevettem, miközben beletúrtam a hajamba, egy pillanatra el is feledkezve arról, hogy csupán egy ruhadarabbal rajtam állok odakint a havas tájat bámulva. Harry pedig izgatottan kezdett beszélni, hogy ez mennyire, de mennyire izgalmas.

7.

Szerinted a zebrák fekete alapon fehérek vagy fehér alapon feketék?

– Szerinted a zebrák fekete alapon fehérek vagy fehér alapon feketék?

November 12-e volt, egy keddi nap. Ennek lévén Cambridge főterének egy apró gyorsétteremében ültünk Harryvel, miközben csend telepedett le ránk hosszú idő után. Ez amolyan kialakult szokás volt, ha eszünk, nem beszélgetünk. Minőségi idő a csendben, ezt tanítottam Harrynek, mennyire hasznos is tud lenni. Az étterem egyik sarkában foglaltunk helyet, egy hatalmas ablakkal mellettünk, amin mi tisztán kiláttunk a hóval borított macskaköves térre, be azonban nem lehetett látni az utcáról. Pár napja a havazás nem állt el. Minden reggelre újratermelődött, ezáltal egyre nagyobb mennyiség halmozódott fel. Ezért is volt jó, mikor a jéghideg kinti levegőről betértünk ide, ahol egyből megcsapott a beltéri meleg. Harry kérdése hallatán azonban lefagyott a kezem, miközben a sült krumplit emeltem a számhoz.

– Micsoda? – kérdeztem vissza, miközben csupán a szememmel meredtem a göndör hajú fiúra, aki merengve bámult kifele, mintha valami bölcs és hasznos témát dobott volna fel.

– Csak gondolkodtam – rántotta meg a vállát. – Azt hiszem ez alapján meg tudom ítélni a személyiségedet.

– Azt hittem, azt már régen megítélted – mosolyodtam el, miközben folytattam a mozdulatomat, ezzel pedig az evést is.

Megszegtük a szabályt, miszerint ilyenkor nincs beszélgetés. – De várj csak. Ez alapján szeretnél leírni?

– Ha vannak, akik horoszkópokat néznek – ráncolta a homlokát Harry – akkor én azt, hogy milyen nézőpontból látják a zebrákat. Szóval?

– Azt hiszem fekete – vontam vállat, ugyanis őszintén nem tudtam, mi lenne itt a helyes válasz. Bár azt hamar megtudtam, hogy nem az, amit mondtam, ugyanis Harry komolyan felhorkant a válaszom hallatán.

– Tudhattam volna William – rázta a fejét lesajnálóan. – A zebrák fehérek. Ez tény. Sajnálom, hogy te ezt nem így látod és tévhitek között élsz.

– És hol olvastad? Egy afrikai fanoldalon? – támaszkodtam a könyökömre, Harry pedig erre sértetten kapta rám a fejét. Pár hete már gúnyolom azzal, hogy milyen helyekről tájékozódik. Például mikor a könyvespolcon kutakodtam, találtam egy „Hogyan váljunk férfivé?" nevezetű könyvet, amibe bele is lapoztam, ameddig Harry áztatta magát. Mikor kitipegett a fürdőből, a fejére tekert törölközővel, szinte keselyűként ugrott rám, mikor meglátta a könyvet. Az illusztrációk, amiket a lapokon láthattam, nos azokon nem tettem még túl magam.

– Egy aljas férfiember vagy Thompson – motyogta kínjában, ugyanis tudta, hogy nem fogom abbahagyni a cikizését. Erre csak mosolyogva megráztam a fejemet, és visszanéztem a tálcánkra, miközben kinyílt az étterem ajtaja mögöttem. Harry szemben ült vele, így ösztönösen arra nézett, ahonnan a hang jött, majd mikor meglátta a forrását, szinte magától elmosolyodott. Erre hátrafordultam.

– Oké, Luca, valljuk be, hogy sármos vagyok – hadarta Quinn, miközben hevesen legyezett a kezével, artikulálva. Luca csak unottan bólogatva sétált mellette. Ma sem tűnt olyannak, mint aki odavan a világért, az életért. Elfojtott mosollyal bámultam őket, miközben Quinn hangosan, csak hogy mindenki hallja magyarázott, Luca pedig a fejét forgatva keresett minket. Én hívtam meg őket, csak azt hiszem Harrynek elfelejtettem mondani. De láthatólag nem zavarta, ugyanis integetni kezdett, hogy felhívja ránk a két ostoba figyelmét. Luca észrevette (hogyan ne lehetne, Harry akkora, mint egy gorilla), majd megragadva a másik idióta karját felénk kezdte ráncigálni.

– Ha nem vágnál folyton közbe az idegesítő nemtetszéseddel, már rég a történet végére értem volna – nézte Quinn morcosan Lucát, mire ő csak nemtörődöm módon bólogatva, a vállánál fogva nyomta le Harry mellé, aki beljebb csúszott. – Oh, szia Harry. Szervusz Sam.

– Szervusz? – kérdeztem vissza furán elkerekítve a szemem, miközben Luca mellettem foglalt helyet.

– Szia Quinn – köszönt Harry jókedvűen, Quinn pedig megveregette a vállát.

– Jó, szóval annál a csajnál tartottam a klubból – fűzte össze a kezét Quinn az asztalon, miközben egyszerűen kizárt minket, és Lucához kezdett beszélni. Akinek egyértelműen, nem volt türelme most pont ehhez.

– Oké – sziszegte a fekete hajú mellettem, majd Quinnre nézett idegesen meresztgetve a szemeit. – Tegnap éjjel nem aludtam, mert a csajt a klubból sajnálatosan hazahoztad, és mindent hallottam. Ha ez még nem lenne elég, mikor végre sikerült elaludnom, álmaiban szexelő Quentin képek üldöztek, ami traumatizált, nem is tudod mennyire. Reggel arra ébredtem, hogy nyitva maradt az ablakom, és biztos vagyok abban, hogy tüszős mandulagyulladást kaptam ettől, ugyanis a mandulám lüktet, igen lüktet! De te bejöttél a szobámba, leírva előttem a képeket a fejemben, és rám parancsoltál, hogy ma én megyek le havat tolni. Eltoltam a kurva havat, ami talán fél óra alatt újra

147

prezentálta magát, a mandulagyulladásom meg csak rosszabb lett. Aztán ez itt felhívott, hogy nem akarunk-e ma vele és a Kis herceggel ebédelni, mire persze nem mondtam nemet, mert őket csípem, ellentétben veled, aki csak annak a szőkének a puncijáról tudott beszélni egész idevezető úton! És még csak dél sincs!

– Wow – motyogtam elképedt arccal, Harry pedig a szájára tapasztotta a kezét, hogy leplezze a mosolyát, de nem sikerült, ugyanis a szórakozottsága az egész arcára kiült.

– Bunkó vagy velem – dünnyögte Quinn, bár nem tűnt sértettnek, ez mindennapos náluk.

– Mert kurva fáradt vagyok!

– Igazából szerintetek a zebrák feketék vagy fehérek? – szólalt meg hirtelen Harry, mire az asztalra hajtottam a fejem. – Muszáj kutatást végeznem, ugyanis ő itt – mutatott rám. – nem a helyes választ adta – magyarázta el gyorsan, mikor Quinn csak felszökött szemöldökkel nézett rá, Luca pedig teljesen megbotránkozott arccal, amolyan „ennél rosszabb már nem lehet" kifejezéssel.

– Miért is kérdezed meg, ha van rá helyes válaszod? – kérdezte Luca kissé hisztérikus módon a fáradságtól, vagy mitől, Harry pedig csak oldalra döntötte a fejét.

– Puszta kíváncsiság – válaszolta, mire én elmosolyodva csóváltam a fejem alig láthatóan. A barátaim majdnem minden második kedden látják Harryt, de továbbra sem szoktak még hozzá a saját... Harry stílusához. Ehhez türelem és minőségi idő kell. Nagyon sok mindkettőből.

– Néha nem értem, hogy van neked időd ilyenekre – felelte Luca pislogás nélkül. – Quentin veszel nekem kaját?

– Kénytelen leszek – bólintott beletörődve Quinn, amit megértek, egy ilyen monológ után én se mernék visszaszólni Lucának. Quentin feltápászkodott, majd miután Luca leadta a rendelését, elvonszolta magát a kasszáig.

– És mit akartok ma csinálni? – váltott témát Luca, mire Harryvel szinkronban vontuk meg a vállainkat. – Ha már programról van szó. Tudom, említettétek, hogy Harrynek szoros a napirendje, de szombaton lesz egy buli, és Tomi, veled rég voltunk akárhol, ahol alpári alkohol található, a Kis herceggel meg még egyszer sem. Szóval jöttök?

– Nem – feleltem Harry helyett is, aki kicsit sem diszkréten nézett rám hatalmas szemekkel. Sajnálom Harry, még mindig én felelek érted. – Most ne bámulj már Luca. Mondom, hogy nem.

– Miért?

– Mert én tanulok, Harry meg szintén – válaszoltam kisebb habozással, Harry pedig összefonta maga előtt a karját. Ajaj. Ezt ismerem.

– Harry nem tanul – felelte határozottan, csakis az én szemembe bámulva, mikor a mondatot igazándiból Lucának szánta. – Harry már így is elég okos.

– Az meglehet – feleltem, miközben beleszívtam az üdítőmbe. – De Harry sose lehet elég intelligens.

– Fogd be, Harry a legintellektuálisabb teremtmény a földön – vágta rá kicsit felcsattanva, mire oldalra döntve a fejem néztem rá.

– Ha az lenne, Harry tudná, hogy ilyen szó nem létezik.

– Miért beszéltek Harryről harmadik személyben? – suttogta Luca, azt hiszem csak költői kérdésnek szánva, ugyanis mi éppen el voltunk foglalva azzal... hogy harmadik személyben beszéltünk Harryről.

– Harry jobban tisztában van a szavak létezésével, valamint esetleges nem létezésével, mint bárki ebben a szánalmasan okoskodó városban – felelte szemrehányóan Harry, mire megforgattam a szemem.

– Mondták már Harrynek, hogy el van szállva magától? – húztam össze a szememet, de Harry nem az az ember, akit ezzel meg tudnék ijeszteni. Igazából, a szituáció szórakoztató és vicces volt, ugyanis belegondolva egy taktikai veszekedést kellett lefolytatnunk virágnyelven, és valljuk be, mindkettőnknek nagyon jól ment. De hát... mind a ketten túl maximalisták vagyunk. Harry biztosan el szeretne menni egy ilyen otromba helyre, ahova a barátaim járnak, de ha én ezt esetlegesen hagyom, akkor Adel a fejemet veszi. Tekintve, hogy a király családjából való, meglehet, hogy visszatérnek a középkori módszerek, és tényleg rituálisan lefejeznek (biztosan Fritzgerald lenne a hóhér). De még nem éltem eleget ahhoz, hogy elveszítsem a fejemet, még annyi időt sem éltem, hogy meg tudjam csókolni ezt az idiótát előttem, akihez egészen valószínű, hogy vonzódok, így még megtartanám a fejem.

– Mondták már Samnek, hogy nála jobban biztos nem? – válaszolta Harry csípőből, majd amint kimondta, nagyra nyílt a szeme. – Williamnek.

– Hahh! – nevettem fel rajta. – Samnek hívtál.

– Nem.

– De. Már nincs visszaút – vigyorogtam.

– De van, William, még pedig az, hogy leöntelek azzal a jegesteával ott – bökött a fél pohár italra az asztal közepén, mire automatikusan arra néztem. Oké, fontos információ, hogy Harry forrófejű. Ezért pontosan tudtam, ha nem veszem el a poharat, le fog borítani. És félő, hogy akkor kicsit zabossá válnék. Egyszerre nyúltunk a jegesteáért, de én kaptam el előbb, Harry azonban a lendülettől meglökött a kezével, és végül... a saját kezemben fogtam a poharat, miközben a tartalma rám ömlött. Ordítani tudtam volna Harryvel, a maradékot pedig ráönteni, de csak összeszorított fogakkal néztem fel az ölemből, ahol átáztatva a nadrágomat csordogált a jegestea.

– Mondták már Harrynek, hogy egy kibaszott idióta? – kérdeztem kifordulva magamból, el is felejtve, hogy amúgy Luca már percek óta csak sziklaként figyeli a beszélgetésünket. Veszekedés?

– Mondták már Williamnek, hogy nem szép dolog hazudni? – vágta Harry az arcomba, mire ténylegesen... meg akartam fojtani. Akármennyire megcsókolnám bármikor, előtte tuti, hogy megfojtanám.

– Ez valami szexuális frusztráció köztetek? – szólalt meg Luca halkan, de őszintén, egyikünknek sem volt ideje foglalkozni vele. Egyáltalán meghallani, vagy értesülni az ottlétéről.

– Szóval nem mondták – húzta győztes mosolyra az ajkait Harry. Kibaszott nemnormális. – A barátainknak nem szoktunk hazudni, azt olvastam.

– Olvastad? – nevettem fel idegesen. – Mondták már Harrynek, hogy miért ekkora stréber? – oké, ezt nem kellett volna. Igaz, először azt hittem, Harry megsértődik, és megint lelép, vagy hetekig nem szól hozzám egy... ilyenért, de rosszabb lett. Egész egyszerűen elengedte a füle mellett a sértő mondatot és először elszakítva a tekintetét rólam, Lucára nézett.

– Mondták már Lucának, hogy a legjobb barátja az edinburghi herceg kastélyában pihenteti a megrökönyödött pofáját? – kérdezte szemrebbenés nélkül Lucától, akinek erre nagyra nyíltak a szemei. Az enyémekkel egyetemben.

– Mi? – pislantott Luca, én pedig hát... próbáltam menteni a menthetőt.

– Úristen, Harry – nyögtem ki. – Állj fel. Elmegyünk.

– Nem! – Luca és Harry egyszerre vágták rá ezt az elkeserítően parancsoló és tömör választ. Csak Harryé ideges nem volt, Lucáé pedig kétségbeesett.

– Most miről beszélt? – nézett rám Luca, mire a tenyerembe temettem az arcom. Luca akármennyire is annak adja elő magát néha, egyáltalán nem hülye. Amióta megünnepelte az ötödik szülinapját ebben a lepukkadt országban él, kizárt, hogy ne tudná, miről beszélt Harry. De azt az arcáról is tisztán le lehetett olvasni. Nem gondolta azt, hogy csak hülyülés, mert már percek óta csak kicsit sem játékosan estünk egymásnak a göndör hajúval, igazából tényleg veszekedtünk. És már nem azért, de kurvára nem én kezdtem. Bassza meg, már tökmindegy mit mondok.

– Harry, te kibaszottul hülye vagy? – néztem fel a kezeimből, tökre ignorálva Lucát. – Te… te megátalkodott ostoba, ezért engem kirúgnak, azt ugye felfogtad?

– Nem, mert én mondtam el, nem te – Harry olyan természetesen nyugodtan válaszolt, hogy kedvem lett volna ezért ráborítani az asztalt.

– Te, akiért én felelek! – mutattam magamra frusztráltan, Harry pedig csak felhúzta az orrát, ami azt jelezte, ő is kezdi elveszíteni a türelmét.

– Hogyan felelnél te értem? – fakadt ki hangosabban, mint vártam, így pár szem félig ránk szegeződött. Picsába. – Felnőtt ember vagyok! Tudok döntéseket hozni, ezt te mondtad! Én most ezt a döntést hoztam! – Harry kicsit halkított a hangnemén, de még mindig érezhető volt a megvetés a hangjában, amit őszintén: felháborítónak találtam. Még ő van kibukva rám? Hol vagyunk elnézést? Ez nem egy kibaszott komédia, ugyanis Adel engem fog máglyára vetni ezért, nem őt!

– Én felelek érted, ha tetszik, ha nem – jelentettem ki, miközben teljesen elvesztettem minden tiszteletet Harry felé, ugyanis ez aljas és sunyi húzás volt tőle, csak azért, mert kisebb nézeteltérés alakult ki közöttünk. – És most haza megyünk.

– Nem – most Luca volt az, aki ellentmondást nem tűrve szólalt meg mellettem, habár egészen eddig csendben ült, talán próbálta felvenni azt a bizonyos fonalat. A gond az, hogy a hozzá tartozó gombolyag már rég elgurult.

És ekkor érkezett vissza Quentin.

– Luca, nem volt duplasajtos, így simát hoztam… – mondta nyugodtan, miközben a kezében tartott rendelést vizsgálta, majd mikor felnézett, és meglátta mindhármunk letört és feldúlt arckifejezését összerántotta a szemöldökét. – Történt valami?

És Harry elmondta. Elmondta a kettő egyedüli barátomnak azt az igazat, amit ő tudott. A számat beharapva ültem végig, ugyanis igazságtalannak éreztem, hogy én többet tudok az ő történetéről, mint ő maga. De nem szólhattam közbe. Nem is tudtam volna, végig kétségbe voltam esve, hiszen utánanéztem, Harry nővérének a halála hatalmas visszhangot keltett az országban, így Luca és Quinn is biztosan hallottak róla. Isten tudja csak, mi lett volna, ha egyikük véletlenül vagy direkt kinyögi. De ez nem történt meg, vagy mert nem tudták (kevés esélyt látok rá), vagy inkább azért, mert Harry mesélése alapján egyértelműen levehető volt, hogy a fiú nincs tisztában az otthontartása okával.

De miután vége lett a mesének, ami nagyon is a valóság, oltárian megalázó nyilvános lecseszést kaptam a barátaimtól, hogy miért nem mondtam el nekik. Én meg sem tudtam szólalni, megvédeni magam, vagy egy apró hangot is kiadni, annyira a dolgok hatása alatt voltam még, így jobb híján Harry csitította el őket, hisz nem én tehetek arról, hogy titkolóznom kellett. Igen, múlt időben, mert már tudják, te jó ég, tuti meg leszek nyúzva!

– Banyek – suttogta maga elé Luca. – Csak most esett le, hogy én Kis hercegnek kezdtelek hívni, mióta ismerlek. De izé... a fürtök miatt – mutogatott a saját hajára, amivel Harry göndörségét akarta demonstrálni. Harry csak mosolygott erre, és tovább kanalazta a vaníliás fagyit, amit tőlem kapott. – Látod az eszembe se jutott, hogy gyakorlatban is az vagy.

– Nos – köhintette Harry, majd leengedte az asztalra a fagyit. – Ha úgy nézzük, nem, nem vagyok az. Apám az edinburghi herceg, erre a címre lett kinevezve, mint Geoff testvére. De én nem vagyok herceg. Én csak... Harry vagyok – fejezte be leleményesen, mire akaratomon kívül is elmosolyodtam, miközben a könyökömön támaszkodtam. Rögtön vissza is vettem a vigyorból, mikor érzékeltem, hisz éppen haragudtam Harryre.

– Értem – motyogta Luca. – És akkor ez titok?

– Az – bólintottam, gyorsabban válaszolva, mint Harry, aki erre csak felvonta a fél szemöldökét.

– Nem értem miért problémázol – címezte nekem a mondatát, miközben nem is rám figyelt. Képmutató.

– Nem fogok veszekedni veled – dünnyögtem, ő pedig csak vállat vont. Hát ez nagyszerű, megint itt tartunk. Harry annyira... annyira nagyon *Harry* tud lenni.

– Rosszabbak vagytok, mint anyámék – jelentette ki Quinn, akinek a hangját viszonylag régen hallottuk, így automatikusan kaptuk felé mindannyian a tekintetünket. – Mármint, otthon egyfolytában balhéznak. *Mary, megint elrejtetted előlem a fagyasztott halrudacskát! Azért Logan, mert így is elég dagadt vagy!* Ez megy éjjel-nappal – idézte Quinn, el is változtatva a hangját, a hatás kedvéért.

– És miben is találtál hasonlóságokat anyádék és köztem és Harry között? – kérdeztem unottan. – A halrudacska lenne az, vagy esetleg...

– Hülye – rázta a fejét. – Sam, néha annyira elbaszott humorod van. Vagy nincs, egyáltalán nincs is.

– Mert neked igen? – csattantam fel, igazából nem is tudom mire fel. Quentin a hülye, ezt mindig is tudtuk, nem volt vitatéma, akkor miért is akadok fenn ilyenen?

– Istenem, hűtsd már le magad! – nézett rám Harry, mire igen, ismét a megfojtás érzése kezdett erősödni iránta. A szemébe néztem, kialakítva köztünk egy szavak nélküli vitát, majd megrázva a fejemet én szakítottam ezt meg. Hülye Harry, hülye Quentin, hülye titkok, hülye halrudacskák!

Ezek után nem szólaltam meg. Hagytam, hogy Harry vidáman elbeszélgessen az én barátaimmal, miközben én csendben meghúztam magam a sarokban (csak Luca pillantgatott rám néha, olyasmit üzenve a tekintetével, hogy később muszáj lesz kettőnknek is elbeszélgetni). Lehet irigynek tűnök, de Harry elmehet a bánatba ezért. Úgy nevetgélt Quinn-nel, mint aki jól végezte a dolgát. Mármint a dolog jelen helyzetben az, hogy elmondta, kicsoda ő. És még ő van rám megsértődve, mert én látom a dolog helytelenségét. Ez egyszerűen annyira bosszant, hogy úgy döntöttem, most én leszek az, aki megsértődik Harryre. Aha. Érdekesség: nem haragudhatsz Harryre, csak ő haragudhat rád. Ezt tapasztaltam a nap folyamán, amit összezárva töltöttem vele. Önfeledt volt, talán felszabadultabb és nyíltabb is, mióta elköpte a titkát, mindenféle hezitálás nélkül. Ügyet sem vetett rám, pedig nagyon erősen próbálkoztam, hogy észrevegye, mennyire mérges vagyok rá. Már összetett karral ültem, doboltam a lábammal, sőt, még sóhajtoztam is. És semmi. Harry olyan, mint a sötét éjszaka. Bezzeg mikor ő haragudott meg rám, én törtem magam, heteken keresztül, hogy megbocsásson. Most pedig veszélybe sodorja az állásomat, veszélybe sodorja azt, hogy vele lehessek. Az utóbbi fontosabbá vált az elmúlt időben, bár, ha kirúgnak, az egyenesen arányos azzal, hogy nincs több Harry. Neki pedig többet nem leszek ott én. És nagyon úgy tűnik, hogy őt ez cseppet sem érdekli, vagy olyan parányi az agya térfogata, hogy ezt az információt még nem tudta kibogozni. Harry egy komplett mazochista, ha így nézzük.

– Szóval nem szólsz hozzám – Harry hangja, ami csupán suttogás volt, kiabálásnak hatott a kihalt autóban. Már besötétedett, amikor hazafele tartottunk, épp a megengedett sebességgel száguldottunk az erdő menti úton, mikor Harry bizonyult az elsőnek közülünk, aki beadva a derekát megtett egy lépést, és megszólalt. Jól tette, hiszen a makacsságom úgysem engedett volna beszélni. A délutánt Lucáékkal töltöttük, felmentünk a lakásukra, és elütöttük az időt. Bár én csak villámokat szóró tekintetekkel illettem Harryt, de ő túl elfoglalt volt ahhoz, hogy észrevegyen ebből bármit. – Ez nagyon aranyos, Sam, de azt hittem már felnőttek vagyunk.

– Te sem szóltál – nevettem fel kínomban, ami valahogy ösztönösen jött. – Három hétig, Harry, emlékszel?

– Azt mondtad, csak azért vagy a barátom, mert muszáj – vont vállat. – Gondoltam, így könnyebb lesz.

– Annyira – nyöszörögtem, ugyanis nem találtam erre megfelelő szót. Talán mert nincs is. – Annyira felborult a gondolkodási stratégiád.

– Meglehet – felelte érzelemmentesen. – Senki sem kényszerít erre továbbra sem.

– Mire?

– Hogy a barátom legyél.

– Francba már, Harry! – kiáltottam fel, ami a nyugodt beszélgetési ritmusunkat megszakította, így Harry felkapva a fejét nézett rám. – Mondd, miért csinálod ezt?

– Mit? – kérdezett vissza megszeppenve, én pedig elszakítva az útról a tekintetem ránéztem. Oké, talán most tényleg nem értette, konkrétan mire kérdeztem rá.

– Azt, hogy áldozatnak állítod be magad, egy elszólt, ostoba, egyáltalán nem igaz mondat miatt – feleltem, miközben visszanéztem az útra. Nem mintha annyira figyelnem kéne az egyenes, néha kanyargó utat, csak nem akartam a szemébe nézni. Kicsit ijesztő. – Már nagyon régóta nem teszed túl magad rajta, nem vetted észre?

– Te meg talán azt nem vetted észre, mennyire nagy súlya van a szavaknak – suttogta a mellettem lévő ülésről, nekem pedig elakadt a szavam. – Mindennek van valóságalapja, amit kimondunk. Mindennek, mert ha nem gondolnánk komolyan, nem mondanánk hangosan.

– Köszönjük a bölcs Harry perceket – védekező mechanizmusként egyből bunkón tudtam csak erre reagálni, mert meglehet, hogy az agyam mélyén elkezdődött egy beismerő gondolat, miszerint igaza van. De attól még túlreagálja, emellől nem tágítok. – De tévedsz. A szavaknak valóban nagy a jelentősége, de ha az ember elveszíti a fejét, sok meggondolatlan dolgot mondhat. Talán még maga sincs tisztában a jelentésével, vagy a következményével, mert patthelyzetben senki sem gondolkodik – végül megváltoztattam a véleményemet, hisz először is, nem adhattam igazat Harrynek, hisz épp haragszok rá ugyebár. Másodszor pedig, nincs hülyeség abban sem, amit én beszélek. Csak Harry makacs, te jó ég, ennyire.

– Azt mondod, hogy köztünk patthelyzet állt fent? – kérdezett vissza, jó szokását megtartva, miszerint nem hallja meg a szavaim igazi mondanivalóját. Egyszerűen kiemel egy kis részletet, amit az ő esze fontosabbnak vél, és csak azzal hajlandó foglalkozni.

– Nem, Harry, nem ezt mondtam – sóhajtottam fel, miközben a bal kezemmel dobolni kezdtem a kormányon, talán kényszercselekvés lévén. Harry az előttünk elterülő kihalt útra nézett, amit a kocsi reflektora megvilágított, akörül mégis mindenhol sötétség volt. Halkan szuszogott mellettem, mégis, mivel nem válaszolt, ezáltal kihalt a beszélgetés, vagy inkább vita, az egyszerű levegővételei is hatalmas zajként hatottak a csendes autóban. Végül megtörtem a csendet egy mély sóhajjal, mire Harry is akaratlanul felém pillantott. Nem néztem rá, de a szemem sarkából láttam, hogy valamit figyel rajtam, ami kezdett kellemetlenné válni.

– Mit jelent a két szám az ujjaidon? – kérdezte hirtelen, mire azt se tudtam felnevessek-e ezen, annyira abszurd és nem ideillő kérdés volt.

– Akkor most gondolom lezártnak tekinted a vitát, amit elindítottál? – pislantottam rá, önkéntelenül is mosolyogva, Harry pedig csak összefűzte maga előtt a karjait, mire én csak a fejem rázva tudtam, hogy igen: lezártnak tekinti. És választ is akar a kérdésére. – Február 28-i napot jelképezi. Tavaly azon a napon jöttem össze az első komolyabb barátommal, ezt pedig nem akartam elfelejteni. Aztán kiderült, hogy a srác egy seggfej, de a tetoválás rajtam maradt – magyaráztam el konkrétan az igazat a számról, amit Harry csak bólintva vett tudomásul.

– Milyen volt? – bámult Harry, mire felemelve a szemöldököm néztem rá.

– Mármint mi?

– A kapcsolat. Mi volt vele a baj? – tette fel érthetőbben az eredeti kérdését, mire én egy nagyot sóhajtottam és amolyan kit érdekel alapon belekezdtem a történetbe, ami nem túl tragikus vagy maradandó, csak egy hétköznapi könnyes szakítás.

A mese végére értem, amikor bezárult mögöttünk a hatalmas fémkapu, mi pedig a hold gyenge fényében kászálódtunk ki az ülésekről. Harry az ég felé emelve a kezeit nyújtózkodott, én pedig becsaptam az ajtót és lassú léptekkel indultam a téglafalak felé, hogy megvárjam a még aerobik mozdulatokat végző fiút, aki úgy néz ki marhára ráért. Harry kifejezetten bosszantó tud lenni, de valamiért azt tapasztaltam magamon, hogy ezt igazából szeretem benne. Ez azért elég furcsa, hiszen van egy olyan rossz tulajdonságom, hogy megvetem az emberek negatívumait. Egészen bunkón is tudok viselkedni, példának itt van Quentin. Quentinről konkrétan azt gondolom, hogy képtelen az önálló életre, és ez annyira idegtépő számomra, hogy többször is arrogáns megjegyzésekkel adom ezt tudtára. Mikor pontosan tudom, hogy helytelen mások rossz személyiségjegyeire rávilágítani. Én csak egy tahó embernek születtem. Az talán jobb megfogalmazás, hogy tahó emberekkel nőttem fel. A környezet valóban kihatással van mindenkire, ebben sosem tudnak rám cáfolni.

Szinte már csoszogtam, csak hogy Harryvel ne külön érjünk be a házba, és meg tudjam őt várni, ameddig végez a nyújtógyakorlataival, mikor végre lassan lépdelni kezdett utánam. Csak megforgattam a szemem, mikor hátranéztem rá. November van, a hó nem olvad körülöttünk, mindjárt megfagyok egy bundás kabátban, ő pedig abban a nevetségesen aranyos ingjében szaladgál, ami ráadásul csak egy koldusköpenyként szolgál neki maximum, mert a fele sincs begombolva. A kabátja meg ott lóg az alkarján. Tisztában voltam vele, ha megszólalok, hogy öltözzön fel, csak csípőből szólna vissza, hogy nem veszi fel addig, ameddig csak besétálunk, mert nem látja értelmét. Belegondolva, Harry sok értelmes dologban nem lát értelmet. Ezért csak vacogva, földbe gyökerezett lábbal álltam a hóban, ami miatt átázott a hülye vászoncipőm, mert nekem persze hogy meg kellett várnom, ameddig Harry mellém ér abban az ostoba lazac színű ingjében. Lazac! Ősszel! Borzasztó. De ő Harry, persze, hogy egy lazac színű hawaii-i nyaralásra alkalmas inget kell felvennie a bokáig érő hóba. Nagy az Isten állatkertje, mondhatnám így is.

– Most mit csinálunk? – érdeklődött Harry, amikor beértünk az átmelegedett falak közé, és épp a párától átnedvesedett hajamat piszkáltam, mire féloldalasan ránéztem. Harry épp a radiátornak dőlve húzta le a barna bokacsizmáját, leveregetve róla a havat, nem törődve azzal, hogy az egész egy olyan szőnyegre hullik, ami többe kerülhetett, mint az én egész életem. Ő csak oldalra döntve a fejét várta a válaszom, mire széttártam a kezem. Mégis mit vár egyébként?

– Mit csinálnánk? – kérdeztem vissza furán. – Te veszel egy meleg fürdőt, a nyomorult kandallóddal, mert úgy gondolom két perc alatt is meg lehet fázni, ha mazochisták vagyunk és nyári turistának öltözve rohangálunk a hóban – hadartam el egy szuszra, mire Harry öszszerántotta a homlokát. – Én meg bezárkózok a szobámba előled, mert egy hónap múlva kezdődik a vizsgaidőszakom, te pedig nem érzed át ennek a jelentőségét, és nem hagysz tanulni.

– Először is a kandallóm nem nyomorult – felelte Harry sértődötten, én pedig csak felhorkantam, hogy megint kiragadta a lényeget. – Valamint nem értem mit tanulsz, ha már jobban tudsz franciául, mint angolul.

– Ez meglehetősen lehetetlen állítás, ugyanis képtelenség jobban tudni egy másik nyelven, mint az anyanyelvemen…

– Jó, tudjuk, milyen okos vagy most is – oltott le Harry gondolkodás nélkül, mire elkerekedett a szemem. – De mi lenne, ha eljönnél velem az üvegházba?

– Hogy hova? – kérdeztem vissza hitetlenkedve, ugyanis nem tűnt túl épeszű ötletnek. – Harry, este nyolc óra lesz. Tanulnom kell. Te megfáztál és ennek ellenére az otthonod egyetlen nem fűtött területére akarsz menni, pont most. Mondd, miért vannak ilyen gondolataid?

– Nem fáztam meg – fűzte össze maga előtt a kezét, én pedig csak elhúzva a számat gúnyosan bólintottam erre egyet, miközben felakasztottam a kabátom, ezzel is jelezve, hogy felejtse el, hogy én most kimegyek vele a buta páfrányai közé! – És ha jössz, ha nem, nekem muszáj. Ma későn értünk haza, így kimaradt a napomnak azon pontja, hogy növényeket locsolok. Csupán azért, mert odakint már sötét van, ez ma sem fog elmaradni.

– Biztos vagyok benne, hogy Toby megöntözte őket – motyogtam, miközben végigdőltem a díványon, a plafont bámulva.

– Nem – nevetett fel Harry, mire én ránéztem, ugyanis fogalmam sem volt, hogy mégis mi vicceset mondtam. – Toby otthon van, te! Én locsolok.

– Oh, ez azt jelenti, hogy az egész udvart végigöntözöd? – kérdeztem cinikusan. – Esetleg a gyümölcsfákat is egyesével? A formára vágott bokrokat, azt a nyomorult kilométernyi liliomültetvényt is?

– Ha még egyszer a nyomorult jelzővel degradálod le az életemben szereplő dolgokat, nem tudom mit csinálok! – csattant fel Harry, mire felültem. Tágra nyitva a szemeim megcsóváltam a fejem, és lassan, nagyon lassan és fájdalmasan feltápászkodtam. Az orrom alatt dünnyögtem, hogy akkor siessünk, mire Harry csak helyeselve bólintott, és helyettem ugrott a kabátomért.

– Fantasztikus – morogtam, miután már vagy negyedórája fagyoskodtam az üvegház egyik oldalának dőlve, Harry pedig talán már a vége felé járt. Ráadtam azt a röhejes kockás szövetkabátját, mert ez a barom képes lett volna kigombolt ingben dúdolgatni Lorde egyik számát, miközben átkozott virágokat öntöz. Így azonban csak annyi változott, hogy a szinte bokáig érő kabátjában énekelte a *Louvre* című számot, amit végighallgattam már párszor Harrytől, és mindig elfogultan könyveltem el magamban, hogy én képtelen lennék ilyesmi zenei stílust hallgatni. De abban van valami, hogy ennek az énekesnek a munkássága éppolyan elvont, mint maga Harry. – Végzel még ma?

– Sam, ha siettetsz, akkor nem – felelte feldobottan, mintha élvezné a szituációt, hogy bosszantanak a páfrányai. Nagyon is bosszantottak. Én erre csak mérgesen mordultam fel, és megfordulva kifelé kezdtem bámulni, ugyanis amióta itt vagyunk újra szemerkélni kezdett a hó, aminek a kijelentése bármikor meg tudott mosolyogtatni. Hó, Angliában. Novemberben. Ez valami hiba lehet a gépezetben, de én nagyon bírom, szóval egyáltalán nincs ellenemre ez a hiba. Harry újabb számba kezdett, mire halványan elmosolyodtam ezen, és a jéghideg üvegnek döntve a homlokomat hallgattam, akármennyire is idegesített az ízlése. A hangja tagadhatatlanul szép volt, de mit vártunk, Harryről van szó. Ha valakit definiálnom kéne, mint csodagyerek, az biztosan ő lenne, ugyanis egyetlen dolog nem jut eszembe a mindennapi életből, amiben Harry ne lenne jó. Talán a szex, hiszen kétlem, hogy már ne lenne szűz. Igazából biztos vagyok benne, hogy az, így ezt elkönyveltem magamban. Egy dologban talán jobbak más húszévesek, mint Harry. De az élet más szakaszaiban legyőzhetetlen, akármennyire is furcsa ezt bevallani. De Harry tényleg különleges, ezzel pedig a lelke mélyén mindenki tisztában van, maximum nem merik elismerni, mert sérti az emberek önbecsülését, ha valaki más, mint a többi. Harry az. Harry más, mint a többi, ezzel teljesen tisztába vagyok.

– Szerintem mehetünk – pattant mellém Harry, mire kissé ijedten szakadtam el az üvegtől, ugyanis a szemem is csukva volt, és a gondolataimban is elvesztem. Harry szája a füléig ért, erre pedig akaratomon kívül is elmosolyodtam, ugyanis csodálatosnak tartom, hogy egy ilyen apró tényező is boldoggá teszi az életben, mint a növények meglocsolása. Harry nem várta meg, ameddig reflektálok az egyszerű kijelentésére, hanem valami értelmetlen dolgot fütyülve hátat fordítva indult az üvegház kijárata felé, elvárva, hogy megyek utána. Én kicsit még a gondolataim ködje között lebegve követtem, azonban mielőtt elértünk volna a kétszárnyú ajtóig, elöntötte az agyamat egy olyan heves vágy, amit már hónapok óta kordában tartok és uralok.

Francba már azzal, hogy ma egész nap haragudni próbáltam rá! Hogyan tudnék mérges lenni egy olyan emberre, mint amilyen Harry? Egy olyan emberre, aki annyira jószívű, hogy sokkal többet érdemel, mint ami jutott neki. Az egész világot érdemelné, én pedig az a személy lettem az életébe, aki a szíve mélyén tudja, hogy a csillagokat is lehozná neki az égről.

De oké, életemben először fordult velem elő az, hogy a kis hang azt szajkózta a fejembe, hogy kit érdekelnek már ezek az elbaszott elveim? Senkit, így van. Senkit nem érdekelnek, hiszen néha gondolkodhatunk olyan fejjel, hogy egy életet élünk, egy lehetőségünk van a legtöbb dologra. Befészkelte a fejembe a gondolat magát, miszerint az én egyetlen lehetőségem most van, november 12-én éjszaka, az üvegház közepén állva, teljesen szétfagyva. Ez pedig nem hagyott nyugodni, így megdupláztam a lépteimet, hogy beérjem Harryt, mielőtt kinyitná az ajtót, mert akkor elszáll a varázs, a lehetőségemnek meg lőttek.

– Harry – szólítottam meg, mire ő a nevét hallva automatikusan fordult hátra, azt a tipikus arckifejezését felvéve, amikor a magasba emeli a szemöldökeit, és úgy várja, hogy mit akarnak neki mondani. Utoljára beharaptam az ajkamat, hallva a hangot a fejemben, ami csak annyit bírt kinyögni, hogy „őrült vagy Thompson". De még mennyire, hogy az vagyok. Elkaptam Harry kezét, hogy az utolsó lépést felé ne én tegyem meg, hanem őt rántsam közelebb, és mondhatni habozás nélkül csókoltam meg, ugyanis félő volt, ha habozok, végül nem teszem meg. Az agyam elhomályosult volt, nem érdekelt, hogy nem is tudok arról, hogy Harry egyáltalán kihez vonzódik, csak megtettem, amit a sürgető vágyam diktált, komolyan leszarva az eddig helyesen betartott erkölcseimet. Csak pár másodpercig voltak kétségeim afelől, hogy Harry pillanatokon belül lök el magától, és hisztérikusan felkiált, hogy ő nem homoszexuális, ahogy ő hívja. De ez nem történt meg, csak a nálam kicsit magasabb srác először egészen zavarba jött, így nem is tudta, hogyan kéne visszacsókolni. Így, hogy konkrétan a szájára voltam tapadva jóval érzékelhetőbb volt a magassági különbség, és annak ellenére, hogy én néztem ki az alárendeltnek első ránézésre, mégis én voltam az, aki végül átkarolta a derekát, mire Harry is bátrabb lett, és esetlenül átkarolta a nyakamat, az egyik kezével pedig a tarkómra lógó hajamat kezdte piszkálni zavarában, én pedig beleborzongtam a gyűrűi fémes és hideg érintésébe. Percekig álltunk ott lustán mozgatva a szánkat, de egyáltalán nem nevezném igazi csóknak ezt, akármi is volt. Inkább csak kezdeti szárnypróbálgatás, ugyanis Harry nagyon-nagyon zavarba lehetett a mozdulatai alapján, így egy kis idő elteltével elhúzódtam tőle, mert nem tudtam, miért érzi magát kellemetlenül. Még kicsit elvarázsoltnak tűnt, miközben óvatosan elengedtem és összeráncoltam a homlokomat.

– Minden rendben? – kérdeztem furcsán, miközben leemeltem a vállamról a kezeit, amiket ott felejtett, és leengedtem kettőnk közé.

– Persze – felelte egy pár pillanat elteltével, és végre rám nézett a bambulásából. Furcsán oldalra döntöttem a fejem, hisz nem tűnt túl határozottnak, mire Harry idegesen elnevette magát, és elszakítva a tenyerét az enyémből beletúrt a hajába. – Minden a legnagyobb rendben. Csak... igazából nekem ez volt az első csókom.

Én pedig lefehéredtem.

8.

Virágnyelv

– Istenem, ez már senkit se érdekel – motyogtam frusztráltan, miközben a padra ejtettem a fejemet és a tollamat is magam mellé tettem. Úgy döntöttem, itt az ideje aludni, ugyanis szerda kora reggel volt és én a hetem legrosszabb óráján ültem, ami, mint tudjuk korán van és hosszú. Szokásosan az utolsó előtti sorban ültünk a tágas előadóban, én voltam középen, Quinn a balomon játszott egy körzővel, másik oldalamon meg Luca aludt nyitott szemmel.

– Ma nyűgösebb vagy, mint szoktál szerdánként – közölte Quinn rám se nézve, mire csak morogtam. Igen, az voltam. Ez több ok miatt is így volt, például, hogy már rohadtul elegem volt a rengeteg francia szóból, amit már két órája hallgatok, na meg talán azért, mert tegnap megcsókoltam Harryt, majd kiderült, hogy neki ez volt az első. Ezek elég nyomós indokok, így nem is értem, Quinn hogy merészel beszólni (gyakorlatilag nem szólt be, csak épp mindenkit utáltam, így annak minősítettem). – Mit csinálsz óra után?

– Én? – kérdeztem vissza, bár a hangom eléggé eltorzult, mert épp a padon volt az arcom. Quinn csak igennel válaszolt, mire halkan felsóhajtottam. – Megyek vissza, gondolom.

– És mit csináltok ma Harryvel? – kérdezősködött tovább, mire megforgatva a szemem oldalra döntöttem a fejem, hogy ránézhessek.

– Mit akarsz tudni?

– Arra gondoltam, csinálhatnánk valamit – kezdte. – Valami jó, produktívat, ezzel a fasszal csak otthon lehet ülni, nem jön velem sehova – célzott Lucára, miközben elszakította rólam a tekintetét, hogy az említettre nézhessen, de neki még a szempillája sem rebbent. – És Harry biztosan benne van bármi programban.

– Quinn először is már kijártuk az általánost – dünynyögtem, arra célozva, hogy a világon senki nem hívja már az egyszerű találkozást programnak. – Másodszor pedig Harry hiába lenne benne, te is tudod már, hogy nem lehet.

– Ez akkora faszomság – háborodott fel Quinn halkan, miközben szenvedve lecsúszott a székén. Nem válaszoltam, csak lehunyva a szemem visszafordítottam az arcom a füzetemre, ugyanis mára feladtam a jegyzetelést.

– Képzeljétek – kezdtem pár perccel később, bár a fejemet nem emeltem fel a helyzetéből. – Megcsókoltam Harryt.

– Mi? – vágta rá Quinn, kicsit hangosabban, mint tervezte, így a professzor hirtelen elhallgatott, mire felemeltem a fejem a padról. Felvonva a fél szemöldökét Quinnre nézett, szépen lassan ezáltal mindenki más is. Franciául tette fel a tömör kérdést Quinn-nek, miszerint mit parancsol. Quinn csak makogott valamit vissza szintén franciául, amiben arról beszélt, hogy ma zavarodott elmeállapottal ébredt és nem tudja kontrollálni a szavak kiejtését. Ezen fel akartam nevetni, ugyanis komolyan, az ég világon bármit, de bármit válaszolhatott volna, de ő mégis ezt mondta. A professzor pedig már három éve van összezárva velünk hármunkkal, így teljesen tisztába van vele, hogy Quentin tulajdonképpen egy menthetetlen eset. Így csak fájdalmasan megrázta a fejét és folytatta, ahol abbahagyta.

– Szóval te és a herceg? – nézett rám Luca sejtelmesen bekapcsolódva a beszélgetésbe, mire fáradtan megráztam a fejem.

– Nem herceg – válaszoltam ösztönösen, ugyanis eszembe jutott, Harry hányszor szögezte ezt le nekik tegnap is. Luca csak megforgatta a szemét.

– Tudod, hogy nem ez a kérdésem lényege – suttogta komótosan, Quinn pedig közbe az aurámba mászott, pontosabban a vállamba, mire mérgesen összerántottam a szemöldököm.

– És milyen volt? – kérdezett rá egyből, mire én kedvesen ellöktem magamtól, és hátradőlve válaszoltam.

– Kiderült, hogy neki ez volt az első – feleltem már egy fokkal nyugodtabban kezelve a tényt, mint tegnap éjjel, azonban Luca szeme elkerekedett, Quinn álla pedig leesett.

– Azt hittem húsz éves – nyögte ki Luca, mire oldalasan mosolyogva néztem rá.

– És ez nem jelent semmit – motyogtam, mire Luca még mindig meglepetten nézett.

– Szóval te voltál az első csókja – vigyorodott el Quinn, én pedig a padra hajtottam a fejem.

– Tudom – rebegtem halkan, hiszen ez a tény még kicsit bántott. Bűntudatom volt, vagy valami ahhoz hasonló, mintha elvettem volna Harrytől egy lehetőséget. – És ez nagyon kínos.

– Miért lenne az? – nevetett fel Luca csendesen, én pedig oldalra fordítva a fejem ránéztem.

– Tudod, én nem szoktam olyanokkal csinálni bármit is, akik… szüzek – motyogtam beharapva a számat, Luca pedig csak felvonva a szemöldökét meredt rám.

– Komolyan? Az a ba…

– Nem, félreérted – vágtam közbe egyből. – Nem az a bajom, hogy ő nem csak szűz, hanem csókszűz is, vagy hogy mondjam. A bajom az, hogy én nem tartom magam méltónak arra, hogy elvegyem tőle. És megtettem!

– Aham – bólintott Luca furán. – Szóval a bajod tulajdonképpen saját magaddal van.

– Igen – vágtam rá, ő pedig csak az orrnyergéhez nyúlva lehunyta a szemét.

– Olyan fura vagy Thompson – bökte ki végül.

– Ezt alátámasztom – tette hozzá Quentin, mire pont válaszoltam volna nekik, hogy náluk biztosan nem vagyok furább, de a professzor, aki unottan magyarázott az itt tartózkodó, mégis alvó tanulókhoz most hangosan köszörülte meg a torkát. Mi pedig inkább elhallgattunk.

Nem szeretem a kétszínűséget. Számomra alapvetően is ez egy olyan tulajdonság, amihez egy szintre le kell süllyedni. Talán az egyik legundorítóbb emberi jellemvonásnak tartom, bár ez elhamarkodott kijelentés lenne, hiszen rengeteg gusztustalan tulajdonság van. Abban viszont biztos vagyok, hogy ez azok közé tartozik. Nem barátkozok kétszínű emberekkel, de még csak nem is nagyon beszélek velük. Már ha tehetem. Mindig is a szókimondás mellett álltam, sosem tudtam igazán jól hazudni vagy elfojtani ki nem mondott szavakat.

És a családomat mindig is kétszínűnek tartottam. Anyu és apu, akik szörnyű dolgokat mondtak rólam a hátam mögött, majd amikor arra került a sor, hogy a szemembe nézzenek, csak álarcot húztak. Sosem mondták ki nekem tisztán, hogy nem viselnek el melegként, hogy nem fogadják el az európai terveimet, hogy már nem szeretnek úgy, mint régebben. Csak a hátam mögött mondtak ilyeneket, nekem pedig mosolyogva előadták a rém rendes családot. És a születésnapom estéje volt, amikor először hallottam, hogy a csak behajtott ajtó mögött miről sugdolóznak, több se kellett akkor, csak összepakoltam és eljöttem. Másnap húsz nem fogadott hívásom volt a húgaimtól és tőlük egyaránt, de én nem válaszoltam és az volt életem legelbaszottabb karácsonya. Mikor vége lett az ünnepeknek elmentem hozzájuk, összepakoltam az összes holmimat és egy az egybe kijelentettem, hogy elköltözök. És ők nem állítottak meg, a lányok pedig egészen biztos a mai napig egy ördög nagytestvérként ismernek, aki ok nélkül lépett le a családjától. Mikor nem volt ok nélkül, csupán olyan szavakat hallottam, amiket nem kellett volna, majd amikor visszamentem hozzájuk, nem hogy megállítottak volna, csak egyetértettek abban, hogy nekem valóban nincs helyem közöttük. Talán aznap este döntöttem el azt, hogy még az a szabály sem érvényes, hogy a családon kívül nem bízhatsz senkiben. Mert a saját családodban sem bízhatsz eléggé sosem.

Kicsit talán feldúlt voltam, kicsit talán a semmiből ért a villámcsapás, ami biztosan ledöntené a szépen és nagyon lassan felépített házamat, kicsit talán meg is ijedtem. Mindez egy kiadós ebéd után történt Quinn-nel és Lucával. Remegő kezekkel vezettem, a kormányon megállás nélkül doboltam, hátha elvonom ezzel a figyelmemet és tudok koncentrálni mondjuk a közlekedésre, de nem jártam sikerrel, így lehúzódtam a legközelebbi kávézó előtt. Miközben elsétáltam a parkolóautomata mellett, már biztos voltam benne, hogy nevetségesen rossz ötlet volt egy közösségi helyre jönni ilyenkor, amikor szétrobban a fejem, de nem akartam visszaülni a kocsiba és most nagyon nem akartam még Harryékhez menni. A járda közepén megtorpantam, ugyanis biztosan nem kéne bemennem, hogy leüljek kávézni, mintha nem lenne felfordulás a fejemben, vagy mintha szeretném a hülye kávét!

Megrázva a fejem leültem a kávézó előtti lépcsőfokokra, nem igazán foglalkozva azzal, hogy az emberek be és ki akarnak járni és csak bosszúsan sóhajtanak, amikor ki akarnak kerülni, de én nem segítek azzal, hogy arrébb húzódok. Kisebb gondom is nagyobb volt az övükénél, miközben gondterhelten elbambulva szívtam a sokadik cigarettámat.

Sokáig ülhettem ott, nem törődve azzal, hogy könnyen megfázhatok, ha novemberben egy hideg kőlépcsőn üldögélek, csak miközben sorban szívtam a csikkjeimet igyekeztem elveszni a melankolikusabb gondolataim között. Ezt afféle megoldásnak tekintettem mindig, ha valami probléma adódott, amivel foglalkoznom kellett volna, egyszerűen el akartam terelni a gondolataim, már szinte ösztönösen. Akaratlanul is másra akartam gondolni, akaratlanul is ignoráltam a dolgot, ami miatt át kellett fordulnom ilyenben, egyszerűen mindig ilyen voltam, ez az én védekezési mechanikám. Valljuk be, nem túl hasznos vagy segítőkész. De jelen helyzetben is, ahelyett, hogy a való élettel foglalkoztam volna, rendesen megfigyeltem az embereket, akik elsétáltak előttem a lepörgő órákban.

Volt egy hölgy. Megmaradt az emlékezetem között, ugyanis karakterisztikusan festett, teljesen szituatív volt a gyenge hóesésben. Magas volt és egy leopárdmintával tarkított plüss kalapot viselt, ezek alatt pedig egy nagyon drága márkájú napszemüveget is, annak ellenére, hogy a nap fényét még csak keresni sem lehetett. Ez alapján biztosan feltűnősködő, sznob picsának könyveltem volna el magamban, de valahogyan emberinek tűnt. A haja szőke volt, és az időjárás sem volt rá akármilyen hatással, mintha csak egy szalonból sétált volna ki. Egy deréknál megkötött bőrkabát volt csupán rajta, ami egészen a combja közepéig leért, alatta pedig már csak egy fekete áttetsző harisnya volt, és egy magas szárú, de annál magasabb sarkú csizma. Egy apró ridikül volt még nála, ami teljesen passzolt a sapkájához. És hogy miért gondolok egy ilyen rideg kinézetű nőt emberinek? Mert egyértelmű volt, hogy neki sem tökéletes az élete. Nézhet ki akármennyire gondtalannak és makulátlannak, biztosan nem az. Azért is tudtam ilyen alaposan szemügyre venni, mert ez a nő nem csak úgy sétált végig az utcán, mintha megvásárolta volna az egészet, hanem pontosan a kávézó lépcsőjével szemben lévő villanyoszlop mellett állt meg, velem egy vonalban. Megcsörrent a telefonja, amit legyökerezett lábbal kezdett keresni abban a szörnyen nevetséges kistáskában, majd mikor megtalálta egy elszabadult sóhajtás szaladt ki belőle. Felvette a telefont, és először tapintatosan szólt bele, de méterekre tőle is tisztán hallottam, hogy a vonal másik végéről ordítást kapott. Majd ezek után halkan sziszegve és szitkozódva beszélt azzal, aki miatt teljesen leverte a víz, akitől mintha tartott volna. A jelenet alatt egy teljes cigarettát tudtam elszívni, bár közben sokszor felfutott a homlokom közepéig a szemöldököm, ha egy-egy cifrább szót hallottam a viszonylag ártatlan nő szájából. Mikor egy durva elköszönés után sikerült letennie a telefont tele büszkeséggel, de biztosan sérüléssel fordult meg, miközben akaratlanul a hajához nyúlt fél kézzel, ahogy a telefont tette vissza a táskába. Talán megérezte a tekintetemet, vagy tényleg túl hosszú ideje és feltűnően bámultam, mivel rám nézett. Nem kapta el a fejét, nem indult tovább, hanem egy rettenetesen rafkós mosolyra húzta a száját, miközben ismét a táskájába nyúlt. Kimért léptekkel sétált felém, majd rendkívül picsásan hajolt le, hogy egy szintre ereszkedjen velem, pont hogy a szemembe tudjon nézni, meg sem ijedve attól, hogy esetleg az az ostoba kasmír sapkája befogja a cigaretta szagot. Még mindig gúnyosan mosolygott, miközben letett elém egy kis aprót, én pedig ezen akaratlanul is vigyorra húztam a számat.

– Szeretek segíteni a hajléktalanokon – szólalt meg kéretlenül, mire felvonva a fél szemöldököm kifújtam a tüdőmből visszaáramló füstöt. – És nem szeretem, ha ők cserébe kihallgatnak.

– Nagylelkű – suttogtam, miközben a betonon nyomtam el a cigarettámat. – Csakhogy én nem vagyok hajléktalan – a nő végig megtartotta azt a cserfes és valamilyen szinten gonosz vigyorát, miközben felegyenesedett és szavak nélkül, egy szarkasztikus arckifejezéssel hagyott ott, én pedig felköhögtem a bent tartott füstömet nevetéssel vegyítve.

Talán ez a jelenség volt a legegzotikusabb dolog, amit a délután tapasztaltam, hiszen csak órákkal később vettem rá magam arra, hogy hazainduljak. Eldobtam az utolsó cigimet és miután rátapostam füstölögve az autóm felé indultam, mire felnéztem és elkerekedett a szemem. Órák óta üldögéltem a fedett lépcsőn, miközben a kocsimat egyre csak hópelyhek borították, és a motor... végig ment. Annyira elhomályosult voltam, amikor kiszálltam, hogy elfelejtettem leállítani az autót, és végig járattam a motort, te jó ég. Idegesen a vezető üléshez sétáltam, és egyből az üzemanyag mennyiségét ellenőriztem, ami természetesen elfogyott. Mérgemben rácsaptam a kormányra, hisz hazafele amúgy is tankolni akartam, mert alapból is kevés volt, de miután a motor órákon keresztül haszontalanul ment, persze hogy alig maradt egy liter benzinem. Behúztam a kocsim ajtaját miközben elővettem a zsebemből a telefont, ugyanis nem volt sokkal jobb ötletem. A telefonom akkumulátora a hidegtől sokkal gyorsabban csökkent, így csak tíz százalékon volt, mire egy mély levegőt véve a kontaktok közé léptem és gondolkodás nélkül kerestem ki, akiért alapból elővettem a telefont.

– Halló – szóltam bele bizonytalanul, ugyanis most hívtam fel először, hisz eddig nem éppen volt miért. – Szia

Harry. Igen, van egy kis gáz igazából. Nem tudna értem jönni... Toby? Vagy bárki. Mindegy, igen. Csak... Harry. Harry, mindjárt lemerülök. Igen, egy perc és küldöm. Köszönöm – Harry a vonal másik oldalán egyszerre zavarodottan, izgatottan és idegesen kezdett hadarni én pedig alig bírtam leállítani. Végül miután kinyomtam a telefont kihajoltam az ablakon, hogy megnézzem pontosan hol vagyok és gyorsan átküldtem sms-ben Harrynek az utca nevét, majd ezek után magam mellé dobtam a telefonom és felhúztam a lábamat a mellkasomhoz. Átöleltem a combomat, majd a legnagyobb csend közepette vártam, pedig akkor bármit megadtam volna azért, hogy Harry régebben idegesítőnek vélt, most azonban megnyugtató hangja zengje be a szűk teret az autómban. Odakint már lassan sötétedni kezdett, hiszen egyre rövidebbé váltak a nappalok, a téli napfordulóhoz közeledve. Igazán hangulatos volt a kocsimban ülni a sötétedés félhomályában, miközben odakint a hó szemerkélt. A pelyheket kezdtem tanulmányozni, ahogyan a szélvédőmre esnek, majd egyből szerte is foszlanak. Tényleg szeretem a telet, mert tényleg szép évszak. Főleg így, hogy a havas fehér táj is hozzájárul, ami valljuk be egész ritka itt. De jobban szeretem a fűtött ház ablaka mellett ülve, mint a kocsimban fagyoskodva, de mint mondtam, legalább hangulatos volt. Kár, hogy hangulatom, azaz inkább kedvem egyáltalán nem volt. Csak magam elé bámultam, hátha így elfelejtem mennyire, de mennyire fázok, amit órákon át nem vettem észre kint a mínuszban ülve, ami elég érdekes. Talán a dohány felmelegít. Nem, ez hülyeség, de azért szép gondolat volt.

Eltelt egy kis idő, mire Harryék odaértek, de ezt is csak úgy vettem észre, hogy a bambulásból határozott kopogás ébresztett fel. Harry állt az ablak előtt, a félhosszú haját pedig egy irányba fújta az időközben feltámadott szél.

Meglepetten nyílt tágra a szemem, ugyanis nem tudtam, mit keresett itt, hiszen neki ilyenkor nem szabad. Megilletődve nyitottam ki az ajtót, majd kászálódtam ki az ülésről, mire olyan hirtelen ért a kinti időjárásviszony, hogy egy széllökés majdnem felborított. Nem is tudtam, mekkora szerencsém volt, hogy az autó legalább ettől megvédett. Harry automatikusan a felkaromnál fogva megtartott, majd amikor már stabilan álltam csak esetlenül ránéztem, ő pedig halványan elmosolyodott, miközben az arca tele volt a hajával.

– Szia – suttogta, én pedig csak itt ébredtem fel a mámorból, és jutott eszembe, hogy most látom Harryt először, azóta, hogy faképnél hagytam az üvegházban. Igen, a csókunk után. Te jó ég.

Kétségbeesett arckifejezést vághattam, de összeszedve magam végül kinyögtem egy köszönést. Harry csak elengedve a vállamat elnevette magát, hiszen nyilvánvaló volt, hogy buta szűzként viselkedtem, pedig semmi nem történt köztünk, csak egy csók. Furcsa, hogy az agyam ezt a kijelentést helytelennek találta. Harry és köztem ez nem csak egy csók volt, ez *a csók* volt sokkal inkább.

– Azt hittem csak Toby jön – hebegtem, miközben Harry az autó fele kezdett tolni, ami rögtön az én Volkswagenem mögött parkolt. Toby szórakozottan intett a volán mögül, én pedig szerencsétlenül visszaintegettem. Harry átvette az irányítást, ugyanis egy értelmes okot nem tudnék mondani, pontosan miért, de kicsit elvesztem. Így benyúlt a zsebembe és lezárta a kocsimat, miközben az alkaromat megragadva tovább vonszolt Toby zöld kis autója felé. Végül betaszigált a hátsó ülésre, középre tolva, ugyanis ő is arról az oldalról akart beszállni. Arrébb terveztem csúszni még egyet, hogy ne legyen kényelmetlen, ahogy egymás mellett nyomorgunk, de Harry behúzva az ajtót maga után a térdem után kapott. Nagyokat pislogva meredtem rá, mire ő csak gyermekien mosolyogva megrázta a fejét, és egyből elszakítva a gyűrűs kézfejét a lábamról a biztonsági öv után nyúlt. Én is bekötöttem magam, mire Toby féloldalasan hátrafordult.

– Szia Sam – mosolygott rám szélesen, nevetségesnek találva a szituációt, én pedig egy aprót biccentettem neki. – Ti így fogtok ülni? – nézett hirtelen Harryre, majd vissza rám. Én is oldalra tekintettem, mire Harry beletúrt a hajába, mire feleszmélt, hogy a kérdés neki szólt, és ketten is őt bámuljuk.

– Igen – vont vállat furán, mire Toby összeráncolta a szemöldökét, majd megismételve Harry mozdulatát, ő is megrántotta a vállát.

– Ha te mondod, kölyök – egyezett bele halkan, majd ezek után csendben maradt, ugyanis Toby minden, csak nem a beszédes ember fogalma. Főleg, ha egy nem kívánt személy valahol. Azaz, ez egy rossz megfogalmazás volt, nem nem kívánt személy, csupán tisztában van vele, hogy nincs egy szinten a kapcsolata Harryvel, mint mondjuk nekem.

El kellett telnie pár percnek, mire végül a valóságba visszatérve önkéntelenül is elmosolyodtam a tényen, hogy Harry nem engedte, hogy a szélére csússzak. Most pedig itt ülünk a lágy hóesésben autózva, úgy, hogy ez az első eset, hogy nem én vezetek és a combunk összesimul, mégis különböző irányokba nézünk. Én az ölembe ejtett kezemet, ő pedig az ablaknak döntve a fejét kifele. Komolyan úgy viselkedek, mint egy szerelmes tini, pedig én nem vagyok ilyen. Én a szenvedélyes, futó kalandos csávó vagyok, egy kapcsolattal a háta mögött, ami kicsit is komolynak, kicsit is szerelemnek nevezhető. Most pedig, 22 éves létemre egy egyszerű gesztuson vigyorgok, mint egy idióta, aki az első randiról tart hazafele. Tessék, most meg már azon vigyorgok, hogy ezt Harry képes kiváltani belőlem, bár őszintén, az okot már nem tudom.

Harry viszont marha jó ember. Mármint. Tudtán kívül elvonta a figyelmem erről az egész hülyeségről, ami az ebéd után történt, csak annyival, hogy a combja súrolja az enyémet. Hihetetlen. Az is gyerekes mosolygásra késztet, hogy tulajdonképpen mi csókolóztunk, és ahhoz képest, hogy ez volt neki az első, nagyon normálisan kezeli. Én kicsit szétcsúsztam az enyém után, de hát gólya voltam és a srác végzős volt. Így már egész érthető, de első csók akkor is első csók, Harry pedig kiegyensúlyozottnak tűnik, pedig úgy, hogy ismerem a személyét nem erre számítottam. Két végkifejletet dolgoztam ki, az egyik, hogy kerülni fog, mert hát nem meleg talán, a másik pedig, hogy eszeveszettül zavarban lesz. Ehhez képest én vagyok zavarban, mikor nekem ez közel sem az első alkalmam volt. Fogalmam sincs, mi van velem, de egészen az erdő első fái feltűnéséig nem tudtam letörölni ezt az egyben szégyenlős, mégis boldog vigyort az arcomról.

Ott is csak ezért, mert egy pillanat alatt lefagyott, ahogy Harry a vállamra döntötte a fejét, bár úgy tűnt nem önszántából volt, csupán félálomban egy kanyarban eldőlt. Mégis hálásan lehunytam a szemem, majd óvatosan rádöntöttem a fejemet az övére, miközben megmozdult, így lehet mégiscsak tudatos volt a mozdulat. Ezt nem fogom megtudni, Harry azonban a bal kezével az én kézfejemért nyúlt, ugyanis fel sem tűnt, hogy eddig a combomon doboltam. Harry sima tenyerével lefogta az én kezemet, majd ott is hagyta rajta, így a kamaszlány énem teljesen kicsattant a boldogságtól (mostantól kamaszlány énem is van, ami fura).

– Akkor – csapta be Toby a vezető ülés ajtaját, majd csípőre téve a kezét ránk nézett. Harry épp, mintha csak ittas lenne a jobb karomra csimpaszkodott, ügyet sem vetve

Tobyra, én pedig jobb híján tartottam. – Ti meglesztek? – vonta fel a fél szemöldökét, mire én csak visszafojtva a nevetést bólintottam, majd befele indultam, miközben Toby is, Harry pedig továbbra is rajtam függve. – Vigyázzatok, mert Albert a múltkori incidens óta járőrözik.

– Incidens? – mosolyodtam el, de ez a sötétben nem látszott, Toby viszont hátrafordulva visszavigyorgott.

– Én is fent voltam – tette hozzá, mire én a szabad kezemmel beletúrtam a hajamba.

– Milyen incidensről beszéltek? – kapcsolódott be Harry, miközben csámpásan szedte a lábát utánunk, ugyanis engem nem engedett el. Toby csak féloldalasan nézett rám, én pedig ezt viszonoztam, ugyanis mi mindketten tudtuk, hogy az incidens arra vonatkozott, amikor az éjszaka közepén beindult a szobámban a füstjelző, Fritzgerald pedig valószínűleg azóta is átkoz engem, ugyanis egy poroltóval a kezében jelent meg, azt az élményt azonban nem tudom elfelejteni. Ugyanis csíkos kezeslábasba volt, és nem gondoltam volna, hogy a vitézbajszos, hátranyalt hajú férfit így is fogom látni. Ő nem tartotta túl mulatságosnak, amikor akaratlanul is felnevettem a látványra, szóval szerintem határozottan nem kedvel. De úgy néz ki, Harry ezt átaludta.

Toby a lépcső tetején kívánt csak végül jó éjszakát, mire ellenkező irányba indultunk, ő a szobája felé, mi pedig Harryvel az övé felé. Azaz én indultam, Harry meg mindenképp a hátamra akart ugrani, de ezt udvariasan elutasítottam. Így csak a két kezét átvetve a vállamon a hátam mögött csoszogott, igaz, mivel magasabb nálam ez nem volt túl megerőltető. Csak folyamatosan mosolyogva ráztam a fejem, miközben Harry komolyan az idegeimen táncolt, leginkább a kamaszlány személyem idegein, ugyanis ő, az a személyiségem egyre biztosabb volt abba, hogy bírja

Harryt. Mármint, *úgy* bírja. De nem csak egy kis vonzó-
dásképp, mint eddig, most igazán bírja, ami egyben ijesztő,
mégis szívmelengető. Mert Harry, na ő igazán egy szívme-
lengető ember, az biztos.

– Oké, jó – sóhajtottam fel leplezetlen vigyorral, mikor
Harry folyosójára értünk, és nem engedte, hogy tovább
menjek, egyszerűen földhöz ragadt a lába. Lebontottam
magamról a kezeit, és a csuklóit fogva felé fordultam. –
Mit szeretnél?

– Szeretnék lazacot enni – felelte pár másodperc habo-
zás után, mire hitetlenkedve meredtem rá.

– Lazacot? – kérdeztem vissza, mire ő csak a tipikus
összehúzott szemeivel bólintott, mire én lehajtva a fejem
elnevettem magam. Elengedve az egyik csuklóját a hajam-
hoz nyúltam, Harry pedig a vállamra tette a kezét. Érdek-
lődve felnéztem rá, ő pedig a tekintetem kerülve nézege-
tett mindenfele.

– Azt hiszem, szeretnék mást is – motyogta halkan,
én pedig lehunyva a szemem mosolyogtam rajta. Jó, té-
vedtem, azt hiszem mégis kicsit zavart és az is meglehet,
hogy nagyon meleg.

– Igen? – kérdeztem sejtelmesen felvonva az egyik sze-
möldököm, de Harry valamennyivel vakmerőbb, mint gon-
doltam, hogy valaha is lesz, így elszakította a másik karját
a kezeim közül és a nyakamat átkarolva úgy tapadt rám,
mintha nem ez lenne a második alkalma. Talán még meg
is illetődtem rajta, bár kinek akarok hazudni, igen, egy
percre elkerekedett a szemem, mielőtt nekem is sikerült
volna megmozdulnom, hogy átöleljem a derekát. És igen.
Harry folyosója közepén állva (ahol bárki játszi könnyed-
séggel végignézhette volna!) megtörtént a második csó-
kunk, ami inkább mondható csóknak, ugyanis nem volt
olyan szűzies és ártatlan, mint tegnap. Harry meglepett.

Öhm, mindig meg tud lepni, de azt sose gondoltam volna, hogy a számban járva is sikerül.

Valahogy nekem már ösztönösen jött, neki meg fogalmam sincs honnan, de mikor már egy ideje elvoltunk egymással megmozdultunk. Én tolatni kezdtem Harry szobája felé, magammal húzva, bár egy pillanatra sem elszakadva tőle botorkáltam be a sötét, azaz inkább félhomályban úszó szobába, miután nagy nehezen sikerült lenyomnom a kilincset nekem háttal. Harry cseppet sem segített, túlságosan el volt foglalva azzal, hogy a tarkómat és a hajamat piszkálja, de szinte megállás nélkül. Mivel már sokszor jártam a szobájában vakon is az ágya felé indultam.

Aztán kipattantak a szemeim. Hiába ordított a kicsi Sam odalent a vágyaitól, a másik kicsi Sam a homlokom mögött szintén ordított, csak ő nem túl pozitívan. Erre egyből elszakadtam Harrytől, aki erre összeráncolt homlokkal nézett rám kicsit kipirulva. Tágra nyílt szemekkel néztem körbe, ugyanis annyira elvesztem, hogy már a függönyök között ültem (Harry ágyán), ő pedig az ölemben, egy... hát a lehető legintimebb pozícióban, ami miatt csodálkoztam, hogy még nem mozdult meg a testem. A kicsi Sam, igen.

De ha így is tett volna, én az elvek embere vagyok, nem a vágyaké, így a hang a fejemben, akinek millió dologért hálás lehetek már, időben megállított. Te jó ég, Harry tegnap kapta meg élete első csókját, ami akármennyire is furcsán hangzik, mikor ő a legjóképűbb húszéves, akivel az élet valaha összesodort, attól még ez mind tegnap volt. És most meg itt vagyunk, Harry ágyán ülve, még csak ülve, de ki tudja, mi történt volna tíz perc múlva, ha nem a jó kicsi Samre hallgatok. Nem szoktam szűz fiúkkal lefeküdni, ezért is nem gondolkoztam, de Harry marhára szűz, te jó ég. Olyan szinten sokkolt a felismerés, hogy kicsit be is pánikoltam.

– Sam? – ismételte el Harry sokadszorra a nevemet meglepetten bámulva rám, mire végül ránéztem. – Minden rendben?

– Mi? – kérdeztem vissza, akár egy idióta. Harry oldalra döntve a fejét furcsán mustrált, miközben a karjai még mindig a nyakam körül lógtak, én pedig továbbra is a csípőjét fogtam.

– Jól vagy? – kérdezte újra. – Mármint, mi a baj?

– Jól, persze – bólintottam, ő azonban nem engedett a kutató arckifejezéséből, mire sóhajtottam egyet és a csípőjéről a derekára csúsztattam a kezem. – Csak eszembe jutott, mekkora baromságot csinálok. Terveztem csinálni. Már vége. Nem, nem is terveztem, csak ez így jön, tudod és...

– Hé – mosolyodott el Harry, miközben az egyik kezét leoldotta a nyakamról és a számra tette, jelezve, hogy hallgassak. – Nem kell virágnyelven beszélni, csak azért, mert én szűz vagyok.

– Jó, én nem akartalak degradálni csak... – hebegtem, mikor Harry elvette a tenyerét az arcomról és a nyakam oldalára csúsztatta, de megint lecsittegett.

– Nem is ezt mondtam, lüke – nevetett ki, miközben a bal kezével a hajamba túrt. – Tisztában vagyok vele, hogy mit akartál csinálni.

– Nem, nem érted – vágtam rá egyből. – Nem akartam! Kizárt, csak...

– Kizárt? – szaladt fel Harry szemöldöke, mire hátradöntve a fejem káromkodtam el magam.

– Nem, figyelj, hallgass végig – kezdtem bele újra, mire ő a szemöldökeit a homlokán hagyva hallgatott figyelmesen. – Nem arról van szó, csak hát tudod. Hosszú történet. Én csak nem akarok elsietni semmit, hiszen én azt hittem te... szóval, hogy te nem a fiúkat...

182

– Ühüm – bólintott Harry szórakozottan beharapva a száját, majd mindkét kezével körbefogta az arcom, és reagálási időt sem adva nekem megcsókolt, ami alig pár másodpercig tartott, nem is csók volt, csak amolyan „hallgass már Sam, irritálsz". – Kedvellek.

– Mi? – *gratulálok Sam.*

– Kedvellek – ismételte el Harry, és egyáltalán nem tartottam fairnek, hogy ő tök jól szórakozik a prűd közjátékomon, miközben kettőnk közül neki kellene prűdnek lennie. De nem, Harry nem az, ő ártatlan („ártatlan") létére terpeszben ül az ölemben és a zavarodottság apró jele sem érzékelhető rajta. Mit is mondtam? A többi huszonéves talán jobb a szexben, mint Harry. Na ebben kételkedni kezdtem, de ne szaladjunk előre. – Azt hiszem eléggé kedvellek.

– Hát – nyögtem ki száraz torokkal, miközben szorosabban fontam köré a karjaimat. – Azt hiszem én is.

– Azt hiszed? – nézett rám lesajnálóan, mire csak beleböktem a derekába, ő pedig megugrott az ölemben.

– Te is ezt mondtad – túrtam bele a hajába, Harry pedig ismét a nyakam köré kulcsolva a kezeit nevetve megcsókolt, de úgy, mintha egy pár lennénk. Azok pedig határozottan nem voltunk, hisz csak annyit sikerült nyöszörögnünk, hogy „azt hiszem kedvellek". Ez nem elég egy kapcsolathoz, nem elég ahhoz, hogy az összes bűntudatom elszálljon a tudat felől, miszerint megrontottam Harryt. Szörnyű vagyok, mégis túl jó érzés vele csókolózni, hogy ezzel többet törődjek.

– Szóval mégis a fiúkat szereted? – kérdeztem meg, amint akadt lehetőség. Ezalatt azt értem, miután Harrynek sikerült elszakadnia tőlem és vállamra hajtania a fejét. Erre azonban vigyorogva fel is emelte onnan.

– Meglehet, hogy homoszexuális vagyok – felelte játékosan lassan, mire csak visszafojtott vigyorral bólogattam. – Tudod, mint Andy.

– Tudom – bólintottam, Harry pedig nevetve ismét rám hajolt. Akkor nagyon úgy tűnt, hogy ennek sosem lesz vége és örökre az ágy szélén ülve maradunk, miközben Harry széttárt lábakkal ül az ölemben és félpercenként megcsókol, mintha ez lenne a biztosíték arra, hogy még itt vagyok, nem tűntem el. Pedig Isten bizony, hogy semmi pénzért nem tűnnék el, itt eldöntöttem biztosan.

A pillanatnak azonban vége szakadt, amikor egy hevesebb megmozdulás közepette Harry is bátrabb lett és belekönyökölt az egyik bordám alá, mire fájdalmasan nyüszítettem fel. Harry, mint aki meglőttek ugrott le rólam, majd amikor meglátta, hogy nem a kis Samre térdelt rá a lázas csókolózás közepette, sértetten lökött el az ágyon, és vissza is mászva rám meghívott éjszakára a függönyök közötti birodalmára. Én igent mondtam, de csak miután virágnyelven megbeszéltük, hogy nem csinálunk semmi olyat, amiről én csak virágnyelven merek beszélni, Harry azonban színtisztán kimondta, hogy még ő sem áll készen arra, hogy szexeljen velem. Ennek tudatában (meg annak is, hogy Harry egyáltalán nem olyan színtiszta lelkű, mint gondoltam) aludtam el, rettenetesen hosszú idő után újra úgy, hogy valakit a karjaim között tartottam.

9.

Nincsenek véletlenek

Valahogy Harryvel sosem beszéltünk arról, hogy pontosan mi van, volt vagy lesz velünk. Csak állandóvá vált minden kis tényező, amit az emberek egy kapcsolatban csinálnak. Esténként már kérdés nélkül sétált át ő hozzám, vagy ha én voltam a gyorsabb, akkor én az ő szobájába. Napközben, ha úgy esett belém karolt a folyosón, ha egyedül voltunk akkor pedig engem is megszégyenítő szenvedéllyel csókolt meg, mintha nem lenne holnap. Ez elég klisés és nyálas, de Harry mellett valóban úgy éreztem magam, mintha semmi probléma nem lenne azzal, ha nem lenne holnap, mert már ma is megvolt minden, amire szükségem volt.

Talán azért nem beszéltünk róla, mert nem volt rá szükség. Fogalmam sincs, hogy Harry erről is a neten olvasgatott, vagy az ösztönei miatt, de tökre természetesen viselkedett velem. A viselkedésünk egymással valóban arra az egyetlen nyomorult, rövid életű kapcsolatomra emlékeztetett, de mégis zavart, hogy nem beszélünk róla, csak napról napra egyre közelebb kívánunk lenni a másikhoz.

Az első éjszaka, amit Harrynél töltöttem (aludtunk már együtt, de az csak azért volt, mert félt, és hát nem volt túl bensőséges…) teljesen nyugodt volt, és nagyon jól aludtam akkor, ami rám egyáltalán nem jellemző. De másnap reggel előbb ébredtem fel, mint Harry, aminek két oka volt. Az egyik, hogy ez a mazochista felhúzott redőnyökkel alszik, így már nyolc órakor nappali világosság szűrődött át a baldachinokon is, engem pedig persze, hogy felébresztett.

Igen, én is próbáltam már ezt az alvásfajtát, de inkább a délig tartó sötétség mellett voksolok. A másik ok, amiért hajnali hét óra ötvennyolc perckor felriadtam, az maga Harry volt, akit eddig viszonylag békés alvónak tapasztaltam. Aham, de úgy néz ki, ha úgy alszik velem, hogy nem az ágy két pontján fekszünk, hanem inkább egymáson, az neki nem megy. Éjszaka egyszer sem ébredtem fel rá, azonban reggel egy teljesen kitekeredett pozícióban találtam, ráadásul a takarót is leszedte rólam, hogy inkább átölelje. Nem lett volna szívem elvenni tőle, de én takaró nélkül nem vagyok hajlandó visszaaludni, ráadásul világosban, így csak mosolyogva forgattam meg a szemem, majd a lehető leghalkabban osontam át a saját szobámba. Az ágyam még az előző reggeli összetúrt állapotában volt, amit gyorsan bevetettem, majd felöltöztem. Még a hajamat sem lakkoztam fel, ahogy mostanában sokszor, csak hagytam, hogy a homlokomba hulljon, mert nem volt se időm, se túlságosan kedvem vele foglalkozni. Ugyanis tíz perccel az ébredésem után már az autómban ültem és Cambridge központja felé tartottam. Harry pedig, mikor a visszatérésem után egy órával álmosan csörtetett le a konyhába, a reggeli eufória és a tegnapi emlékek hatására elnevette magát, amikor fagyasztott lazacot talált a konyhaasztalon.

Körülbelül egy hét telt el, amióta Harryvel hát... kerülgetjük egymást, vagy hogy is fogalmazzak. Ennek ellenére én nagyon kedvelem ezt a valószínűleg átmeneti időszakot, ugyanis az én agyam úgysem engedi, hogy ez sokáig elhúzódjon. A kerülgetés. Hívjuk így azt a jelenséget, amikor nem vagyok együtt valakivel, de annyira külön sem. Ez egy pontos fogalma annak, ami köztünk történik, és nem gondoltam volna, hogy ennyire izgalmassá teszi a csendes, meghatározatlan viszonyunkat az, hogy az ég világon senki sem tud róla. A barátaimnak még nem említettem (valószínűleg majd fogom, de csak ha abbamarad a *kerülgetés*), Harry meg nem nagyon tudná kinek elmesélni. A szülei előtt meg egyértelmű, hogy nem fedjük fel ezt a zavarodott kapcsolatot, mert a föld alá ásnám magam, ha Adel rájönne, hogy én, mint egy mondhatni fizetett alkalmazott megkörnyékeztem az ártatlan fiát (kár, hogy ő nem tudja, Harry mennyire nem ártatlan. Néha belepirulok, mire képes). Nem mintha Adel és Edward annyit tartózkodna itthon, naponta talán egyszer, vagy még annyiszor sem futok össze egyikőjükkel se. Először csak azt hittem, hogy a nagy ház miatt van, hiszen itt elég nehéz belebotlani akárkibe is, akkora területről van szó, de nem, tényleg ritkán vannak itthon. Egész eddig ötletem sem volt, hatvanévesen mivel foglalkoznak egész nap, de Harry valamikor mesélte, hogy álnéven lótenyésztők. Erre egészen nagyra nyílt a szemem, ugyanis ezt szinte elképzelhetetlennek tartottam, de végül is van benne értelem, na meg akkor már értem, hogy azon kívül, milyen családból származnak, honnan van ennyi temérdek pénzük.

– Szoktál még gondolni rá? – kérdeztem hirtelen, mire Harry érdeklődve megmozdult. Késő délután volt, igaz még világos, de elég borult idő, így Harry függönyökkel övezett ágyán ültünk, ami maga volt a csodálat egyébként, egészen beszippantja az embert a hatása, ha hozzászokunk, milyen kis hercegnős. A támlának voltam dőlve, Harry pedig háttal nekem a mellkasomnak, egészen eddig, mivel nem volt különösképpen miről beszélgetnünk, csendben üldögéltünk, miközben Harry az őt átkaroló karjaimat piszkálgatta, a váratlan kérdésemre viszont felém fordította a fejét.

– Kire? – pislogott, miközben a haját a füle mögé tűrte, én pedig mivel elengedett, szorosabban fontam köré a kezeim.

– Margot-ra – feleltem kicsit szégyenlősen, mert tahónak tartottam felhozni a témát, mégis muszáj volt megkérdeznem.

Harry erre csak elszakította rólam a tekintetét, és viszszadőlt a mellkasomra, hogy csak az oldalprofilját lássam.

– Néha – vett egy nagy levegőt. – Igen, szoktam. De ez gondolom így a normális, hiszen közel álltunk egymáshoz. Oké, nem olyan közel, mint veled – mosolyodott el a mondata közepén, mire én is akaratlanul mosolyra húztam a szám. – De igen, gondolok rá. Bár mostanában leginkább egy szép emlékként, nem dühösen, amiért már nincs itt.

– Ennek nagyon örülök – tettem a vállára az államat, mire a bal kezével végigsimított a borostámon. – Ő is biztosan örülne neki.

– Igen – vágta rá egyből, és tényleg érződött rajta, hogy kezdi elengedni a nevelője negatív halálélményét és egy szép gondolatként tekinteni rá. – Na meg, ha Margot még itt lenne, nem ismernélek téged – tette hozzá, mire felemeltem a szemöldökeimet, ő pedig hátrafordulva ismét rám nézett. – Most mi van? Ez így van.

– Akkor is eléggé morbid a nevelőd halálához kötni a megismerésem – nyögtem ki, majd a vállába temettem a homlokom és úgy mormogtam tovább. – Szerintem nincs közük egymáshoz. Margot elment, és nektek szükségetek volt valaki másra. Csupán egy véletlen, hogy anyukád épp aznap ment fel az oldalra, mikor már az én képem is ott virított. Egy abszolút véletlen incidens következménye az, hogy most itt ülök.

– Így gondolod? – ráncolta össze a homlokát Harry, miközben én visszatettem az állam az előző helyére, ő pedig ismét az arcomhoz nyúlt, hogy most ott birizgáljon.

– Így. És azt hiszem, hálás lehetek a sors ironikus véletlenjének – nyöszörögtem halkan, ugyanis nem tudtam, mit gondoljak egyelőre Harryről. Annyiban voltam biztos, hogy kedvelem. Eléggé. De ezen túl, az iránta létező gondolataim tömkelege egy hatalmas homályban úszott.

– Szerintem – kezdte Harry megköszörülve a torkát, pont mikor már azt hittem, ezzel vége a beszélgetésnek, és ismét nyugodt csend telepszik ránk, ami egy idő után biztosan elaltatott volna. – tévedsz. Nem hiszek a véletlenekben. Minden okkal történik.

– Okkal? – mosolyodtam el cinikusan a bölcsességén, mire megpaskolta az arcomat.

– Okkal – bólintott végül határozottan, visszatérve a komolyságához. – Két lélek nem talál rá a másikra egy szimpla véletlenből. Ez az én látószögem.

Nem is mondtam semmit. Csak puszilgatni kezdtem az arcát, ezután pedig már nem is telepedett vissza ránk a kérdésem előtti harmónia, hanem Harry szembefordult velem és a nyakam köré kulcsolt kézzel húzott le magához.

Péntek este hat óra volt, amikor melegítőben és elaludt hajjal a konyhában forgolódtunk Harryvel, vacsorát készítve magunknak, és kivételesen a szüleinek is, akik itthon voltak. Igaz, arról nem volt szó, hogy én is velük eszek, mert Adel délután bejelentette, hogy családi vacsorát szeretne, ami ugye hármójukra vonatkozik. Én pedig felajánlottam, hogy segítek vacsorát csinálni, aztán eltűnök a szobámban. Nem azért tettem, mert annyira nagylelkű lennék, hogy átvállalok egy alapból nem rám kiszabott feladatot, csak már egészen megszoktam a Harryvel való főzést, ráadásul élvezem is, amilyen abszurd ötletei vannak neki.

– Most teljesen biztos, hogy ezt a kettőt össze kéne öntenem? – húztam el a számat, ahogy a tűzhelyre pakolt lábasokat néztem, mire Harry, aki eddig nekem háttal hagymát pucolt, mellém ugrott.

– Ahogy mondod – felelte határozottan, és helyettem is megfogta a kisebbik edényt, és átcsorgatta a fűszerezett ketchupot a nagyobbikba. Így kaptunk egy teljesen undorító végeredményt, ahogyan a bolognai szósz keveredik egy kis meleg és fűszeres paradicsomszósszal, mire undorodva húztam el a számat, miközben oldalasan Harryre néztem, aki csak mosolyogni tudott ezen.

– Ezerszer ettem már ilyet, ne finnyáskodj – szólt rám, majd az elképedt arcomat látva odahajolva csókot nyomott a számra, amitől kicsit felébredtem. Ő egyből visszatért a hagyma pucolásához (Isten tudja, az mire kellhet), mire én is inkább mellé léptem és kedvesen elkezdtem rángatni a kezét.

– Ezt add ide – vettem el tőle a kést és a hagymát is, mire felvont szemöldökkel nézett rám. – És te foglalkozz inkább azzal, amit kotyvasztani kezdtél. Én nem vagyok hajlandó – mondtam neki komolyan, mégis leplezett vigyorral, mire ő csak felsóhajtva megforgatta a szemét és a tűzhely elé sétált.

Pár perc múlva végeztem is a hagymákkal, és mivel egész eddig csendben sürögtünk egymás körül, talán néha csak Harry fütyörészett, halkan mögé sétáltam és hátulról átöleltem a derekát.

– Ezzel fogod megmérgezni a szüleidet? – kérdeztem csípőből, mire Harry csak letette a fakanalat és mérgesen nézett rám oldalra. Nem tehetek róla, de amikor így néz mindig erős késztetést érzek a röhögésre. És csak hatalmas önuralommal tudom visszafogni magamat, hiszen annyira vicces, amikor bosszantom.

– Ezzel foglak megmérgezni maximum téged, ha nem szállsz le rólam – felelte végül dünnyögve, majd ismét a fakanálért nyúlt, de kivettem a kezéből, mire már épp felhorkantott volna, de a derekánál fogva magam felé fordítottam, mire ő unottan nézett le rám.

– Mérgezz meg, Kedvesem – kezdtem incselkedve, viszszafojtott mosolygással, miközben a dereka köré fontam a karom, a hangom lejtésére ő is elmosolyodott és elszakítva a tenyereit a mellkasomról átkarolta a nyakamat. – Csak ne feledd, az egyetlen méreg az életedben én vagyok.

– Elrontasz? – emelte fel vonakodva a fél szemöldökét.

– Eltaláltad – ezek után pedig már nem volt feldúlt, hogy mi lesz azzal az undorítósággal a főzőlapon, hanem lehajolva megcsókolt, ami percekig eltartott. Egészen addig, ameddig meg nem hallottunk lépteket, amik egyre közelebb kerülnek a konyhához.

– Harry! – kiáltotta a léptek gazdája, azaz Adel, már egészen közelről, mire Harryvel ösztönösen húzódtunk el egymástól, majd én el akartam engedni, de Harry egész egyszerűen... ellökött. Mármint, a mellkasomnál fogva a földre lökött, hogy pont eltakarjon a konyhasziget, de akkor is szájtátva néztem rá, hogy mégis mit gondol magáról, mire ő csak beharapva a száját megvonta a vállát, amolyan „ez van faszfej" stílusban. Majd mintha mi se történt volna visszafordult a tűzhely felé, én pedig meghúzódva a konyhapult takarásában magam elé húztam a combomat és átkarolva azt vártam, hogy mi fog történni. Adel becsörtetett a konyhába alig két másodperc elteltével, mire a szívem a torkomba ugrott.

– Hát itt vagy – morogta, mire a takarásból csak annyit láttam, hogy Harry az anyja felé fordul eldöntve a fejét.

– Itt vagyok? – kérdezte gúnyosan feltartva a kezét, hogy mégis mit akar, hogy ekkora hévvel és cinizmussal érkezett.

– Sam? – kérdezett hirtelen Adel engem, mire én csak a lehető leghalkabban próbáltam levegőt is venni, ugyanis fogalmam sincs, mivel magyaráztam volna azt, hogy itt rejtőzködök a pult mögött. Nem hinném, hogy péntek este bújócskázni lenne kedve bárkinek is. Azaz, én nem lennék az az idióta, Harrynek azonban az nem jutott eszébe, hogy egyszerűen hátat fordítson nekem, és én is neki, nem, inkább lelökött a földre, hogy maradjak csak ott. Kedves.

– Mosdóba ment – vonta meg a vállát, mire csak megráztam a fejem hitetlenkedésemben. Igaz, most már még kínosabb lett volna, ha csak így felállok, hogy sziasztok, leejtettem egy kanalat és már húsz másodperce azt keresem a földön.

– Oké – felelte Adel, mire újra lépteket hallottam és egy pillanatra elakadt a lélegzetem, hogy meglát, amiben nem lenne semmi gond, csak alapból elég groteszk lenne, ha a pultsziget mögött kuporogva találna rám. De a hangok alapján csak kihúzta az egyik magasított széket és nekem a bal oldalamon elhelyezkedő oldalra ült le. – Azért muszáj vacsoráznunk hárman, Sam és Alberték nélkül, mert nagyon fontos dolgot kell mondanom.

– Igen? – kérdezett vissza Harry meglepetten, de továbbra is háttal Adelnek. A nő sóhajtásából arra következtettem, hogy ez nagyon zavarja, de húsz év alatt biztosan hozzászokott, hogy Harry mennyire szemtelen és szarkasztikus is sokszor.

– A nagybátyádról van szó – suttogta Adel, mintha valami titkolnivaló lenne a mondandóban, pedig ő úgy tudta, csak ketten tartózkodnak a konyhában. Kellemetlenül elhúztam a számat, amiért akaratomon kívül is kihallgatom ezt a magánbeszélgetést, és kedvem lett volna a helyzet abszurdságával nem foglalkozni, csak felállni és kisétálni onnan, de végül csak a minimálisra csökkentve a levegővételeimet lapítottam. Harry az anyja halk kijelentésére lassan felé fordult.

– Mi? – kérdezte ő is halkabban, hiszen ő tudta, hogy én éppen alig két méterre ülök a beszélgetés helyzetétől. Talán azt akarja, hogy ne halljam.

– Elmondok majd mindent – válaszolta Adel egyszerűen, mire Harry még mindig kitartóan méregette, ugyanis látszott rajta, hogy egyszerre érdekli a dolog, mellette mégsem akarja, hogy valami olyat halljak, amihez nincs közöm. Ez kegyetlenül hangzik, de én is tisztában vagyok vele, hogy rengeteg dolog van, amiről még nekem sem kell tudnom, hiába kerültünk egymáshoz ilyen közel. Nem fogadtam örök hűséget, tulajdonképpen semmit sem fogadtam, egyelőre ő sem, csak élvezzük egymás társaságát, ennyi az egész. Épp ezért teljesen érthető volt a zavarodottsága, na meg a néha lesikló tekintete is rám.

– Szóval most bejöttél ide, hogy elmondd, beszélnünk kell a nagybátyámról, miközben ilyen elhomályosult és bőgős a tekinteted, majd annyit közölsz, hogy majd elmondod? – csattant fel Harry, Adel azonban csendben maradt. – Meghalt? – kérdezte egyből stílust váltva, halkan.

– Nem! – vágta rá Adel egyből, kissé talán hisztérikus hangnemben. – Dehogy. Miket beszélsz, Harry, nem kell egyből ezt gondolnod, mikor annyit mondtam, hogy beszélnünk kell róla.

– Mégis mire kéne gondolnom, mikor amióta csak megszülettem, még egyszer sem jelentél meg ezzel – artikulált hevesen Harry. Eléggé látszott rajta, hogy mennyire gyorsan fel lehet húzni ezzel. Csak tudnám, miért. Nem, nem akarom tudni. Lehet, hogy igen, de azt mondom, hogy nem.

– Tudom, nem szoktunk beszélni róluk – hebegte Adel. – De nincs semmi nagy gond. Ne aggódj. Eredetileg nem is ezért jöttem.

– Akkor? – kérdezett vissza türelmetlenül csípőre téve a kezét. – Mondjad, mert túlfő a tészta.

– Sajnálom – nevetett fel szarkasztikusan Adel, Harry pedig megforgatta a szemét. – Hétfőn eljönnek.

– Mi? – motyogta Harry, mint aki nem hisz a fülének. Én is érdeklődve figyeltem, ugyanis ez új információ volt. Azt hittem, ide senki se jöhet. Nos, Adel mindig tud valami új információval szolgálni.

– Csak Landon és Lory – legyintette Adel, akire már ráláttam, ha kicsit kinéztem a rejtekhelyem mögül, ugyanis már a boltív alatt állt. – És Landon barátnője. Vagyis már menyasszonya.

– Miért jönnek? – vágta rá Harry, hiszen Adel egyértelműen kertelt, de ezek után is csak lágyan elmosolyodott.

– Harry – sóhajtotta. – Vacsora közben megbeszéljük – ezzel elsétált a konyhából, majd az étkezőn át is, elfordulva balra. Harry még az ajtó felé fordulva állt, miközben én lassan feltápászkodtam és a lehető legóvatosabban sétáltam mellé, ugyanis nem tudtam milyen érzések kavarognak benne.

– Harry? – suttogtam, miközben a vállához értem, hisz továbbra sem mozdult meg.

– Folytassuk – motyogta az orra alatt, aztán kisétálva a kezem alól újra a lábasok elé telepedett.

Épp az ágyamon ülve olvastam egy könyvet, amit még Harry ajánlott, mikor halkan kinyílódott az ajtóm. Már nyolc óra múlt, ami azt jelentette, már több mint egy órája egyedül várakozok a szobámban, az időt pedig olvasással és tanulással ütöttem el. Ezért is, amint meghallottam nyikorogni az ajtómat, ami most kivételesen nem arról a folyosóról nyílt, ami összeköt Harry szobájával, egyből magam mellé raktam a könyvet, és a hátradőlt helyzetemből felültem. Harry egy szót sem szólva szelte át a szobámat, majd egyenesen arccal ledőlt az ágyamra, ezek után pedig meg sem szólalt. Hangtalanul tágra nyílt a szemem, és egyelőre meg sem bírtam mozdulni. Ahogy Harry sem, csak feküdt a takarómon, mint akit egyszerűen meglőttek és eldőlt.

– Harry? – susogtam végül, mikor vettem a bátorságot, hogy közelebb másszak és a hajához nyúljak. – Minden oké?

– Nem – reagálta habozás nélkül, mire megsimítottam a fejét.

– Ülj fel – kértem, miközben a hajában turkáltam. – Hallod. Gyere már – kérleltem, de meg sem mozdult, mire én a hóna alá nyúlva kezdtem húzni. – Kicsim, szedd már össze magad. Így nem tudok segíteni Harry!

– Jó, jól van – morogta, mikor sikertelenül próbáltam felállítani, majd kicsit már frusztráltabban szóltam rá. Felemelte a fejét a paplanomról, és hátrafésülve a haját feltolta magát, majd miután levette a cipőjét felmászott az ágyamra. Törökülésben ült le velem szemben, mire a kezéért nyúltam.

– Szóval? – faggattam tovább. Nyilván nem akartam tolakodó lenni, de ha így beront ide, valószínűleg el akarja mondani, csak játssza a drámakirálynőt, amit valljuk be, Harry imád játszani. Rám emelte a tekintetét, miközben a világ legaranyosabb leharcolt arcát vágta, ami önkéntelen mosolygást váltott ki belőlem.

– Van egy kis családi kalamajka – nyögte ki végül, majd egy pár másodperces szünetet tartott, hogy homlokráncolva bólinthassak, ezután pedig a maga hadaró tempójában kezdett mesélni.

A történet zavarosan kavargott a fejemben, ugyanis Harry rengeteg olyan dolgot mondott, ami nem kapcsolódott a fő történéshez, ami nem kapcsolódott egyáltalán a témához, vagy aminek nem volt értelme. Kicsit sokkos volt, így biztosan egy nagy dologról volt szó, de nem teljesen értettem meg. A lényeg lejött, ami annyiból állt, hogy a nagybátyja lemond a trónról. Vagy mi.

– Aham – bólintottam a mese végén határozatlanul, de azért úgy tettem, mintha tökre érteném. – És mi a probléma? – Harry elengedve a kezem csípőre tette a sajátját.

– Látom nem sikerült figyelni rám – nézett sértetten, mire megráztam a fejem.

– Én figyeltem, arról nem tehetek, hogy hadarsz és nem értem! – védtem meg magamat egyből, ő pedig erre csak sóhajtott.

– Az unokatestvérem lesz a király! Landon lesz a király, mert az apukáját alkalmatlannak nyilvánították az uralkodásra! – ismételte el újra hevesen artikulálva közben, mire ismét elhúzva a számat bólintottam.

– Mert Alzheimer-kóros – tettem hozzá, ugyanis valami ilyesmire is emlékeztem, mire Harry türelmetlenül bólogatni kezdett. – Harry én ezt értem, és csodálatos, de hogyan kapcsolódik ez hozzátok? – tudakoltam kedvesen, mivel nem akartam megbántani, ami úgy tűnt, ma nagyon könnyű.

– Fhú, annyira irritáló, hogy hülye amerikaiként nem érzed át a helyzetet! – dörrent rám, nekem pedig meglepetten nyílt nagyra a szemem. Erre Harryé is elkerekedett, miközben leesett neki, mit is sikerült kimondania. – Akarom mondani...

– Akarod mondani hülye portlandi, igaz? – kérdeztem cinikusan, miközben hátrébb csúsztam az ágyam támlájáig, és magam elé húztam a lábam, miközben kerültem Harry pillantását.

– Ne már, Sam – mászott utánam, majd a térdemre rakta a kezeit, ezzel akarva elérni, hogy ránézzek. – Tudod, hogy nem úgy értettem. Nézz már rám!

– Nem – vontam vállat, miközben erősen továbbra is az ablakomon kifele bámultam a sötétségbe, próbálkozva nem foglalkozni vele. Azzal nem számoltam, hogy hiába fiatalabb nálam két évvel, sokkal erősebb is, így mikor másodperceken belül rájött, hogy nem ér el semmit kérleléssel, lenyomta a térdeimet, és mielőtt még mérgesen visszahúztam volna őket a mellkasom elé, közéjük mászott. A nyakamba csimpaszkodott, miközben mindenfele csókolgatni kezdte az arcomat én azonban kelletlenül tartottam magam a sértődéshez.

– Ne haragudj már – suttogta a fülembe, miközben magához ölelt és a tarkómat simogatta. – Te vagy a legokosabb ember, akit ismerek – erre elmosolyodtam, bár belül átkoztam magam, hogy miért vagyok képtelen komolyan megsértődni rá. Az eddig mellettem hagyott kezeimet most köré fontam, hogy szorosan visszaöleljem, mire hálásan vett egy mély levegőt. – Szent a béke?

– Szent – rebegtem, miközben elhúzódott tőlem, hogy a szemembe tudjon nézni.

– És haragszol rám? – kérdezte, én pedig mosolyogva rajta megráztam a fejem. Erre ő is elmosolyodott, én pedig közelebb hajoltam és hosszasan megcsókoltam, csak hogy a pillanat varázsa ne vesszen el, Harry pedig békésen nyöszörgött erre egyet.

– Anyám írt – mondtam hirtelen elhúzódva tőle, mire meglepően nagy kő esett le a szívemről, hogy kimondhattam valakinek. Harry megilletődve nézett rám, majd lassan leengedte a kezeit a vállamról és az egyikkel az arcomhoz nyúlt.

– Mikor? – kérdezte halkan, mire megvontam a vállam. Nem azért, mert nem érdekelt, vagy mert nem tudtam, egyszerűen csak fogalmam sem volt, hogyan kellene beszélnem a témáról. Ez nem olyan, hogy írt az anyám, hogy mi kell a boltból, vagy ilyesmi. Négy éve nem beszéltem velük, és soha senkinek nem beszéltem róluk nagyon részletesen (Lucának és Quinn-nek sem), így eléggé zavarba jöttem. Harry ezt nyilván észrevette, ezért simogatta a nyakamat.

– Azon a napon, amikor letámadtál – feleltem végül elmosolyodva, mire ő csak fennakasztotta a szemét.

– Amikor Tobyval bementünk érted a városba – fogalmazta meg másképpen, mire kelletlenül bólintottam.

– Nekem az én verzióm maradandóbb volt – feleltem sejtelmesen, mire Harry összeérintette az orrunkat. Hiába próbált komoly maradni, nem ment neki.

– Szerinted nekem nem? – nevetett fel közben, majd elhúzódva tőlem próbált átváltani komolyra. – Na, és visszaírtál?

– Dehogy – röhögtem fel kínomban, mire ő csak elképedve nézett rám. A mellkasomra csúsztatta a kezét, én pedig lassan elengedtem a derekát, vagyis inkább csak lazábban fogtam, nem öleltem. – Mit vártál? Hazarepülök teázni?

– Sam – sóhajtott fel, mintha egyszerre próbálna kedves maradni mégis kioktató jellegű. – Nem tudom, mit kellene várnom, ha sosem meséltél nekem róluk, azon kívül, hogy nem túl háborítatlan a kapcsolatotok.

– Igaz – bólintottam végül, majd lesütöttem a szemem. Most mesélnem kéne? Biztosan arra vár. De nem is tudom, hogyan kellene ezt elkezdenem. Nem lehetek ennyire töketlen, de ha a családom szóba kerül, valahogy mindig elszáll az életem összes energiája és magabiztossága, és átváltozok egy szótlan kisfiúvá, akivel lehetetlen kommunikálni emberi módokon belül.

– Nem kell mesélned, ha nem akarod – hebegte Harry összezavarodva ő is lesütve a szemét, mire én felkaptam a fejemet és hevesen megráztam.

– Nem erről van szó – reflektáltam egyből. – Csak fogalmam sincs, hogy kezdjem.

– Én nem várok tőled egy teljes bemutatót emlékekkel, mert arra gondolom nem állsz épp készen – vizslatott, mire én elhúzva a számat bólintottam. – Miért rossz a kapcsolatotok?

– Mert kitagadtak – feleltem egyszerűen. Nem akartam feszegetni a témát, azt viszont akartam, hogy Harry tudjon róluk. – Mert meleg lettem és más terveim voltak, mint nekik.

– Értem – válaszolta. – Ennyi?

– Körülbelül – néztem le az ölembe, talán ösztönösen is kerülve a pillantását.

– Majd egyszer – kezdte Harry nagy levegőt véve, miközben elcsuklott a hangja. – Majd egyszer, ha készen állsz rá, szólj. Meghallgatnám a családod történetét. Most azonban helyzethez mérten az jobban érdekel, hogy mit írt anyukád.

– Hát elég lényegre törő – morogtam, miközben kicsit felemelkedve az ágyról (Harryvel együtt, hisz továbbra is az ölemben ült) a hátsó zsebemhez nyúltam. Mikor kivettem onnan a telefonom gyorsan feloldottam és megkerestem az elolvasott, de válasz nélkül hagyott üzenetet, majd egyszerűen a kezébe adtam. Harry miután pár másodpercig hezitált, elvette a telefonom és végigfutott az üzeneten. Gondolom többször is, mert két sorból állt, ő mégis figyelte a képernyőt egy ideig.

– Ez érdekes – adta vissza, mire elvettem tőle, és mielőtt lezártam volna én is ránéztem a tömör üzenetre. *„Szia Samuel. Ha van egy kis időd, kérlek hívj fel! Puszil: anya és apa".* – Vissza kellene írnod. Nem tudhatod, miért keresnek.

– És ha nem is érdekel? – néztem Harryre kínomban mosolyogva, mire ő meg inkább fájdalmában mosolyodott el ezen, majd végigsimított az arcomon.

– De akkor sem tudod, mi a szándék – erősködött Harry, mire én csak megfogtam a kezét és levettem az arcomról.

– Tudom, hogy te nem érted, mert a szüleid egész életedben itt voltak – kezdtem, próbálva kedvesnek maradni, végtére nem ő tehet arról, hogy nem érti. Még jó is, hogy nem, egy traumával kevesebb. – De ha négy évig nem is érdeklődtek volna felőled, úgy, hogy haragban váltatok el, még azt sem tudják egyáltalán élsz-e... Úgy te se akarnál visszaírni nekik

– Én ezt értem – bólintott. – De végül is tudják, hogy életben vagy, hisz megnézted az üzenetet – erőltetett magára egy mosolyt, mire én csak unottan néztem rá. – Oké, értem. De szerintem akkor is írj vissza. Nem akarok vészmadár lenni, de tekintve, hogy tényleg nem írtak semmit, még érzelmek sincsenek az üzenetben, nem tudhatod, hogy nem történt-e valami nagy gáz. Mondjuk az egyik tesóddal.

Erre elkerekedett a szemem. Ilyen szemszögből még nem jutott eszembe gondolni a dologra, de úgy döntöttem, ezt most ignorálom és később megvívom ezzel kapcsolatban a belső harcomat. – Még hogy nincsenek érzelmek! – nevettem fel cinikusan. – „Puszil anya és apa”. Mit gondolnak az óvodás farsangon vagyunk, ahova házi készítésű sütit hoztak, én meg verset mondok? Mert ezzel már elkéstek!

– Csak egy szófordulat Sam – cáfolt rám Harry egyből, mire én mérgesen felhorkantam. – Oké, szólj, ha már tudsz éretten beszélni róla, mert addig semmi értelme, hogy felhergeljük magunkat a másikon.

– Ezt jól látod – dünnyögtem. – Csak azt nem értem, miért nem próbálod meg az én szemszögemből nézni a dolgokat. Kicsit utálhatnád velem őket, nem kéne kiállnod mellettük.

– Te jó ég – döntötte hátra a fejét Harry, majd feszülten nézett rám vissza. – Mert mondd, annak lenne értelme, ha itt ülnénk és percenként fasznak neveznénk őket felváltva? Én csak jó útra akarlak terelni! Egy percre sem adok nekik igazat, nem is ismerem őket, de már te sem. Lehet megváltoztak, és te köteles vagy adni nekik egy esélyt.

– Ez egyre rosszabb – már nem tudtam mit csinálni, csak nevetni kínomban. – Harry, nem vagyok köteles rá! Felnőtt vagyok, ők pedig kiraktak otthonról!

– És most keresnek – suttogta Harry. – És én csak nem akarom, hogy te legyél a makacs a történetben. Legyél te az okos. De mehetsz a saját fejed után is, amibe észvesztően beleépült egy gondolat, miszerint az egyetlen érzelem feléjük az utálat – hadarta halkan, majd lassan elkezdett lemászni rólam.

– Ne – szóltam erőtlenül és a csuklója után kaptam. – Ne menj el.

– De nem lehet veled kommunikálni! – válaszolta, mire én csak elszégyellve magamat elnéztem, de nem engedtem el.

– Erről beszéltem – makogtam csendesen. – Nem tudom, hogyan beszéljek róluk normálisan. Bocsánat.

– De ez nem a te hibád – lágyult el Harry is, majd belül már nem is voltam annyira szomorú, amikor hívatlanul is visszamászott a combjaimra. A mellkasomra hajtotta a fejét, mire én simogatni kezdtem a haját, amit egyébként kiemelkedően vonzónak találok rajta, főleg miután említette, hogy eszében sincs levágni.

– Tereld el a figyelmem – mondtam, miközben a falnak döntöttem a fejem. – Mondj valami mást.

– Hm – gondolkodott el egy pillanatig, de alig pár másodperc múlva már meg is szólalt. – Azért jön az unokatestvérem, hogy rólam beszéljen anyuval. Ezért fújtam fel, mert ez így már eléggé személyes.

– Ezt anyukád mondta? – kérdeztem vissza, miközben ő elemelte a fejét a mellkasomtól, hogy a szemembe nézhessen.

– Dehogy – rázta meg egyből a fejét. – Sosem mondana ilyet előttem. Csak hallottam, amikor azt hitte már csak ketten vannak apával.

– Szóval hallgatóztál – mosolyodtam el, mire Harry ezen csak elmosolyodva a mellkasomba bokszolt.

– Nem egészen, igazából véletlen volt – dőlt vissza rám, én pedig ismét a hajához nyúltam.

– Akkor találkozok az unokatesóiddal – tértem el kicsit a témától, Harry pedig erre csak alig érezhetően bólintott egyet. – Mesélj róluk.

– Meséljek? – nézett rám Harry meglepetten, mire furcsán biccentettem. – Hát nem is tudom. Évente kétszer látom őket, nem ismerem őket annyira.

– Nem baj.

– Oké, összeszedem a gondolataim – hunyta le a szemét, majd csukva tartva kezdett beszélni. – Nos, Landon pár évvel idősebb nálad, idén töltötte a huszonhatot. Születésem óta ismerem, világéletében komoly volt, talán erre nevelték, tudván, hogy egy nap ő lesz a király. Így hát Landon nagyon intelligens, nagyon összetett vitákat is le tud folytatni, ő tényleg az uralkodói szerepre született. Mellette amúgy vicces és tudja élni az életét, de mindig figyel, hogy a határain belül maradjon. Te biztosan kedvelnéd, mert ugyanolyan stréber, mint te.

– Mondja a legnagyobb stréber közülünk – nevettem el magam, mire Harry csak felnyúlva összeborzolta a hajam.

– Lory pedig – sóhajtott fel, majd elnevette magát. – Lorelai, de Lorynak hívjuk. Lory ő egy egészen más eset, mint Landon. Lehet úgy intenzívebb lesz, ha nem mondok róla semmit, hanem majd csak a találkozásotok pillanatában szembesülsz a személyével.

– Legyen így – bólintottam.

– Landon barátnője pedig Gwen, de vele én is csak egyszer találkoztam. Azaz, elvileg a menyasszonya. Ő irtó aranyos, de mellette van egy sajátos stílusa, amit elkerülhetetlen, hogy ne kedveljen az ember.

– Kíváncsian várom őket – mondtam, Harry pedig ezzel a lendülettel kibogozta magát a karomból, és szembefordult velem. Megragadva a tarkómat habozás nélkül magához húzott és összeérintette a szánkat.

– Mit csinálsz? – motyogtam leplezetlen vigyorral a szájába, mire ő a nyakam köré fonva a kezeit megrántotta a vállát.

– Megcsókoltalak – közölte egyszerűen. – Csak mert már régen tettem – tette hozzá incselkedve, mire én csak kinyögtem egy „aham"-ot és visszahajoltam rá.

Egyre többször kerülget minket az intenzív szexuális frusztráció, engem biztosan, Harrynél ez inkább csak szexuális vágy. Én már majd meghalok a feszültségtől, amiért nem érhetek hozzá. Jó, Harry sosem tiltotta meg, az erkölcseim tiltották meg, de szemmel már így is levetkőztettem jó párszor. Harry sokkal inkább tűnik úgy, mint aki már szintén nagyon szeretné, mégsem jutunk tovább sosem az áhítatos csókolózásnál, mert általában elhúzódok tőle, ő pedig zabosan néz rám.

Mint mindig, amikor kicsit szenvedélyessé válik a levegő lassan végigfektettem az ágyon, és fölé magasodtam, Harry pedig a derekam köré kulcsolta a lábát, mire belenevettem a szájába. Még perceken át itt ragadtunk, mire vettem a bátorságot, hogy az ingje gombjaihoz nyúljak, amivel hamar végeztem volna, tekintve, hogy kettő volt begombolva. Aha, végeztem *volna*. Mert megzavartak.

– Ó, te jó ég – hátrált ki Toby a szobából, behúzva maga mögött az ajtót. Kopogás nélkül tört be a szobámba, mi pedig Harryvel egy lélegzetvételnyire voltunk attól. Toby ezáltal lélegzetvételnyire volt attól, hogy instant meleg szexet lásson, de nem is ez volt a legnagyobb probléma. Hanem az, hogy konkrétan meglátott minket, ahogyan épp vetkőztetjük egymást, bár inkább én Harryt (egy ideig ő is piszkálta a pólóm alját, de mikor nem tudta lehúzni, inkább hagyta a francba). Egy pillanat alatt elhúzódtam Harrytől, de most nem a konyhában álltunk, ahol szét tudtunk volna rebbenni, vagy el tudott volna lökni magától, most konkrétan rajta feküdtem, szóval hivatalosan is szarban voltunk. A szívem a torkomban dobogott, miközben lenéztem Harryre, aki biztosan nem csak a túlfűtött csókolózástól pirult ki, hanem valószínűleg a rajtakapás miatt. Kapkodta a levegőt alattam, miközben egyikünk sem mozdult meg, de szavak nélkül, csupán szemkontaktussal beszéltük meg, hogy tutira végünk van, ha most ezt elmondja Adelnek.

– Szállj le rólam – sziszegte Harry halkan, mire igyekeztem feltolni magam, de a sokktól még nem igazán ment. – Komolyan, fogalmad sincs, mennyire nem akarom, hogy leszállj, de most muszáj lesz, hogy utána mehessek – suttogta hadarva, mire idegesen bólogatva megértettem mit beszél és felültem.

– Nem láttam semmit – szólalt meg hirtelen Toby az ajtó másik oldaláról, mire Harryvel automatikusan egymásra néztünk már mindketten biztos távolságra ülve a másiktól. – Jó de, igazából igen.

– Azt gondoltuk – szólaltam meg már normális hangerővel, mire Toby vette a bátorságot és lassan tolni kezdte az ajtót, hogy szembe nézzen velünk. Mintha néma csendben kellett volna maradnia belépett a szobába és óvatosan behajtotta maga után az ajtót. Talpig vörösödve nézett ránk, pedig már csak úgy ültünk egymás mellett, mint két barát, nem két *nagyon jó* barát.

– Ti keféltek? – kérdezett rá hisztérikusan mindenféle kertelés nélkül, mire én ösztönösen elképedt fejjel rávágtam, hogy „*nem*", egy időben Harryvel, aki azonban azt dünnyögte, hogy „*akartunk*". – Ez őrület! – esett le Toby szája, én pedig zavarba jöttem, ahogy lesütöttem a szemem. Eléggé beparáztam, hogy ezt úgy érti, hogy én vagyok a pedofil alkalmazott, aki időnként megdugja a munkaadója fiát.

– És mondd, nem tudsz kopogni? – förmedt rá Harry, akit úgy néz ki cseppet sem az érintett szíven, hogy ránk nyitottak, hanem inkább az, hogy emiatt abba kellett hagynunk.

– Én kopogtam – emelte maga elé a kezeit védelmezően, mire mindketten nagyra nyílt szemekkel néztünk rá. – Arról nem tehetek, hogy ti nem hallottátok.

– Volt más dolgunk – morogta Harry, Toby azonban még mindig a megrázkódtató 'két smároló srác' élmény hatása alatt állt.

– Ez tisztára elképesztő! – fogta a fejét, miközben az ajtómnak dőlt. – Mióta tart?

– Egy hete – felelte Harry, mintha csak annyit kérdeztek volna tőle, hogy mióta szereti a kenyeret.

– Én nem tudtam, hogy meleg vagy Harry – ráncolta a homlokát.

– Én sem, hidd el – reflektált egyből vigyorogva én pedig kezdtem elsüllyedni a helyzet kínossága miatt.

– És azt sem, hogy te – mutatott most rám.

– Meglepő, de én igen! – vágtam rá feldúltan, mire mindketten megszeppenve néztek rám. – Most mi van?

– Hihetetlen, hogy te a srácokat szereted – motyogta Toby maga elé, mire megforgattam a szemem.

– Leszopjam itt helyben előtted, hogy elhidd, vagy nem muszáj? – kérdeztem szarkasztikusan, pedig nem szoktam ennyire szókimondó lenni ezen a téren, most azonban a felszabaduló ösztrogéntől csak hulltak a helytelen szavak a számból. Egyből Harryre néztem, aki a kijelentésemre csak beharapva a száját próbálta leplezni a vigyorát, Toby pedig kicsit lefehéredett.

– Én… – dadogta zavarodottan. – Csak egy cigarettát akartam, de inkább elmegyek a dohányboltba, mert most eléggé beszartam, hogy valóban megteszed.

– Cigizel? – kapta rám a fejét Harry, mire én csak erőtlenül eldőltem az ágyamon és sikítani tudtam volna elég sok dologtól egyszerre. A szüleim üzenete miatt, amiért rajtakaptak minket, bár leginkább az elviselhetetlen szexuális frusztráció miatt.

10.

Mázlis egy bolond

A hétfő egy szempillantás alatt elérkezett, én pedig eléggé feszengeni kezdtem.

A péntek este óta már alapból kínosan éreztem magam minden percben, amit a saját szobámon vagy Harryén kívül töltöttem, hisz most már mégiscsak hárman voltunk, akik tudtak erről a dologról. Harry, én és Toby. Toby pedig az éretlenség fogalma. Mármint tud komoly lenni, de ahogy számunkra kiderült nem a titkokban. Ez pedig eléggé egy bombává tette a kerülgetésünket Harryvel, ami bármikor robbanhat, ha Toby véletlenül elszólja magát. Ami úgy nézett ki, bármikor megtörténhet.

Harry azonban egy egészen önálló és merész lépésre szánta el magát, így kezdtem kételkedni abban, hogy kettőnk közül én vagyok a domináns személy.

– Szóval – huppan le mellém, miközben egy hatalmas narancssárga pokrócba csavarja magát. Mosolyogva nézek rá, hisz annyira édesen és nevetségesen fest egyszerre, hogy nem bírtam megállni. Vasárnap éjszaka van, mi pedig egészen eddig filmeket néztünk a szobámban, mikor úgy döntöttem kiülök csillagokat nézni a megszokott vörös kanapéra. Harry pedig persze, hogy velem tartott, csak előtte a saját szobájába ment a takaróért. – Egész kínos volt a hétvége, nem? – kérdezi, miután befészkelte magát a mellkasomra és megvárta, hogy átöleljem a vállát. Én csak vállat vonva bólintok.

– Eléggé – válaszolom, miközben már a kupolán át bámulok kifelé. – Bírom Tobyt, de olyan gyökér – nevetek fel. – Emlékszel, amikor szombat reggel reggelizni mentünk, ő meg pont a konyhába beszélgetett Adellel?

– Persze – vágja rá Harry, miközben belesimul a vállamba. – Az a hülye kiöntötte a tejet, aztán összevissza makogott.

– Oké, ne bántsuk – kelek végül mosolyogva Toby védelmére, hisz maga sem tehetett arról, hogy hirtelen érte, ráadásul a közepén a Harryvel való viszonyom. – Holnap viszont jön a családod.

– Ne is mondd – sóhajt fel Harry. – Őszintén izgulok. Utoljára a huszadik születésnapom környékén jártak itt, azóta pedig elég sok változáson mentem keresztül én is, el sem tudom képzelni, velük mi lehet.

– Biztos okésak lesznek – felelem. – A változás mikor volt gond?

– Ami azt illeti, a változás nem mindig pozitív dolog – fordul felém, mire én megforgatom a szemem.

– Oké, én bírom a bölcs, világi idézeteket köpködő énedet, de éjfél lesz és én fáradt vagyok az elmélkedő Harryhez – közlöm vele kíméletlenül, mire ő csak sértetten visszaesett a mellkasomra.

– Lehet késő van ehhez – ért egyet velem Harry. – Lehet késő van ahhoz is, amit kérdezni akarok. De eddig halogattam, és mivel Landon-ék itt lesznek egy ideig, nem hinném, hogy lesz rá alkalmam. És éjszaka az emberek szókimondóbbak is.

– Oké, ne süketelj már – vágok közbe, mire Harry bosszúsan elhúzza a száját, de valóban a lényegre tér.

– Csak azért csinálom ezt, mert neked nincs elég tököd hozzá! – vágja előtte az arcomba, mire már leesett szájjal akarom ezt kikérni magamnak, de közben végig rám néz, és pontosan tudja, hogy biztosan rácáfolok, ha ilyet mond, ezért nem várja meg a reakciómat, csak az arcomnál fogva megcsókol. Nem mondom azt, hogy bánom, amiért ezzel elvette a lehetőséget

208

tőlem, hogy kérdőre vonjam, de mikor elhúzódik már el is felejtem, hogy töketlennek nevezett. – Elmondod mi ez?

– Micsoda? – kérdeztek vissza, kivételesen nem azért, hogy kimondassam vele a dolgokat, amik kimondatlanul is tisztán értelmet nyernek, most valóban nem tudom, mire kérdezett rá.

– Köztünk – rágja a szája szélét, mire az én szemem tágra nyílik, Harry azonban egy percre sem jön zavarba (amire képtelen vagyok rájönni, hogyan csinálja). – Tudod, hogy őszinteséget várok az emberektől, akkor is, ha az kegyetlen. Szóval mondd ki, ha csak meg akarsz dugni, vagy mondd ki, ha mást akarsz.

– Az én kérdésem az, mit értünk a más alatt – húzom egy nyertes mosolyra a szám, mire Harry lehajtva megrázza a fejét, miközben felnevet. Választ kapott a kérdésére, amivel viszont lehetséges, hogy sikerült zavarba hoznom. Ez pedig valamilyen megmondhatatlan okból büszkeséggel tölt el, hisz Harry egyike azon kevés embereknek, akik két véglet is képesek képviselni. Például ő az egyik legszégyenlősebb ember, akit ismerek, mellette mégis lehetetlen pirulásra bírni, ha úgy akarja.

– Meglehet, hogy egy tartósabb dolgot – mondja incselkedve, miközben önuralmat gyakorolva szinte a számra suttog.

– Ha azt akarod, hogy megkérdezzelek, leszel-e a barátom, ahhoz előbb meg kell mondanod, mikor kezdtél kedvelni – lehelem én is, mire ő csak egy kicsit eltávolodva eltátott szájjal mered rám.

– Te fasz – nevet fel, majd akaratlanul is beletúr a hajába. – Még a szexualitásomat sem tudom, mit akarsz hallani?

– Találjuk ki együtt – vonok vállat, mire ő is csak így tesz.

– Én sosem kedveltem senkit – kezdi, miközben a füle mögé tűri a haját, és úgy helyezkedik, hogy velem szemben üljön és ne kelljen ebben a kifordított pozícióban maradnia. – Így – mutat végig rajtam, mire széles és magabiztos mosolyra húzom a szám. – És fogalmam sincs mikor történt. Én az első perctől fogva szimpatikusnak találtalak, hiába voltál egy katasztrofális attitűdű barom.

– Tessék? – kérdezem közbevágva teljesen hitetlenkedve, de Harry csittegéssel hallgattat el.

– Aztán mikor már empatikusabb lettél velem, mondhatni kedveltelek. Egy idő után ez pedig átfordult egy afféle érzésbe, amit azelőtt nem éreztem Margot iránt. Se anyuék iránt, az unokatestvéreim, senki más iránt – kivételesen nem hadar, hanem minden szót lassan formál meg, mintha csak nem akarna a mondandója végére érni, miközben folyamatosan a füle mögé tűrögeti a haját kínjában. – Mert őket is szeretem, de valahogy te... – sóhajt fel, mire tágra nyílik a szemem, Harry pedig pont ekkor néz rám. – Most mi van? – ijed meg, ahogy az elképedt arcomat nézi, majd pár másodpercen belül leesik neki, mit mondott, és a szája elé kapja a kezét, mintha ezzel csak visszaszívhatná az egészet.

– Elismételnéd? – kérem, ugyanis egyszerre akarom húzni az agyát, közben meg újra hallani.

– Nem! – vágja rá vérszemet kapva. – Te jó ég – fogja a fejét, miközben a mellkasomba fúrja, mintha ezzel elbújhatna. Pár pillanat kellett csak, ameddig összeszedi magát, én pedig végig vigyorgok, mint egy komplett idióta. – Ez a világ legtragikusabban unromantikus szerelmi vallomása, hallod? – böködi meg a mellkasom, mire én csak izgatottan bólogatok, és megragadva a nyakát magamhoz húzom, hogy szenvedélyesen megcsókoljam, nem foglalkozva azzal, hogy összekócolom a haját, vagy hogy ő rám tenyerel alul, amilyen hevesen elkaptam.

– Bolond vagy – suttogom, miután sikerült elengednem, Harry pedig lesütve a szemét ismét a hajához nyúl.

– És ez a bolond tökre beléd bolondult – motyogja kerülve a szemkontaktust, én pedig átölelve a nyakát magamhoz szorítom, hogy a szuszt is kiöleljem belőle.

– Legyen Windsor, leszek a pasid – nyögöm ki, hogy le tud-
juk zárni a témát, aminek mindenki boldog befejezést köny-
velhet el. Harry csak felnevet ezen, ezek után pedig egy egész
éjjelt csókolózással és idióta kamaszlányos nevetgéléssel töl-
töttünk, mint valami rossz friss szerelmesek. Végtére, azok
voltunk nem?

Így történt, hogy november 24-e éjszakáján mondtuk ki,
hogy együtt vagyunk. Furcsán hangzik, ha rágondolok,
de annál kellemesebb érzés. Utólag pedig beleborzongok,
hogy Harry burkoltan szerelmet vallott nekem, amit a ro-
mantikus ellentétjének tartott, pedig nekem egész életem-
ben ez volt a legromantikusabb, ami történt. Az, hogy egy
bársony kanapén, egy ocsmány takaróval burkolt fiú el-
mormolja, hogy belém esett. Én is belé, de erről még nem
szükséges tudnia.

Másnap reggel, talán nulla alvás után érthetően kel-
tünk mindketten nagyon morcosan. Összegabalyodva éb-
redtünk, szinte egy időben. A redőny alatt áttörő sugarak
ébresztettek, mire a félhomályban körül kémleltem a szo-
bámban, anélkül, hogy megmozdultam volna. Harry bé-
késen szuszogott mellettem, azaz inkább a mellkasomba
bújva, ugyanis ő volt az első dolog, amit megláttam, amint
kipattantak a szemeim. Hálásan elmosolyodtam, hiszen
ehhez hozzá tudnék szokni, hosszútávon is. Óvatosan vé-
gigsimítottam a csupasz hátán, csak úgy ösztönösen, mi-
közben vészesen próbáltam keresni a falon az időt, ahova
a lézeres lámpám kivetíti, de nem nagyon sikerült megta-
lálnom. Ebből arra következtettem, hogy vagy lemerült
az elem, vagy egyszerűen vak vagyok a kontaktlencsém
nélkül, ami egyébként viszonylag ésszerű. Mire azonban

visszanéztem, Harry már álmosan ásított a vállamba, utána pedig nagyokat pislogott rám.

– Szia – köszöntött előbb ő, én pedig egy pillanat alatt, mintha csak hideg vízzel öntöttek volna le ébredtem fel a karcos hangjától. Közelebb vonva magamhoz én is búgtam valami jó reggelt félét, utána pedig megcsókoltam, mert a párok így szokták. Nem? Nem megy nekem ez a kapcsolat dolog, ebben egészen biztos vagyok.

Miután Harryvel még szenvedve hemperegtünk az ágyamon a keléstől való undorodás miatt, elég sokáig elhúzódott az idő. Abban a szerencsés helyzetben találtam magam, hogy rám mászott és egészen elmerültünk egymásban, ami mondhatni most intenzívebb volt, mint általában szokott, tekintve, hogy nem nagyon volt rajtunk ruha. Ezért is teljesen szétestem, amikor Harry kisebb hangokkal adta tudtomra, hogy mennyire élvezi a helyzetet, én pedig épp eldöntöttem, hogy ideje fordítanunk a helyzeten, hogy onnan folytassuk, ahol pár napja Toby miatt kellett abbahagynunk, viszont mire megmozdultam volna két erőteljes kopogást hallottam a folyosó felőli ajtómról. Egy másodperc töredéke alatt toltam el Harry fejét magamtól, mire ő hálátlanul felmorgott.

– Ezt nem hiszem el – háborgott, kicsit hangosabban suttogva, mire a szájára tapasztottam a kezem, és a lehető leghangtalanabbul csendre intettem.

– Sam? Bemehetek? – hallottam Adel hangját az ajtó másik oldaláról. Erre az állati, vagy lehet sokkal inkább emberi ösztöneim beindultak, és lerugdaltam magamról Harryt, mielőtt az anyja benyit és a fiát találja rajtam egy szál alsónadrágban. Na az elég kellemetlen szituáció lenne, azt hiszem mindenkinek.

– Utállak – motyogta Harry, amikor nem csak erőszakosan ledobtam magamról, hanem megragadva a felkarját lerángattam az ágyról is, és vészesen kezdtem el rejtekhely után kutatni patthelyzet révén. Én csak ebben a szituációban is elmosolyodtam rajta, miközben jobb híján benyomtam az ágy alá, ő pedig hőbörgött, mire nekem kisebb deja vu-m támadt. „Ez van faszfej" – gondoltam magamban, majd mintha mi sem történt volna visszahuppantam az ágyamba. Úgy tettem, minthogyha csak most ébredtem volna, ezért a lehető legálmosabb hangomon válaszoltam Adelnek, hogy bejöhet.

– Szia – mosolygott rám, mikor átlépte a küszöböt, majd behajtotta maga után az ajtót. – Ugye nem keltettelek fel? Nem akartam, te jó ég, ne haragudj.

– *Semmi gond, nem keltettél fel. Épp a fiaddal akartam kefélni, de nem haragszok, hogy megzavartál minket* – futott végig akaratlanul is az agyamon, mire egyből elrejtettem az idétlen vigyoromat.

– Semmi gond – feleltem végül, miközben felültem az ágyban, Adel pedig rögtön a tárgyra tért.

– Nem tudod, merre lehet Harry? – kérdezte, mire én természetesen nemleges válasszal ráztam a fejemet. – Csak mert tegnap azzal kívánt jó éjszakát, hogy holnap majd korán kel, hisz az unokatestvérei már bármikor ideérhetnek. Tíz óra múlt és nincs a szobájában! Azt hittem itt aludt – tette hozzá az utolsó mondatot már csak futólag, mire én bepánikoltam.

– Miért aludt volna itt? – kérdeztem a feszengés miatt automatikusan, mire Adel csak zavartalanul vállat vont.

– Mittudomén, mert itt szokott, ha úgy van – felelte tök egyszerűen. – De akkor nincs itt. Azért szólj, ha látod.

– Úgy lesz – nyögtem ki, Adel pedig intve egyet behúzta maga után az ajtómat. Pár másodperc múlva hallottam, ahogy a cipőkopogása távolodik, majd a folyosó ajtaja is bezárul, mire szabadon elterültem az ágyon.

– 'Miért aludt volna itt?' – gügyögte Harry, miközben kimászott az ágyam alól, teljes mértékben gúnyolódva rajtam. – 'Azért, mert már egy hete szexelni akarok vele, de valaki mindig elrontja' – tette hozzá a saját gondolatait, miközben halál nyugodtan visszamászott rám, miközben a csuklóimat összefogva a fejem felé szegezte őket, hogy az eltoló kezeim nélkül csókolhasson a nyakamba. Én először csak felnevettem rajta, de amikor feltűnt, hogy ténylegesen folytatná most, ott, ahol alig két perce abbahagytuk nyöszörögni kezdtem.

– Elég lesz Harry – nyögtem, miközben ő határozottan lefogva a kezeimet nem szakadt el tőlem, én pedig attól féltem, ha ezt folytatja elvesztem az önkontrollomat, de ez nagyon nem a tökéletes pillanat volt. – Hallod! – szóltam rá erélyesebben, de még csak egy hangra sem méltatott. Erre már kihasználva az elkalandozását kirántottam a csuklóim a dominánsan szorító markai közül, és a lehető legkedvesebben igyekeztem letolni magamról.

– Beállsz a sorba azok mögé, akik félbeszakítják a dolgokat? – törölte meg a száját, mire én csak felnevetve ezen megráztam a fejem. Úgy néz ki Harryt is utolérte az elkerülhetetlen szexuális frusztráció.

– Nem, Kedvesem, nem – válaszoltam végig mosolyogva rajta, ő viszont továbbra is durcásan nézett rám. – Csak anyukád most mondta, hogy tíz óra múlt és mindjárt ideér a családod.

– Kit érdekelnek, ha most csak azt akarom, hogy…

– Sss – csitítottam el, mielőtt befejezte volna a mondatot, aminek egyértelműen, szó szerint meg tudnám mondani, mi lett volna a vége, de elég, ha én tudom, a világ pedig nem. – Menj a szobádba, vegyél fel egy csinos kis inget nekem, és el ne felejtsd ne begombolni – utasítottam, mire végre Harrynek is meggyengült az arca és a csapzott haját eltűrve az arcából elmosolyodott.

– Oké főnök – válaszolta, majd odahajolt, hogy egy gyors csókot váltsunk, majd komolyan maradva felállt az ágyamról.

– Ha lehet, ne nagyon vegyék észre, hogy tőlem surrantál ki – tettem hozzá felnevetve, mire Harry csak pimaszan hátrafordulva csóválta a fejét, majd egy puszit küldve a tenyerével kisétált a nyílt folyosóra, ami az ő szobájába vezet. Megbotránkozva döntöttem hátra a fejem, hisz az évszakok lassan télbe fordultak, ez a vadbarom pedig alsónadrágban és minden bizonnyal álló farokkal rohangált odakint.

Nem túl sietősen, de nem is komótosan készültem el. Bevetettem az ágyam, ahogy minden nap szoktam, de most különösképp fontosnak véltem, hiszen akármennyire is furcsa bevallani, tartottam a találkozástól Harry unokatesóival. Hiszen úgy néz ki az egyikőjük közülük hamarosan trónra ül, és morbid az elképzelés is, hogy bármelyik percben beléphet az ajtón.

A hajamat fellakoztam, a ruházkodással meg nem töltök annyi időt, mint Harry, így csak egy fehér pólót vettem fel fekete nadrággal, arra rá pedig a zöld kapucnis pulcsimat. Mivel idebent mindenki cipőben közlekedik a tornacipőmbe is belebújtam és már teljesen éberen sétáltam át Harry szobájába. Mint a régi időkben, amikor alig egy hónapja voltam itt, és miután elvégeztem a reggeli teendőimet átnéztem Harryhez, hogy rendben van-e, vagy éppen mindenkit utál. Ma véletlenül sem együtt ébredtünk, csak egy egyszerű ellenőrzésre megyek, mint ahogy az állásom szerint tennem kellene. Illedelmesen kopogtattam az ajtón, mire a másik oldalról nem hallottam semmit, így csak egy öntelt vigyorral a képemen a hátam mögé téve a kezem vártam.

– Te most szórakozol? – nyitott ajtót Harry, miközben felső nélkül állt, a nadrágját rángatva magára. – Itt ordibálok, hogy gyere, de látom nem sikerül.

– Nem hallottam – mondtam, miközben megragadta a pulcsim elejét és berántott a szobájába, majd becsapta az ajtót, mielőtt kereszthuzatot kelt. – Honnan kiabáltál?

– A gardróbból – válaszolta, miközben visszasétált oda, én pedig lemaradva tőle követtem.

– Talán azért nem hallottam – forgattam meg a szemem. – Hé, fordulj ide – kértem, mire Harry érdeklődve fordult felém, én pedig oldalra döntve a fejem összeráncolt homlokkal nézegettem a mellkasát. – Kedvesem, mondtam már, hogy a jobb madárkád sokkal szexuálisabban néz ki, mint a bal?

– Na hallgass – fordított hátat nekem unottan, miközben visszalépett a rendezett akasztós szekrénye felé, én pedig a saját magam kijelentésén nevetve sétáltam mögé, és lerogytam a random pihenőhelyre a gardrób közepén (?).

– Az a kiválasztott? – kérdeztem rábökve egy feltűnő darabra, amit viszonylag sokáig tartott a kezében filozofálva. Harry frusztráltan megrázta a fejét.

– Dehogy! Szerinted egy amerikai filmben vagyok, ahol a negyven éves sörhasú apukát alakítom, aki ostoba vakációra viszi a világ legnyomibb családját? Ne nevettess már! – zsörtölődött, mire én szinte felvisítottam rajta, ahogyan mérgesen rángatta az ingjeit, mert egyiket sem találta megfelelőnek. Feszült Harry szórakoztató, mármint nagyon.

Pár perccel később kirángatott egy hupilila színű, talán szatén darabot, mire én a számra tapasztottam a kezem, nehogy felröhögjek rajta.

– Most mi az? – mordult rám, ahogy meglátta a megsemmisült arcomat, miközben belebújt a rövidujjú ingbe.

– Kiemeli a szemed – böktem ki a totális kiröhögése határán, mire Harry ledobva magáról hisztisen csattant fel.

– Oké, Thompson, gúnyolódj csak! – nyafogta hisztérikásan, majd földhöz vágta az inget, és összefonva maga előtt a karját lecsúszott a földre. Megelégeltem a szivatását, és már meglágyulva kuporodtam volna mellé, hogy ölelgessem, miközben már komolyan elmondom neki, hogy milyen szép, de mielőtt megmozdultam volna, Adel jelent meg a gardrób boltíve alatt.

– Harry? – lihegte, hisz egészen úgy nézett ki, mint aki idáig futott. – Szia Sam – köszönt nekem is mellékesen, majd a falnak támaszkodva visszanézett a fiára. – Itt vannak. Kettő perc múlva legyél lent, vagy az istenemre esküszöm, hogy a fülednél fogva ráncigállak le – Adel hadart, majd mielőtt reagáltunk volna rá, már el is tűnt, Harry pedig pánikszerűen tágra nyílt szemmel meredt rám. Én pedig felugrottam, és felvettem a földhöz vágott inget.

– Hé – guggoltam le elé, majd az állánál fogva magamra irányítottam a tekintetét. – Vedd fel ezt – nyújtottam neki, mire ő csak idiótán csücsörítve nemlegesen rázta a fejét. – Harry.

– Nem veszem fel, mert az mondtad béna! – vágta rá, mire a haját a tarkójára nyomva ragadtam meg.

– Nem Kicsim, ezt te mondtad – feleltem neki, majd miközben odahajoltam alig egy másodpercre a kezébe adtam az inget. – Szép vagy. Mindig szép vagy. Ne hisztizz már.

Harry erre a mondatomra, igaz próbálta elrejteni, de akár a tejbetök vigyorodott el. – Szerinted szép vagyok.

– Annál is szebb – tettem hozzá, Harry pedig erre feltartotta a mutatóujját, jelezve, hogy figyeljek rá.

– Ezért elfeledem hát a mai összes bűnöd – jelentette ki diplomatikusan, mire ráérősen a térdemre támaszkodtam.

– Mik is a bűneim így ébredés után fél órával? – kérdeztem játékos hanglejtéssel, mire Harry csak ülő helyzetében már az ing ujjain nyúlt át.

– Maradjunk annyiba, hogy a legnagyobb az, hogy nem szexelsz velem – válaszolta egyszerűen, mire lehajtva a fejem felnevettem. – De mindegy, még úgy sem engedném.

– Mi? – kérdeztem vissza automatikusan, fel is nevetve a kijelentése abszurdságán. Ugyanis amit mondott, nem fér össze a cselekedeteivel, amikor tök természetesen teper le, amint kedve szottyan, vagy akad alkalom. – Miért?

– Majd meglátod egyszer William – felelte sejtelmesen, majd kicsit feltornászva magát lágyan megcsókolt, miután begombolt talán három gombot az ingen. Nem eresztve húztam fel magammal álló helyzetbe, majd miután még átölelve a derekát hagytam pár másodpercig, hogy szenvedélyesen csókoljon elhúzódtam tőle, és tolni kezdtem kifele, hisz volt egy érzésem, hogy az ígért két percünk már réges-régen elmúlt.

A lépcsőn még fogtam Harry derekát, ahogy előttem sétált, azonban amikor nem is annyira a távolból egy idegen nevetést hallottam meg, szinte ösztönös cselekedet volt, hogy elengedtem, mire Harry felvont szemöldökkel vetett rám egy pillantást a válla felett, de haladt lefele, mintha mi sem történt volna. Én pedig fokonként távolabb maradtam tőle, mert kénytelen voltam. Hamar leértünk, majd egy nagy levegőt vettem, hátha ezzel leküzdöm a torkomat szorongató gombócot, majd lehunytam a szemem, amikor Harry átlépte a boltívet.

– Harry! – kiáltotta egy idegen női hang, de teljesen biztos voltam benne még vakon is, hogy egy idős női hangot hallottam, de igyekeztem egyelőre nem felfedni magam Harry nagyobb alakja mögött, hiszen ez az ő érkezése volt. A boltívnek dőltem oldalasan, majd amikor a nő, aki az előbb megörült Harrynek a nyakába is ugrott. Vörös haja volt, annak ellenére, hogy idősebbnek tűnt, a haja is egészen igazin festett, nem festettnek. Harry meglepetten karolta át a derekát, majd a szabad kezével csak intett a szobában tartózkodó további személyeknek. Észrevétlenül kémleltem körbe.

Adel az egyik kanapé szélén ült, miközben mosolyogva nézett Harryre, mellette pedig Edward állt, ahogyan a vállára tette a kezét. Elizabeth sürgött összevissza, hol teát téve a dohányzóasztalra, vagy elfutva egy kis cukorért. Toby nem volt jelen egyedül, ugyanis Fritz időnként megjelent pár csomaggal, amiket gondolom a vendégek kocsijából hord befele. Az ajtótól alig egy méterre pedig feszengve álldogálva láttam meg az idegeneket. A királyt? Igen, szerencsésebb, ha így nevezem. Landon egyenes háttal, háta mögé tett kezekkel várakozott, miközben lágyan mosolyogva nézett az imént érkezett Harryre, de szinte egyből el is szakította róla a tekintetét, hogy a mellette álló menyasszonyára nézhessen. A lány egy világi optimistának nézett ki, de lehet megint elfogultan ítélek kinézet alapján. Landonnál talán egy fél fejjel volt alacsonyabb, és jókedvűen, vigyorgó arccal álldogált, miközben a barátja keze a derekán volt. Landonhoz képest ő egészen laza ruhában volt, hiszen míg a vőlegénye fehér ingben és öltönynadrágban jelent meg, rajta egy egyszerű farmer volt, rózsaszín bojtos pulcsival és egy nyaksállal. A rózsaszín jól állt neki, hisz kiemelte a váll alattig érő szőke haját. Szép lány volt, mellette azonban állt még valaki. Minden bizonnyal ő volt a másik unokatestvér, aki cseppet sem úgy nézett ki, mint számítottam rá. Unottan a körmét piszkálva dőlt a falnak, egy hétköznapi huligánnak tűnve inkább, mint arisztokrata hercegnőnek. Egy laza kék ruha volt rajta, ami mellesleg nyári, ahhoz képest, hogy ősz van, de sebaj. Mellette egy bézs bakancsot viselt, majd ennek tetejébe a feje búbjától egészen a melle alattig ért le az éjfekete haja. Ő volt Lorelai, akiről Harry nem mesélt.

– Nem tudtam, hogy te is itt leszel Ruth – húzódott el Harry a vörös hajú nőtől, aki bizonyára Landon és Lorelai anyukája lehetett. Harry kijelentésére csak negédesen elmosolyodott, miközben még mindig a lapockáját markolta.

– Nekem is meglepetés volt – jelentkezett Adel szórakozottan, Harry pedig ellépett Ruthtól, és az unokatestvéreihez sétált. Landon elengedte a barátnőjét, és nagyra nyitva a kezét várta Harryt, aki már látványosan vágyakozóan borult bele a karjaiba, Landon pedig boldogan mosolyogva szorongatta meg. Mielőtt elengedte megsimogatta a haját, Harry pedig váltott vele pár szót, amit nem hallottam. A menyasszonyhoz is odalépett, akit óvatosan karolt át, egyáltalán nem olyan érzelmekkel fűtötten, mint a vörös nőt, vagy Landont. Udvariasan megdicsérte a kinézetét, mire a szöszi csak nevetgélve Harryn legyintett, majd visszasimult a barátja kezei közé. Harry utoljára a feketéhez lépett, aki ellökve magát a faltól, csak megpaskolta Harry felkarját.

– Szia nyomi – köszönt természetesen, mire a bátyja meglökte a vállát, ő pedig felháborodva nézett rá. – Szia Harry – javította ki magát, Harry pedig hiába volt háttal nekem, minden bizonnyal mosolyogva csóválta meg a fejét.

– Te sose változol – nevetett fel, majd kihasználva a gyors reflexeit átölelte a lányt, aki egy ideig kapálózott, majd kelletlenül karolta vissza a nála jóval magasabb srác vállát. Ezután a pillanat után mindenkit eléggé szemügyre vettem, így a fal mellett húzódva próbáltam kikerülni a pillantásokat (amiből még egyet sem kaptam). Gondoltam kisurranok, segítek Albertnek cipekedni.

– Sam! – kiáltott utánam Adel, mire a szívem pumpálni kezdett, majd lefagytam ott helyben, akár egy idióta. Adel felszólalására egyből az összes tekintet rám tapadt. Edward a szokásos érzelmek nélküli arcával nézett, a vörös hajú nő kitágult, de érdeklődő szemekkel, Landon arcáról nem tudtam leolvasni bármit is, a barátnője mellette szélesen mosolygott rám, a fekete hajú pedig csak felhúzott

220

szemöldökkel, miközben csattogtatta a rágóját. Harry is oldalra nézett rám, egy sokatmondó, de biztató félmosollyal. – Ruth, ti még nem is találkoztatok Sammel. Sam Harry nevelője – mutatott be Adel, nekem a kifejezés hallatára viszont a torkomba nőtt csomó majdnem megfojtott, de azért szerencsétlenül intettem egyet, alapjáraton mindenkinek. – Bár sokkal inkább már Harry barátjának mondanám.

– Azok vagyunk, anya – mordult rá Harry Adelre, mire Landon a homlokához nyúlt, hogy leplezze a szórakozott mosolyát, Adel pedig frusztráltan nézett a fiára. Ezek után Harry egyszerűen ellépett Lorelai elől, és mellém lépett, miközben a vállamnál fogva kicsit megtaszajtott, ugyanis úgy nézhettem ki, mint egy esetlen óvodás, aki összecsinálta magát az oroszlánok barlangjában. – Sam, ők itt mindenki. Mindenki, ő itt Sam, a barátom – hangsúlyozta ki az utolsó szót, amit a szobából egyedül én tudtam, hogy nem véletlenül ejtette másképp, mint a mondat többi részét, de minden akaraterőmet összeszedve visszanyeltem a mosolygásomat.

– Sziasztok – nyögtem ki. – Csókolom – tettem hozzá, miközben az idős arcú nőre néztem, akit Ruthnak hívtak. Erre ő csak elmosolyodott, majd az aranyos, fiatalos sárga kardigánjában elém lépett, és mindenféle szimpátiával vegyítve megölelt, nem a kezét nyújtotta. Elképedt arckifejezéssel fogadtam, de azért kedvesen visszaöleltem a nő vállát, főleg, amikor Harry belebökött az oldalamba, amikor senki sem láthatta.

– Ruth Windsor – nyújtotta mégis felém a kezét, miután elengedett, én pedig elmormogva a nevemet megráztam. – Elnézést a heves fogadtatásért, csak szíven ütött az információ, hogy Harry a barátjának nevezett. Harrynek nem szoktak barátai lenni – hadarta a nő, mire Adel idegesen köhintett fel. Ruth erre hátrafordult, Adel pedig egy olyan arckifejezést vágott, mintha Harry nem nézné végig az egész jelenetet. Mögöttem állt, ennek ellenére biztos voltam benne, hogy kényelmetlenül elhúzta a száját. Ezek után azonban nem tudtam, nekem kellene-e a további három családtaghoz sétálnom, de Landon gyorsabb volt, és ő szelte át a távolságot.

– Landon Windsor – nyújtotta a tenyerét határozottan, mire nyeltem egyet, alig pár másodperc után pedig elfogadtam.

– Samuel Thompson – cincogtam, mintha szégyellném a nevem, vagy valami problémám lenne vele, mire Landon át is mosolygott a vállam felett, biztosan Harryre. Örülök, hogy Harry jól mulat a kisfiús zavaromon, de még nehezen fogadja be az agyam az információt, miszerint a közeljövőben trónra kerülő, nálam alig egy kicsivel idősebb srácnak mutatkoztam éppen be.

– Örülök, Samuel – csapkodta meg barátságosan a felkaromat, majd elállt az útból, ugyanis egyenesen fanatikus sorbaállás volt már mögötte.

– Gwen Evergreen – ragadta meg a kezemet a szőke lány, aki mellette olyan szépen, csillogó szemekkel mosolygott, hogy akaratlanul is oldódott bennem a feszültség. Gwen, miután kezet ráztunk még ostobán vigyorogva Harryre nézett, akit már kezdtem unni, hogy mögöttem áll, így nem láthatom a reakcióit. A lány még végigsimított a kezemen, ugyanott, ahol az előbb a vőlegénye megpaskolt, majd gondosan tipegve Landon mellé sétált, aki már Adellel beszélgetett valamiről halkan.

– Lory – biccentett az utolsó számomra még ismeretlen családtag. Meglepett, hogy milyen barátian mutatkozott be, bár én harmadszorra is elmakogtam a teljes nevemet, ő pedig felvonta a szemöldökét. – Thompson? Olyan a neved, akár egy állatkerti csimpánzgondozónak. El tudom képzelni magam előtt a jelenetet. „Thompson, gyere, meg kell etetni az orángutánokat!" – a lány hevesen artikulált, én pedig egész biztos, hogy pirulni kezdtem, amiért egy majomgondozóként gondolt a családi nevemre, ezt pedig meg is osztotta a külvilággal. Nem mintha Harryn kívül hallotta volna ezt más is, mivel a maradék szobában tartózkodók egy kis kört alkotva zártak ki minket, Lory is valószínűleg egy elterelő hadművelet volt, hiszen biztos vagyok benne, hogy a többiek Harryről beszélnek. Harry viszont a lány kijelentésére csak lazán átnyúlt a vállam felett, és meglökte a lányt, aki erre csak felháborodva nézett rá, úgy, hogy a szája is leesett. Láttam benne a rágót is. Ízléses. – Oké, bemutatkozok normálisan faszarc, de ne taszajtgass te engem.

– Okosan – suttogta mögöttem Harry, mire a lány megforgatta a szemét. Úgy gúnyolódtak egymással, mintha már évek óta legjobb barátok lennének, Harry bevallása szerint azonban évente alig párszor látják egymást. Mindenesetre tetszett, hogy Harrynek van egy hozzá közel álló ismerőse, akivel tud poénkodni.

– Lorelai Janet Windsor vagyok – pukedlizett egyet a lány, mire ahogy lehajolt pont láttam a feje felett ahogyan a bátyja unottan forgatja meg a szemét a testvérére. – de csak Lory. 18 éves, a Buckingham palotából érkeztem, mint sussexi hercegnő.

– Lory, nem vagy még koronás, ne legyen már akkora a szád! – szólt közbe hirtelen Landon, aki úgy néz ki egész eddig inkább a fekete hajú lányt hallgatta az anyja és Harry szülei helyett.

– Januárban lesz a koronázásom faszfej! – vágott vissza csípőből Lory idegbetegen megfordulva, miközben az ápolt haja majdnem megcsapott a lendületétől.

– Lorelai! – vetett egy mérges pillantást rá az anyja is, gondolom a káromkodás miatt, mire Lory visszanézve ránk megforgatta a szemét. – El nem hiszitek ezt Edward, de a kisasszony kiharcolta, hogy hercegnői címet kaphasson! Geoff meg volt botránkozva, ez ugye akkor történt amikor még... – fordult vissza Ruth Adelék fele, majd fokozatosan visszavett a hangerejéből.

– De hercegnő vagyok – tette hozzá már halkabban Lory, csak nekem és Harrynek suttogva. – Na de, mutassátok meg nekem a báltermet két okból kifolyólag. Legyen három. Mert Adel szerint mióta utoljára jártam itt, fel lett újítva, mert le kell foglalnom Harryt, hogy mindenki rendesen elmondja arról a ronda seggéről a gondolatát, valamint mert én vagyok itt az egyetlen személy, akinek megvan a minősített rangja és méltósága, hogy belépjen egy bálterembe, akár egy kibaszott királynő – hadarta el Lory, majd meg sem várta, ameddig egyikünk is kinyögne bármit, csak kétoldalról belénk karolt, és sokkal inkább ő kezdett kalauzolni minket a bálterembe. – Mert említettem már, hogy kibaszott királynő vagyok, igaz?

A mai ebédet Fritzgerald főzte, hisz Harryvel szépen átaludtuk a délelőttöt. Adel hivatalos bejelentése szerint ebédkor szívesen látott minket is, azaz Tobyt, Fritzet, Elizabethet és engem is. Elizabeth udvariasan visszautasította, állítása szerint ő nincs itt olyan régóta, hogy illene ott lennie egy családi ebéden. Erre én is felszólaltam, hogy ez igazságtalan lenne, hisz én vagyok itt a legkevesebb ideje, de Harry amolyan „eszedbe ne jusson" tekintettel rázta a fejét az anyja mögött, amikor hozzá akartam tenni, hogy így én is kihagynám. Így fél egykor bűntudattal és egy kis félelemmel ültem le ahhoz az étkezőasztalhoz, amit az itt töltött hónapjaim során eddig meg sem mertem közelíteni, hisz annyira drágának tűnt, mint az egész életem. Előtte segítettem Elizabethnek bepakolni a vendégek csomagjait a földszinti szobákba, hiszen Albert főzött, én pedig nyilván nem hagytam, hogy egy lány egyedül cipekedjen. Harry morcos pillantást vetett felém, mikor emiatt magára hagytam Loryval, aki már egy jó ideje kedvtelve beszélt saját magáról.

Az ebéd egyszerű volt, az egyszerű alatt pedig három fogást értek. Azaz Adel egyszerűnek nevezte, de Ruth csak leintette, miszerint ez egy baráti ebéd, nem akart egyébként sem csillogást. Mikor nekikezdtünk az első percekben még csend volt, azután már én is izgulni kezdtem, hogy ki fog megszólalni először, de sokkal inkább azért, hogy kihez fognak szólni.

– Albert, ez elképesztő – végül Edward volt az első, aki feldobott egy témát, ami eléggé közhelyes, de végül is nem a semmiért dicsérte meg az ételt, Fritzgerald tényleg nagyon jó a főzésben. Csak büszkén kihúzta magát a hallottakra, miközben lassan mindenki mormogva egyet értett, hisz Fritzgerald nem beszél. Edward az asztalfőn ült, ami a konyhának volt háttal, bal oldalán pedig Adel. Mellette ült Ruth, majd Gwen és Landon. Én voltam a szerencsés, aki helyet kapott Edward másik oldalán, kicsit feszengve is éreztem magam. Mellettem volt Harry, majd Lory, Fritzgerald pedig mellette. Vele szemben foglalt helyet Toby, ennyiben pedig ki is fulladt a jelen lévők száma.

– És mondd Sam – kezdte Ruth, miután lenyelte az ételt. Valószínűnek tartom, hogy lefehéredtem, ugyanis ezer imát elmondtam magamban, hogy csak hozzám ne szóljanak, csak hozzám ne, mert biztosan dadogni kezdenék, akár egy gyökér, pedig így se érzem, hogy megfelelő első benyomást tettem Harry családjára. Megszeppenten néztem fel a tányéromból, miután kimondta a nevemet, meglepetésemre pedig nem csak a vörös hajú nő nézett, hanem szinte mindenki más is. – Franciaországból származol? Esetleg valami felmenőd ott született? Ez a Samuel nekem nagyon franciás – merengett a nő, én pedig miután elmotyogtam magamban egy „mindent bele Sam"-et, próbáltam a lehető legintelligensebben, maradjunk annyiban, hogy értelmesebben válaszolni.

– Amerikából származok, kicsi korom óta ott élek – kezdtem, határozottabb hangon, mint gondoltam, hogy sikerülni fog. Ruth bólintva hallgatott, én pedig próbáltam kizárólag neki címezni a mondandóm. – De még itt, az Egyesült Királyságban születtem. A nevem pedig nem francia, nincs sok közöm magához az országhoz.

– Mindezek ellenére gyönyörű név – tette hozzá Ruth, miközben negédesen mosolygott rám, mire én elmotyogtam egy köszönömöt.

– Sam csak szerénykedik – kapcsolódott be Adel, mire a falba tudtam volna verni a fejem. – Tolmácsnak tanul, francia tolmácsnak, így nagyon is van köze a nyelvhez.

– Igen? – csillant fel Ruth szeme, én pedig zavartan vállat vontam.

– Nem túl nagy dolog – suttogtam, Ruth azonban teljesen lelkes lett.

– Mondj valamit – kérte áhítatosan, mire elkerekedett a szemem. Hirtelen alsó tagozatban éreztem magam, ahol az egyik osztálytársam kért meg fellelkesülve azon, ha megtanultam egy új idegen nyelvű szót, hogy mondjam el. Ennek ellenére megköszörültem a torkom, és minden zavarom ellenére gyorsan kimondtam az első mondatot, ami eszembe jutott.

– La nourriture est très délicieuse – mondtam gyorsan, mire Ruth boldogan mosolyogva nézett rám. Edward csak halkan evett mellettem, Adel ugyanolyan csillogó tekintettel bámult, mint a vörös hajú (le sem tagadhatná, hogy egy családból vannak), Landon csak csendesen figyelt, miközben néha Gwenre nézett, akinek pedig biztosan valami pozitivitásproblémája lehet, mert eddig nem sikerült még letörölnie a mosolyt az arcáról, ami valószínűleg érkezéskor tapadt rá. Minden bizonnyal Lory villája csattanását hallottam, miután kimondtam az elképesztő nyelvpörgető francia szavakat, Harry pedig, mivel senki sem láthatta, az asztal alatt összeérintette a combjainkat.

– És mit jelent? – kérdezte Adel, mire épp válaszoltam volna, de valaki megelőzött.

– Az étel nagyon finom – vágta rá Gwen, mire én kicsit meglepetten néztem rá, ő pedig csak idegesen mosolyogva húzta be a nyakát, mintha egészen eddig Landon győzködte volna, hogy csillogtassa meg a tudását. – Ami mellesleg így van Albert – nézett most a bajszosra, mintha ezzel elterelhetné magáról a figyelmet.

– Gwen! – kiáltotta Ruth. – Miért nem hallottalak még franciául beszélni?

– Mert még csak pár hónapja kezdte – válaszolt Landon a barátnője helyett, miközben megmozdult a keze, amin édesen elmosolyodtam, hisz biztosan megfogta a kezét az asztal alatt. – Lelkesen tanul a...

– Jó felfogtuk, csodás, hogy ketten is tudnak a csigafétisesek nyelvén – szólt közbe Lory cinikusan, mire Ruth egy csúnya pillantást adott neki. – Na de ki tud még közülünk spanyolul? Csak én?

– Csak te – bólintott Landon komolyan. – Te is csak azért, mert kiskorod óta úgy gondolod, hogy Spanyolországban igazából esőerdők vannak, és olyan életet fogsz élni pár év múlva, mint Katy Perry a *Roar* klipjében.

– Barcelona és Brazília nem ugyanaz, gyökér – förmedt rá Lory. – Kiskoromban kevertem, ez igaz, de a Katy életmódról még nem mondtam le, és honnan tudod, hogy a jövőbeli elefántjaim nem csak spanyolul tudnak?

– Valamiért úgy sejtem, hogy ez nem így van – dünynyögte Landon magában, miközben Gwen jól szórakozva rajtuk átölelte Landon bicepszét.

– Egyébként én is tudok franciául – jelentette ki Harry, visszaterelve a témát, mire Adelen és Edwardon kívül mindenki a szemét meresztgetve nézett rá. Engem is beleszámítva.

– Harry annyi nyelven tud, hogy már számolni sem tudom – legyintett Adel unottan, de látszott rajta, hogy mindeközben a mennyire büszke anyuka szerepben is benne van.

– Mégpedig? – kérdezte Ruth Harryre nézve, miközben ráncolta a homlokát.

– Angol, francia, német, olasz, spanyol – számolta Harry, lehajtva az ujjait, amit annyira édesnek találtam, hogy muszáj volt elnyomnom a mosolygásomat. Mellette pedig egészen dögös ujjai vannak, jó, hogy ezt is megállapítottuk.

– Mi? – háborodott fel Lory, pontosan ugyanabban az időben, mint amikor az anyja elérzékenyülve dicsérgette Harryt.

– Volt időm rá – vont vállat Harry, szomorúan mosolyogva. – Mindenre van időm.

– Ami azt illeti – dőlt előre Landon, Gwen arcáról pedig most először fagyott le a mosoly, amióta itt vannak.

– Témánál vagyunk – lehelte Lory elégedetten, miközben ő hátrafele dőlt, amolyan balhé szagot érezve.

– Majd vacsora közben, Landon – korholta le egyből Adel, Ruth pedig bólogatni kezdett, mire Landon megvetően nézett rájuk, miközben visszadőlt a szék támlájáig. – Már megszoktam – nézett Harry az unokatestvérére, akinek erre felfutottak a szemöldökei. – „Harry előtt csend! Harrynek ne mondd el! Harrynek nem kell tudnia róla" – imitálta az anyja hangját, Adel pedig elhúzva a száját hajtotta le a fejét. – Így nőttem fel – tárta szét a karját.

– Minden a te érdekedben történik – motyogja Adel, a felszabadult társalgás meg átalakult valami másba. Kicsit gyászos lett a hangulat. – Miért itt kell ezt?

– Én csak elmondtam Landonnek, hogy egyáltalán nem meglepő, hogy megint ki akartok hagyni valamiből – válaszolta Harry csípősen, én pedig már ismerem annyira, hogy tudom, mikor áll közel ahhoz, hogy elboruljon az agya. A lehető legóvatosabban, hogy Edward se lássa (nem mintha szellemileg annyira jelen lett volna a teremben) az asztal alatt a combjára csúsztattam a kezem, hátha leveszi ebből, hogy valóban nem a legjobb az időzítés. Harry közben leengedte a kezét, és szintén az asztal alatt mozogva megmarkolta a tenyeremet, és erősen szorította azt. Felnéztem a tányéromból, mire elszabadult a káosz. Ruth volt az első, aki robbant, kérdőre vonva Adelt és Edwardot, hogy miért nem engedik élni Harryt. A két szülő, inkább Adel azt hajtotta, hogy ne beszéljenek mindenféle ilyenről vacsorakor, erre pedig Harry is beszállt a lassan családi csetepatés ordítozásba. Erre Edward dörrent rá a fiára, ezzel bekapcsolódva, miközben Gwen mindenkit próbált csitítani, Lory pedig hangosan röhögött körülbelül mindegyik ordítás után. Toby közben felállt és elkezdte összeszedni a tányérokat, bár Ruth előtt otthagyta, hisz a nő úgy hadonászott, hogy nem mert a közelébe menni. Fritzgerald teljesen átszellemülhetett egy másik univerzumba, ugyanis teljesen úgy tűnt, mint aki meg sem hallja, ahogy mindenki egymásnak esik. Én pedig szembe találtam magam Landon tekintetével, aki már hosszú ideje bámulhatott, mert majd átbökött a szúrós nézésével. Amint szemkontaktus alakult ki köztünk ő lefele biccentett, pontosan arra a pontra utalva, ahol a terítő leple alatt Harry szorongatta a kezemet. Én pedig lehet feltűnően nagyot nyeltem, majd elkaptam róla a tekintetem, hogy tovább bámuljak a tányéromba.

Miután nagy nehezen véget ért az ebédkor kialakuló hidegháború, aminek a terhe egész délután nyomást tett mindenkire, szétszéledt az egész család. Ruth utolsó mondatai szerint aludni ment, bár hozzátette, hogy bevesz hozzá három nyugtatót is, szóval őt aznap már nem láttuk. Adel a veszekedés végére már sírt, így Gwen felajánlotta, hogy csinál neki egy teát, ők ketten eltűntek a konyhában. Edward és Landon a szivarszobába indultak, Lory pedig így vagy ránk maradt volna, de azt mondta eléggé unalmasnak talál, így Gwen magukkal hívta őt is. Erre csak annyit mondott, hogy ők még unalmasabbak, mint én, és se szó, se beszéd a bátyja után indult szivarozni. Kedves teremtés, de legalább ketten maradhattam Harryvel a délután folyamán, akinek erre hatalmas szüksége volt.

Fél órán keresztül a haját simogatva csitítottam, miután elbújtunk a függönyök közé, Harry pedig sírva fakadt. Én meg addig simogattam, ameddig végül el nem aludt, bár valószínűleg azért, mert kimerült a zokogásba. A délután pedig így gyorsan eltelt.

Harry nyüglődött nekem, mikor Adel kicsit személytelenül közölte vele, hogy fél óra múlva vacsora, de végül visszaöltöztettem normálisba és miután a fennmaradó húsz percünket csókolózással töltöttük (tíz elment Harry hisztijével), már újultabb erővel ment le. Én már előtte leosontam a konyhába és melegítettem magamnak valami vacsorát, ugyanis semmi pénzért nem tenném ki a lábam a szobából, mikor ezek kint ólálkodnak. Landon egyértelműen nem bír, Loryról képtelen vagyok eldönteni, hogy ez a sajátos stílus, amiről Harry beszélt, vagy ő is utál, Ruth most ki van ütve, Fritzgerald meg például eddig sem kedvelt, ha már azoknál az embereknél tartunk, akik, ha öszszefognának, el akarnának ásni. Ezért bezárkóztam Harry szobájába, hisz úgysem jön ma már erre senki sem, majd miután elhelyezkedtem az ágyán felhívtam Quinnéket, de még semmit sem említettem nekik, pedig millió dolog történt, mióta utoljára beszéltem velük normálisan. Órán nyilván találkozunk, de ott nem fogom felhozni, hogy öszszejöttünk Harryvel, vagy hogy az ország leendő uralkodójánál elvágtam magam, így, ha fegyveres katonák törnek rám egy nap, hogy lemészároljanak, az ezért lesz. Csak hallgattam, miközben megvacsoráztam, ahogy az én mostani felfordult életemhez képest az ő szánalmas napjaikat elemzik, majd mielőtt elköszöntünk volna lebeszéltem velük egy találkozót még a hétre.

– Sam! – érkezett meg Harry, majd kicsattanva az örömtől, miközben türelmetlenül végigmászott az ágyon. Hirtelen ért az érkezése, miközben már szinte egy órája egyedül ültem a sötétben egy filmet nézve, bár már szinte oldalasan feküdtem. Annyi reakcióidőt sem kaptam, hogy fel tudjak ülni, ugyanis Harry izgatottan rám mászott, és felém magasodva megcsókolt. A film halkan szólt, miközben Harry csak néha húzódott el, hogy egy kis levegőért kapkodjon, azon kívül azonban addig nem szállt le rólam, ameddig én el nem toltam. Elzsibbadt a belső combom, ahogyan Harry ráhelyezte az egész súlyát, de ezek után le is pattant rólam, és a sarkára ülve engem is ülő helyzetbe segített, majd miután nekidőltem az ágya támlájának egy kis rikkantás keretében megállás nélkül mosolygott, ahogyan mégis visszamászott rám. Széttárt lábbal mászott az ölembe, annyira közel férkőzve hozzánk, hogy összesimult a mellkasunk, én pedig nagyon meg akartam kérdezni, hogy mi történt, amiért ennyire őrülten feldobott, de átkarolta a nyakamat, hogy megint percekig csak elvesszünk egymásban, ez pedig egy ördögi körré alakult, ami nem akart véget érni.

– Oké Szívem – húzódtam el, meghozva a döntést, miszerint ennyi elég volt, most már nagyon kíváncsivá tett. – Mi volt? Túl boldog vagy ahhoz az állapotodhoz képest, mint amikor távoztál.

– Annyira – suttogta Harry, miközben felfele emelte a tekintetét és beharapta a száját, ebből tudtam, hogy épp szavakat keres. Halványan elmosolyodtam, miközben még mindig a derekát öleltem, ő pedig a nyakamat, ami sokkal szebbé tette a pillanatot. Itt hivatalosan a kedvenc pillanataimmá váltak a *Harry boldog* pillanatok. – Annyira felülmúlhatatlan most minden.

– Igen? – kérdeztem, Harry pedig ténylegesen nem tudta befejezni a vigyorgást, miközben hevesen bólogatni kezdett, annyira, hogy a haja előrebukott, de nem foglalkozott vele. Elemeltem a tenyeremet az oldaláról, hogy kiigazítsam a tincseit a szeméből, ő pedig hálásan nézett rám ezért, majd nem törődve az előző kijelentésemmel, miszerint egy kicsit nyugodjunk le, újra a számra hajolt, de most csak alig pár másodpercre. Elhúzódott, de közel maradt, hogy a számra suttogjon közvetlenül.

– Megyek Párizsba, Életem – suttogta vigyorogva, mire én eltoltam, hogy a szemébe nézhessek, ugyanis az enyém akkorára nőtt, hogy muszáj volt látnom, igazat mond-e. – Veled. Megyek veled Párizsba.

Két óra múlva osontam ki Harry szobájából, csak vissza a sajátomba, hogy áthozzam az ágyneműmet, mert elképesztő hidegre fordult az idő. Odakint borzalmasan hangos széllökések voltak, Harry pedig már szinte sírt a félelemtől, és nem engedett ki, hogy a közös folyosónkon menjek. Szipogva közölte, hogy a végén levisz egy fuvallat a folyosóról, ő pedig akkor egyedül tölti az éjszakát, a hátralévő életével együtt. Sokszor megmosolyogtat, hogy Harry mennyi gyönyörű dolgot tud mondani nekem, anélkül, hogy észrevenné, mennyire imádnivaló. Így hát kockázatosan terveztem átvágni az épületen, mikor ilyet nem szoktam csinálni, hisz ott a folyosó. De mit tehettem volna, amikor a Kedvesem ott pityergett az ágyon, csupán azért, mert arra akartam menni. Persze hogy megpuszilgatom és a másik irányba megyek.

A leghangtalanabbul, ami csak lehetséges volt, osontam ki Harry lakrészéről, miközben gyorsan eldöntöttem magamban, ha valaki rajta is kap, ahogyan Harryhez cuccolok, rá tudom fogni arra, hogy fél a viharban. Adel is tudja, hogy akkor át szokott jönni hozzám, most annyiban más, hogy én költözök. Nem nagy dolog. Behúztam magam mögött a kétszárnyú ajtót, mielőtt becsapja a huzat, miközben én a szobámba sietek, az pedig hatalmasat visszhangzana. De majdnem összecsináltam magam, amikor megfordultam, ugyanis vagy nagyon rossz a lelkiismeretem, vagy valóban ijesztő volt, ahogyan alig egy méterre állt a sötét félhomályban a király csíkos pizsamában.

Az agyamban káosz volt, ugyanis lebuktam, ahogyan Harry szobájából somfordálok kifele az éjszaka közepén, amire Landon előtt nem volt mentségem. Így csak álltam vele szembe, mint egy haláli fasz, nagyon is várva most azokat a bizonyos katonákat, akik egy nap a vesztemet fogják okozni, ha összetűzésbe keveredek ezzel a férfival.

– Mit csinálsz? – kérdezte, egyértelműen nem érdeklő-
dő, barátságos formában. Lefagytam. Nem tudtam vála-
szolni, csak a pánik közepette próbáltam valami észszerűt
válaszolni, mikor az isten szerelmére, annyit kellett volna
mondanom, mint amit kitaláltam, hogy fogok. De Landon
olyan más volt, mert tudom, hogy látta, ahogy ebéd köz-
ben a kezét fogom. Azért méregetett gyanakodva egész
étkezés alatt.

– Én… – kezdtem dadogva, de ő erre megrázta a fejét,
és udvariatlanul közbeszólt.

– Megdugtad? – biccentett Harry szobája fele, rá utalva,
mire nekem a kertelés nélküli, határozott cifra kérdésétől
tágra nyílt a szemem. Hatalmasra.

– Micsoda? – kérdeztem vissza felnevetve a kérdés os-
tobaságán, ráadásul úgy döntöttem, nem érdekel ki ez az
ember, nem érdekel mekkora hatalma van, engem senki
nem gyanúsíthat ilyennel, mikor nem is ismerjük egymást.
Félretettem hát a szégyenlős, kisfiú Samet, aki mindenki-
vel illedelmes és tisztelettudó, és átváltottam egy sokkal
inkább villámokat szóró tekintetű Samre. – Mit gondolsz,
egy házi kutya vagyok? Harry a barátom, és undorító, hogy
azt feltételezed megerőszakoltam.

– Harry nem ilyen – vágta rá egyből, én pedig nem tud-
tam melyikünk a nevetségesebb. Ő, a csíkos pizsamájában,
vagy én, aki nyilvánvalóan Harry pólójában volt. – Máshogy
viselkedik. Nem ilyen forrófejű, és Margot-ot sosem véd-
te ennyire, mint ma *téged* vacsoránál. Mit csináltál vele? –
elakadt a szavam, ugyanis Harry részletesen beszámolt a
vacsoráról, de egy szóval sem említette, hogy én is előke-
rültem. A fejemről lefagyott a kezdeti bátorság Landon-
nal szemben, pedig szabad utam volt, bármit válaszolhat-
tam volna. Hogy Harryvel együtt járunk. Hogy Harry a
mindenem, hogy szerelmes vagyok belé. Mert az vagyok,

elpusztíthatatlanul és feltételek nélkül az vagyok. És ezt mind az unokatestvére képébe vághattam volna, ugyanis nem csak az zavart, hogy kötekedni kezdett velem, az sokkal inkább, hogy az életem egyetlen értelme fél a viharban én pedig egyedül hagytam, mert ez a nagyképű balfácán éjszaka idekint mászkál, hogy Harry szobája előtt táborozzon.

– Harry ilyen – szögeztem le, majd folytattam volna, azt még nem tudtam melyik indokkal, de az egyiket biztosan az orra alá dörgöltem volna, ha nem szól közbe ismét.

– Nem ismerlek téged, Samuel, nem akarok ítélkezni – kezdte sziszegve, én azonban tűrtem a pillantását. – De most erősen ajánlom, hogy fordulj meg, bújj el a szobádba, és imádkozz egész éjszaka, hogy el ne áruljam Adelnek, hogy a fiát döngeted, miközben te itt pénzért dolgozol. Én pedig most bemegyek Harryhez, de előtte még itt megvárom, ameddig visszaérsz a saját szobádba.

Mit tehettem volna? Egy megvető pillantás után hátat fordítottam neki, és behúztam magam mögött az ajtómat.

11.

A helyed a könyvemben

Négy nap alatt nem tudtam megszokni, hogy vendégeink vannak. Bár sokkal inkább magamat éreztem vendégnek, akit nagyon nem látnak szívesen.

Ha átlagban nézzük azonban, kedveltem Harry távolabbi rokonait. Ott volt Ruth, aki minden szófordulatában, minden mozdulatában kísértetiesen Adelre emlékeztetett, pedig, ha a köteléket nézzük köztük, ők csak egymás sógorainak az élettársaik. De Ruth egyébként iszonyú vicces, mellette pedig egészen kedves a sajátos, empatikus módján. Nagyon szimpatizáltam azzal a tulajdonságával, amivel én nem rendelkezek, mégpedig a nyitottsággal. Úgy faggatott az életemről, mesélt a sajátjáról, mintha csak Adel második fia lennék, és ki kéne alakítania velem egy kapcsolatot. Nem szeretem a tolakodó embereket, de Ruth valamiért nem annak tűnt, inkább érdeklődőnek, ez pedig aranyos volt.

Gwen személye egészen csalóka. Nagyobb társaságban igazán tisztelettudó és nyájas, kicsit olyan semmilyennek tűnt nekem először. De ha leülsz vele egy helyre, ezáltal a szoba kietlen csendje szinte sóvárog, hogy egyikőtök dialógust kezdjen, akkor egészen más. Nem gondoltam volna, hiszen nem is ismertem, a teljes nevét sem tudtam volna felidézni egy kis gondolkodás nélkül, de... Gwen volt az első ember, akinek magamtól, rajtakapás vagy kényszerítés nélkül beismertem, hogy valószínűleg menthetetlenül beleestem Harrybe.

Megtalált egy gyenge pillanatomban, pontosan a második éjszaka közepén, amikor a konyhában üldögéltem egyedül. Landon már a második éjszakára zárkózott be Harryhez, én pedig egészen az összeomlás szélén voltam, ahogyan gondolom Gwen is, ha a konyhában kötött ki.

Nem igazán hagytak a gondolataim, miközben a Harrytől kapott melegítőmben és a kék kapucnis pulcsimban ülök a megszokott székemen a konyhában, teljesen egyedül. Pánikba vagyok esve, idegen érzés egyedül lenni. Már hozzászoktam és túlságosan elkényelmesedtem Harry állandó társaságában. Ironikus, hogy régebben örültem, ha befogta, és hagyott egy kis időt, amikor csak magam vagyok, most azonban már a második éjjelen járunk, amikor magányosan hagytak. Nem mintha Harry tehetne róla, de én attól még egészen katasztrofálisan érzem magam. A kupola alá nem mehettem, mert azt megszoktam Harryvel. Ki az üvegházba sem, mert ott volt az első csókunk, így oda sem mennék nélküle. Na meg botrányosan hideg lehet ott. Így harmadik variációként felmerült a konyha, ugyanis már nem tudtam megülni a szobámban, hogy azzal a tudattal tartson ébren az elmém, hogy tőlem alig harminc méterre van az a szoba, ahol nekem kéne lennem, nem a hülye Landonnek. Nem tudtam mit gondoljak, miről tudnak beszélni már a második éjjelen is. Landon fenyegetését magasról szarnám le, hiszen reggel ugyanúgy visszaosonnék, mint szoktam, de vagy ezzel a móddal akar távol tartani Harrytől, hogy ő tölt vele időt, vagy valami nagyon fontosról beszélgethetnek. Harrytől bezzeg nem volt merszem megkérdezni, nem mintha az előző nap lett volna minőségi időnk egymásra.

Így már egész régóta ülhettem a konyhában, miközben a kint tomboló vihar neszeit hallgattam, és erősen ajánlottam Landonnek, hogy ne hagyja egyedül Harryt. Éjfél körül lehetett, amikor lépéseket hallottam közeledni, mire nem beparáztam, inkább csak érdeklődve vártam, hogy ki a másik elvetemült raj- tam kívül, aki hajnalba a konyhába tart.

Gwen volt az, aki totál meglepetten nézett rám a rózsaszín pizsamájában, miután halálra rémült, mikor észrevette a csen- des körvonalamat a széken.

– Szia – szól végül, a hangja pedig rettenetesen hangosnak hatott a kihalt konyhában. Válaszként én csak biccentek. – Mit csinálsz ilyenkor?

– Nem tudok aludni – felelem, mivel részben ez igaz is volt. Gwen csak vállat von.

– Én sem – teszi hozzá, miközben a hűtőhöz sétál, amit ki is tár. A fénye betölti az egész konyhát hirtelen, Gwen azonban előveszi a tejet, majd utána rögtön be is csukja az ajtót, és visz- szatelepszik ránk a félhomály. – Ezért felmentem a netre, ahol azt írták a tej álmosít – mosolyodik el leleményesen felmutatva a tejet, mire én is megmosolygom ezt. – Bögrét azt...?

– Második polcon – válaszolom, mielőtt befejezte volna a kérdést, ő pedig erre hálásan bólint. Fülsüketítő zajnak hat a tej csordogálása, amit Gwen magának önt, közben pedig felém fordulva, csupán arckifejezéssel kérdezi meg, én is kérek-e. Nem- legesen rázom meg a fejem.

– Ha nem bánod, itt maradok, ameddig elfogyasztom – ragad- ja meg a bögrét, majd nem ül le mellém, csak a pultra támasz- kodik velem szemben. Csak halványan mosolyogva csóválom a fejem, mire Gwen érdeklődve összehúzza a homlokát. – Mi az? Kivágták a nyelvedet, vagy nem szeretsz beszélgetni? Ha gondolod válthatunk franciára is, de még fejlődés alatt állok...

– Nem erről van szó, csak.... – kezdem halkan, hiszen az agyam valahogy alapszabálynak érzékeli, hogy ha csend van körülöttem én is úgy kezdek beszélni. – Igazából szívesen be- szélgetek.

– Eddig nem tűntél olyannak – kortyol egyet a bögréből, mire csak zavartalanul vállat vonok.

– Csak zárkózott vagyok – magyarázom meg végül egy szóval, majd igyekszek témát is váltani. – Te miért nem tudsz aludni?

– Nos – fut fel a szemöldöke a kérdésemre, majd kisebb zaj keretében a pultra teszi a bögrét. – Nem szeretek egyedül aludni. A vőlegényem meg szarik rám.

– Sajnálom – motyogom. Úgy néz ki mindkettőnk inszomniájáról az ő vőlegénye tehet.

– És te?

– Talán a… vihar miatt – válaszolom végül habozás után, mire Gwen csak megértően bólint, majd lenéz a bögréjébe. Valóban így van, a vihar tart ébren, csak nem központian az. Sokkal inkább a kérdés, hogy Harry tud-e aludni miatta.

– Az nem túl jó – teszi hozzá Gwen, a beszélgetésünk itt halt volna ki, ha nem veszem a bátorságot, hogy rákérdezzek. Végül is. Éjfél múlt, ahogy Harry is mondta, éjszaka az emberek őszintébbek, valahogy kíváncsibbak is, és alapból nem érdekel, hogy tiszteletlenség ilyet kérdezni, csak tudni akarom.

– A pasid miért utál engem? – szegezem neki a váratlan és hirtelen kérdést, mire Gwennek felkapva a fejét az alapból is nagy szemei még nagyobbra nyílnak.

– Mire gondolsz? – kérdez vissza kedvesen puhatolózva, miközben kisöpri a frufruját a szeméből.

– Landon. Nagyon úgy tűnik, hogy nem kedvel.

– Landon nem utál senkit – rázza a fejét automatikusan. – Szerintem csak félreértettél valamit.

– Nem hinném – morgom az orrom alatt, mire Gwen oldalra dönti a fejét.

– Ismerem – néz rám bíztatóan és kedvesen mosolyogva. Biztosan látszik, mennyire magam alatt vagyok. – Nem utál, a maximum nála az, hogy nem szimpatizál egy-egy személlyel. De ahhoz valami oltári baromságot kellett volna csinálnod, ami nem hiszem, hogy megtörtént. Biztosan csak egy csípősebb pillanatában kaptad el.

– És ha mégis? – kérdezem félve, mire összeráncolja a szemöldökeit, így pontosítok. – Ha mégis rosszat tettem?

– Mit tettél volna? – mosolyog rajtam Gwen, már készülve arra, hogy a végén kinevet, amiért ennyire félrenéztem a dolgokat. De azt hiszem a végén nem fog nevetni.

– Hát – túrok bele a hajamba, majd átkapcsolok a „faszom bele" mentalitásomba. – Meglehet, hogy beleszerettem az unokatestvérébe – suttogom, mintha szégyellném, mintha kínos lenne, pedig egyáltalán nem volt ilyenről szó. Csak most mondtam ki először hivatalosan, azaz hangosan, ami megijesztett. A szerelem túl nagy szó ahhoz, hogy csak dobálózzak vele, Gwen pedig minden bizonnyal azt hiszi most, hogy ezt tettem. Nem gondoltam át, csak kimondtam, mikor nem is gondolom komolyan. Pedig ezt most az életemnél is komolyabban gondolom.

– Mi? – kérdez vissza, mintha csak ő értette volna félre, mire félénken a szemébe nézek. Elég durva összezavarodás tükröződik benne. Én pedig elmondtam, mivel már tökre nem érdekelt, ki mit gondol. De leszögeztem, hogy szeretem Harryt, ez pedig többet már nem is kérdés, mert már eggyel több ember tud erről. És mind tudjuk, amit egynél több ember tud, az sose lesz többet titok.

Gwen ezután sokat nőtt a szememben. Hiszen úgy örült, miután összefoglaltam a történetünket Harryvel, mint még senkit sem láttam az elmúlt időben. Megígértettem vele, hogy ezt titokban tartja, majd csak azután tudtam elbúcsúzni tőle, miután megbizonyosodtam arról, hogy ő nem tart egy faroknak, amiért megtörtént, ami megtörtént. Gwen csak mosolyogva végigsimított az arcomon, majd megértette velem, hogy a szerelem csak jön, ha pedig nálunk ideért, azzal semmi probléma nem lehet. Kár, hogy én ezt nem így gondolom. Ugyanis attól függetlenül, hogy Gwen kicsattant az örömtől, van egy olyan érzésem, hogy például Adel nem fog kiugrani a bőréből, ha megtudja, az egyetlen kisfia nem ad majd neki unokákat.

Landon viszont már egészen más tészta volt, mint a menyasszonya. Eltöltöttünk hosszú órákat a napunkból együtt, hiszen én Harryhez voltam nőve, ő pedig zavartan nézett minket, ugyanis tudta. Magától jött rá, hogy Harryhez engem közel sem baráti érzelmek kötnek, ez pedig egyenesen megalázó, ha ennyire nyilvánvaló vagyok. De mondhatni lenézett. Nem minket Harryvel, csakis engem. De napról napra kevésbé, így szinte biztos voltam abba, hogy Gwen a tudtom nélkül puhítani kezdte.

Lory pedig egy különböző világ. Ha valakit az egoizmussal keveredett magabiztosság szakértőjeként kellene megneveznem, az ő lenne. Már nem nagyon vagyok tisztában azzal, hogy Lory kedvel-e engem, vagy nem, a napokban arra jutottam, hogy valószínűleg ő senkit sem kedvel. Ami valahol vicces, mert mellette irtózatosan sokat beszél, ami idegesítővé kezd válni, ha már nem hagy beszédteret másoknak (belegondolva, néha Harry is ilyen. De ő Harry, neki szabad). Attól függetlenül, én átívelve a vegyes érzelmeim fölött a lány iránt, talán csípem. Jó a humora, igaz sajátos, de egészen jó, valamint tetszik, hogy egy pillanat alatt képes magára vonni a figyelmet. A második nap derekánál tarthattunk csupán, amikor elkezdett a dinka, a gyökér és az ezekhez hasonló degradáló mellékneveken hívni, mire Harry mindig rámordul, de én már csak legyintve nevetek rajta.

Összességében Harry családja egészen aranyos, Landonnal azonban adódnak problémáink, amit már Harry is észrevett. Én pedig ettől tartottam.

– Szerinted mi a szexualitásom? – kérdezte hirtelen Harry. Elképedve fordultam hátra a kérdésére, mire ő csak tanakodva bámult maga elé. November 28-án délután mindenki az ebéd utáni csendes pihenőjét töltötte, így Harryvel ez volt szinte az egyetlen momentuma a napunknak, amikor ketten lehettünk. Kicsit talán már vártam, hogy hazamenjen a családja, akármennyire is hangzik ez önzőn. Csak hiányzik az egész napos Harry érzés.

– Tessék? – kérdeztem vissza. A tanulásom közepén voltam, hisz a vizsgaidőszak már a nyakamon volt. Az asztalomnál magoltam csendben, Harry pedig egész eddig az ágyamon nézett valami filmet, a kérésére azonban feleszméltem az elmélyült tanulásomból. A fejét lógatta az ágyam végéről, így a világot fordítva látta, miközben a folyamatos növésben lévő haja pedig egész sokáig lelógott.

– A szexualitásom – ismételte el, majd egy egyszerű hasizommozdulatból felült és átfordult a hasára. Megtámaszkodott a könyökén, majd a tenyereivel közrefogta az arcát, úgy folytatta, hisz továbbra is furcsán néztem rá. – Már nem tudom eldönteni. Nem hinném, hogy meleg vagyok, de azt sem igazán, hogy heteró.

– Hidd el, abban egészen biztos vagyok, hogy nem vagy heteró – dünnyögtem unottan, majd megpördülve a székemmel vissza is fordultam. Harry persze, hogy nem fejezte még be.

– De mi van, ha... – kezdte, mire zabosan néztem rá, de őt ez kicsit sem hatotta meg. – Szóval én böngésztem.

– Csodás Harry, tanulok – morogtam vissza, ő azonban csak felsóhajtott erre.

– Thompson, az ég világon minden francia szót tudsz már, de úgy hiszem, már többet is, mint amennyi létezik! – kiáltotta gúnyosan, de játékosan, kár, hogy én nem voltam szórakozott kedvemben.

– Ez a szak egészen összetett Kedvesem – nyögtem fel, miközben mégis próbáltam kizárni azzal, hogy a könyvem fölé magaslottam. Hiába akartam fókuszálni, hallottam ahogy megmozdul mögöttem, és lekászálódik az ágyról. Vettem egy mély levegőt. Teljesen tisztába van a képességeivel, és aljas módon ki is használja őket. Pontosan tudja, hogy elég egy érintése, és otthagyom a franciát a francba, és ezt álnok próbálkozásnak tartom.

– Oké, Professzor úr – suttogta a fülembe, ami mellett váratlanul gyorsan jelent meg, hisz nem is hallottam a macskákat megszégyenítően halk lépéseit a hátam mögött. Szinte felnyögtem a hirtelen szavaktól a fülem mellett, na meg a leheletétől a nyakamon, valamint a tudattól is, hogy biztosan szemtelenül mosolyog. – Akkor mi lenne, ha mesélnél nekem a szak érdekességeiről?

– Harry – sóhajtottam fel, több okból is. Fáradt voltam, szörnyen fáradt. De ez eltörpült amellett, hogy tanulnom kellett volna, közben pedig a pasim úgy döntött az őrületbe kerget, így nem nagyon tudtam értelmes szavakat formálni, miközben Harry a nyakamra tapadt a szék támlája mögött.

– De mondjuk ne itt – tette hozzá mellékesen. – Sokkal inkább ott – bökött az ágy felé, mire én, ahogy azt megjósoltam rácsaptam a könyvemre a borítóját, és hevesen bólogatva a javaslatára felpattantam a székemről. Harry egyből megragadta a tarkómat, és egy pillanatnyi időt sem adott, hogy rendbe szedjem magam, csak összeérintette a szánkat, amiből egy rettenetesen bensőséges és erotikus csókolózás alakult ki, ahhoz képest, hogy délután kettő óra múlt, az ajtóm pedig résnyire volt behajtva, így a kockázat fennállt, hogy bármelyik pillanatban besétál valaki, miközben az ártatlannak hitt családtagjuk gatyájában turkálok. De őszintén, se nekem, se Harrynek nem volt kapacitása arra, hogy foglalkozzon ezzel.

– Azt mondtad – nyögtem ki, mikor elszakadtam tőle egy pillanatra, hogy kigomboljam az ingjét. – Nem tudod eldönteni, hogy kikhez vonzódsz? – kérdeztem bizseregve, ugyanis Harry testének rezdülései elképzelhetetlen hatásokat gyakoroltak rám is.

– Hová mész? – kiáltott fel kétségbeesetten, amikor leszálltam róla, és egyedül hagytam az ágyamon hanyatt fekve, mikor alig pár másodperce még a nyelvemmel rajzoltam körbe az aprólékosan kidolgozott tetoválásait a mellkasán, ő pedig annyira elvesztette ezáltal a fejét, hogy valószínűleg meg sem hallotta az előbb feltett kérdésemet. Elnevettem magam, hisz fogalmam sem volt, hogyan lehet ennyire szűz és buja egyszerre, miközben a lehető leggyorsabb lépéseimmel igyekeztem az ajtómhoz, amit kulcsra zártam, majd átszelve a szobát leellenőriztem a kültéri folyosó felőli ajtót is. Mikor Harry ezt észrevette csak türelmetlenül, de már nem károgva várakozott, felülve az ágyamon, minden egyes lépésemet áhítattal nézve végig.

– Tényleg nem tudom – válaszolta, amikor visszaérve végig döntöttem az ágyon, mire felnéztem rá. – Szerinted?

– Szerintem mi a szexualitásod? – kérdeztem kajánul, miközben a mellkasára támaszkodtam. – Hát, a szexualitás egy ciklus. Nem kell meghatároznod, ha nem tudod, vagy akarod.

– De én akarom – nyüszítette Harry, mire szórakozottan elnevettem magam rajta. – Szóval mondhatni belenéztem egy olyan tudod...

– Igen? – vontam fel a fél szemöldökömet, miközben erősen küzdöttem, hogy visszatartsam a nevetést.

– Tudod, azok a felvételek, amin az erre tanult emberek szexuális tevékenységet végeznek és ezt felrakják a világháló legelérhetőbb pontjaira...

– Harry – röhögtem el magam, miközben a mellkasára ejtettem a fejem. – Pornónak hívják. Mindenki néz pornót, úgyhogy kimondhatod.

– Próbáltam szofisztikált maradni! – korholt le, én azonban csak mosolyogva rajta ráztam a fejem.

– Valamint a pornósok nem tanulják ezt – tettem hozzá. – Édesem, a szexet nem tanuljuk, hol élsz?

– Egy szűz világban – vágta rá gondolkodás nélkül, mire odahajolva megcsókoltam, mindkettő tenyeremmel az arcát markolva.

– És a pornó segített abban, hogy eldöntsd a vonzódási nézeteidet? – érdeklődtem, miután elhajoltam tőle, de közel maradtam az arcához.

– Nem igazán – húzta el a száját. – Arra jutottam, hogy nem igazán vonzódok senkihez sem szexuálisan, csak hozzád. Ezt amolyan fétises betegségnek tartom, Sam fétisnek neveztem el.

– Ez kicsit sem beteges – nyílt tágra a szemem, de adtam egy puszit az orrára, mire ő behúzva a nyakát vigyorodott el. – Hívjuk inkább Sam-szexualitásnak. A fétis egy másik nézőpontból, nem jelent feltétlenül jó dolgokat Kicsim.

– Sam-szexuális vagyok? – kérdezett vissza, miközben kihasználta az elmélkedésem, és a derekam köré fonta szorosan a lábát, hogy lerántson magához, mire az érintkezésünktől egészen nagyra nyílt a szám, de hang nem jött ki rajta a meglepettségtől.

Harry csak megmosolyogta ezt, így úgy döntöttem, úgy csinálok, mintha mi sem történt volna.

– Az – bólintottam határozottan, Harry pedig incselkedve a nyakam köré fonta a kezét.

– Én beleegyezek – vont végül vállat lazán, én pedig teljesen megbeszéltnek tartottam a dolgot, és ráhajolva nem hagytam levegőhöz jutni.

Valahogy aztán lenyugodtunk. Szavak nélkül is megbeszéltük, hogy ez egyértelműen nem a legjobb pillanat arra, hogy Harry kilépjen a szerinte nevetséges szüzek világából. Nem mintha én nem lennék már hetek óta kiéhezve, vagy Harrynek nem állt volna a farka vagy fél órán keresztül, csak a pillanat varázsa nem volt meg, amit mindketten akartunk, ez nem is volt kérdés. Így a végén csak Harry vállára fekve szuszogtam, miközben az ujjammal a hasán köröztem unaloműzésképp, amire nem vette vissza az inget, amit lehámoztam róla.

– Ha egy könyvben lennél, szerinted mi lenne a befejezése? – kérdezte Harry hirtelen, mikor már hosszú percek óta a hasát és a mellkasát jártam be az ujjam hegyével, miközben a nap sugarai itt-ott megvilágították az összegabalyodott lábainkat, Harry felsőtestén meg az összes pihe felállt, ha végigsimítottam rajta. A kérdésére érdeklődve mocorogtam egyet a vállán, de kicsit gondolkoztam, mielőtt visszakérdeztem.

– Ezt hogy érted?

– Milyen befejezést akarnál magadnak? – tette fel máshogy a kérdést, miközben óvatosan leemelt a válláról, és oldalra fordulva a jobb alkarjára támaszkodott. Én ugyanígy tettem, csak a bal oldalamon, így oldalasan, de szembe feküdtünk egymással. Egy mély levegővétellel jeleztem, hogy merengeni kezdtem a válaszon.

– Boldogot – feleltem, mire ő alapvetően megvonta a vállát, hisz ezt csak leszögeztem az elején, mielőtt kifejtem a gondolataim. – Egy olyan befejezést szeretnék, ahol az elidősödő, ráncos karakterem nem úgy tekint vissza a múltjára, hogy elvesztegette az összes idejét. Úgy akarok visszagondolni az életemre, hogy minden pillanata megérte, és minden történése egy ok arra, amiért eljutottam addig ameddig. Szeretnék emlékezni a jó és rossz dolgokra egyaránt. A jó mosolyogtat, a rossz tanít. Az élet apró csodáit is szeretném megőrizni, a gyerekkori maradandó élményeimet, a rengeteg utazásom a családommal. A gimis bulikat, azt az őrült csajozást, amikor még annyira heterónak hittem magam – nevettem el magam a mondatom közepén, mire Harry eddig komolyan figyelő arcán is kunkorodott egy mosoly. – De nem akarnám elfelejteni, mert eszméletlen volt, az életem része. Biztos, hogy hozzájárul majd addig a pontig, ameddig elérek. Emlékezni akarok a legrosszabb napjaimra, az elsőkre, amit a családom nélkül töltöttem. Az első karácsonyra nélkülük, az első sikerélményre. Az első patthelyzetemre, az első önálló döntésemre. Mindenre, mert ez mind tanított és erősített, tehet arról, hogy olyan ember lettem, amilyen most vagyok. Az egyetemre is muszáj emlékeznem, ahol megismertem a legjobb barátaim, akikkel iszonyú észvesztő bulikba jártunk. Akik olyan barátaim, hogy nem az árok szélén hagytak egy szétcsapott este után, hanem kétoldalról ölelve támogattak hazáig, miközben teli torokból énekeltük mindhárman a legelcsépeltebb brit dalokat, amik csak léteznek. Akik hajnalban a hátam mögött álltak, amikor telehánytam a fürdőjüket, másnap pedig kínait rendeltünk, amit szintén kihánytam, ők pedig ismét ott voltak és a hátamat simogatva támogattak, igaz közben nevetgéltek is egy kicsit. Emlékezni akarok az saját magam által elért sikerélményeimre, bár azokra is, amikhez a szüleim is hozzájárultak. Pokolian emlékezni akarok Portlandre Harry... – annyira beleéltem magam, hogy már fogalmam sem volt, hogy mit beszélek, csak ömlöttek a szavak a számból, bár az összes igaz volt, ezt egy percig sem tagadnám. A hangom azonban elcsuklott, mire Harry megfogva az arcomat végigsimított rajta.

– Sss – csitított, ugyanis egyértelműen látszott rajtam, hogy közel állok a könnyeim kiengedésén, de csak szipogva egyet visszanyeltem azokat. Nem, még nem állok készen arra, hogy Harry sírni lásson, még nem szükséges.

– Visszaírtam anyunak – suttogtam, olyan halkan, hogy magam is alig hallottam, így nem voltam biztos abban, hogy Harry értette-e. Pedig nagyon is hallotta, ugyanis a keze lefagyott, ahogy a szemei is elkerekedtek.

– Mi? – suttogta vissza, ugyanolyan leheletnyi vékony hangon, akárcsak én. Lesütöttem a szemem, kerültem a tekintetét.

– Visszaírtam – ismételtem el, majd vettem a bátorságot, hogy az arcára nézzek, amire lassan kiült egy hatalmas mosoly. Harry felém hajolva átölelt, erősen a nyakába passzírozva, én pedig félig már könnyekkel hunytam le a szemem, majd belélegeztem a haja illatát, és a szabad kezemmel szorosan öleltem át a nyakát

– Büszke vagyok rád – suttogta a fülembe, majd puszilgatni kezdte az arcom, mire a megkönnyebbüléstől felnevettem, de még nem tudtam elengedni, csak a nyakába bújtam. A világ és minden elől is.

– Oké – húzódtam végül el, mikor úgy éreztem az előtörni készülő könnyeim végül felszáradtak, és készen álltam kibújni az öleléséből. Harry csak továbbra is szélesen mosolygott rám, majd a hajamat kezdte piszkálni, miközben összeráncolt szemöldökkel kérdezett.

– És mit írtál?

– Csak amennyit muszáj volt – feleltem, majd próbáltam felidézni. – Valami olyasmit, hogy ha lesz időm, esetleg felhívom. De próbáltam nyers maradni, hiszen nem leszek én a karjaikba rohanó kisfiú, mert megváltoztam. Ne is számítsanak semmire, ezt is csak miattad akartam meglépni.

– Miattam? – nézett Harry döbbenten, mire egyből bólogatni kezdtem.

– Igen – motyogtam, miközben a szemeimmel mosolyogtam rá, egyenesen az övéibe nézve. Gyönyörű szemei vannak. Képes lennék napokig nézni, és képtelen lennék mellette megunni. – Azt akartam, hogy az okos enged szamár szenved hasonlatból te az okosnak láss engem. Ne a... szamárnak.

– Értem – nevette el magát Harry, lehajtva a fejét, amitől előreborult a haja. Közben leengedte a kezét, én pedig óvatosan összesimítottam az ujjainkat. – Hát, mint mondtam büszkévé tettél. Látod, a végén a szüleiddel való jövő is helyet kap a *könyvedben.*

– Azt nem hinném jelenleg – mosolyodtam el halványan, miközben a jobb kezemmel a vállához nyúltam, és az arra eső tincseit kezdtem húzogatni és pöndörgetni. – De valaki más lehet – tettem hozzá felhúzva a szemöldököm, mire ő ugyanígy tett.

– Igen? – érdeklődött kedvesen, mire egy kis hezitálás után előrebillentettem a fejem.

– Szeretnék emlékezni rád. Mi több. Szeretném, hogy amikor a tatás karosszékemben ülök a verandán, egy falusi házban nézve a naplementét, te legyél az, aki odahúz mellém egy hasonlóan ocsmány széket, mint amilyenben én is ülök. Veled szeretném nézni a naplementét – duruzsoltam romantikusan nézve a fiúmra, aki csakolyan fejvesztetten szerelmes pillantással nézett vissza rám, mint én rá.

– Szívesen vállalom a szerepet – pirult el Harry, mire majd elolvadtam a mosolygástól, az egyik tincsét pedig az ujjamra tekertem.

– Megjegyzem, azért meglepett az érkezésed a könyvembe – tettem hozzá szórakozottan, mire elszállt a pillanat, és Harry is mulatságos arcra váltott az eddigi szerelmetes helyett.

– Azt mondod egy fordulat vagyok a könyvedben? – kérdezte végül édesen felnézve, mire beletúrva a tarkóján göndörödő loknijaiba közel húztam magamhoz, miközben én is felé hajoltam.

– De micsoda fordulat, Kedvesem – suttogtam a szájára, majd halkan felkuncogott ezen, miközben én is vigyorogtam, mint egy idióta.

Irtó szerelmes vagyok, irtóra odavagyok ezért a fiúért, és persze hogy akkor halljuk a kilincs rángatását, amikor egy szép pillanat után megcsókolnánk a másikat. Harry szinte ordított a feszültségtől, amikor a hirtelen zajra mindketten automatikusan fordítottuk az ajtó irányába a fejünket.

– Ezt komolyan mondom, hogy nem hiszem el! – kiáltott fel, miközben fel is horkant mellette. – Húzz a picsába, akárki is vagy!

– Megint kefélés közben érkeztem? – szólt az ajtó másik oldaláról Toby, mire Harry hőbörögve dőlt el az ágyon, én pedig rajta szórakozva toltam fel magam és vánszorogtam el az ajtóig. – Ne, nem akarom! – kiáltozta, amikor elfordítottam a kulcsot a zárban, kitárva az ajtót pedig a szemét takargató férfival találtam szembe magam. – Oh, van rajtad ruha.

– Oh – utánoztam ironikusan, majd arrébb álltam, hogy bejöhessen akármit is akart.

– Oh, rajta nincs! – rikkantotta, mikor egy lépést előre lépve meglátta Harryt, aki a világ leggyilkosabb nézésének közepette dugta át a kezét az ingje ujjain.

– Nem mondod, idióta – dünnyögte a barátom morcosan, mire én a számra tapasztottam a kezem, nehogy felröhögjek a mérges Harryn.

– Egyébként – nézett rám hirtelen Toby, elengedve a füle mellett Harry beszólását. – Landon Windsor téged keres az egész házban, de valami érthetetlen okból még nem jutott eszébe a szobádban megnézni téged. Gondoltam feljövök és bekukkantok, nem történik-e semmi szexuális tevékenység, ami alatt rátok nyithatnának.

– Landon tudja – feleltem unottan, mire Tobynak hatalmasra nyílt a szeme, majd épp nyitotta volna a száját, hogy kérdezhessen, de beléfojtottam a szót. – Landon keres? Engem?

– Hát, egy Samuel Thompsonról tudok a házban – mondta Toby furán, mire én egyből oldalra néztem Harryre, aki csak a fejét támasztva ült, ahogy hallgatta a diskurzust, majd a pillantásomra megvonta a vállát.

– Menj csak – válaszolta mellé Harry. – Én rendet rakok utánunk.

– Istenem, nem akartam tudni – nyögött fel Toby, mire Harry csak megforgatta a szemét, miközben felállt, én pedig halkan felnevetve rajta kifele irányítottam a szobámból Tobyt. Én követtem, majd behúzva magam után az ajtót, magára hagytuk Harryt.

A lépcsőnél elválva Tobytól lefele indultam kezdeti émelygéssel a gyomromban, azonban fel sem tudtam teljesen készülni, hisz a lépcső utolsó fokánál botlottam Landonbe, mármint szó szerint, mert a bambulásom következtében nekimentem. Egyből visszaugrottam egy fokot, ő pedig felhúzott szemöldökkel nézett rám, mire egy bocsánat félét motyogtam.

– Samuel – szólt furán, mire grimaszolva néztem rá.

– Felség – viszonoztam a megszólítást, mire Landon szintén fintorogva pislogott rám.

– Kerestelek – vonta fel furán a fél szemöldökét, mire én összefűzve magam előtt a karom próbáltam magabiztosnak és határozottnak tűnni a kisebb gyomorgörcsök ellenére.

– Tudom – válaszoltam, mire ő csak a lehető legkifejezőbb arcait akarta mutatni. Pökhendinek tartottam, hogy egy átlagos csütörtök délután is inget viselt. Nem olyat, mint Harry, ő fehér inget, a nyaka aljáig begombolva.

– Csak nem mertem a szobádba menni – tette hozzá nyertes és gúnyos mosolyra húzva a száját. – Féltem, hogy olyan dolgokat csinálsz az öcsémmel, amit egyáltalán nem akarok látni vagy elképzelni.

– Láthattál volna – vágtam vissza, ezzel pedig magamat neveztem ki hivatalosan is győztesnek a vitában, mivel Landon arcáról lefagyott a mosoly, míg az enyémen egy undorítóan határozott ült. – De Harry nem az öcséd.

– Baszok rá – mondta egyszerűen, majd lehunyva a szemét vett egy mély levegőt. – Megiszol velem egy teát?

Egy pillanat alatt fázni kezdtem, ahogy kiléptem a szélsüvítő hidegbe a folyosóra, amit nem is csodálok, hisz nem volt rajtam pulcsi, csak egy póló és farmer. Magam köré burkoltam a takarómat, a párnámat meg a mellkasomhoz szorítottam, majd a lehető leggyorsabb léptekkel jutottam el a szemben lévő ajtóig, Harry szobájába. Amint odaértem benyitottam, majd hirtelen átjárta a testemet a szobahőmérsékletű meleg, rögtön utána pedig meg is pillantottam Harryt az ágyán feküdni. A támlának dőlve olvasott, az ajtó nyílására azonban felkapta a fejét és maga mellé tette a könyvet. Mosolyogva felállt, miközben komótosan mellém sétált, hisz én még kicsit vacogtam a kinti időtől.

– Ne állj már ott, bejön az ajtó alatt a hideg – nevetett fel, majd megragadva a felkaromat kirángatott az elkerített részből, majd mikor elég messze értünk az ajtótól felém fordult. – Szia – suttogta, közvetlenül utána pedig egy rövid, de annál szerelmesebb csókot adott, miközben a

253

pólóm tetején volt a keze, az enyém pedig használhatatlan volt, mert a párnámat markoltam már a hasamnál tartva.

– Szia – rebegtem vissza neki, mire összeérintve az orrunkat mosolygott egy kicsit. Már beesteledett, én is a sötétben, csupán a kinti világítás fényében rohantam át Harryhez, akivel azóta nem találkoztam, hogy Toby ránk rontott. Miközben én Landonnel voltam, őt elrabolta Lory valahova, ahonnan csak nemrég hozta haza. Én pedig épp fürödhettem az érkezésekor, ugyanis egy fecnit találtam az ajtóm alatt, amin annyi állt, hogy *„Gyere át Életem. H xx".* Kreatív. A hajamba túrva hát mosolyogtam egyet és már siettem is hozzá.

– Pakolj le – mutatott Harry az ágya irányába, mire lassan lefejtettem magamról a paplanomat és rendezetlenül a hatalmas ágyára dobtam, Harry pedig a tükör előtt állva nézegette a haját. Olyan volt, mint egy kislány, én pedig beharapva a számat bámultam, amibe túlságosan bele is merültem. – Mi az? – kérdezte, felébresztve a bambulásomból, mire csak megráztam a fejem.

– Szép vagy – mondtam mellékesen, Harry pedig ezen hitetlenkedve somolygott, miközben beleült az ölembe. Én az apró székében ültem, ami valamilyen megmagyarázhatatlan okból kifolyólag a szobája közepére volt lerakva, Harry pedig akár egy csecsemő mászott a combjaimra. Felhúzta a lábát, én pedig közben átöleltem a derekát, hogy stabilan tarthassam. A hajamat vizslatta, majd az egyik kezével piszkálni kezdte, a másikkal pedig tudatlanul is a tarkómat simogatta.

– Na elmondod még ma, hogy mi volt, vagy komolyan rá kell kérdeznem? – szólalt meg hirtelen, a szemembe se nézve, ugyanis túlságosan el volt foglalva a hajammal. Én pedig vele, ugyanis sokkal jobban szeretem úgy feltérképezni az arcát, hogy ő közben nem kifejezetten a szemembe néz. A már egészen hosszú, göndör fürtjeit, amikbe naponta minimum ötvenszer nyúl, a nagy, érdeklődéstől vagy vágytól csillogó zöld szemeit, hosszú szempilláit. A szemöldökét, amit mindig öntudatlanul is felránt, ha valami olyat mondok, ami a komfortzónáján kívül esik. Az orrát, ami édesen mozog amikor nevet, vagy mosolyog. Az enyhén kipirult arcát, a mosolygödröcskéit, amikről úgy sejtem, erősen tehetnek arról, hogy beleszerettem. Arról inkább a lénye tehet, de úgy gondolom a gödröcskék is benne voltak. – Mellesleg így sokkal jobban szeretem a hajad.

– Mi?

– Ne már, Thompson – vigyorodott el, miközben feltűnőbben kezdett rágózni, így nekem is csak most tűnt fel. Egy pillanatra sem szakította el a tekintetét a fejem búbjáról, valamint a turkálást sem hagyta abba. – Így, hogy a homlokodra lóg. Jobb, mint mikor fellakozod.

– Ezt csak azért mondod, mert így nyúlkálhatsz benne – vágtam rá pimaszul, mire ő csak nevetett.

– Meglehet – felelte. – De jobban is áll. Egyébként ne terelj.

– Te kezdtél el a hajamról beszélni! – háborodtam fel, mire ő csak megrántotta a vállát, majd végre a szemembe nézett és az ujjait is kiakasztotta a hajamból. Közrefogta az arcomat, majd alig egy másodpercre összeérintette a szánkat, mire én akartalanul is szorítottam a derekán.

– Mit mondott az unokatesóm? – kérdezte meg egyszerűen, az arcom azonban még mindig a tenyere között volt, így csak sóhajtottam egyet.

– Kérlek szépen – kezdtem diadalittasan, miközben ő a nyakam köré kulcsolta a kezeit. – Az unokatesóddal kibékültem.

– Nem mondod? – kérdezett vissza, mire én csak bólintottam egyet.

– Landon nem is olyan rossz fej – ismertem be, mire Harry csak lázasan megcsókolt ennek hallatára. Igazából Landon tényleg tud jópofa lenni. Bírom benne, hogy a beszélgetésünk eleje óta szókimondó volt, simán az arcomba vágta, hogy szörnyű első benyomást tettem rá, ezáltal lerontva a képemet a szemében. Még jó, hogy nem nagyon veszem a szívemre az ilyen dolgokat, így csak belekortyoltam a teámba, amikor azt elemezte, mennyire, de mennyire elhatalmasodott rajta a méreg, amikor a fejében összerakódott a képkocka, miszerint az egyetlen, kicsi, ártatlan Harryvel fekszek össze. Nekem itt volt lehetőségem először megszólalni, miszerint az egyetlen kicsi Harryje még olyan szűz, mint újkorában, ezzel pedig kellőképpen megleptem. Innen kicsit rugalmasabb lett a diskurálás, aminek a végén megállapodtunk, hogy nem ellenségeskedünk, hisz egyrészt semmi értelme, másrészt mindketten túlságosan szeretjük ahhoz Harryt, hogy hidegháborút játsszunk egymással. Harmadrészt pedig a végén beismerte, hogy sokkal elviselhetőbb vagyok, ha nem nagy a társaság körülöttem, csak magam vagyok. Nem kért bocsánatot, amiért letámadott, én sem kértem, amiért azt a tudatot keltettem, hogy az unokaöccsét dugom. Ez így volt korrekt, mikor pedig mindketten különböző irányba indultunk, elkönyveltem magamban, hogy Landonnel egészen hasonlítunk is. Ő csak kétségbeesett, amikor egyből arra gondolt, hogy az első adandó alkalommal lefektettem a tudatlan unokatesóját, aki pedig nyilván nem tudja mi van, hiszen sosem volt része ilyesmiben. Ezt pedig elfogadtam és megértettem, hogy így jött le neki először, majd egyszerűen, mindenféle gondolkozás nélkül mondtam el neki is, hogy én sokkal inkább szerelmes vagyok az unokaöccsébe, és amúgy is, vannak morális törvényeim saját magam határainak a megszabására. Ezt nagyon tiszteletreméltónak találta, a Harrys ügyre meg annyit mondott, hogy Gwen elmesélte neki. Csak nevetve ráztam a fejem, hiszen a lány megígérte, hogy titokban tartja. De utólag ez hülyeség. A világnak is szétkürtölném, hogy szeretem, de le merném fogadni, hogy Adel abban a pillanatban rakna ki a házból.

Ezek után Landon egészen más témákról kezdett beszélni, azaz Adel és Edward neveléséről, ez pedig az első pont volt, ahol totálisan egyetértettem vele, így határozottan is kijelenthetem, hogy vége a haragnak köztünk, ami igaz csak felszíni volt, de létezett. Bizalmasan még azt is megosztotta velem, ami a bizonyos vacsorán történt, amit Harry nem mondott el. Az egész úgy kezdődött, hogy Landon céltudatosan bejelentette, hogy egy üzleti megkeresés szempontjából Párizsba kell utaznia a jövő év elején, ő azonban még sosem tartózkodott Párizsban annyi ideig, hogy meg tudja nézni, így először csak arra gondolt, Gwennel elmennek ketten egy romantikus hétvégére, ami felkészíti őket a nászútra is egyben. Aztán eszébe jutott Harry, és eltántoríthatatlanul úgy döntött, hogy elviszi magával, Harryt és Loryt is. Loryval nem volt gond, Adel és Edward azonban képtelenek voltak belemenni abba, hogy Harry mehessen. Ezen a ponton újabb veszekedés kezdődött, ugyanis Harry ezt felháborítónak és nevetségesnek találta, rajta kívül azonban mindenki tudta a bezártságának a valódi okát, így Landon bevallása szerint elég feszengő volt a légkör. Ő azonban stabilan Harry mellett állt ki, ugyanis úgy fogalmazott, hogy ő megérti Adel és Edward gyászát és elképesztően sajnálja őket, de nem vezethetik le az egészet a már nagykorú fiukon. Ez pedig tökéletesen ugyanaz az álláspont volt, mint ami az enyém is. Harry a veszekedés közepén bedobta az adu ászt, miszerint mennék vele én is, hiszen pontosan tisztában volt azzal, hogy Adel bízik bennem. Erre a szülei lefagytak, itt viszont maga Landon kapta fel a vizet azon, hogy magával akar vinni, így Harry hirtelen vele kezdett szócsatázni. A végeredmény végül az lett, amit Harrytől is hallottam. Megyünk Párizsba, öten, akár egy nagy család. Landon, Gwen, Lory, Harry és én. És már Landon is támogatja az ötletet, ezzel pedig kifejezetten meglepett.

Harry nem kérdezősködött bővebben a témáról, sokkal inkább el volt foglalva azzal, hogy ne kapjak levegőt a bátrabbnál bátrabb csókjaitól, miközben a keze is felbátorodott, amivel a lábaim közé nyúlt.

– Oké – sóhajtottam, amikor sokadszorra is felnyögtem, mert Harry aztán nagyon elengedte magát. Erre elhúzódott tőlem, és furán nézett a nyilvánvalóan kipirosodott arcomra, én pedig a levegőt kapkodva próbáltam megszólalni, hisz a kezét nem mozdította el. – Mit csinálsz Kedvesem?

– Minek látszik? – nyalta végig a fogsorát szórakozottan, majd megszorította a markát, mire kitágult a szemem. – Na jó, elég a szégyenlősködésedből. Gyere – bökte ki, miközben felállt az ölemből, én azonban még eléggé kezdeti sokkban voltam. – Nem hallod apukám? Ne játszd előttem a prűd kisfiút, tudom, hogy ugyanannyira le akarsz már fektetni, mint amennyire én akarom, hogy ezt megtedd – mondta tök természetesen, majd kinyújtotta felém a kezét, hogy felsegítsen.

– Ha még egyszer apukámnak hívsz, Harry – fogadtam el a kezét, ő pedig határozottan felrántott, én pedig az arcához hajoltam, hogy egyenesen az orcájára lélegezzek. – Problémáink lesznek.

– Jaj, ne – dünnyögte vigyorogva, miközben negédesen körbefonta a nyakam a kezeivel. – Mi lesz most velem?

– Muszáj lesz valahogy kiengesztelned – húztam fel a szemöldököm mosolyogva, ő pedig csak a számra tapadt, miközben fokozatosan hátráltunk a függönyökkel övezett birodalma felé.

– Figyelj – húzódott el tőlem hirtelen, mire értetlenül néztem rá, hiszen már mindkettőnk teste egészen beindult (igaz, az enyém már abban az apró székben ülve is), erre pont ő szakít félbe. – Tudod miért vártam eddig?

– Mi? – kérdeztem hülyén, kicsit fel is nevetve ezen, hisz akármivel is volt kapcsolatos, amit mondani akart, úgy ítéltem meg, hogy kibaszottul ráér.

– Tudod hányadika van? – mosolygott a barátom szerelmesen, mire zavartan megráztam a fejem, ő pedig szorosabban ölelte a nyakam, és incselkedve a számhoz hajolt, hogy oda suttogjon tovább. – Huszonnyolcadika. Ami az ujjaidra van tetoválva.

– Igen – leheltem összezavarodva, ugyanis úgy vigyorgott a számra, akár egy tejbetök.

– Másról akartam emlékezetessé tenni neked ezt a napod. Hogy ne az exed jusson róla eszedbe – bökte ki végül, amit eredetileg is mondani akart, mire ismét felröhögtem, de most sokkal inkább a vegyes érzelmektől, amik kavarogtam bennem. Rengeteg volt, felsorolni sem tudnám, csak kiemelni közülük egyet, mégpedig azt az úgynevezett vak szerelmet. Vakon is szerelmes lennék egy ilyen baromba.

– Na menj a francba – nevettem fel, majd miután szenvedélyesen és szerelmesen megcsókoltam, még utoljára elhúzódtam tőle. – Úgy imádlak, Kedvesem.

– Most viszont mutasd meg, miről mondod magad anynyira jónak – csipkelődött még Harry egy ilyen pillanatban is, mire a világ legboldogabb embereként nevettem rajta és löktem le bosszúból az ágyára.

12.

December tündérmesék

December lett. Én pedig az életem olyan időszakát élem, amit a legszebb szavakkal is csak egy baszottul nyálas tündérmesének tudnék nevezni. Ami egyáltalán nem baj, csak mégis szokatlan. Valamilyen szinten ezt a dolgot nevezném az első komolynak az életemben. Lehet, hogy ez most abszurd, tekintve, hogy pár hónapja ismerjük egymást, a körülmények is egzotikusak, de... igazi. Minden olyan igazi most.

Pár nappal november 28-a után Landonék hazamentek, amitől Harry mondhatni szomorú lett, így napokig tartott neki, mire normalizálta magában, hogy megint sokkal kevesebben lettünk a hatalmas házban, és már nem zeng az egész Lory vagy Ruth rikácsolásától. Igyekeztem Harry figyelmét minden irányba elterelni, sajnos olyan dolgokba is belementem, amikbe nem szabadott volna.

– Nem – jelentem ki egyszerűen, habozás nélkül. Nem sikerült átgondolnom, mire vállalkoztam, amikor Harry felvetette ötletnek, csak azt akartam, hogy mosolyogjon. Aha, de erről nem volt szó. December harmadikán a szinte már tűző napsütésben Harryék telkének a legvégén vagyunk, ahol most jártam legelőször. Állok, akár egy szerencsétlen, a lehető legelbaszottabb arckifejezéssel a fejemen, miközben tőlünk nem is olyan távol lovak legelésznek. – Nem, szó sem lehet róla, nem.

– Most csak objektíven azt gondolod, ez egy rossz dolog – rázza a fejét Harry, miközben beér, és hiába van a hátam mögött, hallom a hangján azt a tipikus „Sam olyan nevetséges, de

nem szabad kinevetnem" mosolygást. – De megtanítalak lova-
golni, és jól fogod érezni magad – ragadja meg a tenyeremet, és
rákulcsolva az ujjait magával húz, esélyt sem adva arra, hogy
visszaforduljak és igyak egy teát inkább.

– És ha én tanítanálak meg? – vágom rá egyből, mire Har-
ry már nagyon nehezen tartva vissza a röhögését és kaján vi-
gyorral fordul hátra. – Akkor is garantálom, hogy jól éreznénk
magunkat – teszem hozzá, Harry pedig csak a füle mögé tűri
az egyik tincsét miközben rázza a fejét a szavaimon előre for-
dul, és továbbra sem áll meg, elhivatottan rángat a ménes felé.
Vagy hogyan is nevezik őket.

Végül mikor egészen a lovak elkerített részének a korlát-
jához érünk (amire hatalmas betűkkel ki volt írva, hogy áram
van vezetve a kerítésbe) már egészen elengedtem ezt a tea-
ivós dolgot, azt meg pláne, hogy ma én tanítok akármit is.
Beletörődtem abba, hogy Harry elhatározta, hogy megtanít,
mert hát azért valljuk be: ha Harry elhatározza, az úgy lesz.
Nincs semmi kifogás, nincs semmi, ami közbejön, egyszerűen
úgy lesz. Ez egy fontos szabály, amit el kell viselnem nekem,
mint vele kapcsolatban élő embernek. És ebbe még csak bele
se gondoltam.

– Szeretnéd tudni a nevüket? – kérdezi Harry.

– Nem.

– Nekem Arisztotelész a kedvencem – bámulja a szétszór-
tan legelő lovakat, majd elengedve a kezemet az államál fogva
irányítja a fejemet arra a pontra, ahol… mit is mondott?

– Azt ne mondd, hogy Arisztotelésznek hívnak egy kibaszott
lovat – nyögöm ki, miközben egy aranybarna kancára szegezem
a tekintetem, feltehetőleg Arisztotelészre. – Egy nőnemű lovat.
Harry, Arisztotelész egy férfi volt.

– Elfajzott egy világban élünk, nemde? – leheli Harry nevetve
a levegőbe, majd ad egy puszit az arcomra, és egész egyszerűen

elindul balra, nekem pedig követnem kell, mert tudni illik, ő hármat lép, míg én kettőt.

Ameddig elértünk a karám bejáratához, Harry természetes, hogy teljes leírást adott a legtöbb lóról, amit láthattam, akik olyan egzotikus nevekkel rendelkeznek, mint Aphrodité, Szókratész, Anakreón vagy Victor Hugo. Igen, volt egy fekete csődör, akit Harry Victor Hugo-nak szólított, mire nekem elkerekedett a szemem, erre azonban csak annyit válaszolt, hogy ő inkább a Hugo-t szereti. Azt már nem tudtam eldönteni, hogy az ő alatt önmagát, vagy a lovat érti, de volt egy olyan érzésem, hogy sokkal jobb, ha ezt nem tudom meg.

– És most csak így besétálunk? – kérdezem elkeseredetten húzva a számat, Harry pedig besétál.

– Nem, Samuel Thompson, megvárjuk ameddig Mózes nyitja ki nekünk a kaput – mosolyog rajtam megállás nélkül, majd komolyan egyszerűen belép a lovak fenségterületére, és széttárva a karját várja, hogy kövessem. Én esetlenül állok még a kapun kívül, valahogy biztosabb volt.

– Szóval? – kérdezi Harry.

– Maradok szerintem – válaszolom egyszerűen, mire nevetve lehajtja a fejét.

– Oké, akkor mondd meg melyiket akarod – néz rám, miután hátrafésülte a haját.

– Biztosan nem Hugo-t – vágom rá, Harry pedig felvonva a fél szemöldökét vár tovább a válaszomra. – Rád bízom – ezzel eltűnik, én pedig hátrálok pár lépést, mert hát fő a biztonság.

A nap ragyog, ami zavar, hiszen már hivatalosan is tél van, és jele sem volt neki. Mellette a szél is süvít, nem túl erősen, de ahhoz eléggé, hogy Harry haja minden fuvallattal a szélirányhoz igazodva szálljon. De ehhez képest szép időnk van, az égen hatalmas bárányfelhők úsznak, az egész egy idilli márciusi délutánnak tűnik. Így ameddig vártam Harryre akaratlanul is a

felhőket bámultam, miközben a Nap kiégette a szemem, a szellő
pedig letekerte a nyakamról a sálat.

– Sam? – hallom a hátam mögül, mire megperdülök a ten-
gelyem körül. Fel sem tűnt, hogy időközben hátat fordítottam
a nyitott karámkapunak (nem túl okos döntés). Harry nem fest
túl mindennapian, ahogyan az egyik oldalán egy mogyoróbar-
na kanca áll, aki le merném fogadni, hogy Arisztotelész, a má-
sikon pedig Victor Hugo.

– Harry? – döntöm oldalra a fejemet fájdalmasan, miköz-
ben szemügyre veszem a lovakat. – Mondtam, hogy nem sze-
retném a feketét.

– Tudom – bólint.

– De őt hoztad – bökök a bal oldalára, ahol az említett ló
legyezgeti a legyeket maga körül, Harry pedig egy gyeplővel
tartja őt is, ahogyan Arisztotelészt is.

– Tudom.

– Szóval? – Harry csak édesen mosolyogva nyújtja felém
a jobb kezét, amiben a barna ló gyeplője van, én pedig fur-
csán összeráncolom a szemöldökömet erre. – Azt mondtad,
ő a kedvenced.

– Ezért hoztam neked – lágyul meg a mosolya, nekem azon-
ban még csak most ül ki az arcomra.

Az a délután sokféleképpen telt. Félelmetesen, nevetségesen,
izgalmasan, spontán és kalandosan. És megtanultam lova-
golni. Nem, ez túlzás. Egyáltalán nem. De nagyon jól szóra-
koztunk, többnyire rajtam. Harry azt is megígérte, hogy ta-
vasszal újra ráveszi magát majd erre a lovaglásos-tanítgatós
dologra, bár én őszintén nem bánnám, ha valamilyen furcsa
okból ezt elfelejtené. Az egy dolog, hogy Harryt szeretem,
de azt egy szóval sem mondtam, hogy a furcsa hobbijait is.

Azonban nem csak lovagolni tanultunk, Harry egy sok-
oldalú ember, ahogy azt már bőven megtapasztalhattam.

Miután újból kevesebb lett a létszámunk, Adel és Edward pedig volt, hogy napokra felszívódtak, visszatértek a régi, megszokott rutinjaink. Esténként a bársonykanapén ültünk, minden nap eggyel több takaróval, egy fokkal kényelmesebben. Lucy a lábunknál aludt, sokszor azonban az is előfordult, hogy mialatt én belemélyedve a csillagászat rejtelmeibe meséltem, Harry elaludt, így egész éjszaka ott ragadtunk. Lucy a földön kiterülve, Harry a vállamon szuszogva, én pedig éberen, kialvatlanul, de elképesztően boldogan.

És a zongora dolgot sem volt hajlandó feladni. Azokon a napokon, amikor nagyrészt magunk voltunk (a nagyrészt alatt azt értem, hogy nem voltak a szülei a házban) minden éjjel lesettenkedtünk a zeneszobába, ami hangszigetelt, de mint kiderült, Fritzgeraldnak valami mentálisan beépített rendszere lehet ahhoz, hogy kiszagolja, ha valaki jól érzi magát. Kár, hogy elkezdtem rossz hatással lenni Harryre, így amikor a férfi a maga szótlan, csendes gyilkos módján, talán még égnek álló hajjal is megjelent az ajtóban, nem én voltam az, aki megkérdezte tőle, hogy „hogys'mint?". Fritzgerald mindig csak morgott, hogy Harry milyen szemtelen lett, de hát mit mondjak. Nem lehet örökké gyerek Harry sem.

– *Tudod* – kezdi Harry, miközben már a teljesen elgémberedett tagjaimnak köszönhetően azt hittem, réges-rég elaludt. Erre azonban a félig csukott szemem kipattan, és meglepetten nézek le rá. – gondolkodtam.

– *Mégpedig?* – kérdezem, mire Harry a mellkasomon kezd körözni az ujjával, belőlem pedig egy másodperc alatt kiszáll az álom. Már késő éjszaka lehet, mi pedig elaludtunk a két ember számára eléggé kényelmetlenül apró vörös kanapén, miközben a dalmata magához képest hangosan lélegzik közvetlen mellettünk.

– Magamon – feleli Harry, mire én a kupolán át kibámulva összeráncolom a homlokomat. – Szerinted én furcsa vagyok?

– Nem – rázom a fejemet. – Egyáltalán nem vagy furcsa, Harry. Bár ez egy többrétegű kérdés, attól függ, milyen szemszögből nézzük.

– Milyen szemszögek vannak?

– Nos, ha ezt két hónappal korábban kérdezed, határozottan azt mondom, hogy az vagy, de nagyon – válaszolom, elmosolyodva a két hónappal ezelőtti énünkön. – Ha még korábban, azt mondom hiperfurcsa vagy. A magad megszállott szokásaival és a Napóleon öltözékeddel.

– Értem – motyogja Harry, apró csalódottsággal a hangjában, miközben leengedi az ujjait a mellkasomról. Én csak végigsimítok a fején és a hosszú tincsei közé puszilok, mielőtt folytatom.

– De az sem mindegy, a furcsa melyik változatát értjük.

– Mik közül választhatunk?

– Hát – húzom össze a szemem, hogy mélyebben belegondoljak abba, amit mondani akarok neki, csak nem tudom tökéletesen kifejezni. – Például az első találkozásunknál, amikor a fejem felett álltál abban a nevetséges jelmezben és pampogtál, hogy te Williamnek szólítasz, biztosan a furcsa olyan jelentésével bírtál, amit nem tudtam hova tenni. Amolyan „mi a fasz is történt?" furcsa – Harry kuncog, és a vállamba bújik, miközben én a haját tekerem.

– És mire jutottál később? – kérdezi eltorzult hangon a pólómba motyogva.

– Arra, hogy te szuperfurcsa vagy – mondom ki keretek nélkül. – Odajöttél azzal a kvízeddel, miközben 180 fokot fordult a személyiséged hirtelen, én pedig hirtelen azt sem tudtam, melyik rendezvényen ülök. Határozottan nem hasonlítottál a pár órával ezelőtti önmagadhoz.

– Szóval nem bírtál – jelenti ki Harry, miközben kiemeli az arcát a nyakamból, hogy összeborzolt hajjal és sértett arckifejezéssel nézzen rám. Én csak kicsit előremozdítva a fejem egy apró csókot adtam a lefelé kunkorodó szájára, csak mert Harry akkora drámakirálynő.

– Látod ebben igazad van – ismerem be, mialatt visszadőlök, ő pedig ismét a mellkasomra fészkeli magát. – De ez egész hamar megváltozott. Kedvesem, nincs értelme ezt órákig húzni, nem vagy furcsa.

– Szeretném, ha órákig húznád – nyávogja álmosan, mire én csak mosolyogva lehunyom a szemem rajta, és visszavezetem az ujjaim a hajába.

– Aludj már Édesem – sóhajtok fel, mert Harry már ásítozva nyavalyog, aminek aztán mindig az a vége, hogy belealszik a mondataim közepébe. Nem mondom, hogy nem szeretem, de most én is szívesebben aludnék vele.

– Sam – motyogja szinte némán, pár perc elteltével, mire a halk hangja ismét felráz a félálomból.

– Igen? – suttogom kinyitva a szemem, de csak a csillagos eget látom magam felett, mert a fejemet már nem mozdítom meg.

– Szerinted én egy gyerek vagyok, aki a felnövésre kényszerül? – kérdezi megbicsakló hangon, mire beesik az arcom.

– Kedvesem… – rebegem miközben már épp mozdulnék, hogy szorosabban öleljem magamhoz, de megragadja a pólómat, és belemarkolva a vállamba bújik.

– Nem akarok felnőni – súgja. – Anyuék sem akarják, igaz?

Harry sír, határozottan sír a hangjából ítélve, én pedig meg sem tudok szólalni. Erre nem. Mert az elmúlt évei traumáit már nem tudom kijavítani, már nem tudom megvédeni tőle, és csak most értettem meg, miért kérdezte, amit kérdezett. Kívülállónak tartja magát, furcsának. Másnak, mint ami a normális, mert a családja évekkel ezelőtt elbaszódott. Amibe ő csak beleszületett, és itt is ragadt. Fogalmam sem volt, mit tudnék kezdeni vele, itt jelen helyzetben az éjszaka közepén. Elhatároztam, hogy egy nap ki fogom szakítani innen, akármennyire fog fájni bárkinek, *aki nem ő. Most azonban csak vele együtt felültem, és a hátát simogatva csitítottam, miközben félpercenként elmormogtam neki, hogy „nem vagy furcsa".*

Harry minden nap összetettebbé válik, mint amilyen előtte volt. Minden nap egy kicsivel többet ismertem meg belőle, minden nap egy kicsivel több okom volt azt gondolni, hogy nem hagyhatom magára. Úgy soha többet. Csak ha valami úgy kívánná, hogy neki jobb lenne nélkülem. De egyelőre úgy ítéltem meg, Harrynek komoly segítségre van szüksége. Azt hiszem akár tőlem is.

December 14. És a hó eleredt. Ismét.
– Szökjünk meg – súgja Harry a semmiből. Egész eddig a kellemes csendben ültünk, azaz majdnem csendben. Harry lemezjátszója halkan szólt a szoba másik végén, Harry pedig dúdolgatott, miközben a földön ült, én pedig az ágyon és eltökélten a haját fontam.
– Mi? – kérdezek vissza, ugyanis totálisan belemerültem a fonogatás okozta koncentrációba, és így is már túl sok alkalommal kezdtem újra, hogy megint félbehagyjam.
– Szökjünk meg együtt – ismétli el, én pedig erősen lefogva a haja végét csak elszakítom a tekintetem róla.
– Klisés és unalmas romantikus szöveg – dünnyögöm az orrom alatt, mielőtt folytatnám a haját.
– Lehet klisés, ha illik az életünkre, nem?
– Ne mocorogj! – szidom le, ahogyan ficánkolni kezdett, hogy velem szembe fordulhasson. – És hogy érted?
– Úgy, hogy én el akarok szökni – veti hátra a fejét, mire bosszúsan emelem fel a szemöldököm erre, de végül nem szólok semmit, csak hallgatom. – És veled. Menjünk el innen. Kezdve Párizzsal. Ne álljunk meg Rómáig. Aztán Japán. Amerika. El kell vinned Amerikába. Oklahomába akarok menni, Saaam!

– És Rómát miért emelted ki? – kérdezem, mialatt begumizom a haja végét.

– Talán mert Róma és Párizs a legromantikusabb városok a világon? – kérdez vissza olyan hangsúllyal, hogy annak ellenére is, hogy a hátát bámulom, tudom, hogy a szemét forgatja rám. – Duh. És te nevezed magad olvasónak.

– Realistának – javítom ki, miután megütögetem a buksiját, jelezve, hogy készen van, ő pedig egyből felugrik a törökülléséből. – Realista vagyok, te pedig még nem jártál New York-ban.

– Ez nagy hibának tűnik – rebegi, majd incselkedve eldönt az ágyán, hogy felém kerekedjen.

– Baromi jó a hajad – tátom el a szám, majd igyekszem visszatérni a témához. – És egy nap elviszlek New York-ba Szerelmem, hogy megismerd milyen egy valóban szerelmes város. Ne higgy a sztereotípiáknak. Te olvasó.

– Te realista – feleli csípőből pár centire az arcomtól. – De Párizsba tényleg elmegyünk.

– Tényleg – bólintok akaratlanul is elmosolyodva ezen. Harrynek nem kell tudnia arról a beszélgetésről, ami köztem és az anyukája között zajlott durván egy hete. Lefektette a szabályokat a kiruccanással kapcsolatban. A lényege igazából az volt, ha Harrynek valami baja esik be se lépjek többet az országba, mert végem van.

– Akkor minek ott vége szakadnia? Utazni akarok veled az életem végéig!

– Kedvesem, előre szaladsz – fogom közre az arcát gyermekien, majd le is húzom magamhoz egy pillanatra, de ő el is húzódik, hisz még nem fejezte be a mondandóját. Persze.

– Nem, Sam, nem értesz – rázza a fejét. – Szeretlek. Te is engem. Szökjünk el, kérlek.

– Szökjünk – suttogom végül, hiszen ez hiába hangzik tőlem egy metaforikus és valótlan ígéretnek, tudom, hogy most

ezt akarja hallani. Azt, hogy megszöktetem az összes problé-
mája elől, hogy elbújtatom a világ szeme elől. De ezt nem tu-
dom megígérni. Azt viszont tudom, hogy neki arra van szüksé-
ge, hogy azt hihesse, ez így van. Hitre van szüksége, amit csak
ilyen formában tudok megadni. Mosolyogva lehajol, hogy most
már igazán megcsókoljon, most azonban én távolodok el egy ki-
csit hosszabb idő után.

– Most mondtad először – nézek rá kipirulva, mire ő csak
értetlenül összeráncolja a homlokát. Kell pár másodperc, mire
elkerekedik a szeme és tehetetlenül néz rám. Látom a szeme
csillanásában, hogy le akar mászni rólam és kétségbe esni,
mintha valami olyat tett volna, amit nem szabad. De megra-
gadom a felkarját, erősen és birtoklóan, azt kifejezve, hogy
eszébe se jusson ezt tenni. Helyette felemelem a fejem a taka-
rójáról és egy szörnyen szerelmes és halovány csókot lehelek
rá, amit nem is neveznék csóknak. Bátorításnak. – Én is sze-
retlek. Ne aggódj már.

– Aggódtam – neveti el magát zavartan, majd újra lehajol,
hogy az előbbi szűzies csókomat felváltsa egy szemérmetlennel
és lerugdalja a nadrágját.

Harryvel tehát csendben éltünk egymás mellett, Adel pe-
dig ragyogott a boldogságtól, amiért „olyan jó barátok let-
tünk". Igen, mi is ragyogtunk a felhőtlen „barátságunk"
miatt. Viccen kívül, Adel komolyan boldognak tűnt, ami-
ért Harryt is annak látta. Voltak percek, amikor épp nem
lógott rajtam a fia, így el tudott kapni, hogy csak annyit tá-
togjon, mennyire köszöni. Így hát úgy gondoltam, végül is
nem végeztem rossz munkát. A célja mindenkinek az volt,
hogy Harry boldog legyen. Ami elég elbaszottan hangzik,
de ha mélyebben belegondolok, tényleg csak ezt akarták.
És erősen azt gondolom, hogy már boldog. Boldognak lá-
tom, teljesen elfogultan azt is kijelenthetem, hogy miattam.

Ezek után pedig nyugodtan sétáltunk kézen fogva a bizonyos keddi délutánok egyikén, miközben a két szeleburdi barátom jött velünk szembe.

– El sem hiszem, hogy ennyire kegyetlen vagy – morogja az orra alatt már sokadszorra, miközben én csak fennakasztom a szemem, hiszen már milliomodik alkalommal mondja ezt el tíz perc leforgása alatt. – Az a néni biztosan fázik! És éhes. Karácsony van, Sam...

– És? – nézek rá kipattanó szemekkel. – Én is egyedül voltam karácsonykor. És fáztam.

– Honnan is kéne tudnom, ha sosem mesélsz az életed olyan szakaszairól, amik kicsit keményebbek voltak? Azt hiszed szégyellni kell? – dörren rám Harry, mire én csak elkapom a pillantásom róla, és nemtetszésemet kifejezve rázom a fejemet. – Látod, megint ezt csinálod. Feltűnt, hogy ilyenkor egyszerűen semmibe veszed a kérdéseim...

– Az ég szerelmére – sóhajtok fel. – Inkább egyél már te is. Ne oktass ki.

– Persze – köpi gúnyosan. – Oktatlak. Elnézést.

– Harry, tudod mit, mi lenne, ha ennél nem pedig hisztiznél? – meredek rá jelentőségteljeseket pislogva. Velem szemben ülve, még csak a kabátját sem vette le, összefűzi a karjait maga előtt, és undorodva néz le a becsomagolt késői ebédjére.

– Nem vagyok éhes.

– Miért is vettük meg akkor? – kérdezek vissza, mire ő csak sértetten vállat von, és ahelyett, hogy rám nézne inkább oldalra fordítja a fejét, hogy a kinti havas utcára nézzen.

– Nem kell ám beszélgetnünk – motyogja a vérig sértett hangján, mire én csak felhúzom a szemöldököm.

– Oké – felelem végül, Harry pedig prüszköl. – Most azt akarod, hogy beszélgessünk, amikor megsértődtél, amiért nem

adtam aprót egy hajléktalannak, aki biztosan csak alkoholt vagy drogot vett volna belőle?

– Egy fontból drogot, persze – dünnyögi rám se nézve. – Igen, megsértődtem.

– Akkor üldögélj csendben.

– Akkora egy fasz tudsz lenni néha Sam! – csattan fel, mire a mellettünk lévő asztaltól két szempár is ránk irányul, én pedig kínosan elfordítom a fejem. Pár másodperc elteltével mérgesen nézek Harryre, hiszen nem szeretem, ha valaki parádét csinálva kiteregeti a magánéletét egy nyilvános helyen.

– Tudod engem szoktak ismerni az emberek, mivel Cambridge-ben főleg egyetemisták élnek – suttogom neki, vagy talán inkább sziszegem, mire Harry csak pislogás nélkül bámul.

– Bocsánat, hogy zavaró tényező vagyok a celeb életedben – nyögi végül ki, én pedig válasz nélkül hagyom és folytatom az evést, a további percekre ignorálva Harryt. Akit úgy néz ki, ez cseppet sem zavart, csak az ablakon kifele bámult, miközben kissé türelmetlenül dobolt a lábával.

Amint befejeztem a késői ebédet, Harry kiviharzott az étteremből, ameddig én visszavittem a tálcát. A szememet forgatva ráérősen követtem, miközben belebújtam a kabátomba. Ahogy átléptem a küszöböt és kiértem a szemerkélő hóesésbe egyből forgatni kezdtem a fejemet. Kicsit talán átfutott a pánik a testemen, hogy nem csak dacból nem várt meg, hanem itt is hagyott, de aztán amikor élesebben nézek el balra, megpillantom. Ahogy a hatalmas világosbarna szövetkabátja ott lebeg az egyik sikátor szélénél. A piros sálja félig le van tekeredve az enyhe fuvallatoktól a nyakáról, az extrafurcsa drapp bakancsa pedig havas és sáros. Pedig Harry nagy becsben tartja a cipőit, így amint hazaértünk, biztosan órákon keresztül fogja sikálni azt a megviselt cipőt. A haja száll a szélben, így egyfolytában utána nyúl a szabad kezével, hogy eredménytelenül a füle mögé tűrje, az arcán pedig őszinte mosolyról árulkodnak a gödröcskéi és a szeme csillanása. Vele szemben az idős hölgy áll, akit alig húsz perccel ezelőtt elhajtottam, mert én nem adakozok kéregetőknek, és Harry kezét szorongatva magyaráz neki valamit. Harry pedig figyelmesen hallgatja, közben a tekintetem pedig letéved a földre, ahol Harry csomagolt ebédje van, amit a néni a két lába közé szorított, hogy két kézzel is a barátom tenyerét markolva hálálkodjon. Elkerekedett a szemem a jelenetet nézve. Közben meglöktek, és halkan morogva beszóltak, hiszen legyökereztem az étterem bejárata előtt és elnyílt szájjal néztem rendíthetetlenül balra, ahonnan hosszú percek elteltével visszaindult az étterem felé a szövetkabátos Kedvesem.

– Minden rendben? – néz rám megilletődve amikor elém ér zsebre rakott kézzel. Én csak megszeppenten bólintok egyet erre, mire ő is bólint.

– Annyira – nyögöm ki száraz torokkal, mire Harry felkapja rám a pillantását, amivel eddig a földet pásztázta. – Annyira csodálatos vagy.

– Mié… – kezdi furcsán felnevetve, én pedig megragadom a tarkójánál és egy lépéssel átszelve a távolságot köztünk szerelmesen a szájára hajolok. És felmelegítve mindkettőnket csókolom a hóesésben, miközben kiemeli a kezét a zsebéből és a sálamba kapaszkodik, mire mindketten elnevetjük magunkat, így összekoccannak a fogaink. Erre még szélesebben mosolygunk, de Harry visszaránt magához, és egészen addig elmerülünk a másikban, ameddig a kültéri felszerelt hangszórókból meg nem szólal A nagy Gatsby betétdala.

– Imádom ezt a számot – húzódik el, miközben a számra motyog mosolyogva, majd egy utolsó gyors csók után elenged, hogy a kezét széttárva énekelje a Young and beautiful-t az egész főtér szeme láttára. Én csak mosolyogva nézem, ahogyan a szövetkabátja szétterül a levegőben, ahogyan forog és nem törődve a pillantásokkal szökdécselve énekel. Én is csak sétálva utána mosolygok, miközben a zsebembe csúsztatom a kezem, és látva *a járókelők meglepett vigyorát hálás vagyok. Hogy igen, az én barátom dalol önfeledten a karácsonyi vásár közepén. Kurvára az én barátom.*

Miközben Harry magát feledve táncolt a hóban én pedig csak bámultam, szaladtak a másodpercek, talán a dal a felénél tarthatott, amikor zilált arccal megtalált maga mögött és a gödröcskéivel és a szétcsúszott hajával együtt nyújtotta felém a kezét, mire én lehajtva a fejem elnevettem magam. De azért felgyorsítva a lépteimet mellé szökkentem, Harry pedig a vállamba markolt, mialatt átölelve a derekát megcsókoltam. Hivatalosan is ez volt életem legszebb pár perce. Amikor a lágyan hulló hóban, a félhomályban kúszó kivilágított főtéren elfeledkeztünk arról, hogy léteznek más emberek is körülöttünk. Elfeledkeztünk arról, hogy nem csak ketten vagyunk a világon. Elképesztő volt. Már csak ez a ketten vagyunk a világon érzés is. Harry azon a délutánon tanított meg szavak nélkül arra, hogy nem kell foglalkoznom más emberek véleményével, ha én boldog vagyok. Én pedig annyira kívántam, hogy ezt örökre megjegyezzem.

– Ez a dalunk – suttogja a számra, amikor elszakadtam tőle. Mosolyogva szorítja a vállamat, miközben az én kezem körülöleli a testét és már keservesen lassan telő másodpercek óta csak forgunk és nevetve csókolózunk a fények alatt. – Ez lesz a dalunk, jó?

– Jó – egyezek bele elengedve az arcom szorítását, mire Harry ismét visszahajol a számra szélesen mosolyogva. Ezek a pillanatok mindig olyan másként élnek az emlékezetemben. Az agyamban lehet egy Harry doboz, ahova bezárom az összes apró érintést, édes suttogást, hogy ha majd a legnagyobb szükségem lesz rá, felnyissam. És újra éljem őket. Mert ez az emlék is ment a dobozba, amikor Harryvel a Young and beautiful-ra táncoltunk a hóban, nevetve csókolózva, mint a friss szerelmesek. Azok is voltunk. Aztán megjött Quentin Mitchell.

– Hé! – kiáltja valaki felénk közeledve, mikor épp kitisztult a dobhártyám és képes voltam hallani dolgokat a külvilágból is. A perifériámba még nem fért bele az illető, így akaratlanul is jobbra kapom a fejem, Harry pedig ugyanígy tesz, miközben még mindig összefonódva állunk.

– Quinn? – suttogja maga elé Harry, nem is igazi kérdésként, csak amolyan meglepett, örömteli kijelentésként.

– Quinn – suttogom magam elé unottan, nem túl örömtelien vagy meglepetten, hanem inkább fáradtan. Harry felnevetve a hangsúlyomon felém fordulva belebokszol a mellkasomba, mire én csak utoljára adok egy puszit az arcára, majd lefejtem róla a kezeim.

– Hé – áll meg előttünk Quinn széttárva a karját, mire Harry boldogan a nyakába ugrik hadarva arról, milyen régen látta, én pedig kínosan elhúzva a számat a zsebembe csúsztatom a kezem. Quinn magasra futó szemöldökökkel néz át Harry válla fölött rám, miközben szavak nélkül próbál érdeklődni, mi a fene volt ez. Csak izgatottan beharapva számat megvonom a vállam. Hoppá, nekik elfelejtettem említeni.

– Sziasztok – érkezik meg Luca is, akinek eszébe se jutott megduplázni a lépteit, csak mert ismerősöket látott. Ezért is vallom azt, hogy én sokkal inkább vagyok Luca Rossi, mint kibaszott Quentin Mitchell. Harry lecsimpaszkodik a szőke barátomról, majd Lucát is szorosan magához öleli, ami annyira meglepi, hogy hirtelen azt se tudja, hogyan kell visszaölelni. Quinn-nel csak visszatartott nevetéssel nézzük, miközben Quinn engem is magához ránt egy pillanatra.

– Kezdtek úgy kinézni, mint egy titkolt meleg házaspár, akik mindenhova együtt mászkálnak – töröm meg a csendet, miután Harry kibeszélte magát Lucának is, majd visszaugrált az oldalamra, és a vállamra támasztotta az állát. Quinn és Luca egymásra merednek, majd, mint akik telepatikusan megbeszélték, hogy „ez hülye?" vissza is néznek ránk. Ránk,

275

akik velük szembe állnak egy igazi meleg házaspárnak tűnnek, ugyanis Harry mögöttem állva markolászni kezdte a bal kezemet is.

– Te most viccelsz? – fintorog Luca, miközben Quinn mellette köztünk kapkodja a fejét.

– Mikor történt... – szűkíti össze a szemét, miközben nem tudva hogyan fejezze ki magát felváltva mutogat rám és Harryre. – Ez? – Harry zavartan rám néz, én pedig vissza rá, és mi is telepatikusan megbeszéljük, hogy én fogok beszélni, mire ismét csak megrántom a vállam.

– Pár hete – zárom rövidre a választ, Luca pedig csak felvonja a szemöldökét, Quinn pedig rosszallóan rázza a fejét.

– Szörnyű vagy Thompson, szörnyű.

– Nem is az! – kel Harry a védelmemre, majd összeráncolva a homlokát végül jobbra balra dönti a fejét. – Jó, de, ma éppen az.

– Tessék? – nevetek fel kimérten, mire Harry elszakítja a kezét az enyémtől és oktató jelleggel emeli rám a mutató ujját.

– Ne hidd, hogy az előbbi szentimentálisan csöpögős jelenetedtől elfelejtettem a szívtelen tettedet!

– Engem csak az érdekelne, Harry mióta buzi – von vállat Luca, hiszen Harryvel belekezdtünk egy drasztikus vitába, aminek semmi különösebb értelme nem volt.

– Engem meg az, hogy pontosan mióta dugnak! – csattan fel Quinn, mire automatikusan megszakítjuk a konfliktusunkat és hőbörögve szólunk rá a szőkére.

Szóval a barátaim is megtudták. Akikkel végül beültünk egy teára, mert Harry hisztizni kezdett, hogy fázik és a párától tönkremegy a haja is (?). Elmondtam nekik a *történetet* a csókunktól kezdve, a jövőbeli királlyal való együtt töltött időn át, egészen a mai délutánig. Amit Harry néha elmerengve, pirulva hallgatott, vagy sértetten felhorkant, amikor egy túl személyes témába akartam belefogni, miközben a karomba kapaszkodott és a vállamra döntötte a fejét. Velünk szemben ülve Luca csendesen kortyolgatva a teáját hallgatott, Quinn pedig nehezen leplezve az egyes véleményeit közbeszólt, de Harry lecsittegte. Mikor a végére értem csak lesújtva szuggeráltak, majd Quinn szerencsétlen hanglejtéssel megkérdezte Lucától, mégis mit basztak el az életükben. Harryvel ezen csak harsányan felnevettünk, majd ameddig Luca és Quinn ecsetelni kezdték a lehetséges hibáikat felnyújtózkodott hozzám, hogy megcsókoljon, de le lettünk fújolva. Mindettől függetlenül örültek nekünk, azt hiszem.

A keddi napoktól eltekintve is bőven volt mit csinálnunk. De ha nem volt is, feltaláltuk magunkat. Főztem Harryvel, zongoráztam Harryvel, játszottam Lucyvel, olvastam Harrynek, tanultam, fürödtem Harryvel, festettem Harryvel, néztem, ahogy Harry fest...

– És mi készül? – huppanok le az egyik csakolyan vörös bársony fotelbe, ami a festő szoba egyik falához volt tolva, mint amilyen a kupola alatt a kanapé. Harry felkontyolt hajjal áll a középre tolt vászontartó előtt, miközben szokásától eltérően egy egyszerű fehér ing van rajta, amit felhajtott a könyökéig. A füle mögé egy ecsetet tett (fogalmam sincs, hogyan maradt meg ott, de Harry mindig igyekszik kihozni magából a legkarakterisztikusabban valószerűtlen önmagát) és épp elmélyülten nézi a vásznat, amire már elkezdett felvázolni valamit, de egyelőre egy felismerhetetlen formát látok csak.

– Te – feleli pár másodperccel később, pont mire már azt hittem nem kapok választ a kérdésemre, mert feltehetőleg nem hallotta, amennyire belemerül a töprengésbe.

– Én? – kérdezek vissza meghökkenve, ahogyan visszakapom a tekintetem rá, ami elkalandozott a hatalmas ablakok felé, hiszen odakint ismét szitál a hó. – Hogy érted, hogy én?

– Téged festelek le, William, úgy – válaszolja egy kusza mosollyal hátratekintve rám a válla felett, mire csak megrázva a fejem rajta feltápászkodok, mikor csak az előbb érkeztem meg. A háta mögé sétálva a dereka köré kulcsolom a kezem és figyelve, hogy ne zavarjam a munkájában a vállára támasztom a fejemet, miközben szemügyre veszem a pacákat a fehér vásznon.

– Tehát ez lennék... én – nyögöm ki grimaszolva, ugyanis egyelőre csak foltokban látok valami aktivitást, nem hogy egy ember formát.

– Igen, te – sóhajtja felháborodva Harry, majd benyúl az ecsetért a füle mögé. – Nem kell előre ítélkezni.

– Nem ítélkezek – mosolygok. – Tudod, én... nem vagyok olyan.

– Persze – mormogja az orra alatt, mire halkan a lapockájába nevetek, ahogy a hátába temetem az arcom.

– Ettől függetlenül támogatlak az engem való festésedbe – szólalok meg újra percek elteltével, miközben Harry egyetlen ecsetvonást sem ejtett a vásznon, én pedig a háttérben halkan szálló zenére ringatózok, mialatt nem engedem el.

– Köszönöm – vágja rá, és nagyon úgy tűnik nincs kedve beszélgetni.

– Morcos vagy – jelentem ki csipkelődve, mire Harry csak óvatosan a kezemhez nyúl és lefejti a hasára kulcsolt tenyereimet magáról.

– Nem vagyok – rázza a fejét kifejezéstelen arccal, miközben most először fordít hátat a készülő festményének, hogy velem szembe forduljon és az összemarkolt kezeimet a mellkasomhoz tartsa. Ezzel akarja kifejezni, hogy nem az ölelésemmel van baja és szeret, csak épp nagyon zavarom. Aranyos. – Csak épp életem műalkotásán dolgozok.

– Életed műalkotása a lelked volt – reagálok habozás nélkül egy érzelgős megjegyzéssel, mire Harry arca végre ellágyul és egy sokatmondó mosollyal a szája szélén fordít nekem újra hátat. Én pedig makacs és féktelen szerelmes vagyok, így persze, hogy még utoljára a nyakába dorombolok és adok neki egy csókot, Harry azonban nem áll távol az én személyemtől, így persze, hogy újra megfordulva a számra tapad.

Percek óta állhatunk nyálasan csókolózva, a csókok között pedig idiótán mosolyogva egymásra a napsütötte szoba közepén, mikor a kilincs zörögni kezd, nekünk pedig nem volt időnk szétrebbenni.

– Bocsi srácok – húzza be maga után az ajtót egyből Elizabeth, mi pedig csak komótosan hámozzuk le a kezeinket a másikról, ugyanis nem ez az első alkalom, hogy Elizabeth besétál, mikor ketten vagyunk. De Harry gyilkos pillantása után kétlem, hogy egyáltalán megfordult a fejében, hogy beszéljen a látottakról akárkinek. Ha jobban belegondolok, szinte már mindenki tudja Harry szülein kívül, de nem, nem gondolok bele, mert csak rosszul érzem magam tőle.

– Nem csak hajtva volt – szól utána Harry, miután Elizabeth kihátrált a szobából, Harry hangját hallva pedig sűrű bocsánatkérések közepette visszatért, hogy be is csukja az ajtót maga után. Én csak rázva a fejem Harry viselkedésén az ajtóhoz sietek és kinézve rajta Elizabethet keresem a tekintetemmel. A barna hajú lány épp a felmosóvíz cipelésével küzd, mire én kislisszolva a szobából utána lépdelek és kiveszem a kezéből a vödröt.

– Köszi – simítja ki a haját a szeméből, majd int a fejével, merre kellene mennünk. Szótlanul lépdeltem mellette, egészen a lenti zeneteremig, majd lerakva a vizet a földre csípőre rakom a kezem.

– Kell még valami segítség? – kérdezem a nálam alacsonyabb lányt bámulva, aki körbetekint a termen, majd nemlegesen rázza a fejét.

– Megleszek. Köszi a cipelést – nevet zavartan a föld felé mutatva, pontosabban a vödör felé.

– Ne haragudj Harryre – kezdem végül elhúzva a számat. – Fogalmam sincs miért fúj rád, de biztosan nem akar megbántani.

– Én tudom – bólint Elizabeth, majd esélyt se adva, hogy rákérdezhessek leszalad a pár foknyi lépcsőn, hogy elkezdjen felmosni a közepes méretű teremben.

– Na jó – sóhajtom, miközben visszaérek a vásznakkal teli szobába, aminek a közepén továbbra is ott áll a barátom, most már éles ecsethúzások közepette. – Miért utálod szegény lányt?

– Miért nem kérdezed meg tőle? – morogja Harry válaszként, mire csak megforgatom a szemem és visszatelepedek a vörös fotelbe.

– Ne legyél ingerült Kedvesem – fojtom el a vigyorgásom Harry nevetséges sértődésének egyikén, mire ő csak fújtat egyet rám sem nézve. – Csak segítettem neki, mert te udvariatlanul elküldted.

– Mert nem kedvelem? – emeli fel ironizálva a hangját, mire oldalra döntve a fejem várom, hogy folytassa, de nem teszi.

– Igen?

– Most az érdekel, mi a bajom vele? – kérdezi hátra sem nézve, mire úgy kezdek bólogatni, mintha látná.

– Igen – felelem végül, mire Harry fáradtan sóhajtva leteszi az ecsetet és végisimítva a ruháján felém indul. Váratlanul gyorsan mászik az ölembe a parányi fotelben, és még hosszú másodpercekig tart, mire sikerül elhelyezkednünk úgy, hogy mindkettőnknek kényelmes legyen. Harry csak hátradönti a fejét, majd erőszakosan kiszabja a gumit a hajából és a csuklójára csúsztatja.

– Két éve történt – kezd bele, mire én nagyokat pislogok rá, ugyanis nem számítottam arra, hogy ilyen mély eredetű problémája van a lánnyal. – Elizabeth még nagyon új volt nálunk, akkoriban kezdett csak dolgozni, mikor én tizennyolc lettem.

A szülinapomra pedig valami hatalmas dolgot kaptam, amitől teljesen kiugrottam a bőrömből.

– Mi volt az?

– Egy macska. Egy sziámi macska, akit aztán Banánhinta Consuela Hercegnőnek neveztem el.

– A... jóbarátokból? – nézek rá furán, mire Harry csak szélesen mosolyogva bólogat. – Furcsa.

– Mert te hogy neveznél el egy macskát? – húzza össze a szemöldökeit csípősen, mire én elgondolkodva emelem fel a sajátjaimat.

– Nem is tudom. Nem lenne macskám, elsősorban? De gondolom Frednek vagy Barney-nak.

– Tipikus – akasztja fenn a szemeit Harry, mire már épp nyitnám a számat, de megelőz. – A lényeg, hogy lett egy macskám, ami a legjobb dolog volt, ami 18 év alatt történhetett velem. És el is voltunk. Együtt olvastunk, meg ilyenek.

– Harry.

– Jó na, sokat jelentett nekem! És mégis mi történt? Banánhinta Consuela Hercegnő meghalt.

– Micsoda fordulat – dünnyögöm hangosabban, mint terveztem, mire Harry egy halálos tekintetet küld felém, mire egyből elhallgatok.

– Méghozzá elég mély traumát okozott, amikor megtaláltam a mosógépben a széttrancsírozott darabjait – teszi hozzá mellékesen, mire elkerekedik a szemem.

– Hogy mondtad? – pásztázom pislogás nélkül, Harry pedig lazán vállat von, mintha nem épp azt mondta volna, hogy rátalált egy állat holttestére a tiszta ruhák között.

– Mint kiderült, Elizabeth mosott aznap – folytatja, mire én igyekszek túltenni magam a hallottakon. – Igaz, azt mondta véletlenül nyírta ki a csupán pár hetes cicámat, de akkor is kinyiffantotta.

– Atya ég – makogok magam elé, Harry pedig kínosan elmosolyodik.

– Tehát nem vagyunk jóba – fejezi be gyorsan, majd, mint aki jól végezte dolgát kipattan az ölemből és nyugodtan visszalépdel a festménye elé.

Másnap délután órám volt az egyetemen, így délelőtt, amikor Harry még aludt extra korán keltem fel óvatosan kimászva az ágyából, hogy véletlenül se ébresszem fel. Hosszú köröket futottam, mire megtaláltam Adelt és beavattam a tervembe, akit csak hihetetlenül megleptem, de beleegyezett a zakkant ötletembe. Este pedig zavartalanul visszaérve sétáltam fel a lépcsőn egy hatalmas dobozzal a kezemben.

– Kip-kop – lépek be Harry szobájába a könyökömmel lenyomva a kilincset. A szobában az állandó félhomály uralkodik, hisz a Nap már lement, csak Harry ágyának a sarka felől szűrődik egy kis fény, így biztosra vettem, hogy épp olvas. – Kedvesem, megjöttem! – szólok ismét, majd kíméletlenül a villanykapcsolóra csapom a kezemet, ügyesen megtartva a dobozt egy kézzel. Alig telik bele pár másodpercbe, mire Harry buksija felbukkan a függönyök között és sietősen mászik le az ágyról. Előre lépdelek pár lépést, miután a dobozt a földre helyeztem, Harry pedig sietősen a nyakamba ugrik, hisz tegnap este óta nem látott, ugyanis sokáig aludt, én pedig köszönés nélkül léptem le. Váratlanul felugrik, mire a hirtelen súlyát megérezve majdnem hátraborulok, de végül a feneke alatt megtámasztva sikerül stabilan fognom, miközben ő átkulcsolja a lábát rajtam és úgy szorongat, mintha minimum a háborúból tértem volna haza.

– Hiányoztál – motyogja a nyakamba, mire oldalra fordítva a fejem belecsókolok a tincsei közé, ő pedig erősebbre fűzi a karjait a nyakam körül.

– Megfojtasz, Harry – nyöszörgöm, mire a barátomnak sikerül elengednie, de amint levegőhöz jutok gyorsan el is veszi a lehetőségem és megcsókol. – Rendben Édesem, de hoztam ajándékot – húzódok el tőle, mielőtt a kezdeti gyermeki és köszöntő csókunk átalakul egy obszcén, nyálas és akaratos akármibe. Harry csak a nyáltól csillogó száját eltátva mered rám a ragyogó szemeivel, hirtelen meg sem tud szólalni a meglepettségtől, így csak akaratlanul is mosolyogva rajta adok egy puszit az orrára, miközben leteszem. Harry sikeresen megáll a két lábán, én pedig egyfolytában vigyorogva (a saját meglepetésemen) megfordulok és felkapom a dobozt a földről. Előre is félve Harry reakciójától összeszorítom a szemem, miközben kinyújtva a karom felé emelem, Harry pedig csodálkozva lépdel közelebb, a következő, amit hallok pedig egy fülsüketítő sikoly.

– Úristen! – visítja Harry, miután egy másodperc töredéke alatt kikapja a kezemből a dobozt, majd egyből a földre ereszkedik vele. Én csak magabiztosan mosolyogva nézek le rá, ahogyan zavarában azt sem tudja mit tegyen. A haját igyekszik kitűrni a szeméből, miközben a dobozba is bele akar nyúlni, de akkor a tincsei visszaesnek az arcába. Közben pedig artikulátlan és élesen hangos hangokat hallat, ami engem egyáltalán nem zavar, de le merném fogadni, hogy Fritzgerald mindjárt megjelenik jobb esetben is vasvillával. – El sem hiszlek, nem hiszlek el!!

– Boldog előkarácsonyt, azt hiszem – hebegem repesve, de állva, mint egy szerencsétlen, miközben áhítatott szemekkel figyelem, ahogyan Harry kiemeli az apró szőrgombócot a dobozból, amit perzsa macska néven vásároltam.

– Annyira – motyogja Harry, miközben maga előtt tartja az apró és vörös teremtményt, amit úgy bámul, mintha a világ összes kincsét tartaná a kezei között. – szeretlek. Elmondhatatlanul.

– Én is téged – mosolyodok el. – Sokkal jobban – teszem hozzá, de olyan halkan, hogy képtelenség, hogy meghallotta, bár abban sem vagyok biztos, hogy az „én is téged"-et hallotta-e egyáltalán. Egy másik világba kerülhetett, miközben gügyögni kezdett a cicának, én pedig nem tudtam máshogy, csak örömmel

bámulni rá, hiába utálom ezeket a szívtelen lényeket. Lassan
megunom a lefele nézelődést és céltalan álldogálást, így törö-
külésben lekuporodok a földre Harry mellé, aki már maga alá
húzva a lábát a sarkán ül és az ölébe fektette a gombócot.

– Imádom – leheli maga elé, miközben óvatosan megböködi
a cica pocakját, és teljesen hozzá értő kezekkel simogatja (fo-
galmam sincs, hogy lehet valakinek macskákhoz értő keze, de
Harrynek az van, ez tökre biztos). Én csak a vállára döntöm a
fejem, miközben úgy grimaszolva, hogy Harry ne lássa próbálom
elfogadni, hogy valószínűleg ez a dög nagyobb prioritást élvez
majd, mint én. De azért nagyon igyekszek, hogy ne gyűlölettel
nézzek a jelenleg személytelen csöppségre.

– És mi a neve? – kérdezem, hogy eltereljem a gondolataim.
Harry habozás nélkül válaszol.

– Caroberto – vágja rá, nekem pedig vicc nélkül hatalmasra
tágul a szemem.

– Oké, te szórakozol – nevetek fel, miközben elemelem a fe-
jem a vállától, hogy a szemébe nézhessek. Harry már várva a
pillantásom oldalra nézve rázza meg a fejét. – Egy közép-eu-
rópai királyról nevezel el egy macskát, aki már minimum 500
éve halott? Te komolyan szörnyetegnek akarod nevelni, nem?

– Igen – dédelgeti tovább a macskát. – Név alapján pedig
ne ítélj.

– Persze, mert a Banánhinta Consuela Hercegnő névről nem
az süt le, hogy egy kibaszott morbid halálú dögről beszélünk –
morgom az orrom alatt, mire Harry rosszallóan, de látszik, hogy
szórakozottan pillant rám.

– Ne rontsd el, Sam, ne – mosolyog halványan, én pedig vissza-
bújok a nyakába és a lehető legóvatosabban nyúlok az állathoz.

– Legyen – motyogom Harry vállába. – Caroberto.

Igazam lett. Harry a Szörnyeteg megszállottja lett. Azaz
Carobertoé, de én Szörnyetegnek nevezem. Igazából az

a dög amint megszokta, hogy ez a nyolccsillagos szálloda az új otthona nagyképűen sétálgatott mindenfele. Harry lett az új legjobb barátja, úgy követte akár egy apród. Én pedig utáltam. El akarta venni a helyemet, mikor egy átkozott háziállat! Még csak nem is haszonállat, hogy eladhassuk a húsát vagy szőrét valami bevételért. Egy nyamvadt két hónapos élőlény taszított le a helyemről, aki még csak annyira sincs az intelligencia közelében, hogy maga alá piszkít. Harry pedig úgy takarít utána, mintha minimum egy jó dolgot tett volna azzal, hogy leszarta a padlószőnyeget. Még gügyög is neki mellé.

– Utállak – suttogtam neki, amikor Harry feltápászkodva közölte, hogy wc-re megy. Én csak gyilkos tekintettel néztem a macskára, aki ártatlanul ásítva nézett vissza rám az ágy közepén kiterülve, majd hatalmasakat pislogott. Idióta. Biztosan nem értette a villámokat szóró tekintetem. De mit is mondjak? Hirtelen hárman lettünk a kapcsolatban. Harry, én, és a Szörnyeteg. Én pedig nem osztozkodok szívesen és ezt igyekeztem minden adandó alkalommal Caroberto tudtára adni, még akkor is, ha egy értelmetlen, képességekkel nem bíró teremtmény. – Ki szopja le a gazdád éjszaka? Egy null nekem, seggfej – morogtam, mikor meghallottam, hogy Harry már kezet mos, a dög pedig szemrebbenés nélkül nézett rám. Kis átok.

– Folytatjuk? – tért vissza Harry, mire én elszakítottam a tekintetem életünk megkeserítőjéről és gyorsan átrendezve az arckifejezésemet bólintottam, és kinyitottam a könyvet, amiből eddig hangosan olvastam. Majd megvártam, ameddig Harry a mennyországot is leígéri a kis szarosnak, mielőtt visszabújik a vállamba.

Egy szerencsém volt. Mégpedig, hogy a Szörnyeteg félt a víztől. Ki is használtam.

Már percek óta csak Harry gyors nyelvjárásától zeng a fürdő-
szoba, amit én türelmesen és figyelmesen hallgatok. Úgy min-
denről beszél, de leginkább a kedvenc témáiról. Szóval a köny-
vekről, virágokról, ruhákról és a művészetekről. Sokszor azt
hiszem igazából barátnőm van.

A fürdőkád egyik végének támaszkodva félig ülő félig fekvő
pozícióban karolom át a lábaim közé befészkelt barátomat, aki
maga előtt artikulál, miközben, ha néha leengedi a kezét azt a
mellkasa előtt összekulcsolt kezeimre ereszti.

Elveszve Harry mondataiban hirtelen autómorajlás üti meg
a fülemet a nyitott ablakon keresztül, ami először nem is iga-
zán érdekel, de aztán tágabbra nyílik a szemem, amikor Adel
feldobott hangja is társul hozzá. Kibogozom Harryt a karjaim
közül, akit láthatóan feldúl az egyértelmű indulási szándékom.

– Mit is csinálsz? – kérdezi felülve a csípőjére tett kézzel,
amikor szépen kitereltem az ölemből.

– Megjött anyukád – közlöm, majd mielőtt kimásznék a kád-
ból még adok egy puszit az orrára, ami úgy meglepi, hogy hirte-
len reflektálni sem tud. Olyan imádnivalóan fest. Ahogy a meleg
fürdő által hirtelen kipirult, a haja vonalában izzadságcseppek
csillognak. És még dühösen is néz rám mellette.

– Aha, és? – kérdez vissza magas hangon, mire én ignorál-
va őt egyszerűen kiugrok a kádból és törölköző után kezdek né-
zelődni. –Mit gondolsz hová mész? – sipákolja, mire meg sem
próbálom elrejteni a mosolyomat, csak megfordulva degradáló-
an simogatom meg a feje tetejét.

– Megjöttek a szüleid Kedvesem – mosolygok rá ártatlanul,
miközben elsétálva tőle lekapok egy törölközőt a mosdókagy-
ló mellől. Harry tovább hisztizik, mintha teljesen elfelejtette
volna, milyen következményekkel járna, ha Adel egy kádban
találna minket.

– Kit érdekelnek? – horkant, mire én a hátamat mutatva
neki az alsó ajkamba harapok. – Húzd be a függönyt és gyere

vissza. Még nem fejeztem be – parancsol rám, mire csak össze-
ráncolt homlokkal fordulok felé, miközben már egy pólót húzok
át a fejemen.

– Ahm, és ha Adel keres mit is mondasz?

– Hogy fürdök, és pusztuljon el – vágja rá leleményesen,
mire én csak feltűnően megforgatom rajta a szemem. – Nem
viccelek! Gyere vissza!

– Szeretlek – mondom kedvesen, miután a gatyámat is visz-
szarángattam magamra, mire Harry csak hangosan kezd hisz-
tibe, én pedig mielőtt kimennék a fürdőből, hogy visszasiessek
a saját szobámba a kád mellé hajolva belecsókolok a hajába.

– Soha többet, mondom sose fürdök veled – nyit be Harry
hozzám kopogás nélkül, mire én felkapom a fejem a merengésből.
Csak nézek rá, mivel nem nagyon maradt meg a szavai monda-
nivalója, Harry azonban biztosan észreveszi a tekintetemben
a kétségbeesést. – Minden rendben?

Csak morgok valamit, miközben az ágyam szélén ülve felhú-
zom magam elé a lábaim. Harry becsapja a folyosóra nyíló ajtót
és gyors léptekkel ér el az ágyamig. Mellém ülve a térdemre teszi
az egyik tenyerét, amin a gyűrűket kezdem vizsgálni, ameddig
a másikkal végigsimít a hátamon. Hadar nekem valamiről, de
nem sikerül megjegyeznem a szavait, így akármennyire is nem
szeretek közbevágni, most megteszem.

– Felhívtam anyut – nyögöm ki nehezen, majd a félelemtől
csillogó szemeimmel a teljes pánik szélén nézek Harryre. Hir-
telen eltűnik az arcáról az aggodalom és kifejezéstelenné válik,
miközben a keze is megáll a hátamon. Lefagy, ahogyan én ap-
rókat remegek, miközben a lábamat a mellkasomhoz szorítom
és próbálom visszaszívni a könnyeim, amik másodpercek telté-
vel végül kifordulnak a szememből. Nem volt időm vagy ener-
giám foglalkozni azzal, hogy Harry most lát először sírni, csak
hagytam, hogy végiggördüljenek az arcomon, majd az államnál

találkozva lecsöppenjenek az ölembe. Mindeközben sűrűn pislogva nézem Harryt, aki tehetetlenül ül mellettem, érzelemmentesen nézi, ahogy az első könnycseppjeim eltűntek, majd azokat még sok követi. Amikor a halk könnyezésem kezd átalakulni sírásba, majd, amikor az első levegőért kapkodó zokogásba nyúló hang is kiszabadul belőlem, körém fonja a karjait. Én automatikusan belefordulok az ölelésébe és elvesztve az önkontrollomat a pólójába zokogok, miközben Harry igyekszik az ölébe húzni, ahogy a hajamat simogatja.

Fel sem fogtam, hogy Harry perceken át azon tépelődött, mit kell csinálni, ha valaki sír mellette. Eszembe sem jutott, hogy ő nem tudja, hogy kell. De ezek után egész este nem engedett el. Mikor abbahagytam a sírást és már csak hüppögtem, mint egy apró gyerek, akkor hagyott először magamra. De alig fél percbe telt, mire megjelent az ágyneműjével újra, majd miután az ölembe ejtette az egyik pólóját, amit sietősen felmarkolhatott, megkért, hogy álljak fel. Gondosan megágyazott, ameddig én csak álltam, és a pólóját markoltam. Utána átöltöztetett. Aztán lefektetett. És reggelig nem engedett el. Utána is nehezen.

13.

Katartikus karácsony

Valahogy december 23-a lett. Ami két dolgot jelentett. Hogy másnap volt szenteste és a 23. szülinapom.

– Nem azért, hogy megint felhozzam a témát, de... – kezdte Harry, mire én egyből a mondata közepébe sóhajtottam. – Istenem, Sam, nem lehetsz ilyen!
– Nem akarok hallani róla, érted? – ráztam a fejem. Délelőtt közepe lehetett, mi pedig a bevetetlen ágyamon ültünk, kivételesen éberebben, mint szoktunk. Már fel is voltunk öltözve, mert Harry teljesen fellelkesült a közelgő karácsonytól és korán reggel felrázott. Így hát nyilván húzva a számat, de felöltöztem és reggel óta igazából Harry izgatottságát hallgatom. Közben olvasni kezdtünk mindketten, én a támlának dőlve, ő pedig lelógatva a fejét az ágyam végéről.
– Hihetetlen vagy – morogta Harry, mire én az ölembe ejtettem a könyvet.
– Azért, mert nem akarok Amerikába utazni karácsonyra és a szülinapomra, hogy a családommal töltsem? – kérdeztem ingerülten, ami önmagában nem lenne egy negatív töltetű kérdés. De az én családomról volt szó, így igenis sok hiba volt benne.
– Egy esély – ült fel Harry rögtön. – Azt magyarázom neked napok óta, hogy adj nekik egy esélyt!
– Felhívtam őket – vontam vállat, mire a barátomnak roszszallóan nőtt nagyra a pupillája. – Ez volt az esély. Szerintem

elsőnek ennyi bőven elég – Harry a tipikus arcával nézett rám, mire hitetlenkedve a kíntól felnevettem. – Most mi van? Nem várhatod el tőlem még te sem, hogy hirtelen jöjjünk össze ünnepekre négy év után! Négy évig hallani sem akartak felőlem.

– Most mégis! – csattant fel Harry, mire csak beharaptam a számat, hogy visszanyeljek egy csípős szöveget. Nem akartam, hogy a mai napunk is veszekedéssel kezdődjön, ahogy mostanában a legtöbbel történt.

– Nem érted – motyogtam végül, mire Harry csak megrázta a fejét és maga mellé dobva a könyvet mellém mászott az ágyon. Már épp nyitotta a száját, de sosem tudtam meg mit akart volna mondani, ugyanis három éles kopogás hallatszott az ajtómon. Harry automatikusan baráti távolságba helyezkedett tőlem, mire én megszólaltam, hogy 'gyere'.

– Sam? – dugta be Adel a fejét, majd be is lépett. – Harry! Sziasztok.

– Szia Anya – sóhajtotta Harry, miközben elmászott az oldalra ejtett könyvért.

– Szia Adel – mosolyogtam rá, mire a fekete hajú nő csak csípőre tett kézzel állt meg az ajtó előtt.

– Harry, igazából megjöttünk a karácsonyfával – szólt először a fiához, aki erre egyből felkapta a fejét, az unott tekintete pedig eltűnt és hatalmasra nyílt szemekkel nézett hátra rám.

– Nem bánod...?

– Menj – mosolyogtam szélesen, mire Harry becsapta a könyvét és leugrott az ágyamról. Miközben sietősen elindult az ajtómhoz útközben megállt és édesen átölelve az anyja derekát adott egy csókot az arcára, mire Adel felnevetett. Harry behúzta maga mögött az ajtót, majd, amikor a lépései egyre halkabbak lettek Adel végigsimítva a ruháján óvatosan sétált közelebb az ágyamhoz.

– Igazából veled akartam beszélni eredetileg – kezdte a haja végéhez nyúlva, majd miután egy kérdő pillantást vetett rám, hogy le szabad-e ülnie én pedig gyorsan bólintottam, mire maga alá húzta a szoknyáját és az ágy végére telepedett. – Az ünnepekről.

– Igen? – lepődtem meg, ugyanis belül már mardosni kezdett a téma egyáltalán szóba jövetele is, de lenyeltem a keservemet és igyekeztem semlegesnek tűnni Harry anyja előtt.

– Toby és Elizabeth hazautaznak. Nyilván – nézett rám jelentőségteljesen, mire én csak bólintottam. – Albert is a testvéréhez megy az ünnepekre. Én csak meg akartam kérdezni, neked mik a terveid...

– Oh – hirtelen csak ennyit tudtam kinyögni. Ugyanis itt esett le, hogy mekkora, de mekkora hülye vagyok. Harry is nyilván azért puhatolózik a családommal, hogy elhúzzak karácsonyra! Adel azért jött ide ilyen szerényen, hogy illedelmesen elküldjön, hogy ő is a családja körében, meghitten tölthesse az ünnepeket. Én hülye pedig azt hittem, van olyan lehetőségem, hogy egyszerűen maradok. Hisz... nem nagyon van hova mennem. Ez azért túlzás, mert nyilván nem rakna senki utcára, de se Quinn, se Luca családja nem fogadna kirobbanó örömmel, mikor ez egy családi ünnep. Az már az én problémám, hogy nekem nincs családom.

– Oh? – ráncolta össze Adel a homlokát, mire én csak megrázva a fejemet próbáltam visszaesni a való világba ezzel együtt pedig a jelenbe is, mert egyelőre ráérek azon gondolkodni, hova az istenbe megyek karácsonykor. Most inkább válaszolnom kéne valamit Adelnek. Csakhogy a kettő igen kötődik egymáshoz. Francba, francba.

– Én még... – dadogtam, miközben a tenyerem izzadni kezdett. – Gondolom én is megyek haza. Igen.

– Amerikába? – faggatózott Adel, mire a majdnemhogy a pánikolás szélén állva vezettem rá a tekintetem. – Nem akarok kérdezősködni, csak én nem ismerem a járatokat, meg ezeket, de azt hiszem, hogy...

– Van valami gond? – jelent meg Harry hirtelen az anyja háta mögött, akit a belső vívódásomnak köszönhetően észre sem vettem, ameddig nem szólalt meg. Harry zavarodott arckifejezéssel nézett ránk, majd, amikor a pillantásunk találkozott szinte ösztönösen förmedt rá az anyjára. – Mit mondtál neki anya?

– Nincs gond, Harry – nyögtem ki, ugyanis Adel csak a mellkasához kapva fordult hátra, ugyanis... Harry hangneme elég akaratos és kemény volt. Így megértem, hogy személyes támadásnak vette, és valószínűleg az is volt. – Adel csak megkérdezte mit csinálok karácsonykor.

– Mostanában olyan forrófejű vagy, hogy rád sem ismerek – sziszegte Adel Harry szemébe nézve, aki csak viszonozva a pillantását talán szemmel verte.

– És mit csinálsz? – szakadt el hirtelen Adel tekintetétől, hogy az én szemembe nézhessen. Biztosan látta a kétségbeesést és a pánikroham közeli állapotot az arcomra írva, ugyanis amikor épp dadogni kezdtem volna újra Adelre pillantott. – Sam itt marad.

– Nekem azt mondta, hogy... – kapta rám a fejét Adel, mire én legszívesebben mélyre ástam volna magam a földben, több okból is. A szituáció kellemetlensége miatt, meg hát valljuk be, nem túl jó érzés mindenki lába alatt lenni.

– Mert idejöttél, hogy hátba támadd, ameddig engem elküldtél valami gyerekes indokkal! – rivallt rá Harry elvesztve a türelmét, Adel pedig megalázva nézte, ahogyan a saját fia kezd vele üvöltözésbe. – Annyira egy álnok kígyó vagy anyu! Nem küldheted el Samet, főleg nem úgy, hogy a hátam mögött intézkedsz a dolgokról, mert Sam velem ellentétben valamiért még tisztel téged! Én vele akarok karácsonyozni – az utolsó mondatra lehalkította a hangját és inkább nekem címezte, ugyanis a haragos arcából is engedve nézett rám az anyja felett.

– Fogalmam sincs, mi a problémád mostanában, Harry – köpte Adel, majd felpattanva az ágyamról kivonult a szobából, becsapva maga után az ajtót. Annak csattanására én behúztam a nyakam, míg Harry csak forrva nézett utána. Pont két dolgot tudtam volna megállapítani róla. Hogy utána ered és megtépi a saját anyját, vagy csak utána dob valamit. Azt viszont nem tudtam eldönteni, mikor lett ilyen elbaszott neki és Adelnek a kapcsolata.

– Jól vagy? – suttogta végül, amikor már több lassan forduló másodperc is eltelt, mióta Adel ránk vágta az ajtót, én pedig továbbra is összegömbölyödve ültem az ágyam végében. Mivel nem adtam választ Harry kérdésére, csak beletúrva a hajába sóhajtott egyet és egy teljesen más stílust felvéve húzott az ölelésébe, miután lekuporodott mellém.

– Mióta vagy ekkora paraszt Adellel? – motyogtam Harry karjai között, mire ő egy mély levegőt vett a kérdésemre. – Én tehetek róla?

– Igen – felelte végül pár másodperc gondolkodás után, mire üveges szemekkel meredtem magam elé. – De közben mégsem. Te csak felnyitottad a szemem.

– Fel? – nyögtem furán, mire Harry csak a nyakamba bújik, mielőtt válaszolna.

– Tudod mi van mindig, mikor te elmész a városba? – kérdezte halkan, mire én megráztam a fejemet, hiába volt csak egy költői kérdés. – Üvöltözés. Ha anya épp itthon van. Ordibálunk egymással, mert anya előtted szégyelli. Ha mégis előtted szólok rá erősebben, ő adja tovább az ártatlant, mert nem szeret mások előtt veszekedni. Toby úgyis mindig kint van, Fritz egy másik világ, Elizabeth kitudja mit csinál… de rád másképp néz. Fogalmam sincs miért.

– Szerinted tudja? – leheltem reszketve, mire Harry határozottan rázta meg a fejét.

– Kizárt. Nem tudja – szögezte le.

– Akkor miért néz rám máshogy? És miért veszekedtek?

– Mert közöltem velük, hogy el akarok menni – jelentette ki természetesen, mire kiszabadultam az öleléséből, hogy szembeforduljak vele. – Ne ijedj meg Szerelmem, nem úgy, ahogy gondolod. Csak felvilágosítottam anyámat, hogy huszonegy éves leszek, ezért, ha úgy támad kedvem, elmegyek kávézni a pasimmal, mert unom az itthoni hangos gépet – mosolygott Harry, mire felnevetve rajta megragadtam a tarkóját, hogy magamhoz húzzam.

– Hihetetlen vagy – súgtam a szájára, mire ő csak szélesen mosolygott és újra megcsókolt. Harryt már tökre nem érdekelte, ha a felbőszült anyja ránk nyit. Kár, hogy engem még igen.

Harry függönyein átszűrődtek a késői napsugarak, amik körbeölelve az összetúrt ágyneműt és a félmeztelen testemet ébresztgettek. Én csak egy cicás ásítás után a másik oldalamra fordultam, majd résnyire nyitottam a szemem, hogy láthassam az ágy bal oldalán fekvő barátomat, de hűlt helyét találtam. Erre akaratlanul is kipattant a szemem, majd hiába voltam fáradt és nyűgös feltornáztam magam félig ülő pozícióba, hogy körbenézzek a szobában. A hajam égnek állhatott, miközben a hideg végigfutott a felsőtestemtől a talpam végéig, én azonban megborzongva repesgettem a szempilláim, hátha attól gyorsabban térek magamhoz. Az éjjel nem sokat aludtunk, az alvásnál mérföldekkel

294

jobb dolgokat csináltunk, így nem voltam meglepve, hogy a harmadik nyálas ásításom után sem voltam még annyira éber, hogy kimásszak a paplanom alól. A szoba egyébként a napsugarak által adott narancssárga fényekben úszott, de egyedül voltam. Azaz nem. Persze, hogy nem. A Szörnyeteg a könyvespolc előtt fekve nyújtózkodott, így legalább megtaláltam a duruzsoló hang forrását, nem mintha feldobott volna a jelenléte. A macska mintha megérezte volna a szúrós pillantásomat, rám emelte az ártatlannak tűnő tekintetét, mire csak fújtattam, hátha utánozza. Nem tette, mert gyagyás. Végül figyelmen kívül hagytam a dögöt és szenvedések és tipikus reggeli nyögések közepette szenvedtem ki magam az ágyból. Azaz Harry ágyából.

Lassan és óvatosan sétáltam el az állat mellett (továbbra sem tudom elfogadni, hogy egy szobában nevelkedik velünk. Ráadásul afféle prioritásokat ért el csupán két hét alatt, hogy nyugodt szívvel hallgathatja végig a szeretkezéseinket, amit hiába jelzek Harrynek, hogy zavar, ő csak nevet rajtam. Mintha viccelnék azzal, hogy feszélyez, ha egy igaz csökönyödött, de mégis élő-lélegző lény fültanúja a szexuális életemnek) majd a szoba közepére állított fotelből halásztam fel a tegnap elszórt ruháimat. Az orromhoz emelve úgy döntöttem inkább Harry szekrényéből választok valamit. Azonban mikor kitártam Harry gardróbajtaját kisebb bajban voltam. Ugyanis ez volt az első alkalom, hogy úgy akartam a szekrényéből öltözködni, hogy ő nem volt jelen, hogy irányítson, hol találom a *Sam fajta* ruhákat, kerülve a *Harry fajtákat.* Így csak a számat harapdálva kezdtem kutakodni, mire az egyik alsó polcon nyúlkálva beleütközött a kezem egy ruhánál jóval keményebb tárgyba.

Oké, utálom magam ezért, de megragadtam a tárgyat és kihúztam. Hiába élek egy párkapcsolatba Harryvel, vannak privát szakaszai az életünknek, főleg, hogy azért még csak pár hónapja ismerjük egymást... És egy doboz, ami a ruhásszekrénye mélyére van rejtve biztosan nem a nyílt titkok közé tartozik. Egy fehér kör alakú ajándékdoboz volt, selyem masnival a tetején. Indexbe apró betűkkel volt írva csupán annyi, hogy „Harrynek". Zakatoló szívvel próbáltam meggyőzni magam, hogy ki ne merjem nyitni a dobozt, de végül szerencsétlenkedni kezdtem a tetejével, csak hogy nem tudtam lepattintani róla. Kissé vérszemet kaptam, majd amikor már azon voltam, hogy szétvagdalom a nyamvadt ajándékdobozt Harry csicsergett az ajtó felől. Egy szempillantás alatt visszacsúsztattam a dobozt, miközben a dobhártyám megtelt vérrel (megjegyzem egész szerencsétlenül festhettem, ahogy egy alsóban kuporogtam Harry szekrénye előtt, de nem volt időm ezzel foglalkozni).

– Saaam – dalolta Harry elnyújtva az 'a' betűt, én pedig egy nagyot nyeltem a gardrób padlóján ülve. Harry biztosan arra számított, hogy még alszok vagy fetrengek, így az ágy fele indult. De amikor csupán véletlenül a fürdője felé fordította a tekintetét szinte ösztönösen nevetett fel a látványomon. – Te meg mit csinálsz?

– Ülök – feleltem zavarodottan, mialatt végigmértem Harryt. Egy rózsaszín ing volt ma rajta egyszerű fekete farmerral. Valamint a padlószőnyegen is egy bokacsizmát viselt, de ezen már meg sem lepődtem. A kezében azonban egy tortát tartott.

– Boldog szülinapot! – emelte a feje mellé a tortát, ami mellé idiótán mosolygott, én pedig a világ legnagyobb értetlenkedő grimaszával a fejemen bámulhattam vissza rá. – Ma van a szülinapod.

– Baszki – nyögtem ki, mivel többre nemigen futotta. Harry igen jól szórakozott rajtam, miközben elhivatottan egy kézzel egyensúlyozott a tortával felém nyújtotta a másikat, hogy felhúzzon a földről. Mivel hiszek az ügyességében és az egyensúlyérzetében elfogadtam a kezét, Harry pedig rögvest felrántott, mire az arcánál kötöttem ki.

– Boldog szülinapot, agyalágyult – suttogta az arcomra, mire a nap folyamán először mosolyodtam el, majd ráérősen a szájára hajolva megcsókoltam. Közben mindketten belefeledkeztünk, hogy egy kézzel tart egy egész termetes méretű tortát, szóval az elmélyült csókunkat Harry nyikkanása szakította félbe, amivel jelezni akarta, hogy mindjárt kifordul a kezéből.

– Köszönöm – mosolyogtam rá, mialatt még mindig a nyaka köré volt fonva a kezem, ő azonban a tortával szerencsétlenkedett. Végül kihámozta magát az ölelésemből, és letette a hülye tortát az asztalára, utána pedig boldogan visszaszökkenve hozzám a derekamba mart. Én csak a kezeim közé szorítva az arcát sikoltottam egy halkat, majd miután egy nagyon hosszú és nyálas csókot váltottunk Harry megpaskolta a seggem.

– Oké, keress valami ruhát – tette hozzá, mire én visszasétáltam a szekrénye elé. Harry türelmesen megvárta, ameddig magamtól jövök rá, hol találom az egyszerű pólóit, majd, amikor szemlélődni kezdtem köztük, ő az ellenkező irányba indult és a földre térdelve dögönyözni kezdte a macskát.

– És mit csinálunk ma? – érdeklődtem, miközben Harry makogott a Szörnyetegnek én pedig a tegnapi farmeromba bújtam bele, miután kiválasztottam Harry egyik egyszerű pólóját.

– Amit te szeretnél – gügyögi oldalra nekem Harry, mintha csak zavarnám, miközben azt a nyomorultat nyúzza. – Anyámékat elüldöztem itthonról, úgyhogy...

– Harry! – förmedtem rá, mire ő csak amolyan „mi van??" tekintettel bámult rám. – Szenteste van. Hívd vissza őket.

– Te most viccelsz – jelentette ki szemrebbenés nélkül. – Először is, nem szenteste van, hanem a szülinapod. Másodszor pedig mentek volna maguktól is, én csak rátettem egy lapáttal a viselkedésemmel, hogy estig biztosan ne jöjjenek haza.

– Hova mentek?

– A nagyihoz – állt fel Harry, miután megragadta a macskát és magával emelte a nyúlékony testét. Undorító. – Kérdezték mennék-e, de… nemet mondtam.

– Szörnyű vagy – vágtam rá, Harry pedig csak megforgatta a szemét a kijelentésemre. – Miért nem mentél velük?

– Szórakozol? Anyám szülei már az első világháború alatt is éltek, képzelheted hány évesek lehetnek. Életemben vagy tízszer ha találkoztam velük. Nyilván téged választalak felettük.

– Ez egyszerre édes és kegyetlen – húztam a számat, mire a barátom csak mellém ugorva megpuszilta a megrökönyödött arcomat.

– De szerintem most menjünk fát díszíteni – váltott témát Harry, miközben a kezében hintáztatva a Szörnyeteget az ajtó felé indult. Én pedig követtem.

– Az nem családi hagyomány? – húztam össze egy pillanatra a szemem, miközben a napsütötte folyosón sétáltunk, mire Harry csak megvonta a vállát.

– De. Anyu mondta is, hogy várjam meg őket vele. Ezért díszítjük most – felelte egyszerűen, mire nem volt kedvem megint leszúrni az anyukájához való állása miatt, egyszerűen harsányan felnevettem, amilyen természetességgel mondta.

– Ennek már sose lesz vége, igaz? – nyávogtam már sokadszorra, Harry azonban nem engedte, hogy szünetet

298

tartsunk. Úgy néz ki, az arisztokraták nem olyan szűkösen ünneplik az efféle eseményeket, mint a karácsony, mint a hozzám hasonló legatyásodott emberek. Sokkal nagyzolóbban és egyáltalán nem mértéktartóan. A fa, amivel Edward és Adel tegnap hazaállítottak egy rendes fenyőfa. Mikor először megláttam, halál komolyan meg is kérdeztem Edwardtól, hogy ezt most ugye illegálisan vágta ki egy vidéki fenyőerdő széléről, de csak kinevettek. Úgy néz ki, náluk ez a nagyképű karácsony a megszokott. El tudom képzelni, ahogyan karácsony reggel felhívják Landonékat, hogy videóhívásban bemutassák a fáikat, majd egy tradicionális verseny keretében döntsék el, ki a menőbb az idei ünnepek alatt. De lehet ez csak az én elborult agyam szüleménye és egész egyszerűen nagy fa hívők (nagyképűek).

– De, csak egy kis eltökéltség kéne hozzá Szerelmem – dalolta Harry válaszként. Esküdni mertem volna, hogy már másfél órája hallgatunk hányadék karácsonyi zenéket, amiket Harry boldogan énekel, miközben a nyamvadt fát díszítjük. Én pedig kezdtem az őrültség meg nem határozott szélére kerülni a rengeteg brit nyivákolástól, amiket karácsonyi daloknak hívnak, valamint attól is, hogy ez a fa sosem lesz teljesen tökéletes a perfekcionista barátom számára. Kit hibáztassak? Persze, hogy magamat, amiért egy maximalistával kellett összejönnöm.

– Az eltökéltségem elapadt vagy fél órája – vetettem egy mérges pillantást Harryre, miközben felmarkoltam újabb hat darab valószínűleg gyémántból készült, valószínűleg az életemnél is többet érő gömböt, hogy felaggassam a fenyőre. Ami az első emeleti bejáratnál volt felállítva, hogy jó magasra tudjon elnyúlni. Harry azonban még csak le sem szarta, hogy szenvedek.

– Nem vagy kitartó – állapította meg.

– Ez nem igaz, igenis az vagyok – kértem ki magamnak egyből (érdekesen magas hangon). – Csupán nem egy ilyen ostobaságba.

– Szóval szerinted a családi tradíciónk ostobaság.

– Nem vagy vicces – motyogtam morcosan, a barátom viszont olyan remekül szórakozott rajtam, hogy legszívesebben őt is a fára aggattam volna a félmilliárdos égők közé.

Szeretem Harryt. Erről semmi kétségem. De azt hiszem minden kapcsolatban, legyen az baráti, családi vagy romantikus vannak hátrányok. Nos a miénkben ez határozottan Harry irányításmániája. Amit én már ilyen hosszú távon, amióta együtt vagyunk nehezen viselek. Az egyetlen alkalom, ahol nem ő dominál az szex alatt van, igazából minden máshol mintha magától adódna, hogy ő adja ki a parancsokat. Hogy mit értek ez alatt? Reggel kijelentette, hogy azt csinálunk ma, amit csak akarok, mert szülinapom van. Ehhez képest a napunk egy csőd volt.

Először két órát töltöttünk a fa tökéletes feldíszítésével, ami alatt én végig nyafogtam, siránkoztam, hisztiztem, de Harry elhivatott maradt a feladatával kapcsolatban. Utána talán fél óra boldogság jutott, ami alatt Harry gyertyákat gyújtott a tortámon (amit ő csinált!!), pontosan 23 szálat. Énekelt nekem, majd miután kívántam és elfújtam mind a 23-at ettünk is belőle. Igen, nos ettünk. Ha ez alatt azt értjük, hogy a világ legocsmányabb karácsonyi pulcsijaiban (ez volt az ajándékom, azt hiszem…) egymás szájába tömjük a széttrancsírozott tortát. Utána pedig tökre természetesen smárolunk, miközben nem csak a szánk van tele krémmel, hanem körülöttünk minden más is. Nos igen, feltakarítottuk. A problémák akkor kezdődtek, amikor nekiálltunk ebédet csinálni.

Harry már negyedórája a konyha sarkában ül, az ablakon kibámulva. Ugyanis negyedórája halálosan megsértődött rám.

Úgy történt, hogy én véletlenül kiborítottam a sajtmártást, amit a tűzhelyre raktunk hűlni. Harry vérszemet kapott, majd, amikor nekiállt felvakarni a földre száradt olvadt sajtot, én gondoltam felteszem főni a tésztát. Nos. Mentségemre szóljon, nem lettem kevésbé ügyetlen 23 évesen sem. A víz forrni kezdett, épp hogy langyossá vált, amibe beleöntöttem a spagettitésztát, közben pedig Harry morgását hallgattam. Ezt megelégeltem és amikor épp egy epéset akartam visszaszólni, hát lelöktem a forrásban lévő vizet is. Ami Harry fején landolt, tekintve, hogy a főzőlap előtt térdelve takarított. Még nem volt forró, át sem melegedett teljesen, de amikor Harry a helyzethez képest nyugodtan egyenesedett fel nedves hajjal, aminek a tetejébe még a száraz spagettirudak is beleakadtak, biztos voltam benne, hogy nagy bajban vagyok.

Azóta nem szólt hozzám. Szótlanul felindult az emeletre, mire én sűrű bocsánatkérések közepette követtem, de csak rám förmedt, hogy takarodjak vissza és kapcsoljam ki a tűzhelyet, mielőtt leégetem a konyhát. Majd, amikor visszatért száraz hajjal, ki akart menni az udvarra, gondolom, hogy dacból magamra hagyjon, de a kétórás hülye fadíszítésünk alatt eleredt a hó. Harry miután ezt sértetten tudomásul vette törökülésben leült az ablak elé, mintha arra várna, hogy... elálljon a hó?

Én gondoltam hagyok egy kis időt neki, így a pultra támaszkodva egy random szakácskönyvet kezdtem lapozgatni, amiből félpercenként felnéztem a barátomra. Aki makacs módon az ablak előtt ült. Talán arra várt, hogy tűnjek el. Talán arra, hogy borítsam le magam egy köcsögnyi vízzel. Talán arra, hogy főzzek neki ebédet, de talán csak arra, hogy öleljem át hátulról. Így hát, miután hosszú percekig tépelődtem végül letettem a könyvet és hangtalanul a pultra helyezve kikerültem a konyhaszigetet, hogy az ablak elé sétáljak.

– Kedvesem – doromboltam, miközben szem előtt tartva Harry temperamentumosságát a lehető legóvatosabb mozdulatokkal fűztem a nyaka köré a karomat. Miután leguggoltam és átöleltem, puszilgatni kezdtem a nyaka hátulját, de még csak meg sem mozdult. – Nem szólsz ma többet hozzám?

– Kiöntötted. A sajtmártásomat – szólt kimérten el sem szakítva a tekintetét a kinti havas tájról. – Leborítottál egy fazék vízzel.

– Tudom és sajnálom – suttogtam a nyakába. – Nem direkt volt.

– Akkor is megtörtént – duzzogott Harry, én pedig már szinte úgy másztam a hátára, mint egy koala az anyjára.

– Ma van a szülinapom – dobtam be az adu ászomat végül. – Muszáj lesz megbocsájtanod. Lehetne ez az ajándékom.

– Az ajándékod a pulcsi – szögezte le Harry, de a hangsúlyán már lehetett hallani, hogy lassan feloldódik. – És a testem – tette hozzá, mire én egyből hangosan felnevettem rajta, majd az arcát kezdtem puszilgatni. Amin már egy kezdődő mosoly kunkorodott.

– Borzasztó emberek vagyunk – motyogtam a bőrére, mire Harry lassan felém fordította a fejét.

– Ma csak te – mondta a szemembe gondolkodás nélkül. – De elnézem, mert ma van a szülinapod.

– Micsoda mázlista vagyok – vigyorodtam el, majd az arcánál fogva megcsókoltam. – Mégis mi van rajtad? Hol a pulcsi?? – kérdeztem hisztériás hangsúllyal, miután elhúzódtam és lenéztem a mellkasára, amin ismét a reggeli rózsaszín anyag volt csak. Azaz nem, pont hogy nem volt, csak a pucér felsőteste látszott, a hasánál meg talán három gombbal összehúzva az ing. Oh, valamint érthetetlen okokból a kabátja is rajta volt.

– Hol a pulcsi? – ismételte el Harry a kérdésemet. – Talán a szennyesben, mert valaki leöntötte forró vízzel.

– Oké – próbáltam leplezni a mosolyomat, majd ezek után csak visszahajoltam a szájára és a lehető leglassabban másztam az ölébe.

Karácsony reggelén üvöltözésre ébredtem. Megint Harry szobájában aludtunk én pedig ismét tovább ágyban maradtam, mint ő. Aki úgy néz ki egy emelettel alattunk a szüleivel veszekedett. Karácsonykor.

Kizárva az ordibálást a telefonom után kezdtem kutatni a parányi éjjeliszekrényen, aminek a fénye kisütötte a szemem, hiszen ma nem tűzött be a Nap a szobába. Sokkal inkább borult és szürke idő volt ma. Tegnap még csak rá se néztem az üzeneteimre, így most láttam ideálisnak, hogy válaszoljak a szülinapi köszöntésekre. Rengeteg olyan volt, ami számomra egész jelentéktelen, így azokat átugorva megkerestem Quinnéket, akik Luca telefonjáról írtak nekem egy artikulátlan szülinapi köszöntést, amin csak halkan kuncogtam. Gyorsan visszaírtam nekik, majd végigpörgettem az olvasatlan üzeneteket, mielőtt lezártam volna a telefonom, de megakadt a szemem egyen a sok közül. Anyuék voltak azok. Nem volt bensőséges, nem volt személyes vagy csöpögős, csak egy egyszerű üzenet.

Boldog szülinapot, William.
Anya, apa és a lányok.

Kifejezéstelen arccal bámultam a megnyitatlan üzenetet, ugyanis nem tudtam, hogyan kéne iránta éreznem. A torkomban csomó keletkezett, amiért Williamnek szólítottak. Nyilván így, hiszen ez a nevem. Az első üzenetükben azonban Samnek hívtak. Pedig anyakönyvileg én William vagyok, a Samuel nevet csak akkor vettem fel, amikor ki akartam törölni az összes emlékemet a családommal kapcsolatban, ezzel együtt a nevemet is. Utólag belegondolva, hülyeség volt. Hiszen ez csak egy név, és a rengeteg emlék gyerekkoromból nem fog eltűnni, ha máshogy hívatom magam. Főleg, hogy a Sam név ötlete is onnan jött, hogy anyukám egész hugos koromban így hívott, hisz állítása szerint ő így akart elnevezni, de le lett szavazva. Ettől függetlenül úgy néz ki, amikor rátaláltak a facebook profilomra, ahol nem volt William, csak egyszerűen Samuel Thompson, igyekeztek ezt tiszteletben tartani. Most viszont… mintha egy kicsit tolakodónak éreztem volna a William megszólítást. Lehet hülyeség, de a számat rágva végül nem válaszolva nekik csaptam le a telefonom, ugyanis kellőképpen felhergeltem magam egész egyszerűen azon, hogy a születési nevemen hívtak.

Ráérősen kezdtem el öltözni, miközben beharapva az alsó ajkamat hallgattam a földszinti csapkodást és kiabálást és rágódtam, hogy most inkább a saját szobámban kéne-e megbújnom, vagy lemenni megnézni, hogy mindenki él-e még. Szavakat nem hallottam ki a veszekedésből, így a témáját sem tudtam megállapítani, a pulzusom azonban már korán reggel is olyan magas lehetett, hogy nem tudtam hova kapjam a fejem. Nem szoktak veszekedni. Harry azt mondta, előttem szégyellik. Most mégis ordibálnak, de az egész ház beleremeg, úgy. Ez bizarr. Ami meg szintén bizarr, az a szüleim üzenete. Négy éve nem írtak szülinapomra, négy éve egy árva hírt nem hallottam felőlük és úgy sejtem, ők sem rólam. Kellőképpen ideges és zavarodott lettem ahhoz, hogy gondolkodás nélkül sétáljak az ágyig a telefonomért.

A múltkor mikor felhívtam őket, az egy teljesen spontán cselekedet volt. Harry fürdött, én hirtelen egyedül maradtam a gondolataimmal, a telefonom pedig mintha hívogatott volna, mintha rá akart volna venni, hogy tegyem meg. Nem vették fel. Ez kiborított, bár meg sem tudom fogalmazni, miért. Rá néhány órára kaptam egy üzenetet, hogy nem tudták felvenni, majd utána még számtalan nem fogadott hívás is érkezett a telefonomra. Majd újabb üzenetek, amikben azt fejtegetik, mennyire sajnálják, hogy nem voltak elérhetőek. Én azóta meg sem nyitottam őket. Most viszont annyira elvesztettem a józan ítélőképességemet, hogy nem is gondolkoztam, ameddig megnyitottam a beszélgetésünket és a hívás ikonra nyomtam.

– Pénz kell? – szóltam bele őrülten dobogó szívvel a telefonba, abban a másodpercben, hogy a vonal másik végén valaki felvette. Nem érdekelt, ki az, melyikőjük az, egy elnyomott, több mint négy éve elnyomott sérelmet terveztem felszabadítani és nem tudtam illedelmes és jófej maradni. Csend volt, a saját zihálásom volt a leghangosabb dolog, amit válaszként hallottam. – Pénz kell vagy valami szívesség?

– *Sam?* – szólalt meg egy rekedt női hang a vonal végén, mire én a levegőt kapkodva sütöttem le a szemem. Az anyám volt az. Az anyám kétségbeesett hangja, akinek biztosan csakúgy zakatolt a szíve és emelkedett a pulzusa, mint az enyém.

– Mit akartok? – kérdeztem meg ismét, hiszen erősen azon voltam, hogy ne veszítsem el az eddig kitartóan felépített méltóságomat, csak mert meghallottam az anyukám hangját négy év eltelte után.

– Sam, te vagy az? – szipogta újra valaki a telefonba, miközben a háttérben egyértelmű szöszmötölés volt hallható.

– Én vagyok – suttogtam végül lehunyt szemekkel, miközben lerogytam Harry ágyára és a légzésem ritmusát próbáltam normalizálni. Valamiért nem akartam, hogy észrevehető legyen, mennyire izgulok, mennyire kétségbe vagyok esve és mennyire, de mennyire szétestem. Nem akartam, hogy tudják, mekkora nagy dolog ez nekem, azt akartam, hogy higgyék azt, amit a felszínre építettem gondosan, miszerint utálom őket. Mert szörnyű szülők voltak, mert nem tudtak elfogadni, mert ahelyett, hogy az én szememmel látták volna a világot, belenyugodtak, hogy elmentem. Amiért sosem kerestek, amiért hagyták, hogy egyedül nőjek fel, egyedül legyek, támogatás nélkül. Amiért olyan életet kellett élnem, hogy én magányosan üldögéltem a kollégium hideg falai között, ameddig mindenki hazament a családjához a hétvégékre. Amiért képtelen voltam kötődést biztosítani emberek felé, mert a saját családom azt éreztette velem, hogy nem lehet megbízni emberekben. Mert bennük sem lehetett megbízni. Mert elvettek tőlem mindent, csupán azzal, hogy nem adtak semmit.

– Jó hallani a hangod – végül csak ennyit mond az anyám, amit nem tudtam eldönteni, hogy pozitívan vagy negatívan ítéljek meg. Közben valakit csitított a háttérben.

– Szóval mit akartok? – pislogtam felfele párat. Ugyanis a válaszaink között nagyon hosszú másodpercek teltek el, talán mindketten zavarban voltunk kicsit. Így volt időm felmérni a gyerekzsivajt vagy az ideges sugdolózást, ami szörnyű bevallani, de felszabadította az érzelmeim. A húgaim mindig hiányoztak. Mindig, hiszen ők nem tehettek semmiről. – Miért kerestetek meg négy év után? Valami baj van?

– Nem, mi csak… – dadogta, miközben én magam elé bámultam. – Csak hallani akartuk a hangodat.

– Ennyi? – nevettem fel a könnyeim között, miközben egyszerre sok dolog visszhangzott a fejemben. Anyu hangja, apám érdeklődése a háttérben, a húgaim moraja és Harryék veszekedése.

– Igen – súgta anyu, én pedig hangtalanul visszaszívtam a taknyot az orromban és próbáltam valami értelmes választ találni a fejemben, amivel megőrzöm a büszkeségem, de nem tűnik teljesen elhidegültnek.

– Oké – ennyit sikerült kinyögnöm. – Akkor, ha nincs másra szükségetek, hát…

– Várj! – kiáltotta az anyám, mire én lassan felemeltem a fejem. – Csak… gyere haza. Kérlek.

– Mi? – rebegtem szinte némán, de anyám meghallotta.

– Kérlek – kérte halkan én pedig végignyaltam a számat, ami teljesen kiszáradt csupán pár perc leforgása alatt. – Nem tudjuk, hol élsz. Te viszont tudod, mi hol. Kérlek.

– Sam? – szólított meg a hátam mögül Harry, aki az előbb beronthatott a szobába, de annyira megtelt a fülem vérrel és elhomályosult a látóköröm, hogy fel sem tűnt. A lágy hangját hallva azonban kitekerve a nyakam néztem rá, ő pedig vissza rám csillogó és aggódó tekintettel, miközben körültekintő lépésekkel átszelte a szobát. Beesett arccal bámultam, miközben a szám rángatózott a telefonba pedig egyre csak kérdezgették tőlem, hogy vonalban vagyok-e még.

– Mennem kell – súgtam a telefonba remegő hangon, mire anyu egyből könyörögni kezdett volna, hogy maradjak, de rácsaptam a telefont.

– Harry – leheltem könnyektől csillogó szemekkel. Harry láthatta a tekintetemen, hogy nem akarom hallgatni a kérdezősködését, hogy nem akarok válaszolni a rengeteg kérdésére, csak el akarom feledni az egészet, így csakolyan érzelmektől fűtött arccal nézett le rám, mint én fel rá.

– El kell menned – ő volt az, aki előbb megszólalt. Nem rosszindulattal mondta, vagy utasító hangnemben. Inkább kérlelve. A szemeivel könyörgött, mire én csak a számba haraptam. – Nem akarlak elküldeni, de anyuék kezelhetetlenek. Sajnálom, hogy végig kellett ezt hallgatnod, és...

– Nem hallottam – vágtam közbe, mire egyből elharapta a mondata végét, hogy rám figyelhessen. – semmit. Egy szót sem.

– Kérlek – Harry leült velem szembe az ágyra, majd remegő kezekkel nyúlt az én kezeimért, amik csakúgy rázkódtak, mint az övéi. – menj el Lucához. Vagy Quinnékhez, nem tudom, de ne maradj itt, hogy egész karácsony alatt ezt hallgasd.

– Nem kell veszekednetek – motyogtam rá sem nézve.

– De – jelentette ki ellentmondást nem tűrve. – Már sokkal régebb óta kellene – nem mondtam semmit, csak az összefonódó kezeinket néztem. Az én ujjaimat, amiken a huszonnyolcas szám új értelmét nyerve virítva feküdtek Harry kezei között, akinek a gyűrűkkel tarkított ujjai gyengéden simogatták az enyémeket. – A szüleiddel beszéltél, igaz?

– Igen – válaszoltam csendesen, mire a barátom az arcomhoz nyúlt, hogy a szemébe irányítsa a tekintetem. Már nem voltak könnyekkel telve a szemeim, már sokkal elhivatottabban néztem Harry szemébe, akinek viszont egyértelmű nyugtalanság ült ki az arcára a szavaimtól. – És el is megyek.

És alig egy fél nappal később már a reptéren ültem. Este hét óra volt, ami azt jelentette, hogy másnap reggel már akár Portlandbe is érhettem. Igen, hirtelen döntés volt, és biztosan nem átgondolt. Ugyanis miközben a járatom indulásának bejelentésére vártam, inkább befejeztem a lábammal való dobolást és elővettem a telefonom, hogy írjak Harrynek.

> L: *Biztosan jó ötlet volt ez?*
> H: *Igen. Ne aggódj. Büszke vagyok rád. xx*

Csak elmosolyodtam Harry „xx"-én, amit valamiért minden üzenet végére, legyen az papír vagy elektronikai alapú odabiggyesztett, majd ismét pötyögni kezdtem.

> L: *És ha be sem engednek? Ha annyira meglepődnek, hogy rám vágják az ajtót? Vagy ha nem tudunk szólni egymáshoz... erre egész nagy az esély.*
> H: *Túlgondolod, igaz?*
> L: *Vagy te nem gondolsz bele eléggé.*
> H: *Sam. Ez a pár nap szóljon rólad és a családoddal való kapcsolatod újraépítéséről, ne arról, hogy egész nap velem sms-ezel. Oké?*

Vonakodva bámultam a kijelzőt, többször is végigfutva Harry üzenetét, amit a fejemben hallottam újra és újra az ő megnyugtatóan természetes hangján kimondva. Végül egy kisebb töprengés után egy egyszerű és rövid választ írtam vissza.

> L: *Írok, ha felszálltam. Szeretlek.*
> H: *Én is téged. xx*

Lezárva a telefonom újra a zsebembe csúsztattam, majd próbáltam valami figyelemelterelést találni a közvetlen környezetemben. Gondoltam arra, hogy elmegyek veszek valami újságot. Úgysem olvasnám el. Eszembe jutott, hogy veszek kaját, hiszen az út Portlandig több mint tizenegy óra, átszállással. Elég valószínű, hogy mire odaérek félhalott leszek, ugyanis sose kedveltem túlságosan a repülést. Jobban kimerít, mint bármilyen más utazási forma. Pedig végigaludhatnám az utat, de valahogy képtelen vagyok a felhők között elaludni. Nem mintha akkora törzsvendég lennék akármelyik légitársaságnál, de párszor előfordult már, hogy repülni kényszerültem. És határozottan nem tartozik a kedvenc dolgaim közé.

Végül csak a hallban maradtam a hangszórókból halkan szóló zenét hallgatva elmerültem a gondolataim között, amik tele voltak, hát, vegyes érzelmekkel. Félelem, izgalom, türelmetlenség, éhség, rettegés és Harry hiánya. Már most. Pedig, ha minden a legszebb terveim szerint alakul, maradok pár napot. Nem azért, mert megbocsájtottam anyuéknak, nem azért, mert egyáltalán meg akarok bocsájtani. Hiányoznak a húgaim. És ahogy a halk morajlásaikat hallhattam összeszorult a torkom. Talán a szüleim is hiányoznak. Talán. Talán egy nap arra is képes leszek, hogy új fejezetet nyissak velük. És talán ez az első lépés az új fejezet felé.

Valamint biztosan odakényszerülök pár napra, így remélem nem csináltak edzőtermet a régi gyerekszobámból. Hiszen a jegyet elképesztő nehezen szereztük meg Harryvel. Érdekes napunk volt ma. Én kijelentettem, hogy el akarok menni Portlandbe, Harry pedig majd kiugrott a bőréből. A kezdeti öröm talán öt percig tartott, ugyanis szép lassan mindkettőnkben tudatosult, hogy rohadtul december 25-e van, így semmi esélyem még idén odautazni, hisz tuti az összes jegy foglalt már az utolsó megmaradt járatokra is. Itt jött képbe *Landon*. Akit negédes hátsó szándékokkal köszöntöttünk, majd ő egyből átlátva rajtunk kérdezte a telefonba, hogy mit akarunk. Landon amúgy az új kedvenc emberem, csak játssza ezt a szívtelenséget, igazából egy odaadó és törődő fickó, hiába morgott nekünk a telefonon át, mintha csak a két idegesítő fia volnánk. Dörmögve elköszönt tőlünk, majd talán húsz perccel később telefonált, miszerint intézett nekem egy jegyet az egyetlen december 25-ei járatra, mire Harry csak visítozva harsogta neki, hogy szereti, én azonban egy rejtett mosollyal emberi keretek között köszöntem meg. Landon meg játszva a zord öregembert tette le a telefont (de titokban ő is imád minket). Így lett jegyem egy telepakolt gépre, nekem pedig amúgy nagyon nem volt kedvem a tömött járművön utazni több mint fél napot, ahol bizonyára lesznek hátráltató tényezők. Nem mintha ítélkezni akarnék, de... hátráltató tényezőként értem a gyerekeket, nagycsaládokat, kisbabákat, társaságban utazókat. Ugyanis már most fel kell nyögnöm a fájdalomtól, mennyire feszélyezni fognak ők mind. És teljesen biztos voltam abban, hogy van az a nyomi család, akinek most jutott eszébe felkerekedni egy trópusi nyaralásra. Én meg egyenesen meg fogok őrülni tőlük.

De még volt durván fél órám a gép indulásáig, így addig igyekeztem nem gondolni az elkövetkezendő botrányos és hosszú órákra. Helyette végül valóban felálltam, hogy elmenjek valami kaját venni. Hisz más dolgom nem volt. A bőröndöm és én is már átestünk egy lusta átvizsgáláson (biztosan senki sem boldog, hogy karácsony délután dolgoznia kell) így csak a kézipoggyászommal várakoztam a váróban.

A 13. sorban ültem, azaz a gép leghátuljában. A folyosó melletti széket sikerült megszereznie Landonnek, aminek egyben örültem, egyben nem. Hisz, ha mosdóra kell mennem, nem kell átkelnem senkin. Aha, így én leszek, akin átkelnek. Ugyanis a bal oldalamon utazott a rém rendes család, akik összesen öt főből álltak. A pocakos apuka, aki az ablak mellett ülve felrakta az olvasószemüvegét, arra készülve, hogy végigolvas tíz órát, miközben a kölykei ordítanak mellette. Mellette ült egy kislány, aki egész biztosan süketnéma volt, ugyanis néha mutogatni kezdett (megirigyeltem tőle ezt a süket dolgot, őszintén...). Mellette egy vele egykorú srác, akinek tényleg nem volt jobb dolga, mint az egész utastér tudtára adni a gondolatait. A szőke anyuka következett a sorban, aki próbálta egyben tartani a családot, aminek az utolsó tagja mellettem ült és... bámult. Ijesztően, hatalmas szemekkel bámult és pedig annyira feszélyezve éreztem magam a tekintetétől, mint még ezelőtt sosem. Egy alig négy év körüli kissrác volt, az imáim tehát nem találtak rá Istenre, ehelyett attól kezdtem félni, ha véletlenül bealszok nehogy arra ébredjek, hogy a gyerek végignyalja az alkaromat. Megrázó és maradandó élmény lenne, így amennyire csak tudtam az ülés másik végébe húzódtam. Nem tudtam figyelmen kívül hagyni a kisfiút, így kínomban elővettem a telefonom.

L: Harry, bámulnak.

Egyből érkezett a válasz.

H: Mit beszélsz?
L: Egy gyerek ül mellettem, és bámul. Erősen és megfélemlítően.
H: De aranyos! Fotózd le.

Megremegett a szám.

L: Te zakkant vagy?? Hogy lenne aranyos, belemászik a privát aurámba!

H: Jajj, Sam, csak egy gyerek. Ne reagáld túl.
L: Oké, jó, de nem tudom másképp ignorálni, mint hogy
a telefonomba meredek. Itt ne hagyj.
H: Olyan hihetetlen vagy.
L: Harry, nehogy itt hagyj.
H: Tudod, hogy szeretlek. xx

Az arcomra kiülhetett a kétségbeesés, miközben Harryt és a kissrácot mellettem egyaránt átkoztam.

Már órák óta úton lehettünk, ami nem is volt olyan szörnyű, mint a körülményekből adódóan számítottam, hogy lesz. Az éjszakai járatnak hála a zajtól morajló gép hamar elcsendesedett, a felszállást követően mindenki elfoglalta magát. A legtöbben kértek egy takarót a stewardesstől (a Csendes-óceán határához érve fokozatosan kezdett esni a hőmérséklet) és elaludtak, a hozzám hasonlóak pedig indítottak egy filmet, vagy ehhez hasonló tevékenységgel próbálták elütni az időt. Én is már a második borzasztó romantikus filmbe kezdtem bele, mivel nem nagyon volt más lehetőségem. Már megbántam, hogy nem vettem valami magazint (bár nem tudom mit kezdenék vele), így csak a filmek és a zene maradtak. A zenehallgatás fülhallgatóval nem az én műfajom, így a filmek mellett döntöttem, amiből nem túl hatalmas a választék. Így amikor már a második heteró pár szenvedett, mert nem voltak képesek beismerni egymásnak, hogy dugni akarnak, úgy döntöttem ideje ráírni Harryre.

L: Elmondod, hogy te hogyan vagy ennyire romantikus, hogyha sose volt közöd senkihez?

Nem vártam túl sokáig, mire megjelent a három mozgó pont a chat alján.

H: Hajnali egy óra van.

L: Én pedig nem tudok aludni.

H: Akkor maradok.

Erre csak akaratlanul is elmosolyodtam, miközben az ülés fejtámlájára hajtottam a fejem, a képernyő pedig fényesen világította az arcomat a sötét gép utolsó sorában.

L: Szóval?

H: Hm? Most ébredtem, Sam...

L: Honnan tudod, hogy kell kapcsolatba lenni, ha sosem voltál?

H: És te honnan tudod? Neked se volt sokkal több J

L: Harry, konkrétan én voltam az első csókod. Ne akarj legyőzni ebben a témában.

H: Valaki harapós kedvében van. Csak nem rossz az utasközösség? J

L: Mosolyogj csak... remélem egy nap te is megtapasztalod, milyen szar repülni.

H: Nos igen, ezt én is remélem.

L: Akkor?

H: Honnan tudom, hogy kell viselkedni egy kapcsolatban?

L: Ez volt a kérdésem, igen. És még mindig érdekelne a válaszod, de húzod az időmet.

H: Ezt tökre úgy mondod, mintha nem lenne annyi időd ott fent, mint a madárnak.

L: Harry.

H: Sokat olvasok. És sok filmet néztem. Megjegyzem homoszexuálisat is.

L: És ebből jön a természetesség? Csak így tudod?

H: Mit Szívem?

L: Hogy... nem is tudom. Hogy hogyan érj hozzám, hogy mit mondj, hogyan.

H: Az csak az egyénedből jött.

L: Aludj.

H: Te is.

L: Tudod, hogy úgysem fogok.

H: Nos, akkor én sem.

L: Igen?

H: Feldobhatnál egy témát...

L: Téma? Öhm. Mit gondolsz ezekről a heteró párokról a filmekben?

H: Botrányos.

És végigbeszélgettük az éjszakát. Titokban ugyan, de biztos, hogy mindkettőnk arcizmai kellőképpen elfáradtak az órákon át tartó mosolygástól a képernyőre.

A reggeli napsütés csípte az arcomat, miközben hajléktalanokat megszégyenítve álltam az út szélén. Egy kisebb bőrönddel a lábam mellett és egy egyszerű hátitáskával a vállamon. A reptér előtt várakoztam, miután a több, mint 12 óra utazás után sikerült kijózanodnom annyira, hogy hívjak egy taxit. De felébrednem még nem teljesen sikerült, így csak hunyorogva nézegettem a világba kifele, miközben az agyam lassú tempóban ébredt fel, a homlokom mögött pedig eszeveszettül ordibálni kezdtek, hogy „AMERIKÁBAN VAGYUNK!!". Nos igen, ott voltunk. Csak még nem tudtam testileg lelkileg egyaránt jelen lenni, hisz elképesztően megviselt voltam a repülés után, jobban, mint emlékeztem, hogy szoktam. Így csak morcosan a fejembe húzott kapucnival álldogáltam a hatalmas repülőtér melletti autópályához közel, mint akit épp kidobtak otthonról.

Mikor a rendelt taxim megérkezett, a vezető csak fruszt-ráltan ráncolva a homlokát szállt ki a vezető ülésről. Nos, érthető, hogy nem örült a karácsonyi műszaknak. De amint meglátott engem letörölte a feszült arckifejezését és helyette meglepetten nézett rám.

– Ember, szarul nézel ki – ennyit nyögött ki hirtelen fülsüketítően amerikai akcentussal, majd amint rájött, hogy mit mondott egyből a szájára tapasztotta a kezét, és kétségbeesetten kezdett bocsánatkérésekbe. Én csak a nap folyamán először mosolyodtam el a harsány kijelentésén, majd egyszerűen legyintettem, ő azonban illedelmesen a csomagomhoz ugrott, hogy a hátsó ülésre tegye.

Miután bediktáltam neki az utca és házszámot (amitől egy óriási gombóc ugrott a torkomba) az első percekben halkan telt az utunk, majd egész hirtelen megszólalt, amiben csak érdeklődött, milyen volt az utam. Kedves fickónak tűnt, így az út hátralévő részében egészen jót beszélgettünk, amiért utólag hálásabb vagyok neki, mint azt gondolná. Hisz elterelte a gondolataim, amik így a házig való érkezésig nem szabadultak fel. Mikor azonban a férfi vidáman kijelentette, hogy megérkeztünk, nekem pingponglabda méretűre zsugorodott a gyomrom. Vagy annál is kisebbre.

Kivettem a bőröndömet hátulról, majd miután egy erőltetett mosoly kíséretében elköszöntem és boldog karácsonyt kívántam a taxisnak, megfordultam, hogy szembenézzek a múltammal és jelenemmel. Abban még nem voltam biztos, hogy a jövőmmel is. Nem voltam biztos benne, hogy jó ötlet volt-e az egész. De már marhára nem volt vissza-út, így csak hatalmasakat nyelve pillantottam az előttem elterülő családi házra.

Pont olyan maradt, mint az emlékeim között élt. A kerítés csak díszletként szerepelt, hiszen kapu nem tartozott hozzá. Ugyanolyan bomladozó állapotban volt, mint négy éve, ami akaratomon kívül is megmosolyogtatott. Egy kis macskaköves út vezetett a tornácig, ami alatt két lépcsőfok vitt fel a verandára, ami meg egyenesen a bejárati ajtóhoz. Alig tíz másodperces út, nekem azonban percekbe telt, ameddig átszeltem. Közben ámultan néztem jobbra-balra, hiába volt minden ugyanolyan, szemügyre vettem mindent. Anyu virágait, amik hosszú évek után is gondozva voltak, vagy a tölgyfát, ami az előkertünkben állt, amire apa még gyerekkoromban felfüggesztett egy hintát. Amikor a lépcsőfokok nyikorogtak a lábam alatt elakadt a levegővételem, itt tudatosult bennem igazán, hogy mégis mire készülök. Még csak nem is szóltam nekik! Az sem biztos, hogy itthon vannak. Hisz nem ismerhetem a karácsonyi szokásaikat. Nem is ismerem őket.

Kétségbe estem. Halálos pánikba. A levegőt kapkodva kezdtem turkálni a zsebembe, hogy írjak Harrynek, vagy valami, de végül nem volt ott a telefonom. Átnyúltam a másikba, ahol szintén nem találtam, így arra a következtetésre jutottam, hogy a táskámban lehet. Már hámoztam volna le a vállamról, amikor végül egy hatalmas és jelentőségteljes levegőt vettem, a kicsi Sam meg a fejemben azt mondta, hogy nem. Egész egyszerűen ennyit. Nem menekülhettem Harryhez, nem várhattam el tőle, hogy a nap 24 órájában készenlétben álljon, hátha segítségre van szükségem. Még akkor sem, ha pontosan tudom, hogy ez így van. De ő is megmondta. Ennek a pár napnak most az újrakezdésről kell szólnia. Hát legyen. Szóljon.

A világ legbizonytalanabb embereként, hirtelen azt is elfelejtve, hogyan tartsam a kezem kopogás közben, érintettem meg a bejárati ajtót, majd miután végigsimítottam rajta végül megzörgettem. Egy lépést hátráltam, miközben a zavaromban a lábtörlőt kezdtem bámulni. Nem volt egzotikus, vagy ilyenek, csak a szívem, ami majd kiugrott a helyéről, nos őt le kellett volna nyugtatnom valahogy. Erre megoldásként azt választottam, hogy szemügyre veszem a lábtörlőt. Közben az ajtó másik oldalán morajlás kezdődött, mire komolyan majdnem elállt a lélegzetem. Hallottam, ahogyan valaki kitolja a széket, és valószínűleg felállva az étkezőasztalról csoszog el az ajtóig. Miközben a kulcsokkal kezdett játszani már felismertem, hogy anyu van alig egy kéznyújtásnyira tőlem, ugyanis magában kezdett morogni, hogy ki lehet az ilyenkor. Elhomályosult a tekintetem és a levegővétel is lehetetlennek bizonyult, amikor kinyílt az ajtó.

Anyu arcára leírhatatlan meglepettség ült ki. A szája szó szerint leesett, miközben kifejezéstelen szemekkel nézett rám, mintha nem hinne a szemének, mintha káprázna. Én biztos, hogy bekönnyeztem közben, ugyanis egyre homályosabb lett a látóköröm, de a szám beharapásán kívül egyetlen mozdulatot sem tudtam tenni. Csak néztünk egymásra az anyukámmal rengeteg tomboló érzelemmel bennünk, amik biztos, hogy azonosak voltak. A háttérben közben meghallottam apámat, ahogy a nevén szólítgatja anyut, de valahogy egyikünk se vette nagyon tudomásul. Csak majdnem pislogások híján néztünk egymásra, talán egy örökkévalóságig.

14.

Érzelmek és félelmek

– Annyira örülök neked – ujjongott Harry a telefonba.
Fáradtan dőltem el a gyerekkori ágyamon, miközben az
őszinte, négy éve nem tapasztalt nyugalom áradt végig a
testemen. – Annyira, hogy el sem tudod hinni.

– Azt hiszem én is – suttogtam magam elé, ahogyan a
plafonom bámultam.

– Nem alszol? – kérdezte Harry, mire én csak oldalra
fordítva a fejem az órára néztem.

– Csak tizenegy múlt. Bár talán álmos vagyok. De ha
most elalszok, fogalmam sincs mikor beszélünk újra. Ott
hány óra is van?

– Nyolc – felelte. – Aludj. Én meg elfoglalom magam.
Sütök valamit azt hiszem. Mit süssek?

– Nem tudom, Kedvesem. Szerintem… – tűnődtem el,
ugyanis annyira azért ismertem Harryt, hogy tudjam, ő a
„nem tudom"-ot nem minősíti válasznak. – Valami mas-
carponés dolgot. Mondjuk répatortát.

– Csak mert tudod, hogy utálom a répát – nyögte a vo-
nalba, mire felnevettem.

– Nem tudtam – mosolyogtam plafonra tapadt szemek-
kel. – Szóval mikor beszélünk legközelebb?

– Mondtam, hogy ez a pár nap nem erről szól – vágta
rá Harry semleges hangnemmel, mikor azonban nem vá-
laszoltam csak egy sóhajtás keretében folytatta. – Hívj fel,
ha felébredtél. Felveszem.

– Imádlak – leheltem köszönésképp, mire Harry csak mormogott valami hasonlót. Mivel mi nem vagyunk egy olyan pár, akik nem tudnak elköszönni a telefonba (nem mintha annyit kellene telefonálnunk…) gyorsan leraktuk. Bár ez azért lehet, mert Harry túl határozott ember ahhoz, hogy „te tedd le" játékot játszunk. Ha megmondanám neki, hogy ő tegye le, egyszerűen fogná magát és letenné. Szerelmes vagyok belé.

Miután magam mellé engedtem a telefonom egyből elveszettnek éreztem magam. Kicsit meg is ijedtem. Nagyon régen aludtam már egyedül, jobban belegondolva, nagyon régen maradtam teljesen egyedül több órára is. Átfutott egy idióta gondolat a fejemen, hogy bebújok Madison mellé, de egyből el is vetettem az ötletet. Négy év után most pár órája hívatlanul megjelentem a küszöbén, a legidősebb húgom pedig hisztérikus rohamban tört ki. Mindenek mellett pedig igazi nő lett belőle. A tejfölszőke kislány, aki évekkel ezelőtt még logopédushoz járt eltűnt, helyette szembetaláltam magam a gimiben elsőéves, határozott nővel, akinek már melírozva van a haja és minden bizonnyal a szája is fel van töltve. De a természete maradt. Madison ugyanolyan érzékeny volt még mindig, mint amikor leléptem, csak most egy álcát húz erre az énjére, hogy ő lehessen a legmagabiztosabb picsa az iskolában. A lehető legjobb értelemben.

Aztán itt van Hope. Akit utoljára még egy fogatlan alsósként láttam, a maga buzgó és nevetgélő bájaival. Hopeból tinédzser lett. Egy igazi morgós tinédzser, aki alig 13 évesen az egész világot utálta. Ellentétben a nővérével, külsőre ő semmit sem változott. A hosszú barna haja egy centit se nőtt vagy csökkent, ugyanúgy egyenesen lógott a feje tetejéről, bár most egy sapkát húzott rá. Öltözködésben egész egyedivé nőtte ki magát, egyszerűen csak cipzáras

pulcsit vett fel lógó gatyával. A szem alatti ennivaló kari-
kái is maradtak, amiket annyira gyűlölt, én pedig mindig
elmondtam neki, hogy gyönyörű. Madison teljes ellentéte
volt. Ez pedig konkrét mosolygásra késztetett.

És az ikrek. Lucy és Norah. Akik egy évesek sem voltak
még, amikor elköltöztem. Ezért is csak nagyra nyílt sze-
mekkel halkultak el hirtelen, mikor beléptem a szobába.
Fogalmuk sem volt arról, hogy ki vagyok. Én azonban elsír-
tam magam a látványuktól, hiszen ők változtak a legtöb-
bet. A hangosan bömbölő babákból egy pillantás alatt lettek
összefüggő mondatokban beszélő ötévesek, akik megszó-
lalásig hasonlítottak. Teljesen biztos voltam benne, hogy
őket hallhattam a telefonban, mint zsivaj, most azonban
csak megnémulva pislogtak rám, majd az apjukra nézve
kérdezték meg, hogy ki ő. Ő, aki én voltam.

Hangosan felsóhajtva feküdtem továbbra is a hátamon az
apró mégis annyira hiányolt szobámban, amin semmi sem
változott a hosszú évek alatt. Az ágynemű fel volt húzva,
ki volt szellőztetve, mintha bármelyik nap hazavárnának.
Mintha akármelyik pillanatban betoppanhatnék a vissza-
térésem hírével. Elszorult a torkom a gondolattól, hogy az
anyám minden nap bejött ide, hogy kinyissa az ablakot és
végignézzen az elhidegült, élettelen bútorokon. Valahogy
így aludhattam el. Még a repülős ruhámban, ugyanis az
álom előbb elnyomott, mint hogy vettem volna az erőt,
hogy felkeljek átöltözni. Előtte azonban végiggondoltam
a mai napot az elejétől kezdve.

*Feszengve éreztem magam, miután csak szerencsétlenül álltam
a konyhába vezető boltív alatt az elfeküdt, szemembe lógó ha-
jammal és az elnyűtt, szürke pulcsimmal. Anyu már túlesett a
kezdeti sokkon, miután megtapogatta az arcom, hogy nem csak
káprázat vagyok, valóban az orra előtt állok. Majd egyelőre még*

kicsit megszeppenve, de beinvitált a házba, én pedig zakatoló szívvel követtem, ugyanis nos nagyon nem álltam készen arra, ami történt. Ahogyan az időből levágtam egy korai ebéd közepén érkezhettem (az átszállásomnál volt egy kis csúszás, így persze hogy a délelőttöt is utazással töltöttem…), így mindenki az asztalnál ült, amikor a hulla fáradt fejemmel beléptem az étkezőbe. Apám teljesen kifejezéstelen maradt, de egyértelműen lefagyott, amikor meglátott, Lucy és Norah egymás mellett ülve mértek végig vonakodva, Hope villája megállt a levegőben, Madison pedig a szája elé kapva fojtott el egy sikolyt. És itt megállt az idő, kiesett az egész.

– Szóval most Cambridge-ben élsz? – kérdezi az apám, mire én felemelem a tekintetem a tányéromból. A feloldódás folyamatos volt, de gyorsabban ment, mint gondoltam, hogy fog. Anyu extra gyorsan terített meg nekem az asztalfőn, majd összezavarodva hadarta el mi az ebéd, mintha csak hazaugrottam volna hétvégére az egyetemről. De mind igyekeztünk eltekinteni a helyzet groteszkségétől, én csak szorongva álltam a szél előtt, ameddig a lányok úgy bámultak, akár egy kiállítási darabot. Végül mikor helyet foglaltam elkezdtek kérdezgetni, komolyan, mintha csak hazautaztam volna az ünnepekre. De lehet, hogy most tényleg ez volt a legjobb döntés. Ha mind úgy teszünk, mintha normális lenne a jelenlegi szituáció.

– Igen – bólintok, miközben lejjebb eresztem a villámat. Apám mindig is zárkózott ember volt, sosem igazán érdekelte semmi. Sulis teljesítményen kívül persze, nem is nagyon beszélgettünk sosem. Így nagyra értékeltem, hogy ő volt az első, aki megszólalt az asztalnál. Madison szipogott kifejezetten az asztalt bámulva, véletlenül sem nézve rám, Hope egy szót sem szólt, de miközben nyugodtan rágott, figyelte a beszélgetésünket,

322

a lányok egy ideig pedig még kérdezgették, hogy ki vagyok, ameddig anyu le nem teremtette őket halkan. Apám pedig azt kérdezte, hogy hogy vagyok. Legelőször azaz ezt. Nekem egy pillanatra el is akadt a lélegzetem, majd végül erőt véve magamon válaszoltam. Nem túl bőbeszédűen, csak annyit, hogy jelenleg fáradtan. Majd innentől a beszélgetés kezdett szinte lendületesbe fordulni köztünk, míg mindenki más hallgatott.

– És hogy megy? – érdeklődte John, igaz teljesen érzelemmentes maradt, én mégis éreztem rajta, hogy most komolyan, mintha nyitni próbálna felém.

– Én most… – először idegesen dadogok, hiszen fogalmam sincs arról, hogyan is kezdjem. De eszembe jut a sok éves elszánt célom. Bizonyítani akartam. – Én most dolgozok. Harmadéves vagyok a Cambridge-i egyetemen, mellette pedig egy családnál dolgozok.

– Egy családnál? – néz rám anyám is nagyra nyílt szemmel, mire csak kimérten bólintok.

– Igen – vonok vállat. – Előtte egy kávézóban voltam alkalmazott, de sajnos bezárt.

– És a tanulmányaid? – szól közbe apám. – Hogyan fizeted a tandíjat?

Kicsit mintha követelőzőnek és akaratosnak hallottam volna a kérdését, de igyekeztem úgy felfogni, hogy nincs benne rosszindulat. Így csak nyugodtan válaszolok. – Ösztöndíjas vagyok – ezzel pedig kellőképpen lesokkoltam mindenkit. Még Madison is felkapta a lesütött tekintetét, miközben a szemei hatalmasra nyíltak, Hope pedig halkan horkantva fojtotta el a röhögését a meglepettség miatt (vagy a mások arcára kiült meglepettség miatt). Ezek után pedig… beszélgettünk. Mint egy család, mindannyian.

Másnap reggel nyúzottan ébredtem, majd magamban morgolódtam még hosszú percekig, amikor észrevettem, hogy ahogy voltam elaludtam. A már tegnapelőtti mocskos ruhámban. Mocskosnak is éreztem magamat, így áthúzva a fejemen a pulcsimat a földre dobtam és a nyakamat tekerve próbáltam magamhoz térni. A kinti fényesség már beszűrődött a szobámba a reluxa rései között, de így is szokatlan volt, hogy félhomály fogadott az ébredésem után. Már túlságosan hozzászoktam a világossághoz. Miután sikerült talpra állnom elindultam felhúzni a redőnyt. Mintha csak egy átlagos hétköznap lenne, én pedig tökre természetesen itthon lennék. Hunyorogva néztem ki az ablakomon, de belül egész megnyugtató érzés töltött el. Jó volt itt lenni, ezt ha akartam volna, sem tudtam volna tagadni. Jól éreztem magam a bőrömben, az egész érzés olyan szokatlanul és furcsán jó volt, hogy itt ébredtem. Pedig éveken át meg voltam győződve róla, hogy szörnyű lehet. És egyáltalán nem vágytam vissza. Nos, valószínűleg igazából végig honvágyam volt és ezt elfojtással lepleztem.

Miután már felébredtem mentálisan is annyira, hogy vegyem a bátorságot a szobámból való kilépésre, elindultam a konyhába, le az emeletről. Kicsit még elvarázsolva éreztem magam, néha csak felvetült az agyamban olyan kérdés, hogy „hol is vagyok?" vagy „mit csinálok itt?". De nem foglalkoztam velük, mert mögöttük rejtett boldogság volt, csak ez számított.

– Jó reggelt – köszöntem karcos hangon, mikor a konyhába értem, mire anyu úgy perdült meg a tűzhely előtt, mintha minimum szellemet látott volna. A keze a szívére volt szorítva, engem figyelve is kellett pár rövidebb pillanat, ameddig eszébe jut, hogy ja, amúgy hazajött a fia. Nem hibáztatom. A szám szélét rágva és zsebre rakott kézzel álltam, ameddig ez tudatosult benne, Madison pedig szórakozottan nézelődött köztünk a mosolyát visszafojtva.

– Szia William – mosolyodott el végül anyu halványan, miközben még ízlelgette ezt a köszönést. Nekem is elég megrázó volt hallani, de mint már mondtam... az volt a legjobb, amit tehettünk, ha normálisan viselkedtünk. Mintha minden a legnagyobb rendben lenne és nem tűntem volna el négy évre.

– Szia – bámult a húgom is, mire csak ugyanolyan szórakozott mosollyal biccentettem neki vissza, mint ami az ő arcán ült.

– Kérsz valamit reggelire? – kérdezte egyből anyu, mikor visszafordult a tűzhely felé. – Palacsinta? Vagy csinálhatok tojást. Tükörtojás? Vagy te inkább rántottás ember vagy? Hogy is mondják a britek... omlett? Vagy...

– Én – vágtam közbe, ugyanis az anyám túlfűtött lett kicsit a jelenlétemtől. Én meg nem akartam, hogy hirtelen felrobbanjon vagy esetleg szívrohamot kapjon. – csak fürdeni szeretnék. Le tudok zuhanyozni?

– Mi? Persze. Jajj, persze. El is felejtettem, hogy tizenkét órát utaztál. Olyan szeleburdi vagyok néha, vagy szétszórt, hogy is nevezzem – hadarta anyu én pedig felvont szemöldökkel alig bírtam követni. – Persze, futok is, adok törülközőt. Meg szappant, vagy ilyesmi. Kell sampon is? Van. Adok mindent, én...

– Anya! – kiáltotta Madison, miközben anya gyorsan megtörölte a kezét és már gyors léptekkel az emelet irányába indult. A lánya hangjára csak idegesen fordította felé a fejét. – A tűzhely. Égve hagytad – anya pedig felkiáltva erre szaladt vissza a serpenyők elé.

Két perc elteltével már a régi fürdőszobánk közepén álltam, eléggé haszontalanul, miközben anyu odabent forgolódott, hogy mindent összeszedjen nekem (amiket nem is kértem).

– És – kezdtem, hogy megtörjem az anyám lényegtelen hablatyolását. Ő egyből elharapta a mondata végét és egy törülközővel a kezében kapta rám a pillantását. – John hol van? – anyu arcára egy pillanat erejéig kiült a kétségbeesés, amiért az apámat a nevén hívtam. Talán megijedt, hogy őt is Bryllnek fogom szólítani, ugyanis még nem volt lehetőség, ahol kifejezetten neki kellett volna mondanom valamit úgy, hogy a nevét is kiejtsem. Ami lehet Bryll vagy anya. És magam sem tudtam, melyiket mondanám.

– John – ismételte el, mire én furcsán húzva a számat bólintottam. – Dolgozik. Igen, már dolgozik – csak motyogtam rá valami oké félét, majd tovább vártam szerencsétlenül, ameddig anyu a szekrényben matatott.

– Köszönöm – néztem le a végül kezembe adott cuccokra, amik között volt kétfajta férfisampon, borotvahab és epres tusfürdő is. Majd felemeltem a tekintetem az anyámra, aki továbbra is csak nagyokat pislogva állt előttem. Nem úgy nézett ki, mint aki el akar menni. – Öhm, én most...

– És van valami barátod, Sam? – anyu biztosan akaratán kívül vágott közbe a szavamnak, mivel csak irtó halkan kezdtem beszélni, valószínűleg nem is hallotta. Az ő szavaira azonban lefagytam.

– Barátom? – kérdeztem vissza automatikusan, kisebb pánikkeltéssel is. Nem ők voltak a homofób szülők? Tegnap óta nem véletlenül nem szóltam egy szót se Harryről, még csak a téma közelébe sem jártam. Nem mintha úgy gondoltam volna, hogy érdekli őket. Ezért most hirtelen lefehéredtem, mikor meghallottam anyu egyértelműen érdeklődő kérését, amire szívem szerint azt válaszoltam volna büszkén, hogy igen, van. Igen, szerelmes vagyok. De jajj, ehhez képest csak elakadt a lélegzetem és fogalmam sem volt, mit szólnának, ha számukra is kiderülne, hogy továbbra sem lettem hetero. És már úgy néz ki, nem is leszek. Biztos lesújtó, de én kapcsolatot akartam kiépíteni most velük...

– Tudod, barátaid – mosolygott anya a zavaromon, mire egyből kitisztult a fejem. Oh. Oh, hogy úgy. Gyorsan leraktam a kezembe nyomott cuccokat és tehetetlenül így a hajamhoz nyúltam.

– Igen, van kettő jó barátom – feleltem már totálisan határozottan. – Sok emberrel jóba lettem az egyetemen, de barátom csak kettő van.

– És nem mesélsz róluk? – faggatózott aranyos viszályokkal, miközben leült a kád szélére, ezzel is nyomatékosítva, hogy ő most maradni akar beszélgetni.

– Luca és Quentin a nevük – kezdtem volna bele, majd hirtelen falfehérré vált az arcom. Basszus. Luca és Quentin.

– Igen? – vonta össze anyu a szemöldökét, ugyanis hirtelen csak ennyit nyögtem ki róluk, mikor ő biztosan kész személyleírást várt. – Minden oké?

– Persze, csak most jutott eszembe, hogy elfelejtettem szólni nekik, hogy izé, itt vagyok – hebegtem zavartan, mire anyunak egy kisebb „ó" hang szökött ki a száján, majd megráztam a fejem. – De majd felhívom őket. Később.

– Rendben – csak egy egyszerű kijelentés volt, hogy majd felhívom őket, de anyunak hatalmas hálás tekintet ült ki a szemébe, miközben kimondta, hogy rendben. Erre magamat is mosolygáson kaptam.

– Egyetemen találkoztam velük – kezdtem bele a mesélésbe, mire anyu csak többet pislogva maga előtt rám irányította az egész figyelmét, én pedig... magam sem tudom miért, de részletesen mutattam be a legjobb barátaimat. Az anyámnak. Furcsa szituáció, ami nem gondoltam volna, hogy valaha is megtörténik.

– Ne bassz – nyögte Luca a vonal másik végén. Vagyis a világ másik oldalán jelenleg. Én csak friss ruhában ülve az ágyamon nevettem bele a telefonba, miközben Quinn hisztije kezdetét hallhattam a háttérben, ahogyan izgatottan kérdezgeti Lucát, hogy kivel beszél és mit mondott az illető. – Kussolj már, Sammel beszélek!

– Ne már, hadd mondjam el neki is – mosolyogtam az ölembe, miközben Luca Quinn-nel hőbörgött Angliában. – És amúgy is, mit csináltok ti fent ilyen éberen éjfélkor?

– Mit csinálnánk ilyenkor? Szerinted hirtelen megtanultunk aludni, miután egy könyvbe költöztél? – ironizált Luca a mesébe illő jelenlegi életemmel, mire csak megforgattam a szemem.

– Hangosíts ki – parancsoltam a barátomnak, ugyanis Quinn csak nyüszített. Luca biztosan így tett, ugyanis nem adott választ pár másodpercig, majd az eddigieknél tompábban hallottam meg a hangját.

– És anyucinak elmondtad, hogy a herceggel kefélsz? – kérdezte hétköznapian, mire felfutottak a homlokomig a szemöldökeim.

– Konkrétan a gyerekszobám közepén vagyok, ne legyél ilyen alpári, köszi – feleltem végül megilletődve, ugyanis az egykori plüssállataim az üveges szemükkel bámultak engem a polcomról. Quinn pedig nem értve minket elégedetlenül kérdezősködött egyre frusztráltabbá válva. – Quinn, Portlandben vagyok – tettem hozzá, hogy a skót is értse, mire hisztérikusan felkiáltott.

– Idióta, éjfél van – Luca egész biztosan megsuhintotta Quinn fejét, szinte hallottam a kisebb csattanást a srác tarkóján, Quinnt azonban mintha meglőtték volna. Megállás nélkül, túl magas hangon kezdett bele a faggatásba, a miért, hogyan, mióta kérdésekkel az élen.

– Igazából nem tudom mit keresek itt – nevettem fel zavaromban hátradőlve az ágyamon, továbbra is a fülemnél tartva a telefont. – De most jó.

– Jó? – Luca hangja már nem volt olyan Lucás, most inkább olyan halk és őszinte volt, amit tökre elnyomott Quinn nyivákolása, de nyilván kihallottam őt is.

– Azt hiszem valami változik – tettem hozzá halkan, miközben Luca valami trágárt sziszegett Quinn-nek, így nem is voltam biztos benne, hogy hallotta egyikőjük is, hogy mit mondtam.

– William? – hallottam a nevemet egy teljesen másik irányból, mint a telefon, mire ösztönösen a jobb oldal felé kaptam a fejemet. Madison állt az ajtómban, miközben öntudatlanul is a lábával dobolt a földön. Mint aki izgatott vagy türelmetlen. Nem lehetett leolvasni róla, hogy melyik. – Vagy Samuel, vagy hogy hívatod magad...

– Madison? – kérdeztem vissza a szavába vágva, miközben felültem, Luca és Quinn pedig abbahagyták a saját veszekedésüket és visszakérdeztek, ki az isten az a Madison. – A húgom, ostobák – mondtam a telefonba, Madison pedig unottan grimaszolva készült egy rágólufit fújni, legalábbis így vettem le a feltűnően kérődző állkapcsából. – Madison, a barátaim meg akarnak ismerni – néztem a szőkére jelentőségteljesen fintorogva, de Madison még nálam is flegmábbnak tűnt, miközben egy közepes méretű lufi durrant szét az arcán.

– Én viszont őket nem – közölte egyszerűen, mire vissza kellett tartanom a nevetésem, nehogy megbántsam ezzel a barátaim. Kit álltatok, sosem érdekelt, ha egy ilyen apróságon megsértődnének. Meg amúgy is tudom, hogy sose sértődnek meg. Talán a húgom előtt féltem még felfedni a... személyiségemet.

– Oké, srácok, most mennem kell – mondtam a telefonba, mire Luca és Quinn egyértelműen marasztalni kezdtek. – Szeretlek titeket. Hívjatok reggel drágáim – ezzel rájuk raktam a telefont, igaz még beszéltek. De ha nem teszem meg, akkor úgyis a végtelenségig mondják a mondandójuk.

– Pompás – dünnyögte a húgom, miközben összefűzte maga előtt a karjait. – Arra gondoltam, elmennék veled egy gyorsétterembe, hogy hizlaló és zsíros kaját együnk, ugyanis legutóbbi emlékeim szerint, azt szereted. Ja várjunk. Az négy éve volt. Remélem még mindig így van – Madison a lehető leggúnyosabb mosollyal a fején nézett rám, mire én nem foglalkozva a szúró tekintetével válaszoltam.

– Így van – majd amikor lenéztem az ölembe ejtett telefonomra csomó nőtt a torkomra. Luca száma alatt a híváslistán Harry neve állt. Akinek megígértem, hogy reggel felhívom, annak ellenére is, hogy késő éjszaka van náluk. – Egy hívás még belefér?

– Milyen népszerű vagy a briteknél – mormogta Madison mereven, amit egy igennek vettem. Kőkemény lábakkal és jeges pillantással állt továbbra is az ajtómban, nagyon úgy nézett ki, hogy nem tervez távozni, ameddig lebonyolítom a hívást. Hát jó, nekem aztán megfelel. Így hát a húgom hektikus tekintete ellenére nyomtam rá Harry nevére.

– Szia – szóltam bele a telefonba előbb én, mikor több csengés után vette fel, a feltűnő fáziskéséséből pedig úgy vettem le, hogy biztosan felébresztettem. – Ne haragudj, hogy felkeltettelek.

– Szia – suttogta Harry a világ másik végéről, a hangja hallatára pedig egy akaratlan mosoly kunkorodott a szám szélén. Ma reggel nem mellette ébredtem, ami lelkileg kicsit kifosztottan ért. És hiányzott. A hangja. És ő is. Eszméletlenül.

330

Gyors helyzetjelentést adtam neki, ami annyiból állt, hogy épp a húgommal indulok valahova, és csak azért hívtam, mert tegnap a lelkemre kötötte. Harry erre csak annyit válaszolt, hogy az neki még ma volt, mire őszintén felnevettem, majd Harry már búcsúzkodni is kezdett (nagyon komolyan veszi az egymástól távol töltött napjainkat...). Megígérte, hogy reggel hív, majd a végére csak már rutinból odaszúrta, hogy szeret. Bár a hangja nagyon félkómás volt, így nem voltam biztos abban, hogy tudta, mit beszél, vagy hogy a reggel egyáltalán emlékezni fog-e a hívásomra.

– Én is téged – mosolyogtam elköszönésként, majd kinyomtam a hívást. Madison az egészet végighallgatta, mikor pedig ránéztem a lehető legsokoldalúbb arckifejezését láthattam. Összemosódott egy kis fintor és meglepettség főként.

– Menjünk – hátrált ki végül a szobámból, mire én csak bólintva erre felkaptam a pulcsim a székemről és követtem. Nem is volt kérdés, merre ment, hisz a cipője sarka visszhangzott az egész házban.

Madison gyorsan bejelentette, hogy elmentünk ebédelni (mintha annyira hétköznapi kijelentés lenne, hogy a bátyjával megy kajálni), majd a garázsba indult, én pedig követtem, akár egy kutya. Meglepetésemre azonban ő sétált a vezető ülés felé, én azonban nem kotnyeleskedtem, csak némán nyitottam ki az anyósüléshez tartozó ajtót.

– Mióta is vezethetsz te? – kérdeztem meg végül, amikor már a slusszkulcsot fordította el, én pedig épp kötöttem be magam, ameddig vártuk, hogy a garázs a maga lassú tempójában felnyílódjon. Madison egy rutinos fejmozdulattal dobta át a haját a válla fölött, majd hátrafele nézve kezdett neki a tolatásnak.

– Amióta meglett a jogsim – felelte egyszerűen, nekem pedig elkerekedett a szemem. Fogalmam sincs, hogy szúrta ezt ki tolatás közben, de folytatta a meglepettségem miatt. – Tudod, az amerikaiaknál ez így szokás – figyelmen hagytam az újabb csípős megjegyzését, csak alaposan, de mégis észrevétlenül figyeltem meg a kishúgom tolatási technikáját. A húgomét, akit utoljára 11 évesen láttam. Most egy autót vezet mellettem.

Az első két perc némán telt. Nem teljesen némán, mert Madison első dolga volt feljebb tekerni az egyik zeneadót a kocsiban, miután kitolatott, így valami sláger lengte be a kocsi hideg és kellemetlen légkörét. Először azt hittem, neki csak ilyen csendes a vezetési mechanikája, de amikor ő szólalt meg előbb rájöttem, hogy eddig csak oldódtunk mindketten. Mégsem túl megszokott egy szituációba csöppentünk, és egyikünk sem tűnt olyannak, mint aki az empátia híve.

– Szóval ki a pasas? – a kérdése követelőzően parancsoló hangnemű volt, szinte összement a tököm a határozottságától és egyenességétől, nem utolsó sorban a kertelés elhagyásától is. Egy néma nyelés után kérdeztem vissza.

– Milyen pasas?

– Aki másfél perc keretén belül lerázott, de a végén azért szeretlekkel búcsúzott – válaszolta Madison gyomorból, én pedig az utat kezdtem vizsgálni magunk előtt.

– A barátaimtól is szeretlekkel búcsúztam – valamiért ez jött ki a számon, de csak utána esett le mekkora baromság. – Tudod, akiket nem akartál megismerni.

– Mert engem nem a barátaid érdekelnek, hanem te – vágta rá gondolkodás nélkül, én azonban nem tudtam eldönteni, hogy ezt jó vagy rossz kommentnek szánta. Csak egy vonalba húztam a szám, erősen gondolkodva valami frappáns válaszon.

– A barátaim a részeim – klisés bölcsesség. Samuel Thompson, mindenki. Madison is csak felhorkantott erre.

– Nem gondoltam volna, hogy lealacsonyodsz egy ilyen közhelyes szintre, mikor utolsó találkozásunknál még egészen felnéztem rád a tudásod miatt – pillantott oldalra rám lesajnálóan, mire én is ránéztem.

– Ösztöndíjam van, fogd be – válaszoltam ösztönösen védve magam, mintha ez egy biztosíték lenne az eszem méretét illetően. Egy támpont.

– Jajj, *Sam* – ejtette ki a nevemet a lehető legsiralmasabb lejtéssel, ráadásul az 's' betűt is erősen megnyomva. – Ez a védjegyed? Cambridge-i ösztöndíj? Ez a személyiségfejlődésed négy év alatt? Többre számítottam.

– Nem tudok megnyílni öt perc alatt – motyogtam az orrom alatt, Madison pedig erőltetetten felnevetett rajtam.

– Nézz rám. Belőlem dögös nő lett, kitűzött célokkal és egészséges emberekkel – a szavakat mind szépen megformázva és szarkazmussal keverve mondta ki, lassan, hogy még jobban beleszellemülhessek a ténybe, hogy egy nálam majdnem tíz évvel fiatalabb lány oktat ki épp. – Belőled egy olyan ember, aki egyetlen tulajdonságának az ösztöndíját tartja és nem tud válaszolni egy olyan kérdésre, hogy kivel randizik. Kitalálom melyikünk nyert, oké?

– Nem hinném, hogy te, ha ilyen gyerekes maradtál az úgynevezett személyiségfejlődésed alatt – szóltam vissza végül cinikusan, félretéve az eddigi kedvességemet, ugyanis nagyon is úgy nézett ki, hogy a húgom meg tudja védeni magát és nem kell elengednem a fülem mellett a bántó beszólásait. – Nem ítélkezhetsz rólam úgy, hogy nem is ismersz!

– Látod ez itt a baj, ez, hogy nem ismerlek! – csattant fel a kormányt markolva. – A bátyám vagy és még csak nem is tudom ki vagy! Mert leléptél!

– Fogalmad sincs miért – sziszegtem, Madison pedig ismét felnevetett. Talán kínjában, nem tudom.

– Mert gyáva vagy – mondta egyszerűen szinte köpve a szavakat, már nem is rám nézve, hanem szigorúan a szélvédőn kifele. – Elfutsz inkább. Itt hagyva nem csak a szüleidet, hanem a testvéreidet is. Nem szégyellted magad, nem volt egy apró rossz érzés se benned, amikor Lucy és Norah nem ismertek fel? A nevükre egyáltalán emlékeztél, vagy most magadban hálálkodsz, hogy megmondtam?

– Ha ilyen embernek tartasz, aki elfelejti a húgai nevét, nem hinném, hogy van bármiről is beszélnünk – fűztem össze magam előtt a karomat a... csalódottságtól? Leginkább attól. És a dühtől, fájdalomtól, szégyenérzettől.

– Lehet te látod jól – felelte Madison érzelemmentesen. – Lehet sosem voltunk igazi testvérek.

– *Maddie* – szólítottam meg óvatosan figyelve, mire hiába tartotta a kemény és kifejezéstelen arcát, egy pillanatra átsuhant rajta valami, amikor kiejtettem a nevét, azt a nevet, ahogyan csak én hívtam. Valami, amit sose tudok már meg micsoda, harag vagy elérzékenyülés. Inkább elhivatottan folytattam, mielőtt elszáll a bátorságom. – Azért jöttem vissza, mert szeretném újrakezdeni. Szeretnék mindent helyrehozni és újrakezdeni és nem veszekedni akarok. De ahhoz nektek is alkalmazkodni kell – Maddie erőszakosan törölte le a közben kibuggyanó egyetlen könnycseppet az arcáról, amit sikerült kifacsarnom belőle, majd akár egy szociopata nyúlt vissza a kormányhoz, hogy megszorítsa azt. – Kérlek alkalmazkodj – suttogtam, mire Madison mellkasa csak gyorsabban emelkedett meg.

– Annyira hiányoztál, William – súgta a megkönnyebbüléstől felszabadultan, miután leeresztette az álarcát, amiben a büszke és határozott nőt játszotta. Mert az is, egy büszke és határozott nő. De ők sem lehetnek mindig büszkék vagy határozottak.

– Ti is nekem – húztam félmosolyra a szám, majd a seb-
váltóra tettem a kezem, pont rá az övére. Madison erre lené-
zett a kezeinkre, majd olyan lányos hisztériával felnevetett
rajta, hogy utána hálásan és könnyektől csillogó tekintet-
tel a szemembe nézzen. – Harrynek hívják – mondtam pár
hosszabb másodperc elteltével, miután csak sokatmondóan
néztünk a másik szemébe egy piros lámpánál állva. Maddie
arca kivirult ezek után pedig figyelmesen és hozzászólások-
kal fűszerezve hallgatta a beszámolómat a románcomról.

Maddie-vel órákig üldögéltünk egy tipikus zsúfolt ameri-
kai gyorskajáldában, egyáltalán nem zavartatva magun-
kat hangosan röhögve. Talán Maddie volt az, aki a legjob-
ban hiányzott. Hope sosem volt a szavak embere, így vele
egyáltalán nem volt olyan jó kapcsolatom már akkoriban
sem, mint a nővérével. A lányok meg még alig születtek
meg. Szóval Maddie volt csak az, aki mindig Maddie volt.
Bunkó és köcsög kedvenc tesót választani? Nem tudom,
hisz csak most csöppentem vissza egy család életébe, azaz
a saját családom életébe. De a mai délután után éreztem
ezt csak igazán, amikor sikerült hivatalosan is kibékül-
nöm a húgommal.

A garázst és házat összekötő ajtót Madison nevetve
nyomta be, én pedig az előbbi megszólalásán mosolyogva
még követtem. Teljesen úgy nézhettünk ki, mint akik itta-
san estek haza az éjszaka közepén, azt kivéve, hogy nem
ittunk és délután kettő volt. Csak a tagadhatatlan jóked-
vünkről ez sütött le. Anya is a konyhában állt, mikor meg-
érkeztünk és megtörölve a kezét csípőre tette azt.

– Látom jól éreztétek magatok – mosolygott halványan,
miközben Maddie az egyik étkezői székre lerogyva próbálta

leszenvedni magáról a hatalmas sarkú fehér csizmáját, én pedig anya felé indultam. Fogalmam sincs mi ütött belém, de valamiért megöleltem. Csak úgy, spontán átkaroltam a derekát és a hajába temettem az arcom, mire anya hirtelen úgy meglepődhetett, hogy nem is ölelt vissza az első pár másodpercben. Valamit Madisonnak suttoghatott, ugyanis a húgom csak egy nevetésre emlékeztető horkantást adott ki.

– Ja, egy kicsit – válaszolta szórakozottan, majd anyu megütögette a hátam. Jó, én lehet mégis ittam. De csak mert a helyzet úgy kívánta. És így legalább felszabadultabb is lettem, amit még rá is tudok fogni az alkoholra később. És mert olyan régen ittam! Lucának igaza volt, el kell mennem velük valahova.

– Felmehetek a testvéreimhez? – kérdeztem furán, mikor elengedtem anyut, bár igazából nem is kérdésnek szántam, hanem egy kijelentésfélének, mégis engedélykérésnek. Anya hitetlenkedve rázva rajtam a fejét nevetett fel, miközben azt makogta, hogy menjek csak. Én pedig elindultam, Maddie pedig utánam eredt.

Eltámolyogtam az ikrek szobájáig, ahova életembe talán most indultam először. A lányok amióta itt vagyok elhidegült tekintettel néznek rám, és a ház se hangos a gyerekzsivalytól, ahogyan a telefonban hallottam. Pedig elég rájuk néznem, hogy tudjam, biztosan nagyon sokat nevetnek és nagyon problémások. Ez az ikrek dolga végül is.

– Amióta megjöttél, mintha más emberek lennének – súgta Madison, mielőtt lenyomtam volna a kilincset, mire hátat fordítva az ajtónak ránéztem. – Szóval, lehet bemennék veled.

– Mert... félnek tőlem? – kérdeztem, miután az eddigi mosoly lefagyott a fejemről, Maddie azonban hevesen megrázta a fejét.

– Dehogy, nem... – kezdett magyarázkodni, miközben azt hitte nem veszem észre, hogy elém tolakodik. – Csak még új dolog nekik ez a... te? Te új dolog vagy. És nem értik.

– Nem értik, miért vagyok itt – egészítem ki, mire ő bólint és benyit a szobába. A fal egy elhalványított mandarinszínre emlékeztet, bár lehet csak a sárgás fényű lámpa megvilágítása miatt tűnik narancssárgásnak. Mikor Maddie tágabbra nyitotta az ajtót, ráláttam az egész szobára, aminek a két sarkában volt két ugyanolyan ágy, csupán az ágynemű volt más. Szimmetrikus volt a szoba, ahol az egyik oldalon egy íróasztal volt, a másikon is. Középen pedig egy apró színes kanapé állt, ami úgy nézett ki, mintha különböző anyagokból lett volna összeöltve a felülete. Egyből felismertem. Ez a nagyszüleimnél volt nagyon sokáig, most pedig a húgaim szobája közepén állt.

– Norah? – nézett körbe Madison a szobán. – Lucy? – miután meghallották a nevüket, hirtelen két totálisan egyforma fej jelent meg a bal sarokban elhelyezett apró sátorban, aminek a cipzárja eddig be volt húzva. A lányok haja nem volt tejfölszőke, mint Maddie-é akkoriban, de nem is olyan sötét, mint Hope-é. Mikor meglátták Maddie-t már húzták is volna lejjebb a cipzárt, hogy kimásszanak, ne csak az arcukat mutassák meg, de végül félbeszakadt a mozdulat, amikor megláttak engem is a nővérük mögött. Esetlenül intettem egyet, hátha ez oldja a feszültséget, de lehet nem volt jó ötlet, hogy ittasan akarom megismerni a húgaimat, akik öt évesek se múltak még. Maddie is érzékelhette, hogy a szobában megfagyott a levegő. – Oké, gyertek ki.

– Mi épp olvasunk egymásnak – felelte az egyikőjük diplomatikusan, továbbra is a sátor biztonságában maradva. A másik csak bólogatni kezdett erre, Maddie azonban csípőre tette a kezét.

– Nem is tudtok olvasni – közölte, a lányok pedig egymásra néztek, amolyan „most elárultuk magunkat" tekintettel.

– De úgy csinálunk – válaszolta végül a jobb oldali leleményesen, a másik pedig támogatva az ötletet a szemét összehúzva meredt Madisonra.

– És ha William olvasna nektek? – kérdezte egy gonosz vigyorral a fején Madison, épp, amikor már visszavonulást akartam fújni, a lányok pedig erre egymásra néztek. – Norah hallom mit suttogsz! Ő itt a bátyátok, Sam.

– Most akkor Sam vagy William? – nyávogta számon kérve a Norah mellett ülő, tehát Lucy. Én csak zavaromban a nyakamhoz kaptam a kezem, Madison viszont rám nézett, tehát tőlem várta a választ. Fogalmam sem volt, van-e engedélyem az ikrek fenségterületén megszólalni, de végül megtettem.

– Sam – feleltem bizonytalanul, Maddie érdekes arckifejezését meglátva azonban máris visszaszívtam volna. – De ahogy gondoljátok.

– Sam – ismételte el Madison mosolyogva, miután egy pillanatig még az én szemembe nézett, majd visszakapta a fejét a lányokra. – Sam, a bátyátok.

– Samről eddig miért nem hallottunk sosem? – fűzte össze maga előtt a karját Norah, az ikre pedig követte a mozdulatot. Biztos úgy érezték, ha ketten kérnek minket számon, túlerőben lesznek. Oké, engem meggyőztek, jelenleg jobban fostam két négyévestől, mint akármi mástól a világon. Madison már válaszra is nyitotta a száját, amivel engem védett volna, de közben valaki mögöttem a vállamba kapaszkodott és ugorva egyet már a szobában is termett, csupán még eltakartam.

– Mi a helyzet? – kérdezte Hope lazán, miközben a szívem még majdnem kiugrott a helyéről, amiért ilyen kiszámíthatatlanul jelent meg. Hope volt viszont az egyetlen a családban, aki úgy viselkedett velem az elejétől fogva, mintha csak egy hétre utaztam volna el. Hatalmas hálával tartoztam neki ezért, de tartottam őt olyan okos lánynak, hogy ezt el se kelljen mondanom.

– Épp két négyéves akar okosabbnak tűnni nálam – felelte Madison egyszerűen, miközben Hope megkerülve a nővérét a szoba közepén álló kanapéhoz sétált. Pont az ablak alá rakták, de mivel le volt húzva a redőny nem sütötte szét a nap. Hope levágta magát a kanapéra hosszában fekve, majd a haját tekerve nézett a sátorban táborozó lányokra.

– Szemtelen kis féleszűek, mondtam már – jelentette ki természetességgel a hangjában, mire erősen kellett koncentrálnom arra, hogy ne nevessek fel rajta. Maddie csak rosszallóan nézett rá, majd a sátor felé indult, mire Lucy és Norah felsikítottak és már a cipzárhoz is nyúlva igyekeztek felrángatni azt, mintha ez meggátolna Maddie-t, hogy kiszedje őket onnan.

Miközben Madison a lányokkal vitázott, ők pedig visítva Maddie támadásain a sátor anyagán keresztül én a kanapéhoz dülöngéltem. Hope vagy észrevette, hogy ittas és szomorú vagyok, vagy csak megszánt, hogy ne álljak egyedül szerencsétlenül előtte, feltápászkodott és a kanapé bal sarkára húzódott, én pedig leültem mellé.

– Hihetetlen, hogy itt vagy – mondta rám sem nézve, ugyanis mindketten a másik három testvérünket néztük, akik egyre állatiasabb harcba keveredtek, Madison idegállapota pedig egész közel állhatott ahhoz, hogy egyszerűen hozzon egy ollót és szétvágja a sátrat. Én pár másodpercig nem tudtam megszólalni.

– Még nekem is – nyögtem ki végül, abban a pillanatban, amikor Maddie megtalálta a cipzárt és egy határozott rántással húzta le, a lányok pedig úgy sikítottak, mint akiket nyúztak. Hope oldalra nézett a válaszom hallatán, mire én is felé fordítottam a fejem, így pár hosszabb másodpercig csak bámultuk egymást. De abban a bámulásban benne volt minden. Hope-nak nem volt sérelme felém, nem volt haragos vagy ideges rám, ő komolyan egyszerűen csak örült, hogy most itt vagyok. Nem érezte szükségesnek, hogy beszéljünk a hollétemről és annak miértjéről, nem is tűnt úgy, mint aki kérdezni fog róla. Csak a maga árnyszerű mosolyával nézett rám, én pedig vissza rá.

– Átokfajzatok vagytok! – kiáltotta Madison kipirosodott arccal, miközben két kezével rántotta ki a húgaimat a sátorból, akik durcásan vették tudomásul, hogy vesztettek. Bár fogalmam sincs, hogy gondolták egy pillanatig is komolyan, hogy Maddie ellen lehet nyerni.

– Csak mint te! – köpte az egyikőjük, aki feltehetőleg Lucy volt, míg a másik a kezében szorongatta a könyvet, amiről beszéltek. Akaratlanul is szemkontaktust létesítettem vele, ami egészen sokáig eltartott, hiszen Madison és Lucy egy szópárbajba kezdtek, amit Hope néhol artikulátlanul felröhögve élvezett. Norah végül kiszakította a karját Maddie szorításából, de a szőkének ez fel sem tűnt, túlságosan el volt foglalva a másik ikerrel. A szőkésbarna kislány elnémulva és nagyra nőtt szemekkel indult el felém, amit én meglepetten reagáltam le, addig a pillanatig, ameddig meg nem állt előttem nem is voltam biztos abban, hogy hozzám jön. Norah két kézzel markolva nyújtotta felém a mesekönyvet, én pedig hirtelen olyan zavarba jöttem, hogy egy árva szót sem tudtam kinyögni. Hope is már minket nézett az egyik tincsét csavargatva, de én továbbra is csak lefagyva meredtem a felém tartott könyvre.

– Tessék – hangsúlyozta Norah egy sokkal másabb hangszínben, mit amikor még kérdőre vont. Én csak egy nagyot nyeltem.

– Megnézhetem? – kérdeztem félve felnézve a kislányra, aki engem a hatalmas szemeivel nézve bólintott. Óvatosan elvettem a kezéből, ő pedig nem habozott azzal, hogy akaratosan az ölembe másszon. Hope biztosan látta, hogy majdnem könnyekben törtem ki, ezért is bátorítóan végigsimított a hátamon, úgy, hogy Norah ne láthassa.

– Tetszik a szakállad – közölte a lány, miután elhelyezkedett a bal combomon és maga elé húzta a kezemet is, ami eddig tehetetlenül feküdt a lábam mellett. Hope felnevetett, és megcsípte a húga arcát, én pedig kínomban az államhoz nyúltam. Nincs is szakállam! Kicsit túlnőtt a borostám, ennyi. – Olvasol akkor, te? – kérdezte a kislány sértődötten, mire csak feleszmélve a varázsából bólintottam és kinyitottam a könyvet. Madisonnak és Lucynek kellett egy kis idő, ameddig észrevették, hogy mi hárman közben mesedélutánba kezdtünk, de végül csatlakoztak hozzánk.

Így telt a második, innentől pedig az összes otthon töltött napom. Anyuékkal és a lányokkal. Mondhatni harmóniában. Nem beszéltünk a múltról, csakis a jelenről és a jövőről. Ez volt a legjobb, amit tehettünk. De itt kezdődött az egész. A kanapén ülve. Maddie, aki a lábait átdobta a jobb combomon és az ölébe emelve Lucyt a vállamra hajtotta a fejét, a szabad kezével pedig a húga haját fonogatta. Lucy, aki végül meglátva, hogy az ikre a bizalmába fogadott már csendesen hallgatta a mesét, egyszer még a tetovált kézfejemhez is érve, hogy rákérdezzen a tetoválás miértjére. Norah, aki a lábamon ülve többször is ellehetetlenítve a nyugodt mesélésemet osztotta meg a gondolatait a történetről, de valaki mindig elhallgattatta. Az utolsó pedig Hope, aki az idő múlásával, csakúgy, mint Madison a vállamra hajtotta a fejét. Én meg belül meghaltam, azt hiszem.

15.

A szerelem az, ami megmosolyogtat, ha fáradt vagy

December 31-e délelőttjén értem vissza Londonba. Annyira elképesztően fáradt voltam, hogy először gondoltam arra, hogy a mai éjszakát egy motelben töltöm valahol Londonban, mert semmi erőm nem volt másfél órát vezetni, ráadásul a távollétem alatt a hó úgy néz ki többször is esett, ugyanis a reptéren hagyott kocsim úgy nézett ki, mint egy szépen felépített iglu. Aztán fejbe vágott a tudat, hogy szilveszter van, és nem tölthetem az új év első éjszakáját egy koszos hotelben.

Ezért is telt tíz percbe, ameddig a megviselt pofám vett egy kis erőt magán, hogy elinduljon a kocsi irányába, ahelyett, hogy a reptér szélén álljon a kettő csomagjával maga körül. Végül percekbe telt még lesöpörni a hóréteget a kocsimról, ami miatt valószínűleg hangosan morogtam. Nem volt kedvem semmihez az ég világon, csak aludni egy vagy két napot. Szörnyű utam volt, most sem sikerült rendesebb ülőtársakat kifognom, mint odafele, így még jobban belefáradtam a repülés okozta időeltolódásba, mint alapból kéne. Végül az autómban ülve még nagyokat pislogtam magam előtt, komolyan felvetve az agyamban lehetőségként, hogy egyszerűen felhívom Lucát vagy Quinnt, hogy jöjjön el értem, mert képtelen vagyok Cambridge-ig vezetni. Ez azonban lehetetlennek bizonyult, mert Lucát eltiltották a vezetéstől vagy fél évre, a pár hónappal ezelőtti, szerinte ártalmatlan hibája miatt (szóval ivott, és szembe hajtott a forgalommal, majdnem kinyírta magát!), Quinn meg egyszerűen képtelen olyan dolgokra, mint a vezetés. Meglett a jogsija három bukás után, de azóta talán tíz alkalom volt, amikor volán mögé ült, mert egyszerűen fél a vezetéstől. Ezért is nem tudom jelenleg, hogy ők amúgy mivel közlekednek, ha Luca nem tudja cipelni Quinn seggét mindenhova, Quinn meg nem hajlandó. Ezáltal most engem se tudnak cipelni, így ez az ügy csak még személyesebb lett. Fáradtan ejtettem a kormányra a fejem, majd arra az elhatározásra jutottam, hogy muszáj másfél órán át beszélnem valakivel, hogy ne aludjak el vezetés közben, így végül – tekintve, hogy úgy döntöttem, ők tehetnek arról, hogy vezetnem kell most – felhívtam Lucát, akivel biztosan ott volt Quentin (nem tudom, miért akarják elhitetni mindenkivel, hogy titokban nem szerelmesek egymásba).

– Annyiraaa jókor hívsz – szólt bele egyből a telefonba, csupán pár csörgés után, pont amikor már fájdalmasan nyöszörögve kezdtem kitolatni a reptér parkolójából. – A legjobbkor, Thompson, a legjobbkor, már épp én is akartalak.

– Semmi szia, üdv újra Európában, jól utaztál, nem vagy-e fáradt, életben vagy egyáltalán? – morogtam, Luca pedig felnevetett a vonal másik végén. – Mert nem biztos, hogy élek.

– Oké, oké, szólj, ha kidrámáztad magad, aztán beszélünk – röhögött ki Luca, de utána egyből folytatta. – Remélem jó utad volt, de mesélhetsz róla este.

– Hogy mikor?

– Szilveszter van! – rikkantotta Luca, nekem pedig kedvem lett volna lehajtani az autópályáról. – Megyünk bulizni egy szar klubba, ahol a hatodik feles után már ingyen kapjuk a piát!

– És ezt ki mondta neked? – dünnyögtem.

– A pultos lány, akinek múlt héten megfogtam a mellét – avatott be Luca alaposan, mire csak egy mély levegőt vettem, mielőtt felrobbannék.

– Úgy értettem, ki mondta, hogy én is megyek veletek? – javítottam ki magamat, mire Luca csak egy hangos „oh" kiáltást hallatott a vonal másik végén.

– Hát én – felelte végül leleményesen, én pedig kezdtem rossz ötletnek tartani, hogy egyáltalán felvetült ötletnek, hogy felhívjam őket. És Quinn még csak most érkezett meg.

– Saaam – nyávogta hosszúra nyújtva a nevemet, feltehetőleg amikor meglátott Luca kijelzőjén. El tudom képzelni, ahogy a fürdőben egymás mellett készülődnek, mint egy szép és boldog meleg pár. – Boldog új évet!

– Quentin, Sam is jön velünk – hurrogta le Luca. Örülök, hogy ezt megbeszélte magával egyébként. Quinn csak egy beleegyező „ja persze"-vel válaszolt, én pedig majdnem lefejeltem erre a kormányt.

– Nem megyek sehova – szögeztem le a leghatározottabb hangnememben, amit a jelenlegi helyzetemben produkálni tudtam. – Harryvel leszek, nem láttam napok óta.

– Istenem, majd keféltek máskor, minden nap azt csináljátok – nyüszített fel Quinn. – Amúgy is, minket meg már minimum két hete nem láttál.

– Hagyd már, a Kis herceg fontosabb – mondta Luca lekezelően.

– Ó, te jó ég – sóhajtottam fel, majd igyekezve higgadtan kezelni ezt, folytattam. – Senki sem fontosabb senkinél. És azért leszek Harryvel, mert ő úgysem mehet sehova, na meg mert annyira álmos vagyok, hogy átalszom az… – be se tudtam fejezni, ugyanis Quinn közbeszólt. Vagy inkább lelkesen kiáltott.

– Igen, jöjjön Harry is!

– Nem – vágtam rá szinte már felnevetve az idióta felvetésén, velem egy időben azonban Luca is megszólalt.

– Támogatom.

– Nem, nem hallottátok, nem! – kiabáltam, ugyanis ilyenkor jön általában az a rész, amikor figyelmen kívül hagynak. Milyen jól ismerem őket.

– Megyek, felhívom Harryt – jelentette be Quinn, Luca pedig csak tovább bátorította (nyilván azért, hogy engem bosszantson, ez így szokott lenni. Mindketten kihasználjuk Quinn együgyűségét).

– Szia Thompson – kezdett búcsúzkodni, mire én ösz-szeszorítottam a számat.

– Utállak – köszöntem végül el, majd kinyomtam a hívást, és Harry számát kezdtem keresni, hátha gyorsabb leszek, mint Quinn. Ugyanis, ha bejelenti Harrynek, hogy menjünk bulizni, akkor azzal elülteti a fülében a bogarat, és muszáj leszek elmenni vele. Amiben kettő hiba van. Meghalok a fáradtságtól, Harry pedig nem mehet bulizni!

Nos, nem jártam sikerrel. Egy éles sípszó jelezte, hogy Harry épp foglalt, én pedig mérgemben azon kezdtem törni a fejem, Quinn-nek mégis honnan van meg Harry száma. Akárhonnan is szerezte, most nagyon nem jött jól.

Pár kínzóan lassú perc elteltével hívtam újra Harryt, ő pedig alig két csengés után felkapta.

– Oh, szia Sam – köszönt természetesen, mire nekem elkerekedett a szemem. „Oh szia Sam”??? Ez most komoly? Lehet túl fáradt voltam már, vagy csak Quinn húzott fel, mellette pedig Luca is, vagy csak idegesített Harry is (belegondolva egyikőjük sem csinált semmit), de ráförmedtem.

– Oh, szia Harry – utánoztam először flegmán, de nem hagytam neki ezek után sem beszédteret. – Hívtalak, de látom nem tudsz visszahívni. Vagy bocsi, ha megzavartam a csevegésed Quinn-nel. Jó szórakozást akkor nektek, én majd alszok egy hotelben! – és letettem a telefont. Fogalmam sincs amúgy, hogy miért. Így hát egyedül maradtam

346

a dúlás fúlásommal kereken húsz másodpercig. Ugyanis a képernyőmön Harry neve villant fel.

– Oké, fél perc alatt remélem lehiggadtál – szólt bele Harry viszonylag nyugodtan, én viszont nem válaszoltam neki és a tekintetem is szigorúan az úton hagytam. – Szia Életem értelme. Megfelel? – továbbra is válasz nélkül hagytam. – Oké Sam, elmondanád mi a bajod?

– Semmi – vontam vállat. – Talán az, hogy. Nem tudom.

– Nem tudod, de rám rakod a telefont? – kérdezte Harry gúnyos hanglejtéssel, mire megfeszültek az ujjaim a kormány felől. *Pedig már tudhatná, ha álmos vagyok, nem szabad kötekedni.*

– Félvállról vettél – jelentettem ki az első dolgot, ami eszembe jutott. – És biztos vagyok benne, hogy amint hazaérek, az lesz az első dolgod, hogy könyörögni kezdesz, szökjek el veled valami alpári buliba, csak mert te még sosem voltál. Eszedbe se jutott megkérdezni, hogy egyáltalán leszálltam-e már! Hogy milyen volt az út, ilyenek. Négy órája beszéltünk utoljára, és téged ez nem is érdekel!

– Jézusom – szörnyülködött Harry, én pedig tudtam, hogy rám fog cáfolni. De én hisztis voltam, nagyon-nagyon fáradtam. – Először is, lehetőséget sem adtál, hogy rákérdezzek, mert eddig nem nagyon volt olyan opció, hogy én is megszólaljak. Másodszor azt mondtad, majd hívsz, miután leszálltok. Nem hívtál!

– Hívtalak, de te Quinn-nel beszéltél! – rivalltam rá egyből, bár fogalmam sem volt, miért nem tudom kihagyni ebből Quinnt. Úgy kell neki. Mind a hárman felcseszktek, mikor tudják, hogy most repültem több mint tizenkét órát.

– Több időre van szükséged, hogy magadhoz térj? – morogta Harry, mire elöntött a düh, a méreg és a kimerültség.

– Baszd meg Harry! – kiáltottam halkan a telefonba, Harry pedig kinyomott. Erre elkaptam a tekintetem az italtartóba dobott telefonomról, és az útra szegezve a tekintetem hagytam, hogy kicsorduljon egy könnycsepp a szememből. Remek, már sírok is. Félreértés ne essék, nem az apró nézeteltérés miatt Harryvel, ezt körülbelül háromnaponta eljátsszuk egymással, sokkal inkább az erőtlenségtől engedtem ki a könnyeimet. De tényleg, annyira leírhatatlanul meggyötört az út, hogy szinte a fáradtság fájdalmától sírtam.

De alig pár percet töltöttem csendben szipogva és vezetve, ameddig ismét, már másodszorra tárcsázott Harry másfél órányira tőlem.

– Most csak azért hívtalak, mert elfelejtettem mondani, hogy Quinn-nek nemet mondtam, meg azért, mert nem akarom, hogy egyedül vezess másfél órát, úgyhogy, ha nem is beszélgetünk közbe, itt fogom tartani a telefont mellettem, ameddig meg nem hallom az ajtóban a kulcs zörgését, te hatalmas barom – hadarta el egy szuszra, mire én akaratlanul is felnevettem rajta, miközben letöröltem a könnyeimet. – Te most sírsz? – kérdezte Harry, gondolom biztosan kihallotta a nevetésem stílusából.

– Sírtam – javítottam ki már mosolyogva, miközben visszanéztem az útra.

– Jajj, Sam…

– De nem miattad! Mielőtt elbízod magad. Nem ríkatsz meg, Windsor, ne is reménykedj – folytattam, mielőtt még sajnálkozni kezd, de Harry büszkeségét vesztve prüszkölt bele a telefonba.

– Miért sírtál Édesem? – kérdezte végül, mire én csak szippantottam egyet.

– Fáradt vagyok, nagyon, és ez senkit sem érdekelt – válaszoltam egyszerűen, hisz végül is ez volt az igazság. Ha jobban belegondoltam, tényleg ez volt a bajom. Mekkora problémák. Ettől függetlenül még mindig a végkimerültségnél tartottam.

– Érdekelt – súgta Harry. – Érdekel. Azért vagyok itt, te butus.

– Annyira meg akarlak most csókolni – leheltem magam elé elvarázsolva, mire Harry angyalian nevetett fel valahol pár száz kilométerre tőlem. Valahol Cambridge-ben, valahol abban a hatalmas házban. Ülve vagy állva, fekve, vagy azt a nyamvadt Szörnyeteget dédelgetve. Akárhol is volt most, akármit csinált, annyira meg akartam ölelni és el sem engedni, hogy sikítani tudtam volna.

– El is várom, amint hazaérsz – felelte végül incselkedve, már nem túl romantikus áhítattal. – Nyálasan és hosszan. Undorítóan. Úgy csókolj meg, hogy belepiruljak.

– Az nehéz lesz – mosolyogtam, Harry pedig egyetértett. – De legyen, nyálasan és hosszan. Gusztustalanok vagyunk.

– És aaaannyira szerelmesek – tette hozzá, mire én nem tudtam volna erre, még ha akartam volna sem rácáfolni. Mert igen, elképesztően szerelmes voltam. Te jó ég, mennyire. Te jó ég.

Harry szerintem azóta nem engedett el, amióta betettem a lábam a házba. Össze tudtam volna esni a kipihentségem hiányától, de még a cipőmet sem vetettem le, Harry váratlanul rám ugrott. Azóta is rajtam van. Először csak vinnyogva a hátamra vetette magát, aztán amikor már szinte könyörögtem, hogy másszon le, vagy menten elesek, akkor elengedett, de aztán fél másodpercnyi pihenést adott, hogy maga felé fordítva elölről ugorjon vissza. Így hát mivel nem volt nagyon más választásom becipeltem a szobájába, és azóta is itt vagyunk.

– Annyira szeretnéd őket – motyogtam Harry szellőtől meglibbenő függönyeit vizslatva, miközben már nagyjából sikerült elszakadnunk annyira egymástól, hogy legalább kényelmes pozícióba kússzunk az ágyon. Én Harry mellkasára hajtottam a fejem, miközben ő a pólóm aljánál kilógó bőrömet simogatta, és hiába én beszéltem, a szemhéjaim egyre nehezebbek lettek. – Az ikrek lennének a kedvenceid. Imádnád őket. De annál jobban csak ők téged. Annyira jó lenne, ha megismerhetnéd őket.

– Majd egy nap – tette hozzá Harry a hajamba motyogva, mire akaratlanul is elmosolyodtam a kijelentésén.

– Maddie elképesztően jól kijönne mondjuk Loryval – folytattam. – Nagyjából egyidősek, nem?

– Hát, ha az említett gimnazista húgod hirtelen tizennyolc lett, akkor igen – kuncogott Harry, mire meglepetten emeltem fel a fejemet a mellkasáról.

– Lory már nagykorú? – kérdeztem hitetlenkedve, mire Harry csak bólintott. – Mármint Európában.

– Akármilyen hihetetlen Sam, de tisztában vagyok vele, hogy az államokban még én is kiskorúnak számítanék – sóhajtotta egy halvány mosollyal, mégis inkább egy olyan arckifejezéssel, hogy „Sam, néha annyira alábecsülsz, csak mert bezárva töltöttem az elmúlt húsz évemet". Erre csak mivel nem számított rá adtam egy puszit az orrára, és viszszahajtottam a fejem.

– De már csak pár hónap, és a világon mindenhol független vagy – tettem hozzá, mire Harry csak hümmögött erre. – Pontosabban. Egy hónap, plusz egy nap.

– Ahogy mondod – fűzte szorosabbra a karját körülöttem. – Bár nem tudom, hogyan álljak az információhoz. Neked milyen volt a szülinapod?

– Egészen átlagos – tűnődtem. – Olyan meghitt. Nyugodt. A hisztiden kívül, persze.

– A hisztim a lehető legjogosabb volt – vágta rá offenzíven. – Szülinapod ide vagy oda, akkor is kiöntötted a főztöm. Kétszer.

– Nem kell visszahozni a témát – duruzsoltam magamban, mielőtt megint elkezd kioktatni. Nem pont bántó jelleggel. Inkább mérges tinédzser jelleggel, ami tud ijesztőbb lenni, mint a bántó szándék, feltéve, hogy Harryről beszélünk.

– Mesélj tovább. A családodról.

– Maddienél tartottam. A korbéli különbségektől eltekintve is biztosan egyből megtalálnák a közös hangot Loryval. Mikor először beszélgettem a húgommal négy év után, még annyira mélyen élt bennem az unokatestvéreddel való találkozás, hogy egy pillanatra azt hittem, a szelleme elkísért az óceánon túlra is... túl hasonlóak. Olyan hevesek és mégis magabiztosak. Lory talán túl magabiztos is, de az sose baj...

– Szimpatikus a húgod – szúrta közbe Harry, mire csak büszkén bólintottam.

– Hope pedig ugyanolyan, mint évekkel ezelőtt, csak a tulajdonságai változtak meg teljesen az ellentétjére – kezdtem bele az utolsó testvérembe is. – Olyan viccesen flegma, ha jellemeznem kéne. Kedvelnéd. Olyannak tűnik, mint aki a család fekete báránya. Nincs kék szeme, mint nekünk, többieknek, a haja sem szőke, mint a lányoknak. Jó, az nekem sem az. Az öltözködése is olyan más, nem mint mondjuk Madisoné, vagy anyué, mikor ő volt ennyi idős. Viselkedésre is olyannak tűnik, mint aki nem tartozik ide, mégis... mégis oda tartozik teljesen.

– De? – kérdezte Harry, mire csak végignyaltam a számat. Túl jól ismer.

– Nincs de – mondtam zavartan. – Csak van. Csak én éreztem magam kitaszítottnak mégis.

– Én nem akarlak megbántani, de az is voltál – jegyezte meg Harry, mire kínosan elhúztam a számat, hiszen nem tudtam volna nem egyetérteni vele. – Ez nyilván nem jelenti azt, hogy még mindig az vagy, Sam...

– Nem – vágtam közbe. – Tudom. Csak olyan más volt az első nap. Az első pillanatok, amikor megérkeztem. Mintha kívülről néztem volna őket, érted. Mintha csak egy szellem lettem volna, aki csak nézte őket, mint egy családot. Nem a saját családját, egy teljesen független családot. Valahogy olyan boldognak tűntek.

– Kicsim... – suttogta Harry, de nem törődtem vele.

– Nem mondhatom, hogy nem voltak boldogok, amikor megjelentem. Nem is tudom, mit érezhettek akkor. Beszélni sem beszéltünk róla. Összezavarodtam, Harry, már az első másodpercben, amikor anyu szemébe néztem. Ahogy álltam az ajtóban, és hallgattam a felszabadult beszélgetésüket, a lányok nevetését. Úgy éreztem, közbeszóltam a jó hangulatuknak a jelenlétemmel.

– Egészen biztos vagyok benne, hogy nem.

– Nem, nem érted. Annyira másnak tűntek, amikor még nem tudtak az érkezésemről. A hangjuk legalábbis, mert csak azt hallottam. Úgy viselkedtek, mint egy normális család karácsonykor. Beszélgettek az asztalnál, miközben ebédeltek és a sikereikről beszélgettek. Maddie barátjáról, vagy Hope kitűnő átlagáról... És akkor megjelent a csődbe ment gyerek, akit nem biztos, hogy szívesen láttak. Érted... én.

– Értem, de nem hinném, hogy egy csődnek gondolnak – javított ki Harry egyből, én azonban a fejemet ráztam erre.

– Nem erre akartam kilyukadni. A lényeg, hogy másnak tűntek, mint én. Mind olyan melegszívűnek és szeretetteljesnek. Olyan igazinak. És ott voltam én. Az elhidegült első gyerek, a maga sápadt fejével és jeges szívével. Nem éreztem magamat közéjük tartozónak, és egész álló nap nem tudtam másra gondolni, csak arra, hogy én vajon szeretet nélkül nőttem fel, vagy ténylegesen szerethetetlennek születtem?

– Haló, Sam – szólt közbe Harry, mielőtt a kirohanásom átmegy egy hadaró pánikolásba, majd megragadva az arcomat maga felé fordította (kitekerve ezzel a nyakamat…). – Életem, te biztosan nem vagy szerethetetlen, jó? Erről biztosítalak – mosolygott az apró gödröcskéivel és a csillogással a szemében. Az aggódó csillogással. Az arcomat közrefogva nézett rám, majd alig egy másodpercig tartó csókra magához emelte. Én csak hálásan néztem rá, miközben lefejtette a kezeit az arcomról, én pedig átkaroltam a nyakát, hogy hosszabban és elmélyültebben csókoljam meg.

– Akkor talán csak anélkül nőttem fel – gondolkodtam hangosan, miután elhúzódtam, mire Harry összeráncolva a homlokát biccentett.

– De már itt vagyok én, hogy valaki szeressen, szóval… – rebegte halkan, mire felvontam a fél szemöldököm. – Szóval szeretlek.

– Helyes – feleltem gondolkodás nélkül, mire Harry csak hitetlenkedve felemelve a szemöldökeit nézett rám, mint aki nem hallotta jól, amit mondtam.

– Mondd, volt már párkapcsolatod? – kérdezte sértett hangnemben, mikor pontosan tudta, hogy volt. De belementem a játékába, miközben incselkedve beletúrtam alulról a hajába a tarkójánál, mert én meg azzal vagyok tisztába, hogy megőrül ettől.

– Volt – bólintottam, miközben Harry beleremegett az ujjaim érintésébe a fejbőrén.

– És nem mondták még neked soha, hogy a bosszantó egoisztikus személyiségjegyed hosszútávon nem tolerálandó? – ejtette ki a szavakat mesteri pontossággal és lassúsággal, mire csak felnevetve rajta belemarkolva a hajába magamhoz húztam egy eléggé állatias csókra.

Nem tudom mennyire furcsa ez így kimondva, de Harry-vel általában este szoktunk... igen. Talán minden este, ha egyikünk sem alszik be, aki általában én szoktam lenni. Ezért is volt december 31-én érdekes, hogy a délután közepén rohantuk le a másikat, mikor komolyan bárki dörömbölni kezdhetett volna alatta. Mi pedig nem mondom, hogy könnyen kizökkenünk, ha már átszellemültünk. De végül is az lett a vége az egésznek, hogy miután az elmúlt nap hiányait pótoltuk, mindketten elaludtunk. Igen. Végig aludtuk a délutánt, Harry szobájában, világosban, miközben full meztelenek voltunk. Szerencsére egyikünknek (nekem) volt annyi lélekjelenléte, hogy kulcsra zárta az ajtót. El sem tudom képzelni, milyen mélyre ástam volna magam, ha Adel káromkodása ránt vissza a való világba. Mert pucéran alszok a fia ágyában, aki pedig a vállamba horkol, szintén ruha nélkül.

Ez nyilván nem történt meg. Az élet sokkal inkább tud habos torta lenni, ha az ember szerelmes, a rózsaszín köd pedig nem akar elszállni. Így ébredtem fel már sötétben, Harry simogatása, azaz inkább a hajam piszkálása közepette. A szempilláim fáradtan rebegtek meg egymás után többször is, amikor már fizikailag magamnál voltam, és tisztán éreztem Harry ujjainak összes érintését, mentálisan azonban még mély álomba kívánkoztam vissza. Halk sóhajtozásba kezdhettem, ugyanis semmi kedvem nem volt kinyitni a szemeimet, sokkal inkább maradtam volna így örökre, félig alvó állapotba fekve, miközben a barátom simogatott. A hasamon feküdtem, és a párnát öleltem magam alatt, amikor végül kinyitottam a szemem. Harry egyből elmosolyodott rajtam, miközben oldalasan feküdt, és a könyökén támaszkodott, majd amikor nagyokat pislogtam odaaraszolt, hogy egy hosszúra nyújtott csókkal köszöntsön.

– Jó reggelt – mosolyogta a számra, én azonban csak nyögdécseltem valami válaszfélét. – Vagy estét. Már csak négy óra van az évből – folytatta teljesen éberen, ki tudja mióta bámulhat már alvás közben. Lehet nem is aludt, hanem órák óta csak figyelt és a hátamat simogatta.

– Igen? – kérdeztem elcsukló hangon, ugyanis a szavak formálásához még túl álmos voltam. De nem aludhattam át az éjfélt, hiába tettem volna azt legszívesebben. Harry csak halkan kuncogott az erőtlen hanglejtésemen, majd a hajamba túrt, hátha felébreszt vele, majd mikor nem járt sikerrel, a szemeim pedig újra lecsukódtak akkor puszilgatni kezdett.

– Nem aludhatsz szilveszterkor! – nógatott, mire én csak az oldalamra fordultam, egy hatalmas sóhajtás közepette.

– Mit akarsz csinálni? – nyögtem ki nehezen, Harry pedig egy percet se hezitált a válasszal.

– Kimenni a kertbe hátha látunk tűzijátékot – suttogta áhítattal a hangjában. – Éjfélkor csókolózni és talán szexelni.

– Aham – mosolyodtam el rajta, majd kinyitottam a szemeim, mire Harry nagyra nyílt, izgatott tekintete fogadott. – És a szüleid? Az ablakból nézik végig, ahogy nyálasan smárolunk, aztán végighallgatják a szexrituálénkat?

– Fogalmam sincs, miért hívtad rituálénak – rebegte, miközben nehezen feltoltam magamat ülő helyzetbe, ugyanis úgy talán nem csuknám le a szemem újra és újra. – De ha már itt tartunk, ők valószínűleg a saját rituáléjukat végzik.

– Azt ne mondd, hogy a hatvanéves szüleid egy egész éjjelen át szexelnek – mosolyogtam hátra rá, mire csak felnevetett a hátán fekve. A kezével a vállamért nyúlt, majd abba kapaszkodva felhúzta magát mellém, és a meztelen testem köré kulcsolva a kezét a nyakamba bújtatta az arcát.

– Senki sem mondta, hogy szexelnek – duruzsolta, miközben a lehelete végiszántott a bőrömön, én pedig beleremegtem. – A rituálé alatt azt értettem, hogy tízkor kidőlnek. Mint minden évben.

– Jézusom, mit csináltál te az elmúlt húsz évben? – kérdeztem, mire Harry csak a kulcscsontomra fújt ki egy mély lélegzetet. Édes istenem.

– Leginkább Margottal társasoztam. Aztán koccintottunk és ment mindenki a dolgára – vázolta fel két mondatban az elmúlt szilvesztereit, mire én teljesen megbotránkoztam. Nem igaz, hogy az összes szilvesztere így telt! Ezt menten meg kéne javítanom.

– És idén is tartanád magad a hagyományokhoz, vagy belemennél egy kis rendhagyóságba? – kérdeztem somolyogva, mire Harry lassan kibújt a nyakam és vállam közül. Kajánul mosolygott rám, mire oldalra fordítottam a fejem, hogy az övével szembe nézzen.

– Veled? – súgta a számra. – Rendhagyóság, mindenképp – válaszolta végül, majd összeérintette az ajkainkat.

A szilveszter tehát érdekesen alakult. Miután kibogoztuk a tagjainkat egymásból, felöltöztünk, és leosontunk az alsó szintre, ahol az egyik nappaliban a sok közül Adel és Edward épp teáztak, miközben beszélgettek, de egyből el is halkultak, ahogy Harry, majd a nyomában én is megjelentünk a boltív alatt. Harryvel kitaláltuk már, hogy azt mondjuk, hogy én tizenegykor lelépek a városba, de ők arra úgyis aludni fognak. Erre megkérdezték, hogy Harry mit fog csinálni. A barátom pedig jobban tudja játszani a hülyét, mint gondoltam, így csak a vállát vonogatva közölte, hogy majd olvas vagy néz egy filmet.

Adel és Edward pedig – ahogy Harry megjósolta – fél tizenegykor boldog új évet kívántak, és miután Harryt megölelgették (Adel engem is) bezárkóztak a szobájukba. Én pedig elindultam a kocsimhoz, csak Harry is jött velem.

– Most tökre azt mondod, hogy odatalálsz kocsival? – kérdezte meg sokadszorra is, miközben én kivettem a kezéből a hátizsákot, amibe Isten tudja mit pakolt. Én csak eltökélten bólintottam, Harry azonban valamiért nem hitt nekem. – Figyelj, nem akarom degradálni a tájékozódási képességeidet, de én csak gyalog ismerem oda az utat, és...

– Kedvesem – csicseregtem, miközben az anyósüléshez lépve kinyitottam neki az ajtót, Harry pedig megszeppenve megtorpant. – Nem fogok az éjszaka közepén sétálgatni az erdőbe, hogy aztán egy vaddisznó nyírjon ki mind a kettőnket. Vagy csak engem, de akkor te idegösszeroppanást kapsz, ha meg csak téged, én hazafele fel is kötöm magam – daloltam mosolyogva, Harry pedig elrettent és fintorgó arckifejezéssel szállt be, mire én elégedetten csaptam be az ajtót utána. Megkerülve az autót a vezető üléshez sétáltam, majd miután magam után is becsaptam az ajtót hátradobtam a táskát az ülésre.

– Figyelj, nem tudom mire akartál utalni az előző izével – dadogta Harry, miközben a kezemre tette az övét, ami a sebváltón volt, ezzel megakadályozva, hogy elindítsam az autót. – De ha van arra bármi esély is, hogy egyikünket lemészárol egy vaddisznó, de tőlem lehet jávorszarvas is, akkor inkább maradjunk itthon – hadarta Harry, mire én ösztönösen felnevettem rajta, és áthajolva a téren, ami elválasztott minket egy elnyújtott szájrapuszit adtam neki. Mire elhúzódtam, kicsit talán élettel telibb, de még mindig kétségbeesett vonásokkal nézett vissza rám.

– Ezért megyünk autóval – döntöttem oldalra a fejem. – Jávorszarvasálló az üveg, erről biztosíthatlak – kuncogtam, mire Harrynek végre feltűnt, mekkora baromságot makogott az előbb, így csak meglökte a vállamat, miközben lassan elmosolyodott.

Oda tartottunk, ahova még az ismeretségünk elején Harry vitt el. A dombtetőre, aminek eléréséhez át kellett kelnünk egy gabonamezőn. Csak nevetni akartam attól, hogy akkor mennyire ideges voltam Harryre. Egész út alatt magamban morogtam és milliószor megbántam, hogy egyáltalán felmerült ötletként, hogy barátságot kötök az akkor még „gyerekes kamasz fiúval". Most pedig... itt ült mellettem, és az éjszaka közepén a kezemet fogta, miközben a rádiót feltekerte és a *Love in the dark*-ot *Adele*-tól énekelte eltúlzottan magas hangon. Most már attól kellett rossz szájízzel mosolyognom, hogy a dal mennyire leírja a kapcsolatunkat. Mert akármennyire is fájt beismernem, mindketten tisztában voltunk azzal, hogy ez a dolog köztünk nem fog működni hosszútávon, ha a szülei fogolyként kezelik. És azt egyáltalán nem akartam, hogy Harry olyanná váljon, mint én. Aki elhagyja a családját. Mert tudtam, hogy traumát okozna neki, abból meg már van elég. És még a nővéréről sem tud. Én pedig már régen elhatároztam, hogy megvédem. Kár, hogy azt is elhatároztam, hogy kiszakítom innen.

Most azonban csak alig láthatóan ráztam meg a fejem, mintha ezzel kiirtanám az összes ehhez hasonló gondolatot az elmémből. De ideiglenesen sikerült, így a szélvédőn át kibámulva hallgattam Harry hangját, aki szerencsémre a következő számot is ismerte, szóval ismét átszellemülve fogott bele egy eltúlzott karaoke előadásba.

– Oké, mit raktál a táskába, amitől ilyen nehéz? – ez volt az első kérdésem, amikor sikeresen megérkeztünk a dombtetőre, és kiszálltunk. Harry csak halkan nevetgélt egyet, miközben a szirt szélére sétált, hogy lenézzen, én viszont a hátsó ülésről kivett táskába néztem bele. Elakadt a szavam tőle. – Te hülye vagy?? Tuti az vagy! Jézusom! – röhögtem hangosan, miközben kiemeltem Harry *konkrét* lemezjátszóját a táskából, amit fogalmam sincs hogyan tett bele. – Te nem vagy komplett...

– Jó, jó nagyokos, most pedig gyere ide – kiáltotta Harry, akinek csak a körvonalait láttam pár méterrel arrébb, így a földön hagyva a táskát és a lemezjátszót (őrület) mellé sétáltam.

– Azta – leheltem magam elé, amikor a barátom mellé érve megláttam, amit egészen eddig bámult. A város, aminek apró összképében hónapokkal ezelőtt is elvesztünk, így sötétben egy teljesen más jelenség volt. Ahogyan a távolból csak a fényeket láttuk, és az egész olyan mesebelinek nézett ki. Harry közben oldalra fordította a fejét, és mosolyogva nézte, ahogyan egy ideig még az alattunk elterülő ismeretlen város apró csodáit figyelem, majd végül ránéztem, és kínomban elnevettem magam. Harry erre csak megfordulva az autóhoz indult, én pedig a szirten maradva figyeltem. A hátitáska aljából még előhúzott egy plédet is, amit összevont szemöldökkel figyeltem, hisz az autóm hátuljában is volt egy. Harry végül fogta, és a motorháztetőre terítette. Csak elmosolyodtam ezen, hisz úgy nézett ki, a barátom még nyálasabban klisés szerelmessé akart válni, miszerint üljünk a kocsi tetejére csillagokat nézni. Bár tekintve, hogy december 31-e volt, meglehet, hogy a csillagok helyett a tűzijáték helytállóbb.

Harry elrendezte a kocsim elején a plédet, majd komótosan a hátuljához sétálva elővette a másikat is, és csak akkor nézett rám kérdőn, miután már azt az istenverte lemezjátszót is beüzemelte. Én pedig csak visszasétáltam a kocsimhoz, és elkapva a kezét megállítottam, mielőtt úgy huppant volna fel a kocsimra, mintha az nem egy hárommilliós motorháztető lenne. Ehelyett megragadva a derekánál felraktam a kocsira, ő pedig átkarolva a nyakamat megcsókolt, mire a hirtelenségétől felnyögve majdnem ráestem. Harry csak a számba mosolygott, majd újra magához húzott.

– Jó, elég lesz – mormogtam, ugyanis kettőnk közül most én voltam, aki megszakította a csókunkat feleszmélve, pedig az is én voltam, akinek a gatyájába nyúltak. Harry csak elégedetlenül nézett rám. – Közterületen vagyunk Kedvesem, és tudod, hogy ez illegális.

– És ki zavarna itt minket? – nézett szét Harry, és végül is… tényleg egyedül voltunk. – Csak nem egy jávorszarvas?

– Hülye vagy – röhögtem fel egyből, majd visszahajoltam a szájára.

– Na jó, most már gyere fel – engedett el. – Nem akarok egyedül ülni itt, kiszolgáltatva.

– A szarvasok, tudom – motyogtam visszafojtott mosollyal, miközben óvatosan emeltem fel magam mellé, Harry pedig sértetten nevetve bokszolt a kezembe. Harry a szélvédőre dőlt, majd kibújtatta a kezeit a kabátjából, amit csak maga köré tekert. Én a fejemet csóváltam rajta, hisz mégiscsak december vége volt, és konkrétan hóban lépkedtünk, de ezek után még magára húzta a plédet, majd jobb oldalt feltartotta, várva, hogy én is bebújjak alá. Mellé csúsztam és a bal kezemet oldalra emelve megvártam, ameddig elhelyezkedik a mellkasomon, én pedig az államat a feje tetejére tettem, és két karral öleltem át. Végül is, az oposszumok így melegítik fel egymást. Vagy valami hozzájuk hasonló rágcsáló kártevők. Ezzel nem arra akartam kilyukadni, hogy Harryvel oposszumok vagyunk, csak… na jó, mindegy.

– Tegyél meg nekem valamit – suttogta, pont amikor már azt hittem, hogy mostantól a kapcsolatunk azon oldala szabadul fel, amikor csak egymást ölelve zenét hallgatunk, és csendesen nézzük az eget, a csillagokat, de Harry hangjára visszacsöppentem a valóságba.

– Igen? – kérdeztem, mire ő felemelte a fejét a mellkasomról, ezzel megtörve az ölelésünket. Nekem támasztotta a kezét, a másikkal pedig a tarkóm hátuljához nyúlt, mire végigfutott a hideg a testemen. Harry ahelyett, hogy folytatta volna, a lehető legszentimentálisabb lassúsággal érintette össze a szánkat, ami alig pár másodpercig tartott, majd elhúzódott.

– Ne legyél szerelmes rajtam kívül másba, oké? Soha többet – motyogta szégyenlősen, még a tekintetét is elszakítva tőlem, inkább az ölemet pásztázva, mire én egyszerre tudtam volna sírni és nevetni a kijelentésétől. Ugyanis nem, nem terveztem mást szeretni. Soha többet.

– Annyira szerelmes vagyok beléd, Windsor – rebegtem pislogás nélkül, majd megcsókoltam, jóval hosszabban és személyesebben, mint ő az előbb. – És sose leszek másba. Soha – suttogtam a szájára, ő azonban csak újra megcsókolt, hogy ezzel megerősítse: ő sem. – És képzeld.

– Hm? – hümmögte, majd távolabb húzódott tőlem, hogy teljes rálátást nyerjen az arcomra. Én csak az alsó ajkamba haraptam, ugyanis fogalmam sem volt, hogyan kellene elkezdenem megfogalmazni, amit mondani akartam.

– Új kedvenc színem lett.

– Mégpedig? – rántotta össze Harry a szemöldökeit, én pedig a szabad kezemmel felnyúltam, hogy végighúzzam az ujjaim az egyik nyakánál göndörödő tincsen.

– Megnéztem a… színek jelentését – kezdtem most én zavarba jőve, mire Harrynek akaratlanul is, de egy mosoly kezdett kunkorodni a szája szélén. – És a piros a kedvenc színem.

– Aminek a jelentése a… – mosolyogta Harry, várva, hogy befejezzem a mondatot, ugyanis ő már biztosan tudta.

– Szerelem – suttogtam, majd felemeltem a tekintetem rá. – És a szenvedély. Ezt pedig te jelented nekem. Így már van indokom arra, hogy a kedvenc színem miért a kedvenc színem.

– Annyira idióta vagy – nevette Harry, én pedig sokadszorra is a haja tövéhez nyúltam, valószínűleg zavaromban. – Asszem' akkor téged úgy szeretlek, mint amilyen a *piros*.

– Ez a legelbaszottabb és egyben legnyálasabb szerelmi vallomás, amit valaha kaphat egy ember – feleltem kendőzetlenül, mire Harry édesen a nyakamba kuncogott.

– És még mennyi ehhez hasonló undorító vallomást fogsz kapni tőlem – lehelte, miután felemelte a fejét, és az államat súrolták az ajkai.

– Én is úgy hiszem – értettem egyet vele, miután Harry visszahelyezkedett a mellkasomra, én pedig ismét szorosan köré fontam a karjaimat. És így maradtunk éjfélig. Melegítve egymást, felszabadultan, szerelmesen és *pirosan*.

Éjfélkor rengeteg tűzijáték repült a magasba. Ez döbbentett rá minket, hogy hirtelen új év lett, ugyanis túlságosan elmerültünk egy olyan beszélgetésbe, hogy melyikünknek mi a kedvenc madár alfaja. Mikor azonban az első tűzijáték felszállt Harry hirtelen elharapta a mondata végét (amiben a karvalyok faji hovatartozásáról magyarázott...). Hirtelen öt másodperces csend alakult ki, majd mindketten úgy nevettünk, mint akiket agyonlőttek.

– Nem igaz, hogy komolyan átléptünk az új évbe, és észre sem vettünk – vihogott Harry, miközben lehempergett az ölelésemből.

– Menthetetlenek vagyunk – tettem hozzá. – Na gyere ide – komolyodtam el pár másodperc múlva, majd egy hosszú csók erejéig magamhoz húztam. – Boldog új évet.

– Szintén – mosolyogta a számra, majd egy kicsit hoszszabb csókkal ajándékozott meg.

– Oké, felhívom Quinnéket – közöltem, mikor elengedtük egymást. – Azt hiszem, ők sem fogják tudni, hogy hirtelen új év lett – magyaráztam, a barátaim lehetséges véralkohol szintjére utalva ezzel, mire Harry csak halkan felröhögött, és maga elé húzta a combjait, ameddig én a telefonomat oldottam fel. Hirtelen megakadt a szemem egy üzeneten, ami kettő perce jött, nulla óra egy perckor. Akaratlanul is elmosolyodtam, de megint csak nagy erőt kellett vennem magamon, hogy ne hagyjam kicsordulni a könnyeimet a szememből. Kár, hogy Harry előtt úgy sem tudom megjátszani magam.

– Mit mosolyogsz? – kérdezte játékos lejtéssel a hangjában, mire én egy pillanatra zavaromban le is zártam a telefonom, és felemeltem a tekintetem, hogy a barátomra nézzek. Aki ott ült, egy narancssárga pléddel magán, hátul pedig a hatalmas szövetkabátján, és maga elé húzott lábakkal mosolygott a krémszínű mintás ingjében. És tényleg majdnem sírtam. Hisz fogalmam sem volt, hogy érdemeltem ki egy olyasvalakit, mint Harry.

– Semmi – suttogtam összezavarodva, miközben ugyanabban a pozícióban tartottam a telefonomat. Úgy döntöttem, anyuék újévi üzenetét most megtartom magamnak. – Csak eszembe jutott, mennyire jó évem lesz.

16.

Párizs I. — La vie est belle

Fogalmam sincs mi történt, de valahogy eltelt január fele, és hirtelen azon kaptuk magunkat, hogy holnap indulunk Párizsba. Mármint igen. Párizsba. Azta.

– Sam – rontott be Harry a szobámba, pont amikor a bőröndöm tetejét rugdaltam, mint egy szociopata, hátha ettől majd lecsukódik. A nevem hallatára azonban megperdültem a tengelyem körül, hagyva a bőröndömet (Landon két napja felhívott minket, hogy egy poggyásznál többet ne is tervezzünk vinni. Így persze, hogy nem férek el!), azonban mikor megláttam Harryt, akár egy vércse kerekedett el a szemem.

– Nem – jelentettem ki lényegre törően. – Nem, nem Harry, ne nézz így rám! Nem fér el!

– Sam! – vinnyogta eggyel magasabb oktávon a nevemet, mire én a fülemre tapasztottam a kezem. Azon keresztül is hallottam Harry károgását. – Szükségem van hajszárítóra, ezt meg kell értened! Tedd el nekem!

– Harry! – néztem rá hitetlenkedő arccal. – Majd lesz a szállodában! Egyáltalán mi az a brutális tésztaszűrő a végén?

– Ez nem tésztaszűrő, te igen hülye, ezt a göndör hajú emberek használják! – kérte ki magának egyből, úgy szorongatva azt a hajszárítót, mintha minimum egy antik belépő lenne Párizsba.

– Oké, akkor most két napig egyenes hajú leszel – morogtam, majd mivel én lezártnak tekintettem a beszélgetést, vagy akárminek is nevezzem ezt, visszafordultam a bőröndhöz, ami egyelőre egy megoldatlan probléma volt.

– Nem! – sivította Harry, én pedig megint a fülemre szorítottam a kezem. Ettől vérszemet kaphatott, ugyanis nyávogni kezdett, istentelenül idegesítően. – Nem érted, pont ezért nem jó a szállodai hajszárító, mert annak a végén nem lesz ilyen hullámformázó, és anélkül vége az életemnek, érted?? Vége!

– Harry? – erre mindketten az ajtóm irányába kaptuk a fejünket, ugyanis egy harmadik hang szállt be a társalgásba. *Vagy akármi is ez.* – Reggel kilenc óra van. És tíz méterre innen is hallom a jelentéktelen hisztidet.

– Jelentéktelen? – kiáltotta Harry, mire kedvem lett volna lefejelni a földet, úgy háromszor. – A hajszárítóm!

– Oké fiam, rakd el egy másik táskába – nézett rá Adel értetlenül. – Nekem Sammel kell beszélnem.

– De nem rakhatom el! – toporzékolt Harry, majd egész egyszerűen az ajtó irányába indult, miközben még magában fortyogott. – Hülye Landon, erről is ő tehet, érted...

– Igen? – néztem Adelre, mikor a kültéri folyosó felőli ajtó bezáródott, így már csak nagyon tompán hallottuk Harry távoli siránkozását. A pakolás stresszes dolog, ez végül is igaz. Én is lestrapálódtam tőle rendesen, de Harryt annyira megviseli, hogy így embert még nem láttam nyafogni, mint a barátomat hajnali hét óta.

– Én csak az útról akartam beszélni – kezdte Adel közelebb lépkedve. – És ezt odaadni – nyújtott felém egy borítékot, mire megfordult velem a világ. – A decemberi fizetésed. Csak az ünnepek miatt állt a bál a fejemben, és teljesen elfelejtettelek.

– Igazából – köhintettem, a tarkómhoz nyúlva, ahogy kínomban mindig teszek. – Már én is beszélni akartam erről.

– Igen? – nyílt nagyra Adel szeme, én pedig közben szinte megfulladtam a sok kellemetlen köhögéstől. Vagy valóban fulladoztam, nem tudom.

– Igen – bólintottam, mint aki tökre a maga ura épp. – Nem szeretném elfogadni a pénzt. Tiszteletlennek érzem Harryvel szemben, az elmúlt három hónapban pedig bőven kaptam tőletek annyit, hogy sokáig ne legyen gondom.

– Sam – sóhajtotta Adel, de folytattam, még mielőtt belekezdett volna.

– Én csak – néztem rá ellágyult tekintettel. – Én csak örülök a tetőnek a fejem felett és a fiad barátságának. Ennyi. Egyelőre pedig... örülnék, ha ez így maradna. Anyagiak nélkül.

– De...

– Igen – bólintottam határozottan, Adel arca pedig egyre durvább árnyalatú pírba borult. – Biztos vagyok benne.

– Egy angyal vagy – suttogta Adel. – Szólj, ha bármit is meggondolnál az előbbi szavaidból. Ez nem kínos, Sam... nekem nem.

– Nekem sem – jelentettem ki egyből. – Csak nem érezném fairnek, ha azért kapnék pénzt, ami nekem már anélkül is egyértelmű.

– Harry? – mosolygott Adel alig láthatóan, mire én igazából... bólintottam.

– Harry a barátom, és nem akarok ezért fizetést kapni – foglaltam össze egy mondatban a kérésem lényegét. Valamilyen szinten ugyanis Harry tényleg a barátom. Egy közeli barátom... akivel nagyon jó a kapcsolatom. Megteszi Adel előtt egyelőre.

– Fogalmad sincs, ezt mennyire jó hallani – tette a szívére a kezét, mire én csak vállat vontam. Nem igazán tudtam erre mit mondani, mellette meg a bűntudat is ott volt az agyam végében, miszerint konkrétan a szemébe hazudtam. – És Párizs.

– Párizs? – ráncoltam össze a homlokom.

– Gondolom magától értetődő a kérésem, de... vigyázol rá, igaz? – nézett Adel, bizalmasan halkan beszélve, mintha Harry bármelyik sarokból előugorhatna. – Én csak... tudom, hogy ezt az unokatestvérének kéne mondanom, hiszen őt mégis csak jobban ismerem, mint téged. De inkább téged kérnélek meg, hogy vigyázz a fiamra.

– Fogok – bólintottam, ugyanis, ha nem mondja is egész egyértelmű lett volna nekem.

– Melletted olyan más Sam – pislogott Adel hálásan. – Kivirult. Olyan boldognak tűnik. Tudom, mostanában mi sokat veszekszünk... de ha távolról nézem, akkor boldog. Tudatlanul is elképzeltem, hogy szinte már annyira otthon érzi magát melletted, mintha veled akarná élni az életét – nevetett fel Adel, nekem azonban csomó nőtt a torkomban, ugyanis biztos vagyok benne, hogy nem volt tisztába azzal, hogy ez amúgy mennyire így van.

– Ezt jó hallani – nyögtem ki végül tehetetlenül, Adel pedig csak végigsimított a kezemen. Gyorsan lerendezettnek tekintett, ugyanis ezek után ki is sétált a szobámból, miután hadarva összefoglalta, hogy most viszont már sietnie kell, az Isten tudja hova. Annyira azért nem figyeltem rá. Már éppen a gondolataim mély völgyébe zuhantam volna, amikor Harry szinte betört a szobámba.

– Olyan más vagyok – dünnyögte fintorogva, miközben még mindig azt az istenverte hajszárítót szorongatta, és a bőröndöm felé indult. Nekem elkerekedett a szemem.

– Hallgatóztál? – keltem ki magamból a szoba közepén állva, annyira felbosszantva ezen magamat, hogy még csak fel sem tűnt, hogy Harry a cuccaim között kezdett turkálni.

– Szerinted? – nézett rám a válla felett. – Annyira hülyének nézel, hogy azt hitted vissza mentem a szobámba?

– Amúgy mit is csinálsz? – mutattam rá a mutató ujjammal vonakodva, miközben Harry ülve rugózott a bőröndömön, amibe... komolyan belegyömöszölte a hajszárítót! Szóval ráugrottam.

Az előző nap pakolással telt. Meg egy kis frusztrációval, kiabálással aztán békülős szexszel. De végül is... ketten belefértünk három táskába. Az én bőröndöm egyébként szégyenletesen kicsi, ezért is küszködtem már tegnap is az összehúzásával. Abból kiindulva viszont, hogy Harry nem fért el a sajátjában ugyanarra következtettem, hogy ő is kis táskát kapott. Aztán eszembe jutott, hogy a múlt hét kedden közösen vettük meg élete első bőröndjét, amibe minimum egy feldarabolt ember is elfért volna. De nem, Harry nem fért bele a bőröndbe. Ezért úgy döntött, hogy kijátssza Landon rendszerét azzal, hogy elkezd még egy táskába pakolni, de közben beleszórja néhány pólómat, hogy aztán azt mondhassa, az a táska a kettőnké, nem az övé. Néha magam is teljesen megkérdőjelezem, hogy Harry Isten csapása vagy ajándéka.

Így történt, hogy január 18-án a bejárat előtt állt egy hatalmas, púderrózsaszín keményfedeles bőrönd, amiben Harry cuccai voltak, mellette egy nagyobb hátizsák, ami az úgynevezett közös csomagunk volt, és a legvégén ott volt az én szánalmasan apró, szürke bőröndöm is, amiben nyilván Harry cuccai voltak nagyrészt, az enyém pedig... nos azt hiszem nem maradt nagyon hely neki. De Harry hajtöredezés elleni szérumja nyilván az én bőröndömben volt.

Én épp az ágyamat vetettem be, amikor Harry esett be az ajtón, mire én csak hátrafordulva ráncoltam a homlokom. Bár az elmúlt két napban már megszoktam, hogy a barátom néha őrült módjára, váratlanul jelenik meg az egyik ajtómnál, így nem is tudom, miért csodálkoztam. – Megjöttek! – dalolta, miközben lihegett és felém sétált. – Megjöttek az unokatestvéreim! – ismételte el, csak ha nem hallottam volna az előbb, miközben a derekam köré fűzte a karját, én pedig közrefogtam az arcát.

– Ilyen leszel két napig? – húztam össze a szemöldököm, mire ő kérdőn nézett. – Ilyen... izgága? – mocorogtam a tenyerei alatt, majd mivel válaszra sem méltatott, inkább a kezeim között fekvő arcához hajoltam, hogy hosszasan megcsókoljam.

– Megyünk Párizsba – suttogta a számra, csak ezért elengedve, hogy ezt kimondhassa.

– Megyünk Párizsba – mondtam utána, miközben a szemeivel mosolygott rám, és újra megcsókolt. Igazából bárki pont ránk sétálhatott volna, de... a szerencse valahogy mindig mellénk pártolt, és nem olyan nyitott ránk, aki nem tud rólunk.

– Undorító – szólalt meg valaki az ajtóból, mire Harryvel ösztönösen szakadtunk el egymástól, de tagadni sem tudtuk volna, mit csináltunk, hiszen az én kezeim Harry hajában voltak, az övé meg, nos... a testem különböző pontjain. Ijedten fordult hátra a válla felett, én pedig néztem ki mellette, de az ajtóban csak Landon és Gwen álltak.

– Nem is, szerelmesek – döntötte oldalra a fejét Gwen mosolyogva rajtunk, Harry pedig lehámozta rólam a karjait, és izgatottan lépdelt eléjük, hogy egy szoros ölelésbe vonja az unokatestvérét. Landon szájára végül is kiült egy mosoly, miközben visszakarolta Harry vállát (nem tudja leplezni, hogy amúgy van szíve), én viszont csak szerencsétlenül, és minden bizonnyal talpig pirulva álltam az ágyam előtt, így kínomban a hátam mögött összekulcsoltam az ujjaimat.

Harry és Landon egy örökkévalóságig ölelkeztek, így Gwen megszánt, és egy bátortalan lépést tett előre, miközben a tekintetemet kereste, így végül vettem erőt magamon, és egész bizonytalanul és távolságtartóan, de odaléptem, hogy lágyan megöleljem. Harry kiszakadt Landon karjai közül, majd az általam már elengedett szőkét felkapta a dereka köré font karokkal, aki erre csak felnevetett. Harry hivatalosan is be volt zsongva.

– Szervusz Samuel – mért végig Landon, miután elszakította a tekintetét a barátnőjéről és Harryről, akik valamilyen okból franciául kezdtek hadarni egymásnak (Landont feltűnően zavarta, hogy nem érti, és ez vicces), mire én is elnéztem a két totál izgatott huszonévesről. Landon arca próbált kifejezéstelen maradni, valamiért erős késztetést érzett, hogy azt éreztesse velem, hogy nem kedvel, de ezzel már elkésett. Először szerez nekem egy repjegyet, aztán elvisz Párizsba... nem dőlök be a szívtelen tekintetének. Így csak szórakozottan végignyaltam az alsó ajkamat.

– Szervusz Landon – köszöntöttem ugyanolyan gúnnyal és megvetéssel a hangomban, ahogyan az ő mondta előbb, mire Landon csak megforgatta a szemét. Ugyanis az én köszönésemen érezhető volt, hogy viccet csinálok belőle, még az övéről lesütött, hogy próbál egy álca mögé bújni, miszerint kifejezetten utál. Röhögnöm kellett volna a tudaton, hogy a jövendőbeli királyból milyen könnyen csinálok hülyét, én, mint egyszerű polgár az uralkodása alatt, de Harry váratlanul a nyakam köré kulcsolta a kezét, és Gwen is a vőlegénye oldalára simult.

– Lory a kocsiban maradt, mert nem akart több időt tölteni veletek – mutatott Landon felváltva rám és Harryre, mire Gwen felkuncogott. – mint amennyit muszáj. Úgyhogy induljunk, mert ezzel én is így vagyok.

– Goromba vagy ma – jegyezte meg Gwen, miközben a barátjába karolt, és hátat fordítva indultak ki a szobából, mi pedig Harryvel visszatartott nevetéssel követtük őket megtartva a tisztességes távolságot. – Bevetted a gyógyszereid? – érdeklődött Gwen kedvesen, de mi Harryvel eddig bírtuk, megtorpanva a folyosó közepén mindkettőnkből kibuggyant a nevetés. Landon és Gwen megfordultak, Landon sértetten, Gwen pedig biztos, hogy csakúgy önuralmat gyakorolt, ahogyan mi tettük eddig, ugyanis egy visszatartott mosoly volt az arcára írva. De neki muszáj megőriznie a fegyelmét, hisz a vőlegényéről van szó, de mi… nos Harry a nyakamba csimpaszkodva vihogott, miközben lehajolt velem, ugyanis én a térdemre támaszkodtam.

– Nehogy elfelejtsd a pirulákat – emelkedett fel Harry, mikor én is kiegyenesedtem, én pedig az ajkamba haraptam, és felnyúltam, hogy a nyakam köré kulcsolt alkarjához érjek.

– A végén még tudod – kezdtem, majd a szabad kezemmel a halántékom mellett köröztem kettőt a mutatóujjammal, majd egy füttyentéssel elmélyítettem, hogy az elmebajra gondoltam. Harry felhorkantott rajtam, Gwen lesütötte a szemét, Landon azonban a lehető legsértettebben igazította meg a gallérját.

– Nem tetszik ez a kettő nekem – motyogta Gwennek először minket nézve, majd lehajtva a fejét a menyasszonyára, mielőtt újból elindultak. – Harry mégis aludhatna Loryval…

– Közös szobát foglaltál nekünk? – csillant fel Harry szeme, mikor a rólunk szóló társalgás közepébe vágott.

– Meggondoltam magam – vágta rá Landon, mire a számhoz emeltem a kezem, hogy elfojtsam a nevetésem. Nem tehetek róla, Landon szimpla lénye annyira nevetséges! Szórakoztató.

A lépcsőn sétálva Harry leengedte a kezeit a vállamról, majd hirtelenjében nem tudott mit kezdeni vele, így csak maga előtt összekulcsolta, miközben már tisztes távolságra volt tőlem, és lopva az előttünk sétáló párra nézett, akik már valami üzleti dologról beszéltek. Harry azonban az összekapcsolt karjaikat nézte, ami igaz, úgy festette le őket, mint egy nyugdíjas házaspár, de... aranyos volt. A szívem meg darabokra tudott volna törni, ahogy a barátomra nézve megláttam azt a semmivel nem leplezhető irigységet az arcán. Én is nyugdíjast akartam vele játszani!

– Oké, ki hol akar ülni? – nézett hátra Landon, miután elegánsan megállt a kocsija előtt, ami ezer, hogy nem csak az én életemnél került többe, hanem a következő életemnél is. A kérdésére egy pillanatra elgondolkodtam, ugyanis amit most választok helyet, nos ott hat órán át kell kibírnom. Mehettünk volna repülővel, mehettünk volna komppal. Mehettünk volna egy istenverte magángéppel is, mivel Landon bájosan ecsetelte, hogy hány darab van a tulajdonában, de nem. A király olyan leleményes embernek született, hogy kitalálta, autós kirándulást csinál a párizsi utunkból. Így történt az, hogy a legszebb reményeim szerint is hosszú órákon át, öten leszünk egy egész kicsi légtérbe sűrítve, miközben a Csalagúton haladunk át az óceánon.

Egész magától értetődő volt, hogy Landon vezet, Gwen akkor tehát mellette, Lory meg nyilván hátul az egyik szélén... tehát gondoltam ez nem is kérdés, én beülök a másik oldalra, Harry meg középre.

– Az ablak mellett – felelte Harry habozás nélkül, mire én elborzadva kaptam oldalra a fejem rá. – és Sam mellett.

– Köszönjük Üresfejű, hogy ezzel mindenki helyét meghatároztad az autóban – jelent meg hirtelen Lory a lehúzott ablakon kilógva, mire Harry megörült neki, de a lány csak feltartotta a kezét, jelezve, hogy ne is álmodjon ölelésről. – Elkaptam egy szörnyű betegséget, ami magába foglalja azt, hogy nem érintkezhetek göndör hajú emberekkel – rágózott unottan, mire én alig láthatóan grimaszoltam egyet. – Vagy akiknek zöld a szeme. Vagy akik fura ruhákat hordanak bokacsizmával. Azokkal főleg nem, akiknek két para madár van a cicije felett – döntötte előre a fejét, hogy a vörösre lakkozott körmével lejjebb húzza a napszemüvegét és kinézzen felette.

– Elég a műsorból, Lorelai, felfogtuk – dünnyögte Landon, mire Lory felröhögött, és visszatolta a szemüveget a feje tetejére, miközben megtámasztotta az állát a lehúzott ablak mentén. Landon közben visszaölelte Adelt (aki minden bizonnyal pityergett, bár egész eddig zavartan nevetgélt Loryn), majd Edwardhoz lépett pár szóra. Adel Gwent is egy tipikus lányos, azaz nyávogós ölelésbe vonta, majd Gwen az anyósülés fele indult, miután féloldalasan intett Edwardnak is. Adel ezek után széttárta a karját, miközben egyenesen rám nézett, én azonban a biztonság kedvéért gyors magam mögé pillantottam, de Adel csak felnevetett rajtam, és közelebb lépdelve a karjai közé zárt. Zavarba esve karoltam vissza a vállát, miközben a nő tutira kicsit a nyakamba szipogott.

– Vigyázz a fiamra Sam – suttogta, úgy, hogy senki se hallja, mire én csak megpaskoltam a vállát, hogy ezzel adjam a tudtára, nem kell félnie. Mármint tudom, hogy félt, ez eléggé lejött a remegéséből vagy a sírdogálásából. De attól nem kellett tartania, hogy majd pont én nem figyelek Harryre. Óvatosan húzódtam el tőle, Adel pedig még a könnyektől csillogó szemével bizalmasan az enyémbe nézett, és végigsimított az arcomon. Tekintettel arra, hogy Edwarddal életemben összesen öt szót beszélhettem, így felé csak határozottan biccentettem, aki szintén így tett, majd megkerültem az autót, hogy beüljek hátra, és úgy néz ki... középre. Köszi Harry, én is szeretlek, minden vágyam hat órát eltölteni az unokahúgod mellett, aki nem csak kinézetre fest úgy, komolyan elvágja a torkom, ha rosszat szólok.

Landon kocsijában érdekes illat terjengett, amit nem tudtam volna egyből megszokni, így keresni kezdtem az illatosítót a kocsiban, de végül nem leltem rá. A rádió halkan szólt, Gwen pedig a napellenzőt lehajtva, az arra helyezett kis tükörben igazgatta a frufruját, miközben én csak zavartan középre csúsztam. Lory a kintieket figyelte, miközben a januári szellő néhol a haját fújta, ami most viszonylag egyenesen feküdt a vállain. Egy fekete szatén ruha volt rajta, a lábát pedig már maga alá húzta, de a földre nézve láttam, hogy a cipője, nos egy elég határozott fekete punk bakancs. Lory egész sokoldalú öltözködés szempontjából. Egyik nap még sárga habos-babos hercegnő ruhában díszeleg, balerinacipőben, aztán megjelenik egy szögecses, platformos lábbelivel. Már vártam a lány szokásos epés megjegyzését, hogy mellette fogok ülni, de annyira elveszett a kintiekben, hogy én is előre dőlve kinéztem. Adel épp Harryt szorongatta, ami már percek óta így lehetett, ugyanis Lory hangot is adott a véleményének.

– Oké, Adel, felfogtuk mennyire szereted a fiadat – dünnyögte, mire Adel mintha nem is hallotta volna húzódott távolabbra Harrytől, de csak hogy megigazgassa a haját, majd az ingje vonalát is. Lory fáradtan felsóhajtott, majd a rágóját csattogtatva elszakította a tekintetét Harryékről.

– Milyen volt a koronázás? – kérdeztem a lányt, pont amikor Landon nyitotta a vezető üléshez tartozó ajtót.

– Nagyszerű – affektált Lory feltűnően, miközben a szemei nagyra nyíltak. – Már hercegnő vagyok, pancser. Életem második legszebb napja volt.

– Melyik volt az első? – ráncoltam a homlokom, miköz-
ben Landon morogni kezdett Gwennek, hogy Adel miért
nem engedi már el Harryt.

– A ballagásom napja – válaszolta Lory lekezelő hanglej-
téssel, mintha ezt magamtól kéne tudnom. Érthetően bó-
lintottam, hisz átéreztem... én is utáltam a gimit. Közben
nyitódott az ajtó a másik irányból, így a rém rendes család
utolsó tagja is megérkezett, Lorynak pedig csak akkor esett
le, hogy én fogok mellette ülni, mikor Harry bekötötte ma-
gát, miután háromszor hátradobta a haját.

– Kék szeműek sem érhetnek hozzám – jelentette ki
maga elé tartva a kezét, miközben a motor felbőgött.

– Ti ketten, nem látok rátok, tömörüljetek – morogta
Landon nekem és Harrynek, miközben a tükröt igazgatta,
és elindult kifele a kapun.

– Miért kell rájuk látni? – csattogtatta Lory a rágóját
értetlenkedve.

– Nézzétek, Adel integet – közölte Gwen kínosan, Harry
pedig már alapból is integetett neki, és igen. Így indul-
tunk el.

A kapu bezáródott utánunk, Landon pedig nagyobb se-
bességre kapcsolt, miközben Gwen feljebb tekerte a rádiót,
és miután Landon elszakította a kezét a sebváltóról Gwen
a tenyerébe csúsztatta a sajátját. Harry elernyedve a jobb
oldalamnak dőlt, mire én kiszabadítottam a karomat aló-
la, és átejtettem a vállán, ő pedig rögvest magához ölelte.

– Vágjuk mennyire jóban vagytok – morgolódott Lory,
miközben én igyekeztem megtartani Harry súlyát úgy,
hogy közben nem dőlök rá a fekete hajú lányra.

– Akkor most kijelentem, hogy a kocsiban ülő összes
személy tudja, hogy Sammel párkapcsolatban élünk – je-
lentette be Harry Lory kijelentésére reflektálva, mire a lány
szeme az eddigieknél is nagyobbra kerekedett.

– Mi van? – visított fel, majd a tekintetét rólunk Gwenre és Landonre kapta, de ők ketten meg sem rezzentek, ezzel elárulva magukat Lorynak. – Ti tudtatok róla? Itt mindenki tudott róla, csak én nem?

– Nyughass már, megfájdul a fejem tőled – sóhajtotta Landon, Lory azonban még nem volt túl a kezdeti sokkon.

– Most halál komoly? – nézett vissza ránk leesett állal, mire vettem a bátorságot, hogy oldalra pillantsak rá, Harry pedig elkényelmesedve lassan az ölembe hajtotta szinte a fejét, hogy teljesen kifordulva nézzen a lányra. – Egymást dugjátok? Mármint ti??

– Lory, Szívem, mikor dolgozod fel? – fordult hátra Gwen kedvesen, amiért hálás voltam neki, ugyanis én nem tudtam megszólalni, Harry meg egy pofátlan vigyorral a fején élvezte a szituációt. Lory azonban még egy egész sokkos kifejezéssel bámult engem és Harryt.

– Várjunk – sápadt le egy kicsit. – Azt mondtad, egy kétágyasat foglaltál és kettő franciaágyasat! – nézett a bátyjára, mire Landon csak vállat vont. – Hazudtál!

– Nem hazudtam, de a látszatot fent kellett tartanom Adel előtt – mordult fel Landon.

– Adel nem tudja? Nem mondtátok el Adelnek, és én ezért most egy kétágyas szobában alszok?? – Lory teljesen kikelt magából, amin Harry viszonylag jól szórakozott, én azonban kezdtem egyre kellemetlenebbül érezni magam, így el is szakítottam a tekintetem róla, hogy inkább a mellettünk elsuhanó csupasz fákat bámuljam.

– Istenem, majd összetolod az ágyakat – nyögte Landon, ugyanis Lory süketítő lármázásba kezdett, ezek után még jobban. Landon rádörrent, hogy ne hisztizzen, Gwen próbálta nyugtatni őket, Harry röhögött, én meg nos... szerencsémre persze hogy az egész közepén ültem.

A Csalagúton való áthaladás alapból sokkal izgalmasabbnak hangzott, mint amilyen valóban volt. Igazából az egész olyan volt, mint egy véget nem érő aluljáró, először fel sem tűnt senkinek, hogy megérkeztünk, ameddig Landon a tudtunkra nem adta, hogy már a Csalagútban vagyunk.

Már több mint két órája utaztunk együtt, és egész jól viseltük a kezdeti problémák után. Lory idővel elhalkult, majd egy „örülök, hogy nekik lesz helyük baszni, én pedig egyszemélyes ágyon fogok aludni" megjegyzés után egy arany színű fejhallgatót tett a fejére, azóta pedig le sem vette, és az ablakon bámult kifelé. Gwen és Landon halkan beszélgettek valamiről, amit a rádiós zene elnyomott, nem mintha amúgy hallgatózni akartam volna. Harry egész kényelmesen elhelyezkedett rajtam, az ablakon át nézelődött, ha ismerte az aktuális zenét halkan dúdolta, de miután levette a cipőjét a 'hogyan bosszantsuk Landont?' nevezetű játékba kezdett, azaz a lábával időnként hozzáért Landon tarkójához, aki pedig egész könnyen elveszti a türelmét. Szóval Landon tombolt, egy alkalommal kész kiselőadást is tartott Harrynek, amiben fejtegette, hogy mennyire gyerekes és maradi (én természetesen megvédtem, így engem is leszúrt utána, mintha csak a neveletlen fia lennék). Öszszességében viszont Harry egészen élvezte az utazást, bár el tudtam képzelni, hogy reggel szívhatott valamit, vagy rátalált a füves cigimre, mert fenomenálisan jó kedve volt. Én nem füvezek persze, csak… jó, ha van.

Az első megállónk alkalmával már Franciaországban voltunk, valahol Calais környékén. Három órája úton voltunk, ugyanis Landon nem híve a mosdószüneteknek, vagy csak egyáltalán a végtagjaink kinyújtóztatásának. És nem nagyon mertünk ellen mondani Landonnek, igaz már egy órája mosdóba kéne mennem, de a Csalagút közepén nem állhattam neki sopánkodni. Így amikor Landon bejelentette, hogy szünetet tartunk, többen-kevesen lelkesen fogadtuk a hírt. Azaz Harry és én, ugyanis Lory közben olvasni kezdett, úgy nézett ki, ő nagyon el van a maga világában.

Amint megérkeztünk az út széli benzinkúthoz és Landon leparkolt már pattantunk is volna ki a kocsiból, de ő erre egy másodperc töredéke alatt nyomta le a gyerekzárat, mire Harry hálátlanul felhorkantott. Landon hátrafordult, az arca fáradt volt és iszonyú megviselt, de ehhez képest is komoly tekintettel nézett ránk.

– Oké, mielőtt kiszállunk, le akartam szögezni valamit – kezdett bele egész oktató jellegűen, mire meglöktem Harry karját, hogy figyeljen már. Landon egy hálás pillantással ajándékozott meg, majd folytatta. – Nem tudom, ti ketten mennyire vagytok ezzel tisztában, úgy gondolom semennyire, hogy milyen, ha velünk vagytok – mutatott körbe az autón, magával kezdve, Loryn át (aki még mindig az ölébe helyezett könyvbe merült el) Gwennel bezárólag, aki erre csak bólintott egyet. – De talán Samuel, azért neked van egy kis sütnivalód arról, hogy ha népszerű emberekkel vagy, az figyelmet jelent.

– Hé! – tárta szét a karját Harry a degradálása hallatán, de Landon csak egy egyszerű „te toronyfogoly vagy 20 éve, hallgass" mondattal leintette, mire Harry összefonta maga előtt a kezeit.

– Nagyjából értem – nyögtem ki. – Bár nem értem, ezzel mire akarsz utalni.

– Nem tudja senki, pontosabban nem hivatalos információ, hogy Párizsba utazok – nézett össze Landon Gwennel, aki csak minden szavára bólogatott, mintha ezzel akarná támogatni. – De paparazzik lesznek, ez egész biztos. Lehet, hogy mi nem is fogunk tudni róla. Ehhez mérten viselkedjetek – Harry unottan, de bólintott, én pedig szintén, bár azért eltöprengtem a szavain. Még nem igazán gondoltam bele jobban abba, hogy ez nem egy családi kirándulás, hanem a trónörökössel, annak menyasszonyával, és egy hercegnővel utazunk, akik világszerte ismertek és felkapottak. Most még jobban beszédtéma az életük, mint alapból szokott, az alig egy hónapja elkezdődött botrány miatt. Akkor jelentették be, hogy Geoff lemond a trónról, és a fia veszi át az uralkodást. A sajtóban hatalmas port kavart az egész, még én is láttam befutó szalagcímeket, pedig nem vagyok valami közösségi médiás ember. Ennek tetejébe egy hete volt Lory koronázása, amitől a létező összes brit ember elveszítette a maradék eszét is, ugyanis nők nem szoktak hercegi, ez esetben hercegnői címet kapni. Így egy hete egy szép drámát kerítettek maguk köré, egészen biztos, hogy már az is hallott a „problémás brit uralkodói családról", aki eddig még nem. Például én is. A különbség csupán az, hogy én most egy autóban utaztam velük.

Landon végül feloldotta a zárat, és ők hárman Harryvel kipattantak a kocsiból, én azonban előtte még óvatosan megböködtem Loryt, ugyanis kötelességemnek éreztem, mint utastársa, hogy értesítsem arról, hogy megálltunk.

– Bienvenue en France – mormogtam Harry szájára észvesztő francia kiejtéssel, miután én is kikászálódtam az autóból, és amint a lábam megtelt vérrel elkaptam a derekát. Harry lassan a nyakam köré tekerte a kezeit, miközben éreztem a teste rezdülésein, hogy beleremegett a kiejtésem pontosságába, majd a számra mosolygott, mielőtt megcsókolt.

– Je t'aime chérie – válaszolta miután egy pár másodpercig tartó csók után elhajolt. Én csak egy szájrapuszit adtam neki válaszképp.

– Aw – olvadt el Gwen az autó másik oldalán, miközben Landon karjának támasztotta a fejét, aki csak érzelemmentesen nézett minket. Úgy néz ki ők ránk vártak. – Te miért nem mondasz nekem szépeket franciául? – lökte meg hirtelen sértetten a vőlegénye vállát, mire Landon megforgatta a szemét.

– Talán mert nem tudok franciául – mormogta, majd egy határozott lépéssel indult el a benzinkút irányába.

– Gusztustalan – jegyezte meg Lory, aki csak most kecmergett ki a hátsó ülésről, Harry oldalán kimászva. Mi csak egymásba gabalyodva néztünk le a lányra, de ő ennél több figyelmet nem is nagyon szentelt nekünk. – Hé faszfej! Máskor ne zárj be a kocsiba, baszd meg! – kiáltott a bátyja után, aki már a barátnője derekát karolva sétált, erre is csak hátramutatta a középső ujját.

– Oké, menjünk be – tanácsoltam, mire Harry leakasztotta a kezeit a nyakamból, és bólintott a javaslatomra. Elindult befele, de én utolérve megütögettem a kézfejét, mire oldalasan rám mosolygott, és elfogadta a felé tartott tenyeremet.

A benzinkúttól körülbelül három órára volt még Párizs, én pedig miután elindultunk elaludhattam Harry vállán, ugyanis a következő emlékem csak a barátom suttogása volt, ahogyan ébresztget.

– Sam – szólított meg talán harmadszorra is, miközben kisimította a hajamat a homlokomból, mire sikerült kinyitnom a szemem, és hirtelen emeltem fel a fejem a válláról, mire Harry kuncogott egy aprót. Nagyokat pislogva ébredeztem, miközben körbenéztem az autóban, Harry pedig megragadta az állam, és maga felé fordította az arcom. Szélesen mosolyogva érintette össze a szánkat, bár én még azt sem tudtam hol vagyok, így tényleg csak egy másodpercig tartott. – Szia – suttogta a számra, miközben a tenyere a combomra csúszott.

– Borzasztóak vagytok – szólalt meg Landon, mire Harry távolabb húzódott tőlem, én pedig előre kapva a fejem Landon villámokat szóró szempárjával találtam magam szembe a visszapillantó tükörben. Gwen csak meglökte erre a kijelentésre a kezét, Landon viszont egy sóhajtás után más témára tért. – Negyedórán belül, ha minden igaz megérkezünk, és gondoltam lefektetem a szabályokat.

– Vannak szabályok? – ráncoltam a homlokom, miközben oldalra pillantottam Harryre, aki az ajtónak dőlve vállat vont.

– Nyilván – válaszolta Landon, Harry pedig a lábaink között összekulcsolta az ujjainkat. – A legtöbb miattatok alakult ki. Ezen gondolkodtam az úton.

– Te tényleg egy fasiszta rohadék vagy, ugye? – kérdeztem felvonva a fél szemöldököm, Harry kitörő röhögése pedig igazolta, hogy már minden bizonnyal teljesen felébredtem. Landon csak egy gyilkos pillantást vetett rám.

– Kiváglak Thompson – jelentette ki nyugodt, mégis sziszegő hangon, majd elszakítva a tekintetét rólam balra nézett. – Húzd már meg annak a köcsögnek a haját, hogy rám figyeljen, ha beszélek! – mondta nekem, a húgára utalva, aki az ablakon kifele nézegetett, miközben a feje ütemre mozgott akaratlanul is. Én kedvesen megütögettem Lory felkarját, aki erre lehúzta a fejéről a fejhallgatót és mérgesen nézett rám. Én csak Landon felé böktem, mire a lány csak egy mély levegőt véve fűzte össze maga előtt a kezeit.

– Azt hiszem a gyerekek figyelnek rád – súgta Gwen szórakozottan a barátjának. Jó volt látni, hogy ha tehetné ő is a legnagyobb idiótát űzné belőle, de emellett csodáltam az önfegyelmét is.

– Szóval – feszült meg Landon keze a kormányon. – Első és legfontosabb szabály, amit nehezen hoztam meg, csakis azért, mert kénytelen voltam. Ameddig mi Gwennel a dolgunkat intézzük, ti, Isten csapásai, hárman maradtok. Egy egész útnyi gondolkodási idő kellett, hogy eldöntsem, Samuel lesz a főnök – felszaladtak a szemöldökeim, mire Lory felháborodva tárta szét a karját, Harry pedig nem foglalkozva Landon szavaival inkább a fülemhez hajolva kezdett suttogni egy nagyon nem gyerekbarát megjegyzést, mire el kellett löknöm magamtól.

– Samet még csak nem is ismered! – mutatott rám Lory, mintha amúgy tökre nem mellette ülnék.

– Igen, ez a lényeg – bólintott Landon. – Neked akkor sem adnék hatalmat a kezedbe, ha villamosszékben ülnék, Harry egy gyerek, Samuelre meg, mivel nem vagyunk barátok ráhúzhatom az egész felelősséget, ha valakinek baja esik.

– Köszi – húztam el a számat szarkasztikusan, pont mikor Lory felrobbant, hogy nem ő akart időt tölteni velem és Harryvel.

– Ez nonszensz!

– Technikailag egyébként nem vagyok gyerek – tette hozzá Harry, mire Gwen csak mosolyogva hátranézett rá, Landon azonban elfoglalttá vált azzal, hogy a húgával kezdjen üvölteni. Rém rendes család.

– Gyakorlati kérdésem amúgy az, hogy mit értünk baj alatt? – jelentkeztem félve, ugyanis Lory még morgolódott mellettem. Leginkább arról, hogy nem is érti, miért akart velünk jönni Párizsba.

– Városnézés közben – legyintett Landon, mire Harry lelkesen magyarázni kezdett nekem, miszerint már kidolgozott egy útitervet. Nagyon örülök, hogy ezt csak a kocsiban közölte velem.

– Én nem akarok várost nézni homoszexuális középkorú férfiakkal! – fakadt ki Lory, mire Harry előre hajolva kezdte osztani, hogy kit nevez ő középkorúnak.

– Következő szabály! – kiáltotta el magát Landon. Egész kaotikussá kezdett válni minden. Landon a szabályait szajkózta, amikben olyanok álltak, hogy nincs éjszakai „randalírozás", nincs nyilvános balhékeltés (ez Lorynak szólt), és nincs állatias szex (azt hiszem ez nem Lorynak). Harry azonban erre csípőből szólt vissza Landonnek egy egészen személyes megjegyzést, amiben megemlítette, hogy ő és Gwen milyen pozícióban szokták csinálni, így Landon ne akarjon kioktatni senkit az állatias és nem állatias szexről. Nos. Fogalmam sincs, Harry miért tud bármit is az unokatestvére szexuális életéről, de a visszaszólásra olyan epésre sikeredett, hogy nem csak Gwen álla esett le, hanem az enyém is.

– Felhívom a barátaimat, oké? – jelentettem ki úgy, mintha bárki is figyelt volna rám, jelenleg épp Harry és Landon szólalkoztak össze, Gwen pedig kipirulva hallgatta a különösen szexuális témájú vitájukat. Én is csak azért döntöttem a telefonálás mellett, mert Harry tud olyan szókimondó lenni, hogy egy paradicsommá változzak, így egy idő után hiába lökődtem a combját, nem igazán kontrollálta magát. Lory pedig már nem is a vitán röhögött, hanem azon, hogy mennyire ég a fejem. Így gyorsan kikerestem Luca nevét, és gondolkodás nélkül ránnyomtam, próbálva kizárni az igazán idegesítő hangzavart az autóban. Olyan nyugodtan telt eddig ez a hat óra. Most pedig Harry a meleg szexről oktatja ki Landont nyersen és részletesen, pedig sosem kértem ilyenre.

– Saaam – köszöntött Luca vidáman, mire elmosolyodtam, miközben meghallottam Quinn hangját is a háttérben. – Mi a helyzet? Odaértetek már?

– Pont ezért hívlak – kezdtem, miközben letapasztottam a másik fülem. – Mindjárt ott vagyunk. Olyan izgalmas!

– Kihangosítalak, jó? – közölte Luca, majd a hangokból ítélve így is tett.

– Küldj képeket! – mondta Quinn egyből. – Olyat is, amin nem Harry torkában jársz, oké? Vagy valami más jár a torkában...

– Quentin! – kiáltottam rá elkerekedett szemekkel, miközben behúztam a nyakamat, hátha ettől majd elsüllyedek szégyenemben.

– Mi van? – kérdezett vissza, én pedig legszívesebben felszívódtam volna, tekintve, hogy ma már elég volt, de lehet egy életre elég volt a szexuális témájú dolgok nyílt megbeszéléséből. – Mert nem lesz olyan?

– Ha lesz is, nem rád tartozik – motyogtam sértetten, de ő csak kiröhögött.

– Egyébként miért veszekszik valaki az anális közösülésről a háttérben? – kérdezte Luca természetesen.

– Nem beszélek róla – vágtam rá.

– Várj, te most a királlyal utazol, igaz? – szólt közbe Quinn, mire én csak egy igennel válaszoltam. – Megismerhetjük?

– Nem, nem ismerhetitek.

– Landon a király? – nevetett fel Luca. – Furcsa.

– Meg akarom ismerni! – nyüszítette Quinn.

– Még nem is király amúgy, idióta! – rivallt rá Luca. – Most csak annak a fekete bigének volt a koronázása – magyarázta Luca, majd egy kisebb vitába kezdett Quinn-nel arról, hogy Landon a király-e vagy nem. Én csak megsemmisülve hallgattam mérföldekkel odébbről, de Harry hirtelen megragadta a vállamat.

– Megyek, jó srácok? – nyögtem ki, mikor hirtelen én is szóhoz jutottam, majd még a válaszuk előtt kinyomtam a telefont. Leejtve az ölembe a telefont Harryre néztem, aki csak kimutatott az ablakon, miközben az alsó ajkába harapott. Én csak Harry feje mellé hajolva néztem ki az ablakon, ugyanis megérkeztünk Párizsba.

Jártam már pár szép helyen életemben, Londonban, Washingtonban, de még Tokióban is... és mindegyik maradandó élményként élt bennem. Valahogy, ha új városba léptem, hirtelen úgy éreztem itt az emberek is mások. Máshoz vannak szokva, máshogy viselkednek, más az akcentusuk. Londonban mindenki rohan, hatalmas szövetkabátokban járnak és a legtöbb embernél van esernyő is, hiszen ők mindig fel vannak készülve egy zivatarra. Washington főváros létéhez képest nyugodt, az ember alig fut bele turistába, hacsak nincs szezonja. Tokió egy totális káosz, a közlekedés káosz, az emberek káoszosak, az egész város egy kaotikus mesébe illik, a maga bájával és hagyományaival.

És itt van Párizs. Párizs a fények és szerelmesek városa, ami tényleg tele van fényekkel és szerelmesekkel. Én nem nagyban néztem a várost, sokkal inkább a kisebb részletekben vesztem el. Ahogy az emberek a vöröstől egészen sötétliláig terjedő színű sálakat hordtak, amit a szél lecsavart a nyakukból. Ahogy azokat a tipikus francia sapkákat tették fel, nagyrészt hölgyek, ahogyan mindenki annyira újkorúnak mégis régimódinak nézett ki a combot fedő csizmákban és dizájner kabátokban. Láttam nagycsaládot, láttam szerelmeseket, lányokat, fiúkat egyaránt. Láttam turistacsoportokat, láttam magányosakat, akik ettől cseppet sem voltak szomorúak. Hisz Párizsban voltak, haló! Láttam munkamániás nőket, férfiakat öltönyben, láttam tinédzsereket. Annyira élettel teli volt az egész város, ahogyan rutinosan kerülgették az elámult turistákat, mindenki sietett a dolgára, de közben mégis a világ legnagyobb nyugalmában szedték a lábaikat.

Lory végül félretette a kételyeit, és hatalmas csillogó szemekkel húzódott az ablak mellé, Gwen pedig előtte ülve lelkesen mutogatta Landonnek, amint meglátott esetében akármit. Lehetett az a Notre-Dame, de akár egy csinos uszkár is. Landon az elején még morgolódott a késő délutáni forgalom miatt, aztán végül levette az álarcát, és átszellemülve Párizs varázsába lelkesen figyelt a barátnőjére, közben pedig nekünk is magyarázott, ha látott valami olyat, amiről volt mondanivalója.

A szállásunkon az egész városon át kellett autóznunk, amit nem mondanám, hogy egyikünk is bánt, csak sokkal hosszabbra nyúlt, mint gondoltuk. Amikor a Champs-Élysées sugárúton haladtunk át, ahol csak kisebb tömörülés volt, mint számítottunk, a rádióból, ami még mindig normális hangerőn szólt, megszólalt a *Perfect places Lorde*-tól. Harry egyből felém fordította a tekintetét a dal ismerős ritmusaira, mire én csak mosolyogva összeérintettem az orrunkat. A barátom szinte felkenődött az ablakra, ahogyan a kinti világot bámulta, én pedig a vállára támasztva az állam tettem így, miközben a kezeink összekulcsolva hevertek az ölében. Harry alig hallhatóan kezdte énekelni a számot, nem úgy, ahogyan az út folyamán többször is tette (hangos koncertet adott...) ebből tudtam, hogy ez most csak nekem szól. A nyakába temettem az arcom, miközben a suttogó dalolását hallgattam, és mérhetetlen boldogsággal töltött el az apró tény, amiért a többiek ezt nem hallhatták. Hiába ültünk velük egy kocsiba, hiába voltunk egy ülésre kényszerítve a barátom unokatesójával, ez a mi pillanatunk volt és Harry hangja csakis nekem énekelt. Ezt szavak nélkül beszéltük meg.

– Nézd – lehelte maga elé, ezzel megszakítva a dalt, ami még javában tombolt az egyik zeneadón, mire felemeltem a fejemet, amit eddig a hajába fúrtam. Harry a mutató ujjával kifele mutatott, nekem pedig egészen hosszú másodpercekig kellett koncentrálnom, hogy megtaláljam, a sok apró ember között mit lát. Végül kiszúrtam egy útmenti étteremnél (aminek a terasza tömve volt, a januári idő ellenére) ahogyan egy vörös hajú lány a szájára tapasztott kezekkel ül a zöld kabátjában és egy bézs masnival a hajában, miközben a barátja előtte térdel fél lábon. Harry hátrapillantott rám, mire én csak elérzékenyülve mosolyogtam és egy csöpögős és szerelmes csókot adtam neki. Elvégre Párizsban voltunk. Úr isten, Párizsban voltunk!

Egy kellemes húsz perc elteltével – amit mind az öten komoly harmóniában töltöttünk: énekeltünk, figyeltük a világot, majd Landon határozott kérése ellenére Lory és Harry is lehúzták az ablakokat – érkeztünk meg a hotelhez, amiben a következő két éjszakát készültünk tölteni. Harry totál be volt zsongva, bár meglepetésemre Lory is.

A szállás cseppet sem festett hotelként, sokkal inkább egy régebbi tervezésű, elegáns négyemeletes és méretes háznak néztem volna, ha nem tudtam volna a valódi létét. Fehér, tisztára meszelt falai voltak, amelyeken egymásra szimmetrikus nagy üvegű ablakok. Még a szobákba is tisztán beláttam rajtuk. Az erkélyei szokatlan módon fedettek voltak, csupán az egész tele volt rakva a hatalmas ablakaival, a szélén pedig díszes oszlop állt.

Feleszméltem a bambulásból, és Landon mellé siettem, aki eddig egyedül pakolta ki a bőröndöket a csomagtartóból, ugyanis Lory és Gwen egymásba karolva már elindultak befele, Harry pedig mellettem állva nézegette kifejezéstelen arccal az épületet. Mielőtt megragadtam volna egy bőröndöt, csupán egy tizedmásodpercnyi időre ránéztem.

Nem gondoltam volna, hogy egy nap ide jutunk. Ha valaki azt mondja nekem szeptember elején, hogy egy nap, a nem is olyan távoli jövőben a világ legszebb férfijával állok majd Párizs közepén, tuti, hogy pofán röhögöm. Főleg, ha még azt is hozzáteszi, hogy az a pasi Harry lesz. Na akkor biztosan elmebetegnek könyvelem. De most, amikor Franciaország fővárosában voltam, egy kifinomult, minimalista hotel előtt, miközben a járda szélén parkolt kocsi hátuljából pakoltam, közben pedig Landon programtervét hallgattam... őszintén nem figyeltem rá. Hanem lopva a barátomra pillantottam. Csak a hátát láttam, ahogyan abban a nevetséges cifra mintás barackingjében állt, fekete farmerben és bézs bokacsizmában. A kabátját markoltam épp fel az autó hátuljából, majd egy pillanatra elnézést kérve Landontől elnyújtott léptekkel Harryhez igyekeztem. A szél bal oldalról fújt, így a haja abba az irányba is lobogott, nem is hallotta, hogy a háta mögé lopakodtam. A vállára terítettem a kabátját, mire az érintésemre ösztönösen fordult meg a tengelye körül, de amikor meglátta, hogy én vagyok az, csak elmosolyodott. Belebújtattam a kezeit a kabátba, majd szerencsétlenül engedtem le a sajátjaimat magam mellé, és egy nagy levegőt fújtam ki. A földet pásztáztam, amin az ő ízléses bakancsával szemben az én használt Vans-em állt, majd hirtelen elkapva a tekintetem a cipőinkről felnéztem. Hunyorogtam, ugyanis a Harry mögött ragyogó Nap kisütötte a szememet, majd pár másodpercnyi csendes szemkontaktus után Harry lassan átölelt. Nem ugrott rám, nem szorított magához akaratosan, hanem a nyakam köré fonta a kezeit, mintha a világ összes ideje a miénk lenne. Én meglepődtem, így eltelt pár hosszúra nyúlt pillanat, ameddig átöleltem a felsőtestét, ezek után pedig így maradtunk. Én mindig csókolózás párti voltam, most azonban elmondani nem tudom, mennyire kellett az, hogy percekig egymás karjai között álljunk, miközben néhol erőteljes széllökések döntik meg az összefonódott testünket. Ha valami eddig hiányzott, biztos vagyok benne, hogy ez volt az.

– Hé, galambok! – kiáltotta Landon méterekre tőlünk, mire kihajoltunk a másik öleléséből, és kérdőn néztünk Landonre, aki széttárt kézzel állt a felhajtott tetejű csomagtartó előtt. – Kéne segítség – Harryvel pedig elengedtük egymást, és visszarázódva a valóságba a kocsihoz lépdeltünk.

A recepciónál volt egy kis kavarodás, ugyanis mire mi hárman beértünk a csomagokkal Gwen már a pultra hajolva vért izzadt, miközben Lory mellette csavargatta a haját, és a szemét forgatta a két tinilányra a hallban, akik róla sugdolóztak. Biztosan egyből felismerték. Gwen válláról szinte egy kő esett le, mikor meglátott minket, és gyorsan a mi nyelvünkön magyarázta, hogy a recepciós nem tud angolul, és hogy ez mennyire botrányos. Szegény eddig a fejlődőképes franciájával próbálkozott, de egy ponton elakadt, így a csávóval már jó pár perce nem értik, mit akar pontosan a másik. Harryvel összenéztünk, mintha telepatikusan akarnánk megbeszélni, melyikünk fog intézkedni, majd végül mind a ketten a pulthoz pattantunk, miközben Gwen visszaszökdelt a vőlegényéhez.

– Gyakornok, Gwen – fordultam hátra, miután pár szót váltottam a sráccal, aki már szinte a talpáig vörösödött, majd egész hirtelen nyugodott le, amikor meghallotta a gyakorlatias francia mondataim. Gwen csak csodálkozva bólintott egyet, én pedig visszanézve a srácra ismertettem vele a foglalásunkat, miközben Harry a nyakamba bújt. A még nálam is fiatalabb fiú egy pillanatig nem értette, miért mászik egy másik férfi az aurámba, majd a felismerés pillanatában talán még a szemei is elkerekedtek, pedig közben én kíméletlenül hadartam neki. Talán elbicsaklott a hangom, ahogyan a recepciósunk egy nagyot nyelt, miután tudatosult benne, hogy igen, én és ez a hipszter mellettem tényleg közös szobát foglaltunk, Harry azonban csak némán kuncogott rajtam. Mégis csak ez volt az első, hogy Cambridge apró közösségén kívül nyilvánosan viselkedtünk valahol párként. Biztos Cambridge-ben is megnéztek minket páran, főleg a karácsonyi vásáros-táncolós produkciónk közben, de valahogy az nem tűnt fel annyira, mint egy egyszerű gyakornok srác kétségbeesett tekintete, aki nem tanult meg rugalmasan reagálni a melegekre. Ezek után sietősre fogtam magam, és a lehető leggyorsabban kaptam ki a kezéből a szobáink kártyáját, majd egy villámgyors „merci" után ellépdeltem a pulttól, miközben Harry a derekamra engedte a kezeit.

– Tiétek a 34-es – adtam Landon kezébe a kártyát, ő pedig megfordítva már nézte is, hányadik emeleten van. – Lory, 31 – nyomtam a fekete hajú kezébe, aki csak elvette, de maga mellé is ejtette a kezét. – És nem tudom, miért egy emelettel feljebb foglaltál nekünk szobát, de akkor gondolom ez a miénk – mutattam fel az utolsó kártyát, mire Landon összeráncolt homlokkal kapta rám a tekintetét.

– Egy emelettel feljebb? – kérdezett vissza, mire furán bólintottam. – Nem, kizárt. Add azt ide, Thompson. Mi megyünk feljebb, nektek szem előtt kell lenni.

– Lory a börtönőr? – biccentett Harry a lány felé, aki csak fintorogva nézett minden emberre, aki betette a lábát, vagy éppen ki innen.

– Mondjuk – egyezett bele Landon, mire én csak viszszatartottam egy röhögést, de nyilvánvalóan kiülhetett az arcomra, ugyanis folytatta. – Ne röhögj! Elmondtam, hogy nincs 0-24-ben szex. Ez a magamnak tett ígéretem, felelősséggel tartozok Harryért.

– Aki elmúlt 14 éves? – kérdeztem szórakoztató hanglejtéssel, mire a barátom csak elvigyorodott a vállamra fektetett arca mentén.

– Nem érdekel – artikulált Landon sziszegve. Olyan vicces, ha valamiért feldúlt, mindig kidagadnak azok az erek a halántéka mentén. Most mondja valaki azt, hogy nem tökre vicces. – Belegondolni is furcsa, hogy Harry, aki azt hittem negyvenéves szűz lesz, annyira ártatlan, most veled kefél! – suttogta hadarva, mire Harry egy apró „hé!"-vel jelezte, hogy ez megsértette, pont miközben én megszólaltam, hogy nem is ártatlan.

– A programot, Landon – dünnyögte Gwen, miután megigazította a barátja haját, aki biztosan órákig eldühöngött volna még a bejáratnál, ha Gwen nem figyelmezteti. A gyógyszerek, biztos nem vette be a gyógyszereit.

– Igen – bólintott Landon kiegyensúlyozottan. – Mára nekem már nincs dolgom, ti is azt csináltok, amit akartok – mondta, mire Harry szeme felcsillant, már láttam benne, hogy egyből meg akarja velem osztani, mit fogunk csinálni. – Harry téged egy óra múlva vacsorázni viszlek.

– Mivan? – kérdeztem kicsit bunkóbban, mint kellett volna, mire Harry szája is lekonyult.

– Nincs reklamálás – emelte rám Landon a mutatóujját fenyegető módon, majd megmarkolta a bőröndjét, ezzel készülve, hogy elindul felfele. – Egy óra múlva itt, Harry. Ne késs, vagy velem leszel egy szobába estétől. Most pedig tűnjetek a szemem elől.

– Faszfej – morogtam, miután Landon a lépcső irányába indult Gwen kezét fogva, aki úgy lépdelt mellette, mint a világ legboldogabb embere. Harry egy hümmögéssel értett egyet, mire Lory lépett elénk, kifújva a haját a szeméből.

– Na megyünk seggarcok? – kérdezte nyugodtan, mire csak nagyokat pislogva felébredtem a bambulásból, és bólintva megragadtam Harry kezét.

A 3. emeletre érve elköszöntünk Lorytól, akinek igaz, három ajtónyira volt a szobája a miénktől, a lépcsőtől ő balra fordult, mi pedig jobbra. Volt lift is amúgy, de... elvileg renoválták. Hát persze, baszd meg. Fáradtan húztam végig az apró síneken a kártyát kétszer is, mire egy kattanó hang jelezte, hogy másodszorra már a kártya jó élével próbálkoztam, mire belöktem az ajtót. Harry átnyúlva a vállam felett megtartotta, mire hálásan pillantottam hátra rá, és elvéve tőle a bőröndjét, ami vagy a derekáig felért behúztam a szobába.

– Nézd, van erkélyünk! – ez volt az első, amit Harry kiszúrt, mire előre nézve én is valóban megláttam a már kintről is megfigyelt fedett erkélyeket, és halványan elmosolyodtam rajta. A padlószőnyeg egy lágy vörös és sötétrózsaszín közti színben pompázott, ápolt is volt, pedig a padlószőnyeget nehéz szépen tartani. A bejárattól egy alig két méter hosszú szűk folyosó jobb oldalán volt pár akasztó, és egy apró komód is, aminek a tetején egy váza liliom volt. Bal oldalt egy sötétített üvegajtó volt félig elhúzva, ami a mosdóba nyílt. Én megtorpantam az ajtóban, Harry azonban hagyta becsapódni, és engem megkerülve átsétált a szobán, egy pillanatra sem nézve másra, csak kilépett az erkélyre, aminek az üvegajtaja amúgy is nyitva volt. Beljebb sétáltam, de én alaposan körülnéztem.

A szoba nem volt tartalmas berendezés szempontjából, egy hatalmas franciaágy állt a közepén, amin egyszerű fehér huzat volt, mint a világ összes szállodájában. Két apró éjjeliszekrény volt az oldalain, az ágy felett pedig egy random festőtől egy random kép, aminek nem tulajdonítottam akkora figyelmet. Már épp indultam volna, hogy a fürdőbe is benézzek, de Harry elkapta a csípőmet.

– Annyira boldog vagyok – suttogta a fülembe, miközben hátulról körém tekerte a karját, én pedig elmosolyodva rajta felemeltem a kezem, hogy végigsimítsak az arcán.

– Én is – motyogtam, majd oldalra fordítottam a fejem, hogy a szemébe nézzek. Őszinte boldogságtól csillogott, azonban mikor összetalálkozott a tekintetünk lefagyott az arcáról az eddigi felszabadultság.

– Mi a baj? – kérdezte egyből, lazábbra engedve a karjait a hasam körül, mire én csak hevesen megráztam a fejem.

– Semmi – feleltem, miközben megfordultam az ölelésébe, és közrefogva az arcát egy pillanat erejéig összeérintettem a szánkat. – Semmi baj. Csak fáradt vagyok, és azt hittem velem leszel este.

– Ne haragudj – húzta a száját Harry. – Landon beszélni akar valamiről. Hidd el, ő nem olyan ember, aki csak azért hív el külön vacsorázni, egyedül engem, a barátnője és mindenki nélkül, hogy indok nélkül együnk aztán visszajöjjünk. Kicsit izgulok is – ismerte be egy erőtlen mosollyal, mire csak végigsimítottam az arcán a hüvelykujjammal. – De nem, nem gondolok rá. Csak Landon azt képzeli, egy kibaszott regényben élünk, és imádja, ha drámai lehet. Ezért nem is mondta, miről akar beszélni.

– Nos, nem tudom elképzelni Landont drámaian – vigyorodtam el, mire Harry is grimaszolva felhúzta az orrát, majd összeérintette az enyémmel.

– Tegnap olvastam, hogy a szállodákban szoktak lenni ilyen fasza kis tusfürdők. Megyek megnézem – jelentette be ünnepélyesen, majd miután egy puszit adott a meglepett arcomra hirtelen elengedett, és a fürdő felé indult. Én csak hitetlenkedve ráztam meg a fejemet rajta, hogy komolyan, még a szállodában való életről is edukálódott, majd eszembe jutott, hogy helló, ő Harry. Büszke vagyok, hogy ő az a Harry, aki az én barátom. Boldog lelkendezésbe kezdett, ami a fürdőből szűrődött ki (amiben először megörült, hogy a zuhanycsempe tökéletes fekvésű egy spontán szexhez) miközben én végigdőltem az ágyunkon, és nevetve hallgattam a plafont bámulva.

Harry két órára szívódott fel, ami nekem végül is nem volt akkora probléma. Alapból azt terveztem, reggel majd korábban felkelek emiatt, de így jobban jött ki, és még Gwen is velem tartott.

Mikor kiderült, hogy Párizsba utazunk, és rá pár napra szembe találtam magam egy hirdetéssel, miszerint egy hét múlva kezdenek jegyeket árusítani a Párizsi opera egy újonnan bemutatásra készült darabjára, egyből beindultak a fogaskerekek az agyamban. Ugyanis a darab a *Rómeó és Júlia* volt. Gondolkodnom se kellett rajta. Miután felhívtam Landont, és egy szarkasztikus társalgás keretében megbeszéltem vele, hogy elvinném Harryt színházba (még azt is megkérdeztem ők akarnak-e jönni, döbbenet hova fejlődök!) lefoglaltam a jegyeket, amikért Harry tudta nélkül kellett elmennem a jegyirodába. Talán még örültem is, hogy nem egyedül, kora hajnalban kellett bolyonganom Párizsban, Gwennel még vicces is volt, ahogy villamosról metróra botladoztunk, és összetéve az ő tájékozódási képességeit az én francia tudásommal eljutottunk a jegyirodáig. És végül meglettek a jegyek, aminek talán annyira örültem, mint még soha semminek.

Negyedóra telt el, mióta Gwennel nevetgélve tértünk vissza, majd a harmadik emeleten elváltunk. Én a saját szobámba indultam, ő pedig benézett Loryhoz. Lerugdaltam a cipőm, és felakasztottam a kabátomat, miután a jegyeket a komód fiókjába csúsztattam, és az ágyra estem. Párizs gyönyörű hely, de teljesen más, amikor gyalog közlekedsz, mint amikor a kocsi meleg üléséről nézelődsz. Egy teljes káosz epicentrum van odakint, az emberek rohannak, minden irányból francia hadarás üti a fülemet, de hazudnék, ha azt mondanám nem tudnám megszokni ezt a fajta pörgést. Adrenalindús volt, és kifejezetten tetszett a gyalogos közlekedés Párizsban, így alig várom a holnapot, amikor egy egész napunk lesz arra, hogy bebarangoljuk a várost.

Ráérősen átvettem a farmeromat egy melegítőre, és miután kitártam az ablakokat, hogy kiszellőztessek az idegen illatú szobában bebújtam a paplanjaink közé, és a tv-t kezdtem kapcsolgatni. Unalmas francia adókat találtam csak, végül megállítottam egy filmnél, ami sokkal inkább tűnt szappanoperának, ahogyan hallgattam, miközben a szobaszerviz ajánlatát olvasgattam. Franciául volt, és meg kell mondjam, teljesen beleszerettem a ténybe, hogy minden francia körülöttem. Gondoltam arra, hogy rendelek valami vacsorát nekem és Harrynek, aztán eszembe jutott, hogy ő épp onnan jön. Így magam mellé dobva az étlapot csak a párnára ejtettem a fejem és a teljes figyelmemet a szappanoperának szenteltem.

Pár perc telhetett el, mikor kopogtatást hallottam, így izgatottan felpattantam, hogy beengedjem Harryt. Igaz közben a melegítőt is lerugdostam magamról, mert kényelmetlennek bizonyult, és hevességembe bele se gondoltam, milyen kínos, ha nem Harry az, ugyanis egy alsóban nyitottam ajtót. De ő volt az, egyből szembe találtam magam a fáradt mosolyával, és a gyűrűkkel tarkított ujjaival, ahogy az ajtófélfát támasztja.

– Szia – suttogta, miközben a pislogása hosszabbra nyúlt, mint kellene, így csak lágyan elmosolyodtam rajta.

– Szia – leheltem én is, ugyanis a folyosón még égett a villany, de már nesztelen volt. Harry elengedte az ajtó szélét, én pedig odébb álltam, miközben tartottam neki az ajtót, majd amint becsuktam utána felé fordultam. Tehetetlenül állt a szoba közepén, az ajtó becsukódásával pedig az egyetlen fényforrásunk is megszűnt, hiszen odakint már régen besötétedett, idebent pedig csak a tv váltakozóan gyér és erős fénye világított. Zavartan beletúrt a hajába, én pedig az ajtó előtt állva a számba harapva mértem végig. Egy formálisabb szettet hozott csak magával, de még ez is szét volt rajta gombolva. Egy egyszerű sima fehér ing, szürke csíkokkal, rajta pedig fekete zakó passzoló öltönynadrággal.

Miután a lehető leglassabban, a legéhesebb tekintetemmel néztem végig rajta óvatosan felé sétáltam, és szelíden érintettem meg a derekát. Harry már a legapróbb súrolásom hatására is felsóhajtott, majd tartva a szenvedélyes és érzelmes vonalat, kéjesen a nyakam köré fonta a kezét. Lustán mozgattuk a másik ajkán a sajátunkat, egyikünk sem volt olyan kedvében egy hosszú és fárasztó nap után, hogy a dolgok átforduljanak féktelen szexbe. Csak aludni akartunk mindketten, és egymás vállába szuszogva álmodni valamit. Mégis percekig álltunk a tv félhomályában érzékien csókolózva, ameddig Harry meg nem szakította, hogy a szemembe nézhessen.

– Én leszek a cambridge-i herceg – szólalt meg váratlanul, mire először fel sem fogtam mit mondott, azonban pár másodperc elteltével megfordult vele a szoba. Elhidegülten engedtem el a derekát, majd a leesett állammal együtt még hátrébb is léptem egy lépést, mire ő csak meglepetten tárta szét a karját. – Most mi az?

– Mi leszel? – kérdeztem, azonban a fülemben összegyűlt vértől a saját hangomat is alig hallottam. Harry aggódó tekintettel lépett közelebb felém.

– Sam, mi a ba...

– Mi leszel? – kérdeztem tartva a távolságot köztünk egy kicsit hisztérikus viselkedéssel, mire ő egyből lefagyott a mozdulata közepén.

– Te jó ég, oké – túrt bele a hajába, majd most nem a csodálkozástól, hanem a színpadiasságtól tárta szét a kezeit. – A cambridge-i herceg – ismételte el, mire én lesütöttem a tekintetem róla a földre. Egyszerre rengeteg dolog kavargott az agyamban, és Harry hiába beszélt hozzám, a számtalan gondolat nem engedte be a szavait a fejembe. Mármint. Nem, ennek semmi értelme. Harry nem lehet herceg, mert Harryről nem is tud senki az egész világon. Ez csak egy vicc. Harry nem lesz herceg. Harry nem lesz herceg.

– Na jó, Sam, elmondanád mi a fészkes fene ütött beléd? – csattant fel hangosabban, ami kizökkentett a zakatoló gondolatok közül, és zihálva kaptam vissza rá a tekintetem. – Kicsim... – indult meg felém újra, ugyanis egyre távolabb lépkedtem tőle. – Minden rendben? Nem úgy nézel ki, mint aki jól van. Sam, ha azon aggódsz, hogy ez bármit változtatna közted és köztem, vagy...

– Nem! – kiáltottam fel hirtelen, mire Harry ismét elharapta a mondata közepét. – Nem ez a baj. Nincs semmi baj, én... csak ez lehetetlen.

– Hát, pedig én leszek – húzta egy díjnyertes mosolyra a száját, hiszen még mindig nem értette. Csak megráztam a fejemet.

– Nem érted, ez nem a jó fajta lehetetlen. Ez az a fajta lehetetlen, ami alatt azt értem, hogy képtelenség, hogy herceg legyél.

– Sam, tudom, hogy ijesztően hangzik...

– Miért nem érted már? – förmedtem rá, majd ezzel egyenesen elértem a kifakadásom kezdetéig. – Hogyan lehetne belőled herceg, amikor az ég világon senki sem tud a létezésedről? Egy nyamvadt anyakönyvi kivonatod sincsen, mert az anyád akkora beteg picsa, hogy inkább megszült otthon és egyedül, mint hogy legyen bármi feljegyzés rólad! Belegondoltál már ebbe?

– Ezt most fejezd be – sziszegte Harry kimérten, miközben a keze ökölbe szorult.

– Nem, Harry, nem fejezem be, mert fogalmad sincs, miről beszélsz, fogalmad sincs! Nem értelek, miért álmodsz megvalósíthatatlan álmokról, és Landon miért hiteti ezeket el veled, mikor ő pontosan tudja, mi történt! És fogalmam sincs, miért én vagyok az, aki helyetted is tud róla! – hadartam a sírás közepén, mire Harry tekintete hirtelen felemelkedett a földről, és a szemembe nézett. Ami kétségbeesett és ijedt volt, a könnyeim is csillogtak már a sarkában. – Nem akartam belefolyni a családi ügyeitekbe.

– Miről beszélsz? – suttogta.

– Csak – nyeltem egyet, miközben az első könnycsepp végigszántott az arcomon. – Csak nem látok esélyt arra, hogy herceg legyél. Senki sem tud rólad, és anyád nem is fogja engedni, hogy tudjon.

– Samuel, miről beszéltél? – kérdezte újra, egyre ingerültebben.

– Harry, Szívem, én csak azt akartam, hogy tudd…

– Mi az istenről beszéltél? – kiabálta magán kívül, mire ahelyett, hogy behúzva a farkamat zokogni kezdtem volna, csak visszakiabáltam rá.

– Arról, hogy a beteg szüleid húsz éve titokban tartanak, mert nem volt annyi eszük, hogy orvosi segítséget kérjenek, mivel egyedül képtelenek feldolgozni a lányuk halálát! – ordítottam, amibe biztosan beleremegtek a falak is, és biztosan a hangszigetelt szobán kívül is hallatszott. Harry arcáról egy pillanat alatt eltűnt a düh és a méreg, helyette valami egészen más ült ki rá. Értetlenség és hirtelen pánik. És én csak ekkor jöttem rá, mekkora barom vagyok.

Köszönet

Maga az ötlet, hogy író szeretnék lenni már 11 évesen is eszembe jutott. Persze 11 éves fejjel nem gondoltam, hogy ez így lesz és hogy 7 évvel később már köszönetnyilvánítást írok a saját könyvemhez.

Elsősorba köszönöm a kiadómnak, a novum publishingnak, hogy lehetővé tették a könyvem megjelenését. Több szempontból is fontos volt ez nekem és mindig hálás leszek érte. Külön köszönet a lektoromnak a türelméért és a borítótervezőimnek, akik olyanra alkották meg a könyvemet, amilyenre megálmodtam.

Köszönöm a családomnak, akik nem csak ebben, de mindenben támogatnak. Köszönöm apukámnak, aki igaz csak történelmi regényeket olvas, de ennek ellenére is mellettem állt a könyvem kiadásában. Köszönöm a húgomnak, aki még fiatal ahhoz, hogy elolvassa, de már így is a kedvenc írója vagyok. Köszönöm annak a családtagomnak, aki már nem lehet mellettem, de tudom, hogy ő lenne a legboldogabb, amiért megvalósítom az álmomat. A legjobban anyukámnak köszönöm, aki nem is szeret olvasni, de végigment az egész történeten, és azóta is büszke rám (bár ezt jól titkolja).

Köszönöm a barátaimnak és az összes ismerősömnek, akik örülnek nekem és támogatnak. Különösen annak az öt embernek, akik elsőként olvasták még fejezetet várva fejezet után. Köszönöm hogy annyit nyúztatok a folytatásért és a sok ötletet amit adtatok, nélkületek címe se lenne a könyvnek. Egy élmény volt hallgatni a vitáitokat és re-akcióitokat, mert persze mindannyiótoknak különbözött.

Irreleváns, de köszönöm a zenének, főleg annak a 7 órás playlistnek, amit ehhez csináltam. Taylor Swift számok akkor is inspiráltak, amikor magamtól nem ment.

Nem utolsósorban köszönettel tartozok mindenkinek, aki a kezébe veszi ezt a könyvet, a 11 és a 18 éves énemnek is valóra váltjátok az álmát. Remélem megtalálja mindenki, amit keresett ebben a könyvben és remélem láttátok értelmét elolvasni. Külön remélem, hogy sok olyan emberhez eljut ez a történet, akik még keresik saját magukat. Nektek szól.

Szeretettel,

Fanni

Értékelje
ezt a könyvet
honlapunkon!

www.novumpublishing.hu

A szerző

A szerző, Máté Fanni középiskolás, érettségi előtt álló tanuló. Jelenleg Szombathelyen él. Első komolyabbnak tekinthető könyvét 16 éves korában írta, de már előtte is írt rövidebb regényeket, novellákat. Tehetséggel és fiatalkora ellenére is meglepően ösztönösen nyúl a szavakhoz, mondatokhoz, történetekhez. Kedvenc időtöltése az olvasás és az írás.

A kiadó

Aki feladja,
hogy jobbá váljon,
feladta,
hogy jobb legyen!

E mottó alapján a novum publishing kiadó célja az új kéziratok felkutatása, megjelentetése, és szerzőik hosszútávú segítése. Az 1997-ben alapított, többszörösen kitüntetett kiadó az egyik legjelentősebb, újdonsült szerzőkre specializálódott kiadónak számít többek között Ausztriában, Németországban és Svájcban.

Valamennyi új kézirat rövid időn belül egy ingyenes, kötelezettségek nélküli kiadói véleményezésen esik át.

További információkat a kiadóról és a könyvekről az alábbi oldalon talál:

www.novumpublishing.hu

Máté Fanni

Szeretettel, William

ISBN 978-3-99146-041-1
322 oldal

Harry és Sam párizsi utazása tökéletesnek ígérkezett, az azonban egyiküknek se jutott az eszébe, hogy ez csak az a bizonyos csend a vihar előtt. Miután Harry szembesült az igazsággal, a dolgok gyökerestül megváltoztak.